检点汉唐旧梦

——林继中文史论稿

林继中

闽籍学者文丛 第三辑

闽南师范大学学术著作出版专项经费资助

海峡出版发行集团
福建人民出版社

图书在版编目（CIP）数据

检点汉唐旧梦 ：林继中文史论稿 / 林继中著．--福州：福建人民出版社，2022.9

（闽籍学者文丛．第三辑）

ISBN 978-7-211-08927-7

Ⅰ．①检… Ⅱ．①林… Ⅲ．①中国文学—古典文学—文学评论—文集 Ⅳ．①I206．2—53

中国版本图书馆 CIP 数据核字（2022）第 169823 号

检点汉唐旧梦

JIANDIAN HANTANG JIUMENG

——林继中文史论稿

丛书主编：林继中　张　炯　吴子林
作　　者：林继中
责任编辑：林俊杰
出版发行：福建人民出版社　　**电　　话**：0591-87533169（发行部）
网　　址：http://www.fjpph.com　　**电子邮箱**：fjpph7211@126.com
地　　址：福州市东水路 76 号　　**邮政编码**：350001
经　　销：福建新华发行（集团）有限责任公司
印　　刷：福州德安彩色印刷有限公司
地　　址：福州市金山浦上工业区 B 区 42 幢
开　　本：700 毫米×1000 毫米　1/16
印　　张：20.25
字　　数：278 千字
版　　次：2022 年 9 月第 1 版　　2022 年 9 月第 1 次印刷
书　　号：ISBN 978-7-211-08927-7
定　　价：52.00 元

总　　序

本丛书为闽籍知名学者的学术论著精选集。

福建地处我国东南海隅，南临大海，有一条美丽绵长的海岸线，让人联想起一种开放性，其北为武夷山脉等群山所隔，又略显局促、逼仄。地理位置的这种矛盾性特点，一方面，使闽地学者不安于空间狭小的故园，历经磨难而游学四方，冲出“边缘”进入“中心”；另一方面，又有一种与“中心”相疏离的“外省”特色，在“中心”与“边缘”之间保持着必要的张力。这有力地塑造了闽地文化独特的“精神气候”：有比较开阔的世界性视野，善于借助异域文化经验、文化优势来实现自己、完成自己，建构属于自己的原创性理论话语，占据着学术思想的高地。

自魏晋南北朝以来，中原文化渐次南移，尤以唐宋为甚，故闽地学人辈出不已。在19世纪末、20世纪初中国社会文化的转型期，福州、厦门被列入“五口”开放，西学进入沿海城市，闽地涌现许多文化先驱，一度成为中国的文化中心之一，如“开眼看世界第一人”的林则徐，引进西方社会科学理论的严复，译介域外小说的林纾，等等。此后，闽地文化人如鲍照诗所云“泻水置平地，各自东西南北流”，以其才智和气魄在激烈竞争中居于重要地位。

在20世纪80年代的中国文化又一转型期，闽地文化人再次异军突起、风云际会，主动发起、参与了当代中国文坛数次意义重大的论战，发出时代的最强音，大大深化了80年代以降的文学变革和思想启蒙，成为学界思想潮流的尖兵。为此，当代著名作家王蒙提出了文学理论、批评界的“京派”“海派”“闽派”三足鼎立之说。这对于一个文化边缘省份而言，既是悠久历史传统的复苏，也是未来文化前景的预期，既是一项殊荣，也是一种鼓舞。

当代学术中“闽派”的提法，不仅仅是一个地域概念，更是一种文化概念。这个以地域命名的学术群落，散布全国各地学术重镇，每个人的文化素养、价值观念、审美向度和言述方式大相径庭，但都在全国产生了辐射性的影响力，充分展现了八闽大地包容万象的气势。职是之故，我们不拘于一“派”之囿，以“闽籍学者”定位这一丰富的文化现象。古人云：“文章千古事，得失寸心知。”受福建人民出版社的委托，我们欣然编选、推出“闽籍学者文丛”。闽籍学者阵容强大，我们分期分批分人结集出版，一方面是检阅闽地学人的学术实绩，另一方面则志在薪梓承传，泽被后学。

这是“闽籍学者文丛”第三辑。第一辑入选的著者有谢冕、张炯、童庆炳、孙绍振、程正民、陈仲义、陈晓明、林丹娅、吴子林、黄发有，第二辑入选的著者有郑敏、陈骏涛、刘登翰、林兴宅、俞兆平、曾镇南、王光明、南帆、李朝全、谢有顺。与前两辑一样，本辑推出的同样是我国当代文坛著名的文艺理论家、文学史家、文学评论家，既有年逾九旬的老学者，也有中青年学术新锐；每人一集，收录“有分量”的代表性论文，凸显“一家之言”的戛戛独造。这些闽籍学者都有学术体系的内在经纬，都有思想体系的结构支点，都有话语体系的文体风格；他们的每一个作品都是一次旅行，一个生命在构成理念的言语活动中的旅程；作为一个生成事件，他们的写作永远没有结束，永远在进行之中……

我们深信，“闽派批评”的后来者，只要坚持文化创新的理念，赓续“闽派批评”的精神品格，在“中心”与“边缘”之间保持必要的张力，定能如20世纪“闽派批评”的先行者一样，胸中有大义，心里有人民，肩头有责任，笔下有乾坤，不忘初心，锐意进取，成为新时代名副其实的文化先锋或“引擎”，给当代文坛持续提供崭新的世界观与方法论，为筑就中华民族伟大复兴时代的文艺高峰，贡献出自己所有的聪明才智。

“闽籍学者文丛”第三辑得到了闽南师范大学学术著作出版专项经费资助，福建人民出版社付出了诸多心力，在此一并致谢！正是源于大家的齐心协力，“闽籍学者文丛”第三辑才得以顺利出版。

是为序。

水深鱼极乐，林茂鸟知归（代序）

——林继中先生访谈录

李圣传　整理

一、转益多师：路漫漫而上下求索

李圣传（以下简称“李”）：林先生，您好！非常感谢您抽空接受我的访谈。我们先从您的求学经历谈起。您从小生长于医生家庭，后来为什么会喜欢上文学，并走上中国古典文学研究的道路呢？

林继中（以下简称“林”）：我从小喜欢唐诗、小说，爱好听故事。中学时代，鲁迅的小说、杂文我几乎都读过。其他如当时流行的《林海雪原》、俄罗斯文学、裴多菲以及海涅的作品，等等，我都喜欢读。因此，我是慢慢地走上了文学研究的道路。

李：听说您大学毕业后有一段特殊的经历，就是被安排到军垦农场劳动，后来又进深山教中学，并在这段异常艰苦的岁月中通读了《明史》等大量历史文献。这对您此后的学术研究产生了怎样的影响？

林：“文化大革命”期间我在福建师院（今为福建师大）读本科，后期是“逍遥派”，静心读书。当时，毛主席号召说要多读历史。其实我之前也一直在读马恩的书籍，恩格斯《反杜林论》《家庭、私有制和国家的起源》等著作我尤其喜欢。1972年前后的几年，我在福建华安县组织组当过材料员，还当过政工，带民工修过铁路，这些都离文学非常遥远，却让我更深地了解了社会，对文学研究很有帮助。

李：1978年，您考入厦门大学中文系师从周祖譔先生攻读唐代文学。因“文化大革命”沉寂十多年，您当时的学术心态和志向如何？作为清华国学研究院浦江清先生的弟子，周祖譔先生在唐代文学研究领域又给了您怎样的学术训练？

林：当时，因“文化大革命”，觉得古典文学相对离政治稍微远些，兴许以后也会“保险”些，所以选择走这条路。（笑）其实，我读本科时喜欢的是写散文和新诗之类。硕士期间，导师每周上一次课，采取“沙龙”的形式，主要是我们谈读书的心得体会，然后导师穿插点拨。周先生主要强调和布置我们读历史，《新唐书》《旧唐书》《资治通鉴》必须在短时间内读完指定部分，工作量很大。尤其是《资治通鉴》“隋唐五代”段，必须做到熟悉，而《新唐书》《旧唐书》则重点看一部分“列传”“表”“志”等文献，强调要熟悉研究对象的历史背景。我当时还听了著名史学家厦门大学韩国磐先生的课，他是隋唐五代史方面的专家，侧重政治经济学。我当时选择研究王维，就是专门从庄园经济的角度去解读王维。其实，文史不分家，郑朝宗先生也是“清华派”，外文非常好，对西方文学也很通，但也重视文献实证。受郑、周两位先生中西合璧思想的影响，我自己的研究道路也是一面抓文献古籍，注重考据、义理、辞章，一面读钱钟书先生的《管锥编》《谈艺录》及西方文论，注重中西互证。“东海西海，心理攸同”嘛，“文化自觉”不仅是对民族文化的认识，还要将民族文化置于全人类文化里面，多元统一。正所谓“各美其美，美其所美，美美与共，天下大同”。我想：这种中西融合的心态，会慢慢成为社会的主流。

李：林先生，您硕士毕业后，1983年又考入山东大学师从萧涤非先生攻读唐宋文学博士学位，与莫砺锋、王富仁等先生一起成为新中国首批文学博士。您能否简要回忆当时的读书情形并谈谈萧涤非先生指导博士学位论文的方法？

林：像林语堂一样，闽南人都有思乡情结。我硕士毕业后先是返乡到师专任教，然后再考入山东大学。导师萧涤非先生重视“实地考察”。王国维主张“二重证据法”，而萧先生还注重实地查证与体验，他受鲁迅、毛泽东的影响比较深。他搞杜诗研究的一大发明就是：组织“杜甫组”先“万里行”，沿着杜甫的足迹走一遍，在“实地感悟”中“感悟杜甫”。这可谓是“三重法”，即：地面上的文献、地下的文献以及现实中活的文献。我的博士论文题目也是导师给的，目的是强化我的基础训练。

李：您由萧涤非先生指导的博士学位论文《杜诗赵次公先后解辑校》共计一百多万言，获程千帆、陈贻焮等学界巨擘大力推崇，并被列入上海古籍出版社的“中国古典文学丛书”中。在短短两年时间内，从史料搜集，到辑佚校勘，再到运思写作，您究竟是如何做到的？

林：我的体会不知道对不对。我觉得这不是很难的事情，关键是要细心，冷板凳要坐得住。这种“考镜源流”的工作与其他理论式的研究不同，做得好不好，起决定作用的不是你是不是学术天才，而是你细心不细心、认真不认真。考镜源流、追查出典、核实原文，大量工作都不是体现在“出校”上，因为核对以后如果原文没错，就一点也体现不出你的劳动。我写几条几条校正，那是因为他出错了，这才有痕迹表现出来。但绝大部分都是你查对以后没痕迹表现，“也无风雨也无晴”的。博士论文写作过程中，我每天花的时间很多、很辛苦，冬天最好计算，一直要等到整个窗户都结满了冰花、都白了，才去睡觉，大概要到晚上两点多吧。第二天早上七点多又要起床，读读外语。当时也就是在宿舍、食堂、资料室“三点一线”地跑。这种工作不用经常去麻烦导师，因导师年纪大了。但萧先生做了一个非常好的事情——我们常说“站在巨人的肩膀上”，他组织“杜甫组”时，学校和各出版社均大力支持，当时各单位图书资料封锁还很厉害，但凭借萧先生的声望、人民文学出版社的资助以及山东大学自身深厚的历史积淀与学术资源，当时从全国各个地方弄来了200多种版本的杜诗杜注。这样我就至少省掉了十年的学术准备工作，因为在那个时代，你个人根本不可能找来那么齐全的资料。比如说赵次公的注本，我也是从资料室才看到的，而这个注本也是从北京图书馆复印过来的，其他人怎么可能看到呢？

李：听说您博士论文答辩时带来的笔记材料堆得有1米多高，把整个人都挡住了。能否回忆一下您当时答辩的情景？

林：（笑）一两尺高吧，全是一些复印稿，我的那些材料和博士论文原稿都留在了山东大学图书馆，我自己也没有。其实，这也只是证明“笨功夫”下得够，不能证明其他什么。研究古典文学就是要历史打底，加上“坐功”。大概因受先后两位导师的影响，传统中最基本的东西在我的论文中都有体现：一个“史”，一个“证”。可能在收集材料的功夫上还欠缺一些。

二、诗国观潮：“文献实证”与“中西合璧”

李：林先生，您专攻中国古典文学，但在您此后的著作中（比如《诗国观潮》），除“考据、义理、辞章”外，还大量运用精神分析、文化人类学以及接受美学等西方理论。您认为，运用这些“西方理论模式”来烛照剖析唐宋诗歌现象时，其意义价值在哪里？

林：我认为中国文化的精义在于“道法自然”。正所谓“物无非天也。天也者，自然者也”。我对文论虽然没有专门性研究，但对钱钟书的《管锥编》《谈艺录》还是认真研读过的。此外，当时厦门大学还有一个优势，就是理论上的“得风气之先”。所以，当时厦门大学能出刘再复、林兴宅等理论家是有道理的。那时台湾的书还很难在大陆流通，但在厦大却有很多，叶维廉的书啊，钱穆的书啊，等等，还专门设有台湾研究所。当时舒婷等人在那段时间也刚好“崛起”，所以“新风气”就蔓延整个厦门。我也在那种氛围中阅读了叶维廉等人的许多新理论。受这些理论新风的影响，我也就较为容易用西方理论来烛照、激活古典文学。包括后来我还看了许多日本的书，因我读硕士时就跟日本学者入谷仙介通信，他还送了我一本《王维研究》。我当时学日语，读了些日本书籍。我的文论也较杂糅，加上过去的爱好以及郑先生“钱钟书研究”的指导影响，我的研究路子也就基本定调了。可以说，我的研究始终是中西“双修”的，我并不刻意为了研究而去学习西方理论，而是“中学—西学”比较的思维。它的意义无非是拓宽视野，减少偏执。

李：在《情感意象的一种构图方式》一文中，您正是运用了苏珊·朗格《艺术问题》一书中关于“感性的意味”与“诗的形式”等观点从情感结构角度对杜诗“碧瓦初寒外”“香稻啄余鹦鹉粒”等诸种不可表达之“物”与“图形”进行了生动诠释。但是，中学与西学毕竟文化土壤不同，因而才产生诸如“中学为体，西学为用”与“西学为体，中学为用”之辩。那么，就唐宋诗歌而言，在引进“西方理论模式”进行阐释激活时，为防止过度阐释或文本误读，应该注意哪些问题？

林：这个我觉得应该向鲁迅的“韧”的精神学习。也就是说，很多事情都不要想一次性解决，真理可以无限逼近，但永远不可能到达其终点。很多东西不可能完美，所谓“大成若缺，其用不弊”。追求美满作为一种目的可以，但是你要明白它永远是有缺陷的。理论与实践一定要“同步共振”，边实践边得出结论，结论再回实践，实践检验后再产生并修正理论，二者交流电似的几乎同时发生、发展。就像结构主义引出后结构主义一样，这并非“后浪推前浪”，而是像我说过的“蔓状生长”。这是一种“生态的关系”。我们当代人老是喜欢用一种物理性思维去解释文论，这就很容易机械化。实际上，中西学的问题不要去考究谁为“体”谁为“用”，“体”与“用”是相关联的，牛的“体”、牛的四肢就是为牛服务的，而马的体、马的四肢只是为马服务，这两个绝不能分开。因此，我们还得回到原点——“太极图”。“阴”和“阳”是“一”，“一”分为“二”不是“真分”，“阴在阳内”，只是互动，在相互转化的过程中相互促成。中与西其实也是“一”：同属人类。所以我认为要把人类看为一体。中国最古老的东西是最现代的，分析、归纳到极点，就回到了原点。回到原点不是回到西方的柏拉图、亚里士多德，而是回到东方的老子、孔子。东西方文化都是全人类的共同的财产，所以回到原点不一定西欧就必须回到西欧，也可以回到东方。同理，我们将来发展到一定程度，说不定也回到印度去啦，这些东西都说不准，“十年河东十年河西”嘛。人类思想总在不断发展、不断交汇。所以，我常说“道法自然”，自然的本质就是多元统一的，“杂”就是一种多元、一种常态。当然，多元到和谐、融一，还要长期磨合，误读之类难免。

李：林先生，在您的治学方法中，“文献实证”与“以大观小”是非常重要的两极。“文献实证”倾向于微观的史料与考证，讲究“考据、义理、辞章”，而“以大观小”则注重宏观的文化考察。您常强调将研究对象置于大的历史文化场景中，再通过文本的文献学考察，进而做到在“以大观小”中又“小中见大”。您能否简要谈谈？

林：我的导师周祖譔先生的书架上有一套闻一多的书，我看到后也买了一套。我觉得这个问题和前面讲的差不多，“阴”和“阳”是“一”，这个问题也是“一”。闻一多先生就是这么做的。他的考证跟古人很不一样，虽然在文献、出土文物的考证上也一样，但“统帅”却换了，他的推理思维是非常现代的。他将之融会到文化语境中去。比如说对《芣苢》的考证，闻一多以传注训诂之学与民俗学、神话学、社会学相结合，辨明了芣苢的象征意义，以及以现代人的妇女观观照那个时代妇女在生育问题上所承受的巨大压力。闻一多这种以现代学术意识为主导，将传注训诂纳入文化大视野，赋予它以多维度的文化阐释功能，使“考据、义理、辞章”的旧框架发生了范式性变革，激活了这门古老的传统学科。这种文献实证与文化考察的结合，不仅将训诂学从封建伦理道德的束缚中解放出来，释放出空前的能量，还在文学主体性的回归中既恢复了语境和诗意，并将之融入了现代学术。这就是一种自觉的“中国文化诗学”。闻一多先生的研究路径绝妙地演示并解决了这些问题——将对象置诸文化场域的整体性语境中去考察研讨，这就是“文献实证”和“以大观小”的统一。

三、文学史观：“蔓状生长”与“文化建构”

李：从20世纪80年代后期起，您开始酝酿写作《文化建构文学史纲》，1993年出版了中唐到北宋部分（海峡文艺出版社），接着2005年又补充出版了魏晋到盛唐部分（北京大学出版社出版）。这本书出版后颇得学界好评，您能否谈谈这本书的写作初衷以及您希望达到的文学史目的？

林：我在写赵次公的时候，就开始有意识地将各种材料放在一起，后来写作四万多字的博士论文前言，其中一部分发表在《中华文史论丛》上。当时我就从材料中感受到：就像"文化迁徙"一样，文学价值与意义也是在流动中或升或降。受时代影响，我又开始看姚斯的接受美学，我后来的研究视角也是从接受美学入手，但底子还是"文化模式"论，主要是受布克哈特《意大利文艺复兴时期的文化》与本尼迪克特《文化模式》两书影响。我当时就想将布克哈特与本尼迪克特的研究模式引入文学研究中。因为我预感到：就像闻一多的研究一样，"文化模式"也是一种认识事物的思维方法；杜甫不管成就再大，将他置于整个中国文学史上也只是一点，而将之放诸人类文化史上则更是一点，这就是所谓的"以大观小"，而我就是想要将这种动态关系呈现出来。我是1983年考取山东大学文学博士的，1985年我的博士论文就已完稿，但因导师萧涤非先生生病住院，我只能推迟答辩。这段时间我除了将博士论文反复校对、修改外，还开始收集材料，主要是北宋，因为唐代部分我读硕士课程时已经下过功夫了。当时单篇文章也已经写作出来，但我觉得单篇文章还说不清楚，于是决定写作一本书，中唐至北宋部分大概一年多就写完了。当时书的出版比较难，直到1993年才由海峡文艺出版社出版。我的初衷也不过是换个角度认识一下文学史而已。

李：您从"文化模式"角度去思考文学史的动态建构，除受布克哈特、本尼迪克特以及闻一多先生的影响外，是否还与当时"文化热"的时代学术氛围有一定的关联？

林：当时"文化研究热"已经引起人家反感了，你看南京大学张宏生先生当时对我这本书的评论就知道了。文章中提到当时有学者就和他说"谁要是再同他谈文化，他就和谁拼命"，因为"文化"

二字已经被炒得令人大倒胃口，以至于在公众中产生了强烈的逆反心理。从主观上说，我的书与当时的文化研究热潮没有必然关联。我的研究主要来自于自己的兴趣以及长期探索与实践。

李：在撰写中国文学史时，从时限说，学界一般都是写通史或断代史，但您书中却是以“魏晋—盛唐”以及“中唐—北宋”这一逻辑脉络与界限去书写，这种划分的理据是什么？

林：叶燮在《已畦集》卷八《百家唐诗序》就指出：贞元、元和之际，后人称诗，谓为“中唐”，“不知此‘中’也者，乃古今百代之‘中’”。日本学者内藤湖南在《概括的唐宋时代观》一文中也说，“唐宋时期”一词从学术上说“有更改的必要”，并指出“六朝至唐中叶，是贵族政治最盛的时代”。中唐是整个大历史的分界线，我们现在继承的主要是宋明理学的影响，而前面的汉唐却很生疏。事实上，汉唐、南北朝的多元文化，与后半段历史的文化心态不一样，特别是南宋以后受侵略的逆反心理，文化心理结构起了很大的变化。这些都是我“文化建构文学史”所要思考和解决的问题。当年，葛兆光、陈伯海诸先生都嫌我的书名“涩”，但我没改（笑）。到现在，已经很多人都在谈“文化建构”啦。其实，重点就在“建构”两个字，“文化—文学”不是“两张皮”，而是“太极”，相互轮转驱动。文化变了，文学不能不变，而文学变了反过来也会影响文化的变化。因此，“文化—文学”是“双向建构”的关系。至于分期问题，如何“切”（划分依据），我也是从宏观入手，“以大观小”，从矛盾最大的地方切入，一边是“盛唐”，一边是“中唐”；前面是“前不见古人”，后面是“后不见来者”。而我就紧紧抓住这个“交界点”，其实什么事情都是一样，一定要把握住节点。

李：对，所以您在《文化建构文学史纲》以及《文学史新视野》中，反复提到两个关键词，即“蔓状生长”与“文化建构”。这其实在一定程度上也正是关注“突变”与“交叉”的部分。您能否进一步谈谈其中所包孕的文化哲理？

林：这在物理学家普里高津那里说得很清楚：我们的时代是各种理念与方法相互冲突的时代，这些理念与方法各自经历了长期相互隔绝的发展过程之后，突然遭遇，便产生蔚为大观的进展。其实，浪花最精彩的，就是当洪水遇到石头，相撞的那一刹那。为什么民国、南北朝在文学史上会异常精彩？这就是正处于“变”与“不变”之间。民族转型的“十字路口”，就好比日本的明治维新，直接决定着未来走向。花将开未开，美就在于“富于包孕的那一顷刻”。

李：我在读您《文化建构文学史纲》的时候，发现其核心骨架其实就是两种“文化构型”的嬗变，即“士族地主文化”与“世俗地主文化”构型，并在这两种文化构型的内在驱动与递变中审视文学的生产机制。您这种“文化建构文学史”的视角或许更强调“文化”的中介作用，但文学史的发展除“文化建构”的驱动构型外，还有其自身独特的内部发展规律，您是如何处理的？

林：文学的内部规律就表现在“质”与“文”、“雅”与“俗”的关系上，《文心雕龙·通变》也提到“斟酌乎质文之间，而檃栝乎雅俗之际”，这就是文学通变的内部规律。我书中也提到了文化构型中“由雅入俗”和“化俗为雅”的文学史嬗变规律。

李：对，您书中指出，北宋年间的文坛大势是“由雅入俗”，其表征一是重叙事，二是重感官；您还意识到了另一条“化俗为雅”的螺旋过程：一是以苏轼为代表将“感情走私”的词改造为与诗一样的“言志”之具；一是以周邦彦为代表，偏重将“俗腔”改造成“雅调”。您认为古代文人在文学“雅俗”观念的精神态度上与今人有何异同？

林：北宋文坛大势应该是“化俗为雅”。至于古今异同，我过去也常和学生开玩笑说，我们当代人来研究古代中国是很幸运的。为什么呢？因为我们基本上思维没变。西方的今人要感悟古人很难，但我们中国不难，基本上没怎么变。朝鲜也一样，老子传儿子天公地道，现代中国人也基本能接受。现在复兴得最厉害的“最当代的古代”就是族谱。所以说，我们距古不远。这是一种落后的表现，但对于我们古典文学研究来说是很便利的，变化不是很大。所以我常说，要借西方的水来反复冲洗我们的传统思维，积淀太深、太丰富了，需要“减肥”一下。我们心里头需要装着这样一个大的历史文化视野，正如王国维先生在《国学丛刊序》中所言：“中西二学，盛则俱盛，衰则俱衰，风气既开，互相推助。且居今日之世，讲今日之学，未有西学不兴而中学能兴者，亦未有中学不兴而西学能兴者。”王国维那么早就说西方不可能单独前进，东方没有西方也不可能独自发展，我们连王国维的脚后跟都望尘莫及。很多原点不必企望太远，回到民国那些大师就可以。我的“文化建构文学史纲”其实就是回到陈寅恪那里，因为“士族”“庶族”就是他说的，但是我将“庶族”改为“世俗地主”，因为“士族”没了，你还有什么“庶族”，对吧？

李：对。您《文化建构文学史纲》写“魏晋—北宋”，但其实魏晋与唐宋在文艺特征及美学艺术风格上有着显著的变化。如：钟嵘《诗品》与刘勰《文心雕龙》侧重讲文艺的特征和创作规律、讲“神与物游”、讲人格理想的树立；但到司空图《诗品》与严羽《沧浪诗话》则更进一层，讲艺术作品的审美风尚和意境、讲“思与境偕”、注重人生态度的追求。这种文学艺术内部的变迁从“文化建构文学史”的角度，该怎样解释？

林：我认为没有纯粹的文学的内部规律，因为形式是依内容而存在的，内容也是依附于形式，没有没形式的内容，也没有没内容的形式，形式与内容是相互依存无法分割的。从文学规律来说，从“兴象”慢慢发展过渡到“韵味”，这中间的“催化剂”就是禅宗，没有禅宗是不会有这样的变化。禅宗本身虽不参与反应，但它促成了这种转化。就好比“悠然见南山”与“悠然望南山”对于陶渊明本身是无所谓的，经我统计发现，陶渊明用过十几个“望”字都是用于远景，而近景都是用“见”字。从白居易与韦应物所引陶诗看，“望南山”与“见南山”当时是并存的，但经过苏东坡的解释后，许多读者接受了，（因为）它符合时代的潮流与审美趣味，这就是禅宗所谓的“现量”，这个“见”就是从“不假思索”的“现量”中来。盛、中唐出现的“兴象”是接力跑用的棒，“兴”与“象”形成张力，指向“象外之象”。“象外之象”强调要将所见之“象”撇开，指向“意义”。但撇开实际上是不可能的，不讲形象就没有文学，禅宗的“水中之月”解决了这个问题，《沧浪诗话》就讲这事。这不就是文化与文学的双向建构？

李：对，这其实不仅是一种“审美趣味”的风尚流变，还是日常生活中对“禅境”的追寻。另外，李泽厚在《美的历程》中曾提出两种“盛唐之音”的观点：一是以李白、张旭为代表的盛唐，是对旧的社会规范和美学标准的冲决和突破；另一种以杜甫、韩愈、颜真卿为代表的盛唐，是对新的艺术规范、美学标准的确定和建立。李泽厚还认为后者才是真正的“盛唐之音”。作为唐宋文学专家，您怎么评价李泽厚先生的这一文学史观点？

林：说实话，李泽厚先生的这一观点说得太死啦，有些思想是慢慢成熟的，明而未融嘛。估计李泽厚也是为了表述上的方便。其实中唐的特征在盛唐时就开始孕育，即使在李白、杜甫身上，两方面也都有所体现，只不过含量不同、时间段不同罢了。杜甫表现突出，还没经历安史之乱就已经开始改变思维了，《兵车行》《丽人行》就已经出来了。这种交错实际上就像“接力赛”一样是边跑边接的。将盛唐与中唐一刀切下去，哪怕刀锋再利，在显微镜下看，这个切口也并非光滑齐整，而是犬牙交错、参差不齐。杜甫早已开始调转思维，只不过他的根还是在盛唐的土地上。就像庭院角落种的梅花一样，它的树根、枝干都在院里，但它的花却开到了庭院外。没有盛唐就没有杜甫，但花毕竟开在院子外嘛。所以，有人（好像是吉川幸次郎）开玩笑说，“杜甫是学宋诗的”。（笑）再者，“盛唐气象”是大时代的特征，从初唐到晚唐，可以说它都存在。颜字大气，自然是属盛唐，但它的规范化又开启了中唐，“不出不入，亦出亦入”是也。

（原载《社会科学论坛》2016 年第 4 期）

目　录

下 编

上编

时空寂寞

——士大夫忧患意识的诗语言

自“儒道互补”之论出，入世的“兼济天下”与出世的“独善其身”已被普遍地认作中国士大夫互补而协调的生命二元。这无疑是有其合理性。

然而，儒、道入世与出世对抗、矛盾的一面，却往往遭到不同程度的忽略或淡化。儒家对文艺的影响，更多地被视为作用于主题内容方面的因素，而在审美方面似乎只起着束缚、损害的作用。可是，文艺史呈现的无比丰富的现象并不都有证明这便是一切。在许多文艺家身上，恰恰是儒、道的入世与出世精神处于不可协调的对抗状态，二者的对峙造成个体的彷徨乃至迷狂，才水石相激般溅出了最美的文艺之花。于是，有人在“互补”的儒、道以外，又寻出第三者——骚。

“屈子何由泽畔来”？要回答这一问题，先要体会忧患意识在中国古代知识分子心理中所占据的位置。

我民族早在远古时代就以农业求生存，而农业在当时的条件下显得那么脆弱，任何天灾人祸都可能使它遭到毁灭。人们不能不如履薄冰、战战兢兢。长期的忧患渐渐积淀为文化心理，形成所谓的“集体无意识”。一部《老子》早已老气横秋地将这种忧心忡忡提升到理性化的高度。自以为“无恒产而有恒心，唯士为能”的士大夫，更是“以天下为己任”，自觉地将个人的情感与国家民族的安危、生民百姓的哀乐联系起来，无怪乎中国传统的审美趣味并不以西方所称道的“悲剧”为最高境界，而是以“沉郁”为美的极则。故《史记·屈原贾生列传》称：

余读《离骚》《天问》《招魂》《哀郢》，悲其志。适长沙，观屈原所自沉渊，未尝不垂涕，想见其为人！

屈原作品并不以悲壮的情节、高度集中的矛盾冲突等西方典型的悲剧性来感动、震撼人心，反之，是以如茧抽丝般的郁闷，往而复返、不可排遣的深沉博大的忧思来折磨读者心灵。是的，感人垂涕的正是那种以个人哀乐与国家民族安危融为一体的情感内容所构成的情志，以及由此焕发出的沉郁的风格。

《离骚》与《天问》是最能体现屈原忧患意识的代表作。《天问》五十六句问天地，一百三十二句问人事，这股“问”的洪流从屈子胸中汹涌而出、铺天盖地，不但是屈子开了闸的忧患意识，更是一个民族乃至幼弱人类无边的忧思！

当然，忧患意识在《离骚》中更具有诗的气质：

日月忽其不淹兮，春与秋其代序；惟草木之零落兮，恐美人之迟暮。

人生之短促固可悲，更可悲的是不能在这短促的人生中有所作为。于是乎他要离开这令人气闷的人间，“周流观乎上下”。但：

陟升皇之赫戏兮，忽临睨夫旧乡。仆夫悲余马怀兮，蜷局顾而不行。

不是庄子式的“逍遥游”，恰恰是孔子式的“道不行，乘桴浮于海”的愤激，那种矛盾不可调和所发出的折裂声，焕发出沉郁之美。

悲剧就在于理想与现实相背离，而沉重的现实偏偏对诗人更具吸引力。不幸的诗人，老是处在欲罢不能的状态中，他们的诗总体现着这种张力。苏东坡说：

> 我生天地间，一蚁寄大磨。区区欲右行，不救风轮左。（《迁居临皋亭诗》）

具有强烈的济世理想的中国古代知识分子，就是处在这样欲右偏左的困境之中，忧患意识又先天地让他们背负现实的十字架而不能飘逸而去。

众人皆醉我独醒。未必人人都有屈原那融个人与民族、国家为一体的情感结构，但人人都处于天地之间，都分明意识到自己的渺小与人生的短促，而惊叹天地之至大、之永恒。于是忧患的焦灼便具有普遍意义地落在这大与小的强烈对比之中。

被称为“完全是文人的创制”的《古诗十九首》，便是这样的人生咏叹：

> 人生天地间，忽如远行客。（《青青陵上柏》）
> 人生寄一世，奄忽若飙尘。（《今日良宴会》）
> 人生忽如寄，寿无金石固。（《驱车上东门》）
> 白露沾野草，时节忽复易。（《明月皎夜光》）
> 思君令人老，岁月忽已晚。（《行行重行行》）

“忽”，无疑是关键词，是作者们对人生与天地对比后强烈的总体印象。不是天地之永恒那一面，而是人生之短促这一面，被凸现了。面对这一现实，作者们做了与屈原不同的选择：“生年不满百，常怀千岁忧。昼短苦夜长，何不秉烛游？”（《生年不满百》）他们要摆脱忧患意识，不管是否能办到。这种企图用“及时行乐”来淡化忧患意识的言行对后人有很深的影响，甚至曹操这样的豪杰人物也会说：“对酒当歌，人生几何！”（《短歌行》）

然而，高唱“风骨”的建安文人毕竟是一群将身子紧贴着大地的有志者，他们用哀歌唱出对济世理想的执着追求：

> 神龟虽寿，犹有竟时……老骥伏枥，志在千里；烈士暮年，

壮心不已！（曹操《步出夏门行》）

天地无穷极，阴阳转相因。人居一世间，忽若风吹尘……怀此王佐才，慷慨独不群。（曹植《薤露行》）

骋哉日月逝，年命将西倾。建功不及时，钟鼎何所铭！（陈琳《失题诗》）

于是我们又看到屈原对人生价值的关怀：人生之短促固可悲，更可悲的是不能在这短促的人生中有所作为。

如果说，是建安文人将“人生忽如寄”的焦虑化作对“建功立业”的渴望，那么，能将这种渴望销溶在玄学的时空中，用寂寞心重铸沉郁之美者，则是诗人阮籍。

阮籍的心，好比多面的水晶体，既丰富不尽，又十分单纯——复杂的单纯。在八十二首五言《咏怀》诗中，“多面”则表现为充满矛盾且不断转化的情绪。他也有着《古诗十九首》一样的焦虑：

天马出西北，由来从东道。春秋非有托，富贵焉常保。清露被皋兰，凝霜沾野草。朝为美少年，夕暮成丑老。自非王子晋，谁能常美好！（其四）

他也与建安文人一样，渴望功名，推崇礼法之士，但最深沉的是孤独和寂寞，以及摆脱不开的忧患：

一日复一夕，一夕复一朝。颜色改平常，精神自损消。胸中怀汤火，变化故相招。万事无穷极，知谋苦不饶。但恐须臾间，魂气随风飘。终自履薄冰，谁知我心焦！（其三十三）

于是我们又感受到《离骚》那种如茧抽丝般的郁闷，往而复返，不可排遣的深沉博大的忧思。

彷徨、孤独、寂寞，是现实与阮籍追求的理想人格之间冲突而相持不下所形成的特殊状态，是张力下的静止。于是乎阮氏《咏怀》的多面性、矛盾性，便在寂寞中显得如此淳至而融一。它正是阮籍“其外坦荡而内淳至”（《晋书·阮籍传》）个性的表现。阮籍放诞任性、不拘礼教、嗜酒持傲与喜怒不形于色、口不臧否人物乃至应变顺和行为的多面性、矛盾性，不就是统一于他对理想人格执着追求的同时能清醒地认识现实的心性上吗？当然，理想与现实的对抗并不总是取得相持性的静止，“时率意独驾，不由径路，车迹所穷，辄恸哭而反”（《晋书·阮籍传》），便是失去平衡的折裂声。

然而，我们要研究的是表现的形式。值得注意的是，阮籍有意用玄学那无量的虚无来溶解人生这无穷的忧患，感慨于是不再是《古诗十九首》似的停留在人生短促这一面，而是转向时间永恒那一面，同时延伸向虚无的空间，从而完成了寂寞与时空的转换。

玄学的出发点是“贵无”，是企图超越有限去追求无限。诗人兼哲人的阮籍正是由此出发来建构其理想人格。其名著《大人先生传》便塑造了一位“与造物同体，天地并生；逍遥浮世，与道俱成”的理想人物，与之相比的“礼法之士”不过是些“处于裤中，逃乎深缝，匿乎坏絮”的虱子。现实中的另一“七贤”人物刘伶，就曾很带实践性地裸形于屋中，而谓讥之者：“我以天地为栋宇，屋室为裈衣，诸君何为入我裈中？”（《世说新语·任诞》）于是乎人生之渺小与飘忽在理想人格中得到了超越。《咏怀》第五十八首云：

> 危冠切浮云，长剑出天外。细故何足虑，高度跨一世。非子为我御，逍遥游荒裔。顾谢西王母，吾将从此逝。岂与蓬户士，弹琴诵言誓！

诚如葛晓音《八代诗史》所云：这是“大人先生和功名志士两种形象叠合在一起的产物”，是“佩着屈原的高冠长剑，逍遥于庄子的浩渺大荒之中”。① 从今而后，士大夫志士仁人们欲伸壮志，就搬到“大人国”里来：既得屈原之孤高，又得庄子之逍遥。可是，不知您注意到没有，关键就在屈子式的忧患被溶解了，溶解于玄学的虚空：

---

① 葛晓音：《八代诗史》，陕西人民出版社 1989 年版，第 94 页。

于心怀寸阴，羲阳将欲冥。挥袂抚长剑，仰观浮云征。云间有玄鹤，抗志扬哀声。一飞冲青天，旷世不再鸣。岂与鹑鴳游，连翩戏中庭？（其二十一）

“一飞冲青天，旷世不再鸣”，是以寂寞的虚空来销溶现实的忧患。是时空之无碍容纳了个体精神之自由，而无限的时空与深沉的忧患又构筑了新的心灵。这是一颗博大而寂寞的心——多思虑而少行动的无可奈何之心。《咏怀》卓绝处，就在于对寂寞心境的观照。八十二首五言《咏怀诗》，“心”字出现了十五次，“悲”“伤”各十一次，“忧”字十次。另外，诗中充满“徘徊”“怨”“憔悴”“苦”“凄怆”“感慨”“咨嗟”“怵惕”“恐”“哀”“酸辛”“愁”“彷徨”“踌躇”“愤懑”等与心理有关的字眼。像这样反复咏唱一种心境的组诗，在中国诗史上真是空前的创举。而这种心境的摹写，是以时空变化衬出的。

《咏怀》第一首向来被认为难以解读的名篇，将其中景物描写只作“比兴”解是主要的障碍。原诗如下：

夜中不能寐，起坐弹鸣琴。薄帷鉴明月，清风吹我襟。孤鸿号外野，翔鸟鸣北林。徘徊将何见，忧思独伤心。

黄节注本案语云：“《文选》六臣注，吕延济曰：夜中，喻昏乱。吕向曰：孤鸿，喻贤臣孤独在外。翔鸟，鸷鸟，以比权臣在近，谓晋文王。刘履《选诗补注》取之，此皆嫌于臆测。”[①] 将“比兴”坐实为背景材料，是历来儒生解诗的通病。阮诗“微而显”，就在于情绪的易感知却难坐实。诗中景物描写虽有比兴、象征的深意，但不宜作简单的对应（如“孤鸿”即直指“贤臣”）。它往往是通过氛围的渲染，传达心境的变迁。萧涤非先生在《读诗三札记》中传达黄节意见说：“薄帷一联表现一种恬静之意境，使人想见其当时之襟

① 黄节：《阮步兵咏怀诗注》，人民文学出版社 1957 年版，第 2 页。

胸，而音韵之天籁，殆亦臻化境。”① 从景物描写中求意境、心境，的确是解读阮诗的方法。诗人因夜不能寐故起而弹琴，企求心的平衡。事实上，他取得暂时的解脱——清风明月，恬静的意境也就是当时诗人获得的心境。接下一联由斋室而林野，由平静而躁动，场景的转换又暗示了心境的转换：诗人在静思中忧患更深广了。终于，在徘徊中更见心绪之纷纷，而这一世又归诸“独伤心”——寂寞的心灵。

由狭小空间急剧转向广漠空间，由即时转向永恒，是阮诗表现忧患而寂寞的心灵的常用手法：

> 独坐空堂上，谁可与欢者？出门临永路，不见行车马。登高望九州，悠悠分旷野。孤鸟西北飞，离兽东南下。日暮思亲友，晤言用自写。（其十七）
>
> 昔年十四五，志尚好诗书。被褐怀珠玉，颜闵相与期。开轩临四野，登高望所思。丘墓蔽山冈，万代同一时。千秋万岁后，荣名安所之。（其十五）

由坐空堂到开轩、出门、登高，空间视野不断地扩大；而对丘墓的展望又引起时间永恒的感慨。在大与小的强烈对比中，诗人的忧患弥漫开去，更深更广。然而，就在这有限向无限趋进的同时，诗人得到了某种超越：

> 殷忧令志结，怵惕常若惊。逍遥未终晏，朱华忽西倾。蟋蟀在户牖，蟪蛄号中庭。心肠未相好，谁云亮我情？愿为云间鸟，千里一哀鸣。三芝延瀛洲，远游可长生。（其二十四）

蟪蛄中庭之号，与云鸟千里之哀，虽同样未能摆脱忧患，却有小大之辨。尤其应注意的是：扩大了的时空，是空旷幽渺的时空，也就是寂寞的时空。其二十九首云：

---

① 萧涤非：《乐府诗词论数》，齐鲁书社 1985 年版，第 359 页。

> 昔余游大梁，登于黄华颠。共工宅玄冥，高台造青天。幽荒邈悠悠，凄怆怀所怜。

“幽荒邈悠悠”既是空间，也是时间的寂寞。其三十二云：

> 人生若尘露，天道邈悠悠。齐景升丘山，涕泗纷交流。孔圣临长川，惜逝忽若浮。去者余不及，来者吾不留。

这里集中了孔圣人、屈大夫以及《古诗十九首》对时间的感慨，而归诸“天道邈悠悠”，仍是时空的寂寞。寂寞，是有限向无限超越后的平静；寂寞，是以“无”全“有”的玄学乐趣；寂寞，便是美。于是诗人乃以时间为寂寞之长度，以空间为寂寞之体积，以忧患为寂寞之质量，剪裁出寂寞之诗美。是为阮籍无量之功业。

能以最少的文字臻美地体现寂寞诸因素者，为盛唐先驱陈子昂。他的《登幽州台歌》云：“前不见古人，后不见来者。念天地之悠悠，独怆然而涕下！”诗直承楚辞《远游》：“惟天地之无穷兮，哀人生之长勤。往者余弗及兮，来者吾不闻。”然而，它的结构却是无可比拟的：劈面两句，将诗人置于时间长链的中点——“现在”，由此向前是无穷的亘古，由此而后是无尽的未来。第三句又以迅雷不及掩耳之势急转入巨大的空间，形成人与天地对比的极大反差。在一瞬间，毫无准备的读者竟经历了如此时空跌宕（“灵魂的探险”），忽然与诗人一道毫无遮蔽地站在亘古大荒上，被极度震撼的灵魂能不发一声喊：“独怆然而涕下！”这就是“伟大的孤独感”。

关键就在画面的结构使透视焦点落在“人”与“现在”。于是，与天地亘古相比是如此渺小的“人”，竟成了画面的中心！这一逆反效果使之不是消失在虚空里，反而“美人痣”也似的显露在巨大的背景之前。

极度的简化，使诗只剩下三个元素：时、空、孤独感。“空故纳万境”，古、今、人、己，种种联想却因之尽行纳入：而诗又因其联想之丰而“返虚入浑”，得无量充实——从屈子、《古诗十九首》、建安文人到阮籍等，前人无穷的忧患已成为一种文化积淀而显得如此厚实，这就是大孤独、大寂寞。

陈子昂的忧患已何止于“人生飘忽”的叹息，也不是阮籍所追求的个体理想人格在玄学虚空中的超越，甚至不止是屈原个体融于家国的情感，更不是建安文人对功业的热烈向往；他要在永恒的时间的长流中把握“现在”，在悠悠天地面前站立起“人”!

他从魏晋精神贵族那狭小圈子中一跃而出，成了大时代到来的先觉者，他的忧患是大时代到来前迫不及待的焦灼。

时、空、寂寞，三者不断地组合着新一代人的心灵。

然而，成熟的个性更具普遍性。陈子昂的登高情怀，也是早经宋玉《高唐赋》道出的：“长吏隳官，贤士失志。愁思无已，叹息垂泪。登高远望，使人心瘁。”那是士大夫早已存在的普遍情怀。但诚如陈子谦《钱学论》所指出：“能将这种心境升华到宇宙生命意识的，是陈子昂的《登幽州台歌》。”钱钟书将这种登临感伤的心理活动概括为“农山心境”。[①] 这种以孔子登农山命名的心境，当然是某种文化层次的人才有的心境。登高何以会枨触引发沉郁之绪？盖登高望远，远不能尽；远不能尽又易诱发时间永恒之联想，于是乃有时空与人生的强烈对比，从而唤醒深层意识中最古老的忧患意识，且升上表层来，好比凿井及泉——“是发现也，非发明也”。

忧患意识便是中国人的宇宙意识、生命意识。人在宇宙中处于什么位置？这就是中国人讲究的“穷理尽性以至于命”的哲学，即所谓“安身立命”之学。而安身立命与忧患意识是形影相吊的一体两面。

于是我们又绕回到文章的开头部分：以“入世”为基调的中国古代知识分子，其优秀者总是“以天下为己任”，以“带头羊”自居，颇为自觉地负上现实的十字架，其忧患意识势必较之他人深广。

如果说，忧患意识是“农山心境”的深层文化心理，那么，时空寂寥便是“农山心境”在外部世界的对应。我们从空旷幽渺的时

---

① 参见陈子谦：《钱学论》，四川文艺出版社 1992 年版，第 248 页。

空中体会诗人的心境，领略诗人的人格与沉郁的诗美。

李白以他独特的方式处理这时空寂寞。他的时空意象总是扑面而来，时间穿过空间，时空便是心境：

黄河落天走东海，万里写入胸怀间。

……徘徊六合无相知，飘若浮云且西去！（《赠裴十四》）

他同子昂一样，也善于在时空跌宕中托起一颗巨大的寂寞心。且不说《将进酒》那著名的开篇是如何以时空的飞瀑震住了读者，让诗人怀才不遇的苦恼咬啮人心，请读这首《越中览古》：

越王勾践破吴归，义士还家尽锦衣。宫女如花满春殿，只今惟有鹧鸪飞！

是最后一句点破了美丽的肥皂泡。时空幻灭正是诗人幻灭的心境。李白称得上是时空幻梦的大师。《梦游天姥吟留别》几乎用全力吹起一个七彩的时空，最后一针挑破："惟觉时之枕席，失向来之烟霞。"理想一头撞在现实上。

至若"奇之又奇，然自骚人以还鲜有此体调"（殷潘语）的《蜀道难》，简直是一首"时空之歌"。时间："尔来四万八千岁"；空间："上有六龙回日之高标，下有冲波逆折之回川。"

在这巨大空间中却堵塞着千山万壑，"扪参历井仰协息"，令人窒闷，可它又如是之空旷："但见悲鸟号古木，雄飞雌从绕林间。又闻子规啼夜月，愁空山！"这正是李白心境的对应：胸中垒块嵯峨，却又如此孤单寂寞："侧身西望长咨嗟！"

杜甫，这位己饥己溺、忧国忧民的诗人，则善于将时空纳诸方寸之中，将陈子昂那在小大之辨中凸现"人"的手法推向极致："路经滟滪双蓬鬓，天入沧浪一钓舟！"（《将赴荆南寄别李剑州》）"双蓬鬓"中有岁月，"一钓舟"中有天地。时空，就在诗人饱含忧患的心中。如果说陈子昂将时空感慨浓缩在四句之中，那么杜甫则能将时空感慨囚于五字之间："乾坤一腐儒。"（《江汉》）"万古一骸骨。"（《写怀二首》之一）

“腐儒”与“乾坤”、“骸骨”与“万古”之间的对比，无疑是鸡蛋与石头的对比。但五字之间，二者毕竟是分庭抗礼，它不能不给人以力度。在与巨大的时空威压的对抗之中，“腐儒”不腐！请看全诗：

江汉思归客，乾坤一腐儒。片云天共远，永夜月同孤。落日心犹壮，秋风病欲苏。古来存老马，不必取长途！

我们不由想起曹操的名句：“老骥伏枥，志在千里！”这是唐人往往有“建安风骨”与“魏晋风度”的明证，但这时已是士大夫从梦寐中那“帝王师”的交椅上直跌到“求帮忙而不可得”地位后的哀歌。这是何等悲壮的孤独与寂寞！然而，无论时空中变幻过多少政治、军事的风云，一些“腐儒”仍不改其“迂腐”，执着地要“为天地立心，为生民立命”（张载语），直至大清帝国破败不堪的岁月里，我们还听得到龚定庵的苦吟：

浩荡离愁白日斜，吟鞭东指即天涯。落红不是无情物，化作春泥更护花。（《己亥杂诗》）

“化作春泥更护花”，正是屈原式将个体与群体融一的“往而复返，不可排遣”情志在文化心理上的积淀，中国的“士”从这一地下深泉中汲取着不死的力量，在变幻的时空中不绝如缕地展现那悲天悯人的寂寞心。

不妨说，在中国，谁能吟唱这颗心，谁就是传统意义上的诗人。

（原载《天府新论》1994 年第 5 期）

律化：酿造文学独特的语言形式

朱光潜先生曾极其明快地指出：中国诗的转变只有两大关键，一是乐府五言的兴盛，从《十九首》起到陶潜止；二是律诗的兴起，从谢灵运和“永明诗人”起，一直到明清止，词曲只是律诗的余波。它的最大特征是趋向精研新巧。[①] 真所谓“老吏断狱”，直道出魏晋南北朝文学发展史的动脉所在。六朝文学之功过种种，尽在此创构文学独特的语言形式的过程中。而汉赋的嬗变在这一过程中所释放的能量，便成为文学史发展的一股不容忽视的内驱力。

汉赋，首创韵文、骈文、散文合一的体制，有利于各种艺术手段之尝试与新形式之创构，使赋不期然而然地成为文学的“实验室”（事实上直至唐代，赋依然是文人练习各种技巧的最佳形式）。汉人在这一实验室中做了许多尝试，如利用双声叠韵，采用大量华丽辞藻，俪偶排比，四六句式等等，总归是要增强文字的声色，达到“巨丽”的效果，是为文学自觉之先声。如果说“巨”的精神来自汉帝国的强大，是展现人“对物质世界的直接的巨大征服和胜利”；[②]

---

① 朱光潜：《朱光潜美学文集》，上海文艺出版社 1981 年版，第 180—181 页。

② 李泽厚：《美的历程》，文物出版社 1981 年版，第 81 页。

那么“丽”则具有文学自身更为深刻久远的意义。不妨说，正是汉赋所造成的人们对“丽”的偏好，积淀为一种审美意识。曹丕《典论·论文》区分四体云：“奏议宜雅，书论宜理，铭诔尚实，诗赋欲丽。”至是，“欲丽”已成为“文学自觉”初级阶段人们对文学之为文学的认识。丽，耦也。丽本来有偶对义，偶对正是汉赋用以造就巨丽的重要手段。故《文心雕龙·丽辞》乃云：

> 造化赋形，支体必双，神理为明，事不孤立……自扬马张蔡，崇盛丽辞，如宋画吴冶，刻形镂法，丽句与深采并流，偶意共逸韵俱发。

近譬诸身的思维（如“支体必双”云），以及从正反（阴阳）两方面认识事物的习惯（“事不孤立”云），都合乎“天人合一”的哲思。而心与物合拍造成一种平衡、和谐的美感，即格式塔心理学所谓外在对象与内在情感的“同构感应”，以及汉字单音节易于进行意义的对偶与声音的对仗，乃使骈俪早在《诗经》的时代就自发地进入文学。然而有意地大量集中使用骈俪句式，使“丽句与深采并流，偶意共逸韵俱发”，却是汉赋的功绩。

赋之丽，还隐含着对语言的音乐性的追求。有学者认为，文学自觉之核心乃在自觉地摆脱政教的附庸地位，甚是。我认为不但政教，任何附庸的地位，如经史、音乐之附庸，也是文学所力求摆脱的地位。文学一旦获得其主体地位，则政教仍可作为重要内容进入文学，音乐也不失为互相发明的盟友。“不歌而诵谓之赋”（《文心雕龙·铨赋》），汉赋因其不入乐，更要追求其讽诵音节所造成的乐感，建立自家的节奏美。作为赋体渊源之一的《离骚》，已有意识地变《诗》整齐的短句为错落的长短句，间之以“兮”字，使语气纡徐跌宕，造成文字自身之音乐节奏的效果。汉赋更是普遍采用四六骈偶为基本句型，长短句穿插，以造成既整齐又有变化、铺张扬厉的美文形式。闻一多说：“节奏便是格律。”[1] 格律化当自赋始。

---

[1] 闻一多：《闻一多全集》，生活·读书·新知三联书店1982年版，第413页。

汉末五言诗异军突起，造成诗、赋两种体裁奔竞的态势，引发二者互相渗透，即“诗化”与“赋化”的双向建构，直贯六朝，横溢各文体，是为该时期文学语言形式发展的“交流电”。所谓赋化，我指的是由汉赋积淀下来的审美经验及其语言形式的泛化，诸如藻采、骈俪、用典等手段的集中使用，“铺采摛文”以追求丽的效果。所谓诗化，我指的是抒情化、意象化。有两种现象值得注意：一是魏晋南北朝诗人往往兼善作赋，以铺排整饬、穷态极妍见长；① 一是汉魏之际诗赋多同题并作的现象，在取材方面（如景物与妇女题材）趋同。此类现象表明该时代文人已有意于形式之探索，通过两种文体的实践比较，不断双向建构，从而推进文体之自觉。晋人挚虞《文章流别论》开始从形态、特征、功能诸方面区分众体，而对“诗赋欲丽”作出深刻的反思。其批评“今之赋”的一段论述引人注目：

> 今之赋，以事形为本……事形为本，则言富而辞无常矣。文之烦省，辞之险易，盖由于此。夫假象过大，则与类相远；逸辞过壮，则与事相违；辩言过理，则与义相失；丽靡过美，则与情相悖。此四过者，所以背大体而害政教。

所谓今之赋，也就是“丽以淫”的“辞人之赋”，事实上也就是司马相如以来积淀而成的“巨丽”特征。“四过”虽然是因其“害政教”而发，有因循汉儒诗教的因素，但指出夸饰过度便会使赋失去文学的真，降低其感动力，却是切中时弊。“铺采摛文”与“四过”构成一对矛盾，是“变”的内因。注意到“丽”与情志相配合的“度”，这是一大贡献。但明确地将丽与情挂上钩，是同代的陆机。《文赋》云：“诗缘情而绮靡，赋体物而浏亮。”一在缘情，一在体物，诗赋功能之别甚明。至于绮靡、浏亮，属声、色方面对丽的共

① 诚如李文初《诗与赋》一文所指出：“魏晋南北朝时代的著名诗人，大多以善铺排和‘巧言切状’见称。如王夫之说曹植诗‘铺排整饬’；叶燮说陆机诗‘缠绵铺丽’；刘克庄说谢灵运诗如‘锦工之织锦，极天下之工巧组丽’……”云云。见李文初：《汉魏六朝文学研究》，广东人民出版社 2000 年版，第 459 页。

同追求，应属互文。这应当也是诗化与赋化要掌握的“度”，“越位之思”太甚，就会变体。如一些咏物诗一味铺陈而乏情，几同于赋，另一些抒情小赋则意象化直如歌行。然而从六朝文学进展之大势看，五言诗主情，故更多地得益于“赋化”而不失其主体性；赋则随抒情化的大潮不断“诗化”，虽然保留了赋“吐无不畅”的优势，终因偏离“体物”的原轨道，自己模糊了赋体特征，日渐由中心走向边缘。所以行家虽或认为“唐赋应是赋的发展高峰”，但毕竟不是赋体的典型态了。

经魏晋长期积累，五言诗已兼备赋体在藻采、骈偶、隶事诸方面之长，于是要求有大的突破，以建立独特的语言形式。文学自身的规律在涌动。明代陆时雍《诗镜总论》称：“诗至于宋，古之终而律之始也，体制一变，便觉声色俱开。”事实上，东晋在“淡乎寡味”的玄言诗的掩盖下，早就在酝酿着一场新变。首先是对诗歌功能认识的转向。《文心雕龙·明诗》云：“江左篇制，溺乎玄风，嗤笑徇务之志，崇盛忘机之谈。”如上章第二节所论，士族中人“嗤笑徇务之志”是把双刃刀，虽然淡化士族功利之心，利于审美主体之建立，却又与其偏安心态结合，不断弱化其情志。兰亭诸作中或云“消散肆情志，酣畅豁滞忧”（王玄之《兰亭诗》），或云“仰咏挹余芳，怡情味重渊”（王蕴之《兰亭诗》），嘉会吟咏，娱情适性，已有隐伏向娱乐性发展之倾向。再者，东晋吴声歌曲盛行，此种“名曰民间，实出京畿”的南朝乐府，有着浓郁的市井兴味，适与上述娱乐倾向合拍，当时文人多有仿作，又为来日诗乐合体、声色俱开种下因缘。

新变，终于在晋宋之际浮出水面。萧子显《南齐书·文学传论》有云：

> 今之文章，作者虽众，总而为论，略有三体。一则启心闲绎，托辞华旷，虽存巧绮，终致迂回。宜登公宴，本非准的。而疏慢阐缓，膏肓之病，典正可采，酷不入情。此体之源，出灵运而成也。次则缉事比类，非对不发，博物可嘉，职成拘制。

或全借古语，用伸今情。崎岖牵引，直为偶说。唯睹事例，顿失清采。此则傅玄五经，应璩指事，虽不全似，可以类从。次则发唱惊挺，操调险急，雕藻淫艳，倾炫心魂，亦犹五色之有红紫、八音之有郑卫，斯鲍照之遗烈也。

“三体”之外，其实还有陶渊明一大宗。陶、谢的田园山水诗虽然飘逸超迈，体现了晋宋间人对人生诗意化的追求，但宋以后随着士族的衰落，上层社会乃至市井庶民的审美趣味已转向更具感性的享乐型文艺上来，所以谢灵运一脉与玄言诗相比“虽存巧绮”，而较之齐梁时风仍属“典正”，故“酷不入情”，只“宜登公宴”——更不用说质朴的陶诗了。此之谓：“竹不如丝，丝不如肉。”不过，谢之清新巧绮，使景物虚灵化，毕竟成就了时风之流丽。

颜延之在“缉事比类”方面比傅玄、应璩更有代表性。萧子显虽然批评此体“唯睹事例，顿失清采”，但其影响至骨，挥之不去。盖汉赋积淀下来的审美经验大略言之无非藻采、骈俪、隶事数端，这几方面的技巧在士族社会的精神气候下都得到长足的发展。特别是刘宋以后，士族被排挤出权力中心，更要以文学为门槛，自高其门户。故《陈书·文学传》称：“夫文学者，盖人伦之所基欤？是以君子异乎众庶。”文学成了有别于“众庶”的标志。所以不但士族以文学自保，“次等士族”乃至“寒人”亦以之为敲门砖挤入士族行列。[①] 刘师培《中国中古文学史》已注意到士族与文学之间的密切关系，其《总论》有云：

自江左以来，其文学之士，大抵出于世族，而世族之中，父子兄弟各以能文擅名。如《南史》称刘孝绰兄弟及群从子侄，当时有七十人，并能属文，近古未之有。[②]

---

① 刘跃进：《门阀士族与永明文学》附录，以吴兴沈氏为由武力强宗到文化士族的个案研究，堪为佳例。生活·读书·新知三联书店 1996 年版，第 325—340 页。

② 刘师培：《中国中古文学史》，人民文学出版社 1984 年版，第 88 页。

刘氏还举王筠为例，与诸儿夸耀曰："史传所称，未有七叶之中，人人有集如吾门者。"（《南史·王筠传》）家族世代有文集，在南朝是常有的事。问题在于关系文学特质的"文气"，却是"虽在父兄，不能以移子弟"（曹丕《典论·论文》）。将才藻视为士族象征的人，自然要在藻采、偶对、用典等"可操作"的语言形式上用功了。特别是能显示博学的隶事用典方面，最易见效。盖其世教育不易，多由家学承传，士族利用此学问之优势，以博学相炫耀而自别于众庶，也是情理中的事。故愈是危机，愈要严士庶之别，也就愈要逞博。所以士族与人对峙尤甚的宋、齐时代，也正是钟嵘《诗品》所谓"文章殆同书抄"的时代。而隶事一旦与对偶、藻采、"巧构形似"相胶合，便凝为中国古典诗歌形式的一个特色。因此，铺锦列绣、错彩镂金本不足病，病在雕琢不自然、繁密致板滞，不符合崇尚自然、追求意象化的时代精神。① 钟嵘《诗品》评颜延之诗曰："又喜用古事，弥见拘束，虽乖秀逸，是经纶文雅才。""用古事"毕竟属"文雅才"，问题出在"拘束"。《总论》说得更明白："颜延、谢庄、尤为繁密……近任昉、王元辰等，词不贵奇，竞须新事，尔来作者，浸以成俗。遂乃句无虚语，语无虚字，拘挛补衲，蠹文已甚。"无虚语、虚字，太板实拘挛，才是其病灶。萧子显也是这个意思，认为缉事比类"博物可嘉"，只是"唯睹事例""崎岖牵引"，这才"顿失清采"。

后起的"鲍照之遗烈"与鲍照之关系，还得费番口舌。如上节所论，鲍照上承建安，向乐府古诗学习，风格刚健俊逸，"发唱惊挺"诚有之，"雕藻淫艳"似未也。不过鲍氏作《吴歌》三首、《采菱歌辞》二首、仿《子夜》制《中兴歌》十首等，开学习南朝乐府之风气，其诗轻灵婉妙者对颜、谢是个补救。故清人贺贻孙《诗筏》云："明远与颜、谢同时，而能独运灵腕，尽脱颜、谢板滞之习。"

---

① 唐代杜甫、李商隐也多用典，但往往能流转奔放而不觉其用典。可见经意象化了的用典仍可以入诗。

不过鲍照主要学习对象是汉魏乐府，得其精华，反过来对俗文学有整合、提升之作用。诚如缪钺《诗词散论》所称："但鲍照仿作吴歌，仍能融入自己之风格，如《采菱歌》'弭榜搴蕙荑，停唱纫薰若。含伤拾泉花，萦念采云萼'。用字造句，遒劲警炼，皆鲍照之特色。"① 真可谓"不雅不俗"。同时的汤惠休也学乐府，但主要对象是南朝"委巷中歌谣"，流而不返，故《诗品》称："惠休淫靡，情过其才。"刘师培《中国中古文学史》说：

> 晋、宋乐府，如《桃叶歌》《碧玉歌》《白纻词》《白铜鞮歌》，均以淫艳哀音，被于江左。迄于萧齐，流风益盛。其以此体施于五言诗者，亦始晋、宋之间，后有鲍照，前则惠休。②

看来，刘氏也认为摄取南朝民歌情调入五言诗，应是汤惠休首创。诗至宋以后而"声色俱开"，主要得力于文人向南朝民歌学习，最终将促成乐府与赋的合流。《南史·循吏传》论宋齐之世有云：

> 未及曩时，而民有所系，吏无苟得，家给人足，即事虽难，转死沟渠，于时可免。凡百户之乡，有市之邑，歌谣舞蹈，触处成群，盖宋世之极盛也。……永明继运，垂心政术，杖威善断，犹多漏网，长吏犯法，封刃行诛。郡县居职，以三周为小满。水旱之灾，辄加振恤。十许年中，百姓无犬吠之惊，都邑之盛，士女昌逸，歌声舞节，袨服华妆。桃花绿水之间，秋月春风之下，无往非适。

涂非师《汉魏六朝乐府文学史》第五编第一章指出：南朝乐府与两汉采于穷乡僻壤之民间乐府不同，乃以城市都邑为策源地，其所谓"民间"，实即城市。并进一步分析说：

> 城市生活，本近声色，而当南朝时，因官吏之贪聚，世家之挥霍，与夫伽蓝之建设，城市经济，益形膨胀。是以四方虽

---

① 缪钺：《诗词散论》，上海古籍出版社 1982 年版，第 16 页。

② 刘师培：《中国中古文学史》，人民文学出版社 1984 年版，第 90 页。

> 穷，而城市恒富，百姓虽流离痛苦，而城市避留者则正不妨于“桃花绿水之间，秋月春风之下”，度其爱恋生活。其发为情词艳曲，盖亦理所固然。则初不必如《南史》所称，有待于宋齐之盛世也。①

萧先生指出南朝乐府民歌本属市井之艳曲，是城市经济之产物，并非“宋齐之盛世”的产物。然而，何以要待到齐、梁才发生大影响，鼓荡为一股雅俗合流之新潮？此则文化选择之力也。

宋以后，上层社会结构发生巨变，寒门武宗盘踞权力中心，稍涉宫廷政治斗争之士族文人如谢灵运、范晔、王融、谢朓辈，无不遭难。然而士族只要安享富贵，不徇政务，则仍可保身固宠，有很高的社会地位。《梁书·谢朏传》载谢朏弟致酒并写信劝他：“可力饮此，勿豫人事。”故“朏居郡每不治”。谢氏兄弟的态度很有代表性，在生命追问面前，士族交出的答卷是：及时行乐。这样一来，失志士族将精力转向文学，并且只是以之为娱乐工具，也就顺理成章了。何况士族中人，自魏晋以来，多有精于音律者，用之于歌诗，也算是有了用武之地。《南史·王俭传》载：

> 帝幸乐游宴集，谓王俭曰：“卿好音乐，孰与朕同？”曰：“沐浴唐风，事兼比屋，亦既在齐，不知肉味。”帝称善。后幸华林宴集，使各效伎艺，褚彦回弹琵琶，王僧虔、柳世隆弹琴，沈文季歌《子夜来》，张敬儿舞。

皇室与士族在乐游这点上又有了共同语言，可谓“其乐也融融”。更要紧的是：“王侯将相，歌妓填室；鸣商富贾，舞女成群。竞相夸大，互有争夺。”（《太平御览》卷五六九引裴子野《宋略》）的士风，与上引“士女昌逸，歌声舞节，袨服华妆。桃花绿水之间，秋月春风之下，无往非适”的市井情调拍合，鼓荡为文坛一股强劲

---

① 萧涤非：《汉魏六朝乐府文学史》，人民文学出版社 1984 年版，第 198—199 页。

的新潮。"鲍照之遗烈"终于弃鲍照之习汉魏，转从汤惠休辈之学"委巷歌谣"，文化选择与有力焉。

齐梁文学之成功者，端在雅文学对俗文学的整合。唐人元稹《唐故工部员外郎杜君墓系铭并序》称：

> 晋世风概稍存，宋齐之间，教失根本，士以简慢歙习舒徐相尚，文章以风容色泽放旷精清为高。盖吟写性灵、流连光景之文也，意义格力无取焉。陵迟至于梁陈，淫艳刻饰、佻巧小碎之词剧，又宋齐之所不取也。

元氏所论颇中肯綮。"吟写性灵"又曰"吟咏性情"。以性情取代情志，本是齐梁之变一大关节。性情说肇自《诗大序》之"吟咏性情，以风其上"，但中经陆机缘情说之过度，已淡化了言志之功能。至齐梁言性情者，则各有偏重。揆之有二类：一以钟嵘为典型，一以萧纲为代表。钟嵘《诗品序》云：

> 气之动物，物之感人，故摇荡性情，形诸舞咏。……若乃春风春鸟，秋月秋蝉，夏云暑雨，冬月祁寒，斯四候之感诸诗者也。嘉会寄诗以亲，离群托诗以怨。至于楚臣去境，汉妾辞宫，或骨横朔野，或魂逐飞蓬；或负戈外戍，杀气雄边；塞客衣单，霜闺泪尽。又士有解佩出朝，一去忘返；女有扬娥入宠，再盼倾国。凡斯种种，感荡心灵，非陈诗何以展其义，非长歌何以骋其情？

从所举诸例看，钟氏所谓"性情"，与"情志"并无本质的差异，只是更强调个体真切的感受而已。故其"性"，近"才性"之"性"，是个体之禀性。所以钟氏是以抒写个体真切之感受作为诗的根本。《诗品·卷中》序又云：

> 夫属词比事，乃为通谈。若乃经国文符，应资博古；撰德驳奏，宜穷往烈。至乎吟咏情性，亦何贵于用事？

钟氏直以"吟咏情性"作为诗区别于众体的本质特征，所以主张不贵用事，于声律但求流畅，“文多拘忌，伤其真美”（《诗品·卷下》序），有所遮蔽则妨碍性情直往。钟氏之论，贵在对该时代追求形式美的新变之潮既是个解放，又是个约束，使之在注重个体真切感受的轨道上放情直往，去融会赋与乐府的种种技巧。不过，上引“属词比事”一则，将“经国文符”“撰德驳奏”与“吟咏情性”对举，容易给人将“言志”与“吟咏情性”对立起来的印象。稍后的裴子野即作如是解。其《雕虫论》云：

> 自是闾阎少年，贵游总角，罔不摈落六艺，吟咏情性。学者以博依为急务，谓章句为专鲁，淫文破典，斐尔为曹；无被于管弦，非止乎礼义，深心主卉木，远致极风云，其兴浮，其志弱，巧而不要，隐而不深，讨其宗途，亦有宋之遗风也。

裴氏干脆将“吟咏情性”放逐出“言志”之外，而等同于“流连光景”之类。被论者划归“折衷派”的昭明太子萧统，或有鉴于此，于其后又提出一个更全面的意见。其《答湘东王求文集及诗苑英华书》云：

> 夫文典则累野，丽则伤浮，能丽而不浮，典而不野，文质彬彬，有君子之致。吾尝欲为之，但恨未逮耳。

这种“文质彬彬”的审美理想，不但萧统自知难以企及，在当代作者中也少能达标，所以他又主编了一部《文选》，以历代的优秀文学作品来体现这一理想。萧统提出的这一审美理想无疑提升了文学之品位，有利于对俗文学之整合，其影响是深远的。当唐人魏征再次提出“文质彬彬”的审美理想时，文学史已进入一个空前辽阔的新视野，《文选》要到那个时代才真正成为楷模。

参编《文选》刘孝绰在《昭明太子集序》中说：“能使典而不野，远而不放，丽而不淫，约而不俭，独擅众美，斯文在斯。”萧统并未如所说“独擅众美”，但力图综合各种美为一体的确是时代的要求。萧子显《南齐书·文学传论》于辨析上文引及的“三体”之后乃云：

三体之外，请试妄谈。若夫委自天机，参之史传，应思悱来，勿先构聚。言尚易了，文憎过意，吐石含金，滋润婉切。杂以风谣，轻唇利吻，不雅不俗，独中胸怀。轮扁斫轮，言之未尽，文人谈士，罕或兼工。非唯识有不周，道实相妨。谈家所习，理胜其辞，就此求文，终然翳夺。故兼之者鲜矣！

日人铃木虎雄《中国诗论史》认为此论“推寻其主旨，可归纳为：诗歌创作虽重在天赋之情性，但亦无妨参用史传；应待情兴自来，而不可预先构定；言辞贵在易解，不可以文害意；音调须谐润婉切，杂以歌谣风味，利于诵读；不拘于雅，不流于俗等几方面”。据此，铃木氏称此论“可说是其由对各种理论的领悟并加以实验而形成的见解，因而也自然成为以前各家理论的折衷之说”①。所论甚是。不过我认为萧子显云云，更直接的是从宋齐以来的创作经验中感悟得来，与其说是各派理论之“折衷”，不如说是对所谓“三体”为代表的创作经验之综合，则所云之“兼工”。如前所述，“三体”各有长短，谢之标举兴会，颜之参用事典，汤、鲍之杂以风谣，诸体兼工，再调以永明诗人所倡之声律，使之言尚易了，吐石含金，滋润婉切，便是理想之范式。事实上早于萧子显的理论，齐“永明体”已具备该范式之雏形，示意如下：

藻采＋骈俪＋隶事＋声律→流丽

前三事于宋前经长期“赋化”，已成为诗中稳定的要素，到“声律”的正式加盟才算是画龙点睛，使律化的新体诗破壁而出。

关于四声之发现，袁行霈主编《中国文学史》第二卷的看法颇通达：“四声得以在这个时期（指齐永明间）发现，原因是多方面的，如传统音韵学的自然发展、诗赋创作上声调音韵运用的经验积累等，均对四声的发明有促进的作用。而更为重要的原因，则是与

① ［日］铃木虎雄：《中国诗论史》，许总译，广西人民出版社 1989 年版，第 76—77 页。

当时佛经翻译中考文审音的工作有着直接的关系。”虽然以前也讲究声韵，但属自然的声韵。“其实问题的关键即在于是否将声律的知识自觉地运用到实际创作之中。”[①] 故《南史·庾肩吾传》乃云：“齐永明中，王融、谢朓、沈约文章始用四声，以为新变，至是（指梁简文帝时）转拘声韵，弥为丽靡，复逾往时。”其中最具自觉性者，首推沈约。《梁书》本传载约撰《四声谱》，“以为在昔词人，累千载而不寤，而独得胸襟，穷其妙旨，自谓入神之作”。自得之态可掬。不过要将声韵之学运用于诗，是件难事。沈氏在自家创作实践中深深感到这一难度，所以在《南史·陆厥传》所载《答陆厥书》中说：

> 宫商之声有五，文字之别累万。以累万之繁，配五声之约，高下低昂，非思力所学，又非止若斯而已。十字之文，颠倒相配，字不过十，巧历已不能尽，何况复过于此者乎？……老夫亦不尽辩此。

因此，在实际操作中必须进行必要的简化。沈氏《宋书·谢灵运传》论曰：“欲使宫羽相变，低昂互节，若前有浮声，则后须切响。一简之内，音韵尽殊；两句之中，轻重悉异。妙过此旨，始可言文。”所谓宫羽低昂、浮声切响云云，说到底就是声调之抑与扬，即后人所谓平与仄两类而已。这一来，原本相当复杂的声律之学就变得较好掌握了，人人可习而用之。这也与沈氏“三易”的精神相一致。所谓“三易”，即《颜氏家训·文学》所引沈约云：“文章当从三易：易见事，一也；易识字，二也；易读诵，三也。”文化选择总体上必须是有利于文化不断地朝最广泛传播这一方向演进，文学作为文化的有机部分，也具有这一品文也总是要向俗文学转化。齐梁新变的精神就是在雅俗合流过程中以雅文学提升俗文学，同时接受俗文学的影响，在双向建构中形成不雅不俗（不拘于雅，不流于俗）的时代风格。沈约、谢朓、何逊、阴铿的诗歌堪称代表。试读

---

① 袁行霈主编《中国文学史》第二卷，高等教育出版社 1999 年版，第 122、121 页。

沈约《登玄畅楼》诗：

危峰带北阜，高顶出南岑。
中有陵风榭，回望川之阴。
岸险每增减，湍平互浅深。
水流本三派，台高乃四临。
上有离群客，客有慕归心。
落晖映长浦，焕景烛中浔。
云生岭乍黑，日下溪半阴。
信美非吾土，何事不抽簪？

前半是赋式的铺排，上下里外，形成一个具有景深的立体视域，避免了平面化。“上有离群客，客有慕归心”用民歌常见的“顶真格”。全诗通体流畅，取势自然。不过，能上承谢、鲍，将山水与乡思结合，出入骈俪、藻采而又每得民歌之风情，创造出深入浅出之流丽风格者，当推谢朓其人。《江上曲》云：

易阳春草出，踟蹰日已暮。
莲叶尚田田，淇水不可渡。
愿子淹桂舟，时同千里路。
千里既相许，桂舟复容与。
江上可采菱，清歌共南楚。

其清新与深情得益于南朝乐府民歌自不待言。谢朓可贵之处还在于能将民歌这种清新流畅的情调进一步与雅文学讲究藻采、骈俪、熔裁警句的传统结合起来，有意识地调以声律，使之和谐流畅，形成“调与金石谐，思逐风云上”（沈约《伤谢朓》）的新风格。试读其《游东田》诗：

戚戚苦无悰，携手共行乐。
寻云陟累榭，随山望菌阁。
远树暧阡阡，生烟纷漠漠。

鱼戏新荷动，鸟散馀花落。
不对芳春酒，还望青山郭。

全诗一气流转，是“圆美流转如弹丸”的手段了。而最能综合体现其将山水景致与游子情思结合起来，吟咏性情，化“雕缋满眼”为清新流丽之美的，是《晚登三山还望京邑》：

灞涘望长安，河阳视京县。
白日丽飞甍，参差皆可见。
馀霞散成绮，澄江静如练。
喧鸟覆春洲，杂英满芳甸。
去矣方滞淫，怀哉罢欢宴。
佳期怅何许，泪下如流霰。
有情知望乡，谁能鬒不变？

在谢朓手中，声律就好比是溶剂，将藻采、骈俪、隶事融为一体，且性情自在其中。《文镜秘府论·天卷·四声论》引沈约云：“作五言诗者，善用四声，则讽咏而流靡。”谢氏已做到这一点，且以自家之性情很好地处理了雅俗之间的矛盾，创造出深入浅出的语言风格，为唐诗之先导。后来深受永明体影响的诗人如何逊、阴铿诸人又沿路前行，在意象化方面有所发展（见上节所述），琢句描思更觉隽永。

以上范式不但于诗，于辞赋骈文也有大影响。首先是魏晋以来赋的抒情化，至是因律化之风而腾飞，赋与乐府遂趋合流。试读沈约《愍衰草赋》：

愍衰草，衰草无容色。憔悴荒径中，寒荄不可识。昔时兮春日，昔日兮春风。衔华兮佩实，垂绿兮散红。岩陬兮海岸，冰多兮霰积。布绵密于寒皋，吐纤疏于危石。凋芳卉之九衢，霣灵茅之三脊。风急崤道难，秋至客衣单。既伤檐下菊，复悲池上兰。飘落逐风尽，方知岁早寒。流萤暗明烛，雁声断裁续。霜夺茎上紫，风销叶中绿。秋鸿兮疏引，寒乌兮聚飞。径荒寒草合，草长荒径微。园庭渐芜没，霜露日沾衣。

马积高《赋史》认为："沈约这篇赋在语句形式上糅合骚体句式、骈赋句式与五言诗句三者"①，会通之迹尤著。从总体看，去掉"兮"字则颇近于乐府杂言。程章灿《魏晋南北朝赋史》举后来徐陵《鸳鸯赋》，认为以口语入赋，更呈现南朝民歌之影响。② 其赋云：

山鸡映水那相得，孤鸾照镜不成双。天下真成长合会，无胜比翼两鸳鸯。……特讶鸳鸯鸟，长情真可念。许处胜人多，何时肯相厌。闻道鸳鸯一鸟名，教人如有逐春情。不见临邛卓家女，只为琴中作许声。

藻采、骈俪、隶事、声律于此岂不融合无痕而趋乎流丽？至如萧悫《春赋》、庾信《春赋》《荡子赋》等，则几于歌行。事实上赋的诗化太甚，如前所论，则自身模糊了自身的特征，其成果反而落在诗上，成就了唐代十分活跃的歌行。不过在宋齐间，赋的诗化尚不至此，如鲍照《芜城赋》、江淹《别赋》《恨赋》，其诗化恰到好处。其他文体至齐梁亦"声色俱开"，无论记序书启，乃至诏令碑铭，无往不然。兹举数例，以概其余：

芳林园者，福地奥区之凑……飞观神行，虚檐云构。离房乍设，层楼间起，负朝阳而抗殿，跨灵沼而浮荣。镜文虹于绮疏，浸兰泉于玉砌。幽幽丛薄，秩秩斯干。曲拂邅迴，潺湲径复；新萍泛沚，华桐发岫。杂天采于柔荑，乱嘤声于绵羽。（王融《三月三日曲水诗序》）

零雨送秋，轻寒迎节。江枫晓落，林叶初黄。登舟已积，殊足劳止……白云在天，苍波无极。瞻之歧路，眷慨良深！（梁简文帝《与萧临川书》）

况三农务业，尚看天桃敷水；四人有令，犹及落杏飞花。

① 马积高：《赋史》，上海古籍出版社 1987 年版，第 214 页。

② 程章灿：《魏晋南北朝赋史》，江苏古籍出版社 2001 年版，第 243 页。

化俗移风，常在所急。劝耕且战，弥须自许。岂直燕垂寒谷，积黍自温；宁可堕此玄苗，坐餐红粒。不植燕颔，空候蝉鸣。（梁元帝《课耕令》）

昔人遨游洛汭，会遇阳台。神仙仿佛，有如今别。虽帐前微笑，涉想犹存。而握里馀香，从风且歇。（何逊《为衡山侯与妇书》）

山各行雨，地异阳台。佳人无数，神女羞来。翠幔朝开，新妆旦起。树入床头，花来镜里。草绿衫同，花红面似。……天丝剧藕，蝶粉多尘。横藤碍路，垂柳低人。谁言洛浦，一个河神。（庾信《东宫行雨山铭》）

东晋以来的诗性思维与永明铸成的美文模式至斯可谓里应外合，将雅文学的形式美推向极致。然而，无论如何完美的躯体，都需要有一个健全的灵魂。不幸的是，纤情弱志恰恰是永明诗人乃至整个南朝贵族文人的“阿喀琉斯之踵”。赵翼《廿二史札记》卷十二“江左世族无功臣”条，谓南齐士族王俭辈“与时推迁，为兴朝佐命以自保其家世。虽市朝革易，而我之门第如故，以是为世家大族，异于庶姓而已”。道出南齐士族的普遍心态。作为世族中人的沈约，就曾亲口说过：“今与古异，不可以淳风期万物。士大夫攀龙附凤者，皆望有尺寸之功，以保其福禄。”（《梁书·沈约传》）此际士大夫之“性情”已远离汉魏之际士大夫之“情志”甚明。正是如此纤情弱志使此辈但能打造新的文学范式却无力达成“文质彬彬”之理想，[①] 而有待于唐人以毕其功。在永明诗人的咏物题材中，其弱点更为明显。

咏物，本是赋的“世袭领地”，至永明间因命题酬唱而漫及五言。虽或微有兴寄，也多是些少个人恩怨，而隶事转成热门，退至

① 诚如陈庆元教授所指出，谢朓《和江丞北戍琅邪城》情调直通子建的《赠王粲》。可见只要有风骨，用此模式是可以写出文质彬彬的好诗的，只因当时乏气，故此类诗在齐可谓凤毛麟角。陈文见《中古文学论稿》，天津人民出版社 1992 年版，第 99 页。

“缉事比类”一路，难免为文造情。其题材之琐屑，从沈约诗题中可略见一斑：《十咏二首》（《咏领边绣》《脚下履》）、《咏竹槟榔盘》、《咏竹火笼》、《咏苔》、《咏帐》、《咏篪》……正应着杜甫《戏为六绝句》所批评者：“或看翡翠兰苕上，未掣鲸鱼碧海中！”咏物之风至梁、陈愈炽，延及闺阁，遂成宫体，南朝乐府所歌“男女之情”竟变味成“男女之事”。此间枢纽，端在皇室之领袖文坛。

齐梁文坛形势最大的变化是皇族与士族文化优势的颠倒。南朝皇室多由武宗出身，对士族又忌又羡，既将其排挤出权力中心，又颇尊崇其社会地位，艳羡其世代相承的文化素养。自萧齐始，皇族已颇重视自身的文化积累，出现豫章王萧嶷一门三代并长文笔的现象。至萧梁一代，皇族更是文才辈出，善文者数以十计，萧衍、萧统、萧纲、萧绎父子兄弟相继为文坛真正意义上的领袖。萧衍的文化建设甚至得到敌国的首肯，《北齐书·杜弼传》载高欢云：“江东有一吴儿老翁萧衍，专事衣冠礼乐，中原士大夫望之以为正朔所在。”萧氏父子大似三曹气象，却未能再造建安昔日的辉煌。何以故？要在皇室促成士人的“纯文人”化，以及相链接的文学与社会关怀之剥离，日趋于“纯文学”化。《颜氏家训·勉学篇》云：

> 梁朝全盛之时，贵游子弟，多无学术……无不熏衣剃面，傅粉施朱，驾长檐车，跟高齿屐，坐棋子方褥，凭斑丝隐囊，列器玩于左右。从容出入，望若神仙。明经求第，则顾人答策；三九公宴，则假手赋诗。

士族之无能、腐败，是皇家长期以来因势利导的结果。士族腐败无能一至于斯，还有什么社会责任心可言？此际士族，已失却作为“士”的文化内涵。文化内涵空壳化的士族又使其手中“文学”与“人学”疏离，凸显其娱乐功能而趋于“纯文学”。在士大夫中，以数典隶事竞胜取乐早已成风，便是一证。[①] 而在皇帝眼中，原本兼

① 《南史·王谌传》《南齐书·陆澄传》咸载尚书令王俭使宾客、学士隶事赌胜取乐之事迹，可为佳例。

备学术、经济、文学的士族文人，其文化价值已消失殆尽，“文士”成了“纯文人”。齐武帝萧颐说得透彻：“学士辈不堪经国，唯大读书耳。经国，一刘系宗足矣！沈约、王融数百人，于事何用?”（《南史·刘系宗传》）又说：“文章诗笔固佳事，然世务弥为根本，可常忆之。”（《南齐书·萧子懋传》）既然文章与“经国之大业”无干，皇帝眼中之文学，自然也就是凸显其娱乐功能而趋于“纯文学”了。皇家与士族于此相视而笑。萧梁皇族更是沉溺其中，《梁书·庾肩吾传》载萧纲与湘东王书：“吾辈无所游赏，止事披阅，性既好文，时复短咏。虽是庸音，不能阁笔。有惭伎痒，更同故态。”文学简直成为“游赏”的替代物了。说到底，皇族并非自创一种非士族的新文化，他们沉溺的，仍是士族文化。所以在削弱士族意志的过程中，皇族也削弱了自己的意志。萧纲在《答新渝侯和诗书》中说：

> 垂示三首，风云吐于行间……双鬓向光，风流已绝；九梁插花，步摇为古。高楼怀怨，结眉表色；长门下泣，破粉成痕。复有影里细腰，令与真类；镜中好面，还将画等。此皆性情卓绝，新致英奇。

新渝侯和诗已佚，但从“风流”云云看，自然是宫体无疑。萧纲将这些轻艳的内容称之“此皆性情卓绝”者，其所谓“性情”非复谢灵运、谢朓辈所谓性情甚明。彼二谢之性情，讲究个性，去“情志”未远；此“宫体”之“性情”，不但与“言志”几乎绝缘，只是为文造情，事实上也无真情可言。此与齐梁间盛行的佛教一事有关。齐梁间“佛性”说甚为流行，皇族与士大夫文人深受影响，内在地改变了对“性情”的认识。萧衍《净业赋序》云：

> 《礼》云：“人生而静，天之性也。感物而动，性之欲也。”有动则心垢，有静则心净。外动既止，内心亦明。始自觉悟，患累无所生也。

儒家讲“性”，指人的本性，与善、恶相关联，有其社会性；佛教讲“自性清净”，指的是抽象的本体，与染、净相关联，将人的本体存在归于超越现实社会的“佛性”。萧衍这里显然是用染（垢）、净取代善、恶。一转语便将儒学的社会指向拨转向内心的“自觉”，其“治身”已不再有儒家“修身、齐家、治国、平天下”的内涵。所以梁武帝史载其勤于政事，豆羹粝食，一冠三载，不饮酒，不近女色云云，却从来不恤民生，佞佛破财，哀鸿遍野而充耳不闻！《资治通鉴》卷一五九梁武帝大同十一年条载贺琛上陈民不堪命、官吏贪残、风俗侈靡数事。帝怒，竟自列“绝房室”“不饮酒”诸“苦行”，“理直气壮”地作了反诘。他认为只要“治身”，便可置国计民生于不顾而无愧。这种立身与社会责任隔绝的行为模式，影响于文学观念，便是萧纲《诫当阳公大心书》所倡：“立身之道与文章异，立身先须谨重，文章且须放荡。”萧纲所谓“放荡”，指的虽然是作文之无拘束，但这种放任必然有其个人与时代之内涵。据史载，萧纲立身还算“谨重”。但所谓谨重，只是一种节制，并非无欲。正是这种“立身谨重”使其有恃无恐，放笔去写《娈童》《咏内人昼眠》之类衽席题材而无余愧。就其时代而言，诚如詹福瑞教授所言，南朝存在着一种特殊的“军伍文化”，以恣意追求感官刺激为特征，礼教观念十分淡薄。① 出身军伍寒族的皇室深受其影响，所以在那样的时代，那样的圈子里，“文章放荡”只能导引出与该种生活方式相似的轻艳风格。就文学独立而言，该时代文学的确已摆脱了作为政教附庸之地位，“文章且须放荡”一说自有其合理性。然而“文学独立”只能是摆脱其作为文化诸因子的附庸地位，并非割断与诸因子（政教、历史、音乐、宗教等等）之有机联系。处于“大文化”一室之内的各种文本，也只能是相互独立的互文关系。真理走过头，便是谬误。南朝文学独立之战，当以此为界。唐人魏征撰《隋书·文学传序》曰：

暨永明、天监之际……文雅尤盛。于时作者，济阳江淹、吴郡沈约、乐安任昉……并学穷书圃，思极人文。缛彩郁于云

---

① 詹福瑞：《走向世俗——南朝诗歌思潮》，百花文艺出版社1995年版。

霞，逸响振于金石。英华秀发，波澜浩荡，笔有馀力，词无竭源。方诸张、蔡、曹、王，亦各一时之选也。闻其风者，声驰景慕。然彼此好尚，互有异同。江左宫商发越，贵于清绮；河朔词义贞刚，重乎气质。气质则理胜其词，清绮则文过其意，理深者便于时用，文华者宜于咏歌，此其南北词人得失之大较也。若能掇彼清音，简兹累句，各去所短，合其两长，则文质斌斌，尽善尽美矣。梁自大同之后，雅道沦缺，渐乖典则，争驰新巧。简文、湘东，启其淫放，徐陵、庾信，分路扬镳。

魏征准确地截取永明、天监之际的新变，为唐人找到与六朝的合适接口，并进而提出要与河朔文风互补，“各去所短，合其两长，则文质斌斌，尽善尽美矣”！然而永明律化好比划过夜空的彗星，有一条长长的美丽的尾巴。也就是说，永明诗人关注的藻采、骈俪、声律、隶事诸要素，应如何整合为一个和谐的相对固定的模式，仍是个长期的课题。从这一角度看，齐梁间兴盛的咏物诗颇值得重视，其中胎孕着近体诗的“胚样”。

大凡一种文体的嬗变，总是蕴含着该时代的文化意味。咏物诗既是齐梁贵游文学的宠儿，又是长期以来赋化与诗化两股力量互动的结果，是清人李重华《贞一斋诗说》所说：“咏物一体，就题言之，则赋也；就所以作诗言之，则兴也、比也。”因此，此体易于实现钟嵘《诗品·总论》提出的要求：赋、比、兴三义并用，以“指事造形，穷情写物”。如果说齐梁以前咏物几乎是赋的专利，至是则咏物诗已成夺席之势，可见此体的生命力。咏物诗有四句、六句、八句、十句及十句以上者不等，其中四韵八句者尤值得重视。以谢朓、沈约为例，谢氏咏物计十六首，其中八句者十首；沈氏咏物计三十六首，八句者八首。兹各举一例：

发翠斜溪里，蓄宝宕山峰。
抽茎类仙掌，衔光似烛龙。
飞蛾再三绕，轻花四五重。

孤对相思夕，空照舞衣缝。（谢朓《灯》）
纤手制新奇，刺作可怜仪。
萦丝飞凤子，结楼坐花儿。
不声如动吹，无风自袅枝。
丽色倘未歇，聊承云鬓垂。（沈约《领边绣》）

五言八句的体式并非齐梁人的发明，也不是咏物诗所特有。早在阮籍《咏怀》八十二首中，已有七首是五言八句。尤其第一首“夜中不能寐”，首二句叙事，中四句集中写景，末二句结情，已体现出此体式之优点：布局合理，突出借景抒情手法，能以少总多，要言不烦。此体对谢灵运山水诗叙事写景、议论错杂繁芜之弊，是副良药。故此体式逐渐为齐梁人所认识，在咏物诗及其他唱和抒情之作中乐为所用。[①] 尤其是在咏物诗中，其心物对应的特点更得到强化：中四句以对仗的形式，使之藻采映发，画面两两相摄，有力地拓宽了内空间；声调抑扬交替，化空间为时间，使之获得一种“声色俱开”的形式美。特别是阑入“艳情”之后，更是情景交融，尽心物徘徊之能事。如萧纲《咏中妇织流黄》：

翻花满阶砌，愁人独上机。
浮云西北起，孔雀东南飞。
调丝时绕腕，易镊乍牵衣。
鸣梭逐动钏，红妆映落晖。

是乐府，是赋体；是咏物，是艳情；在萧纲手中浑然无别，皆声情婉转，逸韵动心。藻采、隶事、骈俪、声律整合和谐，可谓拍地无痕。更重要的是：此体式内在地体现着该时代的某些审美理想。《文心雕龙·物色》有云：

是以诗人感物，联类不穷；流连万象之际，沉吟视听之区。

① 以谢朓为例，据陈庆元教授统计，谢氏五言 141 首，其中八句者 43 首，四句者 24 首，约占全部诗作的一半。见陈庆元《中古文学论稿》，第 107 页。

写气图貌，既随物以宛转，属采附声，亦与心而徘徊。故“灼灼”状桃花之鲜，“依依”尽杨柳之貌，“杲杲”为日出之容……并以少总多，情貌无遗矣。虽复思经千载，将何易夺？及《离骚》代兴，触类而长，物貌难尽，故重沓舒状，于是“嵯峨”之类聚，“葳蕤”之群积矣。及长卿之徒，诡势瑰声，模山范水，字必鱼贯，所谓诗人丽则而约言，辞人丽淫而繁句也。……是以四序纷回，而入兴贵闲；物色虽繁，而析辞尚简；使味飘飘而轻举，情晔晔而更新。古来辞人，异代接武，莫不参伍以相变，因革以为功，物色尽而情有馀者，晓会通也。若乃山林皋壤，实文思之奥府，略语则阙，详说则繁。然则屈平所以能洞监《风》《骚》之情者，抑亦江山之助乎？

刘勰建构的正是最具中国特色的感应论。[①] 对文学而言，心、物双向建构是透过形式进行的。形式在这里是积极的，而不是被动的。好的形式能促成心物感应化合而为意象，构成意象，以达成丽则约言、以少总多、情貌无遗的审美理想。比照上面的例析，乃知以意义与声调双重对仗为特色的五言八句律化诗，其结构已具此潜能。一旦经唐人着意开发，遂凝定为近体诗，诗史于此一大变。

（原载《文化建构文学史纲》第三章第二节）

① 关于感物吟志，请参看拙作：《诗可以兴》，《文艺理论研究》2003 年第 3 期。

边塞诗与盛唐心态

读盛唐边塞诗，给人印象最深的无疑是高昂的情绪与明朗的画面。它一扫这一传统题材中积存的种种郁闷、感伤，也少有后来此题材不断增入的仇恨之火、切齿之声。盛唐边塞诗展现的乃是盛唐人开朗的心态。

唐人之梦

美学家宗白华认为汉魏六朝是“强烈、矛盾、热情、浓于生命彩色的一个时代”[①] 我想，如果移来评盛唐当更见生色。对于刚从“九品中正”的人才桎梏中挣脱出来的士子，大唐简直是个充满幻想的童话世界。我们不难从正史列出长长的一份名单，来说明“布衣取卿相”在唐代已不是什么偶然事件。这一事实使士子相信：靠自

① 宗白华：《美学散步》，上海人民出版社 1981 年版，第 177 页。

家本事能争一席之地，“天生我材必有用”！卢象《赠程秘书》诗云：

忽从被褐中，召入承明宫。
圣人借颜色，言事无不通！

一副布衣得志相。然而个体在功业意气中被放大了，它内在地促使布衣士子自信、自尊、自重。他们近取“竹林七贤”、谢安、陶潜，远绍管仲、范蠡、鲁仲连辈，作为一种认同，着手塑造一代有独立人格的士子形象。这种集体人格的内涵大略言之有二：其一是自信、自尊、自重乃至傲岸不羁。用李白典型的语言表述，就是“不屈己，不干人”（《代寿山答孟少府移文书》）；在此条件下，强烈地求进取。其二是作为上项的延伸或退路，追求内心的平衡，逍遥自在，功成不居。王维《不遇咏》所谓“济人然后拂衣去”，颇为经济而完满地表达了这种理想人格的两个方面。

正是这种内在的集体人格外化为两种风格截然不同的诗派：田园与边塞。也就是说，田园诗更多地体现唐人自在的、志趣稳定的内心；边塞诗则更多地体现唐人激昂的、意气飞扬的情绪。田园与边塞反映了盛唐内心世界的一体两面。所以“边塞诗人”如高、岑也难免要写田园诗，“田园诗人”如王、孟则时有边塞之作。关于田园诗的心理依据，笔者曾略事探索，①这里容我就边塞诗与盛唐人之心态的关系展开讨论。

士对独立人格与个体自由的追求，在初唐众所周知的南北交融、胡风盛行的新文化氛围中不断被强化，乃至引起某些价值观的翻转，如儒家“重德不重才”的伦理观就受到了巨大的冲击。士子普遍对“才高”却“位卑”的现象表示不满与抗议。王绩《自作墓志文序》自称：“才高位下，免责而已。天子不知，公卿不识，四十、五十而无闻焉。”王勃《涧底寒松赋》亦云：“徒志远而心屈，遂才高而位下。”有趣的是唐统治者竟公然设置了“才高位下科”，算是承认了

---

① 参看拙作：《试论盛唐田园诗的心理依据》，《文史哲》1989年第4期。

这一普遍矛盾。[①] 由初唐至盛唐，这一矛盾并未解决，而位下者恃才傲物却日甚一日。如杨炯呼朝士为“麒麟楦”，王翰于吏部东街自张榜称第一，李白更是“天子呼来不上船”。恂恂如的儒生被嘲为“白首死章句”“窗间老一经”，而脱略小节、豪荡使气者被目为英雄。如郭元振，张说为其写行状，私铸钱、掠人财皆成豪举。武则天闻名而驿征引见，将其《古剑歌》写数十本遍赐学士。在如是氛围中，傲岸不羁的性格受到鼓励，终于被强化为任侠精神；早被冷落了的先秦游侠在盛唐竟得以复兴，于是乎盛唐文豪李邕与汉代大侠剧孟被相提并论；卢藏用《陈氏别传》以“驰侠使气”目子昂；诗人李白不但以“十五好剑术”自诩，竟然还歌唱侠客“十步杀一人，千里不留行”（《侠客行》）、“笑尽一杯酒，杀人都市中”（《结客少年场行》）。这真是无法无天的特殊伦理观。固然，诗也者不必去坐实，但从中我们不正可感受该历史时期英雄主义情绪如何在膨胀吗？试问在这一情绪下，以干谒行卷为必修课的进士科举会成为盛唐高才骏足们入仕的最佳选择吗？

科举制一向被视为“九品中正”制的反拨与取代。不过在初盛唐尚未能成为国家官僚机构用人的主渠，唐太宗所谓“天下英雄入吾彀中”（《唐摭言》），是要到中唐后才日渐兑现的。据《文献通考》与《登科记考》统计，有唐290年间，共开科取士6646人，平均每年23人。[②] 数量如是之少，故唐代士子或走边塞求军功，或依藩镇充幕府，或隐终南取捷径，或作小吏期渐进。仕出多途，其中“终南捷径”与边塞从军对士子尤具吸引力。

李白《代寿山答孟少府移文书》称“乃知岩穴为养贤之域，林泉非秘宝之区”，王昌龄《上李侍郎书》称“昌龄岂不解置身青山，俯饮白水，饱于道义，然后谒王公大人，以希大遇哉”，在深山老林

---

① 见徐松《登科记考》卷四，此外还有“沉迹下僚”“超拔群类”“才庸管乐”“怀能抱器”等名目，都表明“重才”。

② 张希清：《论宋代科举取士之多与冗官问题》，《北京大学学报（社科版）》1987年第5期。

中“养贤”“饱于道义”，无非是要提高知名度，引起注意，从而由“终南捷径”直取宫廷。这一点前贤所述备矣，而出塞与进山有殊途同归之妙，则笔者犹有言焉。

如果说，魏晋由于“九品中正”的选人制度而重视人伦鉴识，促成人们注意仪表风度；那么，唐人则由于仕出多途，心存“布衣取卿相”之梦想，故而特重才气的表露（意气）。李白《上安州裴长史书》自称东游不逾年散金三十万，轻财好施，又为友人迁葬，存交重义；再称巢居岷山，养高忘机声闻于太守，又云文章为苏颋所许，可与相如比肩。可见行侠、隐居、著书皆为造就名声。李阳冰《草堂集序》称玄宗召见李白，谓曰：“卿是布衣，名为朕知，非素蓄道义何以及此?”事实上养名引起王公大人乃至皇帝的重视，平步青云，是盛唐人有效的从政手段。李白《与韩荆州书》自称“十五好剑术，遍干诸侯；三十成文章，历抵卿相。虽长不满七尺，而心雄万夫，王公大人许与气义”。可见不论剑术，不论文章，引人注目的是这股“气”。龚自珍称“儒、仙、侠实三，不可以合；合之以为气，又自白始也”（《最录李白集》），可释为儒家强烈的人世精神与道家追求个体自由的精神以任侠的形式表露出来，成为一股“负气而行”的人格力量。是的，如果回到盛唐看李白，就不会以为合儒、仙、侠以为气是“自白始”了。试读：

> 鸣鞭过酒肆，袨服游倡门。
> 百万一时尽，含情无片言。（储光羲《长安道》）
> 新丰美酒斗十千，咸阳游侠多少年。
> 相逢意气为君饮，系马高楼垂柳边。（王维《少年行》）
> 男儿一片气，何必五车书。
> 好勇方过我，多才便起予。
> 运筹将入幕，养拙就闲居。
> 正待功名遂，从军继两疏。（孟浩然《送告八从军》）

“田园派”尚且如此，庸论他哉！要了解盛唐人的心态，不能不抓住“气”字。

“男儿一片气”

论者大都注意到了盛唐人对“风骨”的自觉追求。固然，盛唐人特别推崇建安风骨，但仍有自己的偏好。李白《宣州谢朓楼饯别校书叔云》说：“蓬莱文章建安骨，中间小谢又清发。俱怀逸兴壮思飞，欲上青天揽明月。”杜甫《夜听许十一诵诗爱而有作》说：“精微穿溟涬，飞动摧霹雳。”又《寄彭州高三十五使君适虢州岑二十七长史参三十韵》说：“意惬关飞动，篇终接混茫。”岑参《送魏升卿擢第归东都，因怀魏校书、陆浑、乔潭》也说：“雄辞健笔皆若飞。”其中都强调一个“飞”字。事实上盛唐诗特出之处就在那股飞动的气势，是皎然《诗式·明势》所谓：“极天高峙，崒焉不群，气胜势飞，合沓相属。”盛唐杰出的评论家殷璠曾经据当时的创作实际总结出“神来、气来、情来”说。笔者认为：殷璠《河岳英灵集》所倡“气来”说有其鲜明的时代内涵。《文心雕龙·时序》说：“观其时文，雅好慷慨，良由世积乱离，风衰俗怨，并志深而笔长，故梗概而多气也。”在刘勰看来，“建安风骨”是与文士济世安邦之志相关联的。《明诗》篇又说：“暨建安之初，五言腾踊，文帝陈思，纵辔以骋节；王徐应刘，望路而争驱；并怜风月，狎池苑，述恩荣，叙酣宴，慷慨以任气，磊落以使才。”可见只要有经国济世之志，酣宴之际也可慷慨任气，不一定在乱离中。盛唐太平景象与建安乱离景象自有天渊之别，但由于政治的安定、经济的繁荣，民族自信心空前高涨与人才在新历史时期的解放，又使盛唐人舍弃建安时代那种感伤乱世的具体内容，而高扬“慷慨陈志”的才情，“慷慨以任气”，高唱饱含时代、民族、个人高昂情绪的“气骨”。殷氏之所以于“气骨”之外又标举一“气来”，正是要强调以“志”为内在力感发出劲健风格这一过程本身。《河岳英灵集》卷中评储光羲诗云：“格高调逸，趣远情深，削尽常言，挟风雅之迹，浩然之气。”又云：“璠尝睹公（指储光羲）正论十五卷，九经外义疏二十卷，言博理当，实可谓经国之大才。”由深远的志趣，形成诗的语言，表现为高逸的格调，这就是由志到气的“气来”。殷氏又将储与王昌龄相比，说“王稍声峻”。这也是从“气来”立论的。也就是说，王诗流露的“志”要比储作强烈些。从所举例子看，王句有“明堂坐天子，月朔朝诸侯”“奸雄乃得志，遂使群心摇”“一人计不用，万里空萧条”，抒发了士子建功立业的强烈愿望，的确是储作所缺少的。而被评为“骨气兼有”的高适，殷氏称：“余所深爱者：‘未知肝胆向谁是，令人却忆平原君’。”句中流荡的正是一股不平之气。①

由此看来，无论作者，无论读者，盛唐人都重视创作中那股情志的感发力。我们没有理由漠视当时人自己的意见。至此，我们不妨提出这样的论点：盛唐边塞诗之所以“前不见古人，后不见来者”，有特异的明朗画面与飞动的气势，其主观上的原因就在于盛唐人主要不是为了表现战争而写边塞诗；恰恰相反，盛唐边塞诗的成功就在于志不在战争。当“安史之乱”起，唐人陷入了真正的战争时，也就失去了“边塞诗派”。不妨说，边塞诗是盛唐人“负气而行”的人格力量借助于艰苦的边塞生活的一种顽强的表现。

总体说来，盛唐边塞诗不注重战争场面的正面描绘。典型如高适《睢阳酬别畅大判官》，前半极写畅大的气概与对边塞之神往：“言及沙漠事，益令胡马骄。”接写战事云：

诸将出冷陉，连营济石桥。
酋豪尽俘馘，子弟输征徭。
边庭绝刁斗，战地成渔樵，

---

① 以上所论，请参看拙作：《释“神来、气来、情来”说》，上海古籍出版社1986年版，《古代文学理论研究》第11辑。

榆关夜不扃，塞口长萧萧。

未及写两军接触，已现战后图景。岑参边塞名篇《走马川行奉送出师西征》云："虏骑闻之应胆慑，料知短兵不敢接。"《北庭西郊候封大夫受降回军献上》云："甲兵未得战，降虏来如归。"更有无名氏《西鄙人歌》云："北斗七星高，哥舒夜带刀。至今窥牧马，不敢过临洮。"真是"不战而胜上之上"。所以重要的不在战，在军威：

登车一呼风雷动，遥震阴山撼巍巍。

（万齐融《仗剑行》）

上将拥旄西出征，平明吹笛大军行。
四边伐鼓雪海涌，三军大呼阴山动！

（岑参《轮台歌奉送封大夫出师西征》）

三面黄金甲，单于破胆还。（王昌龄《从军行》）

因此诗人们往往着力于"蓄势"，甚至于风恬雨霁处见力度。如祖咏《望蓟门》云："万里寒光生积雪，三边曙色动危旌。"而王维《凉州赛神》则云：

凉州城外少行人，百尺峰头望虏尘。
健儿击鼓吹羌笛，共赛城东越骑神。

这里没有发生战事，但"虏骑"在望，而健儿犹从容赛神。这正应着了尼采所谓"最高的强力感集中在古典范型之中。拙于反应，一种高度的自信，无争斗之感"。[①] 再看岑参《灭胡曲》：

都护新灭胡，士马气亦粗。
萧条虏尘净，突兀天山孤。

没有崩沙走石，唯有一片明净。然而士气已化为可视之景，"孤"字有不可移易的厚重感。诚如许学夷《诗源辩体》卷十五所称："若高岑豪荡感激，则又以气象胜。"

① 周国平译：《悲剧的诞生》，生活·读书·新知三联书店版，第349页。

然而诗人们更感兴趣的似乎还不在“军威”与“气象”，而在乎个体的气质：

一身能擘两雕弧，虏骑千重只似无。
偏坐金鞍调白羽，纷纷射杀五单于。

（王维《少年行》）

甚至还不在乎气质，而在乎这种气质所焕发出逼人的气势：

愿骑单马仗天威，挼取长绳缚虏归。
仗剑遥叱路傍子，匈奴头血溅君衣！

（万齐融《仗剑行》）

送君一醉天山郭，正见夕阳海边落。
柏台霜威寒逼人，热海炎气为之薄。

（岑参《热海行送崔侍御还京》）

看来，边塞题材之所以引起盛唐人的极大兴趣，还在于它能成功地体现一个人的意气。边塞诗问题，归根结底还是人才问题。上一节提及魏晋因“九品中正”制促成“魏晋风度”，唐人则因心存平步青云之梦故特重意气，亦于此可见。这样的例证俯拾皆是。

儒服揖诸将，雄谋吞大荒。
金门来见谒，朱绂生辉光。
数年侍御史，稍迁尚书郎。
人生志气立，所贵功业昌。
何必守章句，终年事铅黄。
同时献赋客，尚在东陵旁。　　（陶翰《赠郑员外》）

这便是唐代士子从军的如意算盘。于是有说“功名只向马上取，真是英雄一丈夫”的，有说“丈夫赌命报天子，当斩胡头衣锦回”的，还有从反面说“悔教夫婿觅封侯”的，不一而足，但都不讳言意在功名。正因为对边塞心存幻想，所以边塞生活在他们眼中是那么开阔，那么豪迈，那么吸引人：

金笳吹朔雪，铁马嘶云水。
帐下饮蒲萄，平生寸心是！　　　　（李颀《塞下曲》）
九月天山风似刀，城南猎马缩寒毛。
将军纵博场场胜，赌得单于貂鼠袍。
（岑参《赵将军歌》）

陈铁民《岑参集校注·前言》[①] 指出：岑参两度出塞，第一次在安西，情绪不十分高昂，第二次在北庭，情绪较开朗和昂扬，那些豪气横溢的七言歌行都创作于此期。可见同一边塞生活，在不同情绪下同一人手中也会有不同的处理与效果。王夫之《姜斋诗话》云："烟云泉石，花鸟苔林，金铺锦帐，寓意则灵。"作者之心灵乃是诗家魔杖，不但朔风飞雪可点化为"千树万树梨花开"，荒漠枯寂也可幻化出诗情画意。如岑参作于北庭的《玉门关盖将军歌》，不写战事，只写奢华的将军生活。然而诗人意并不在揭露，而是以饮酒、美女、纵博、打猎的豪华场面交织出一幅五彩缤纷的边塞图。[②] "男儿一片气"横扫了千古边塞题材中积存的阴霾，焕发出盛唐边塞诗的理想主义的亮色。有了这点亮色，则无往而非开阔与明朗：

琵琶起舞换新声，总是关山旧别情。
撩乱边愁听不尽，高高秋月照长城。
（王昌龄《从军行》）

没有这点亮色，也就失去盛唐边塞诗。去盛唐不远的戎昱，其《塞下曲》云："将军领疲兵，却入古塞门。回头指阴山，杀气成黄云。"已是春温入于秋肃了。

固然，"气"非盛唐所独有，但盛唐之气有独到处。建安多志士，其作多悲壮凄凉，曹植《送应氏》有云："气结不能言"，言之则如闷雷；南宋多烈士，所作多"壮怀激烈"，其气促；唯盛唐多豪

① 陈铁民：《岑参集校注》前言，上海古籍出版社 2004 年版。
② 原诗见上引书第 165 页。

士，“男儿一片气”，其气舒，其气畅，似长笛手善一气呵成，故盛气中更添一份开朗。

边风侠骨

王维《陇头吟》云：“长安少年游侠客，夜上戍楼看太白。”算是写尽游侠少年对边塞的向往之情。既然意气功业对唐人有如是之吸引力，那么将负气而行的侠客形象与建功立业的边塞生活相结合，自是诗人乐于采用的形式了。且看崔颢《古游侠呈军中诸将》：

少年负胆气，好勇复知机。
仗剑出门去，孤城逢合围。
杀人辽水上，走马渔阳归。
错落金锁甲，蒙茸貂鼠衣。
还家且行猎，弓矢速如飞。
地迥鹰犬疾，草深狐兔肥。
腰间带两绶，转眄生光辉。
顾谓今日战，何如随建威？

《河岳英灵集》有段评语，抄如下：

颢年少为诗，名陷轻薄，晚节忽变常体，风骨凛然。一窥塞垣，说尽戎旅。至如“杀人辽水上，走马渔阳归。错落金锁甲……”可与鲍照并驱也。

作者与论者都认为边塞加侠客更显得风骨凛然。从《全唐诗》所收盛唐时期的边塞诗看来，让游侠出塞的写法已相当普遍。从这个角度说，最得盛唐边塞诗神髓的不是李颀，不是高适，甚至也不是岑参，而是李白。他将任侠精神注入边塞诗，使之须眉皆动，连云走风。试读《行行游且猎篇》：

边城儿，生年不读一字书，但知游猎夸轻趫。
胡马秋肥宜白草，骑来蹑影何矜骄。
金鞭拂雪挥鸣鞘，半酣呼鹰出远郊。
弓弯满月不虚发，双鸧迸落连飞髇。
海边观者皆辟易，猛气英风振沙碛。
儒生不及游侠人，白首下帷复何益！

边风、侠骨、意气、功业，一喷而出。再读《白马篇》：

龙马花雪毛，金鞍五陵豪。
秋霜切玉剑，落日明珠袍。
斗鸡事万乘，轩盖一何高？
弓摧南山虎，手接太行猱。
酒后竞风采，三杯弄宝刀。
杀人如剪草，剧孟同游遨。
发愤去函谷，从军向临洮。
叱咤经百战，匈奴尽奔逃。
归来使酒气，未肯拜萧曹。
羞入原宪室，荒径隐蓬蒿。

也无侠客，也无边塞，直是“一片气”耳。如上节所论，唐人从求仕出发而走科举、隐逸、从军诸多途径。然而，科举使人愈陷愈深，往往成为这一制度的附属物而不能自拔（宋以后更可看清楚）；隐逸则易使人消沉，从“独善”走向“明哲保身”；唯从军一途颇特殊。从军本为建功立业，但因特重意气，特别是侠客精神的注入，使之成为人生的一种原则，一种品格，一种追求，事情便有了变化——功业成为意气的表现，意气是第一义的。也就是说，手段翻成目的，英雄主义使个体从功利主义跳出：

闻道羽书急，单于寇井陉。

气高轻赴难，谁顾燕山铭！（王昌龄《少年行》）
决胜方求敌，衔恩本轻死。
萧萧牧马鸣，中夜拔剑起。（刘庭琦《从军》）
孰知不向边庭苦，纵死犹闻侠骨香！（王维《少年行》）

爱国主义、英雄主义与侠客精神无间的结合产生一股一往无前的气势。“酒神精神”也罢，“浮士德型”也罢，“强力意志”也罢，人类心灵中的确存活着一种不断进取，不断求发展，甚至不顾牺牲生命的能动性。边塞诗正体现了这种生命的冲动。在盛唐，这种个体的冲动是与国力的强盛、民族自信心的高涨融为一体的。尼采在《强力意志》第852节中说：“美的判断是否成立和缘何成立，这是（一个人的或一个民族的）力量的问题。”又说：“对可疑的和可怕的事物偏爱是有力量的征象，对漂亮的和纤巧的事物的喜好则是衰弱和审慎的征象。”[①] 作为审美特征，盛唐边塞诗正是善于因难因险见奇气，在摧陷之中见力度。

首先是“偏向虎山行”乃至“笑一切悲剧”的态度：

独负山西勇，谁当塞下名？
死生辽海战，雨雪蓟门行。（卢象《杂诗》）
马走碎石中，四蹄皆血流。
万里奉王事，一身无所求。
也知塞垣苦，岂为妻子谋。（岑参《初过陇山途中呈宇文判官》）

显然，唐人对现实中的战争头脑是清醒的。所以主张抑边功的名相张说一面说“胜敌在安人，为君汗青史”（《送李侍郎迥秀薛长史季昶同赋得水字》）[②]，一面又高唱：“少年胆气凌云，共许骁雄

① 尼采：《悲剧的诞生》，周国平译，生活·读书·新知三联书店1986年版，第383页。

② 《资治通鉴》卷二一二，玄宗开元十年条载，边兵六十万，张说以时无强寇，奏罢二十余万使还农。且曰：“若御敌制胜，不必多拥冗卒以妨农务。”张说抑边功由此可见。

出群。匹马城南挑战，单刀蓟北从军”（《破阵乐》）；而好写豪侠出塞“杀人如剪草”（《白马篇》）的李白，也会说“乃知兵者是凶器，圣人不得已而用之”（《战城南》）。一浪漫一写实，有时还会同时出现在一首诗中。如王翰《饮马长城窟行》，前半写“一生唯羡执金吾”的长安侠少出塞立功，后半则写“归来饮马长城窟，长城道傍多白骨”，坠回现实，转谈治国安民的大道理。因此，看盛唐边塞诗往往要有双视角。试读高适《燕歌行》，一面高唱“男儿本自重横行”，所以极写其斗志：“大漠穷秋塞草腓，孤城落日斗兵稀，身当恩遇常轻敌，力尽关山未解围”，“相看白刃血纷纷，死节从来岂顾勋?”另一面又对征人抱同情：“铁衣远戍辛勤久，玉箸应啼别离后，少妇城南欲断肠，征人蓟北空回首!”从而发出“君不见沙场征战苦，至今犹忆李将军”的呼吁。两种感情交错，产生一种矛盾复杂的情绪与悲壮的风格，名句“战士军前半死生，美人帐下犹歌舞”就在两种感情的交汇处产生，既表现了对战士的同情，对将军不恤士卒的批判，又表现了“天子非常赐颜色”的将军在“胡骑凭陵杂风雨”形势下的镇定自若。后者往往为鉴赏者所忽视，但它却是盛唐人重要的表现手法之一。“去时三十万，独自还长安。不信沙场苦，君着刀箭瘢。”王昌龄《代扶风主人答》初看颇类杜甫《兵车行》、白居易《新丰折臂翁》，但细读前有“长铗谁能弹”，后有“老马思伏枥，长鸣力已殚。少年与运会，何事发悲端”，乃知诗人作意仍在意气功业，不避悲剧正为见其豪情[①]置于《河岳英灵集》卷首的常建《王将军墓》云：“嫖姚北伐时，深入疆千里。战余落日黄，军败鼓声死！尝闻汉飞将，可夺单于垒。今与山鬼邻，残兵哭辽水。”被殷璠评为“一篇尽善，属思既苦，词亦警绝”。这就是盛唐人的审美趣味。李颀《古意》写男儿“杀人莫敢前，须如猬毛磔”，但衬以辽东少妇之琵琶：“使我三军泪如雨”；似乎“悲”乃是“感激多气”题中应有之义。因此，盛唐边塞诗常将主人公置于危境乃至绝境

---

① 原诗请见《全唐诗》卷一四〇。

之中：

胡马秋正肥，相邀夜合围。
战酣烽火灭，路断救兵稀。（袁瓘《鸿门行》）
十里一走马，五里一扬鞭。
都护军书至，匈奴围酒泉。
关山正飞雪，烽火断无烟。（王维《陇西行》）

绝境并非绝望。绝境中不会绝望，才见英雄本色。殷遥《塞上》云：“马色经寒惨，雕声带晚悲。将军正闲暇，留客换新声。”从容于艰苦环境之中，因难因险见奇气，乃是盛唐边塞诗人之心理。如果一定要我指定一首盛唐边塞诗的“压卷”之作，那我就选这一首：

葡萄美酒夜光杯，欲饮琵琶马上催。
醉卧沙场君莫笑，古来征战几人回？（王翰《凉州词》）

（原载《兰州师专学报》1992 年第 1 期）

试论盛唐田园诗的心理依据

盛唐的“边塞诗人”几乎无一例外都写过田园诗，而“田园诗人”也大都写过边塞诗。这是个颇值得玩味的文学现象。既然盛极一时的盛唐边塞诗被公认是高昂的民族自信心的体现，那么蔚成大国的盛唐田园诗也应与民族自信心有着某种内在的联系。边塞诗体现的是盛唐诗人激昂的、意气飞扬的情绪，田园诗则体现了盛唐诗人自在的、志趣稳定的内心。二者是盛唐诗人心理的两极：一则来自诗人强烈的感性动力，是主体情感的外射，体现了诗人对外在事功的追求；一则更多地来自诗人内在的理性结构，是对客体的内化了的摹仿，体现了诗人对内心平衡的追求。

“冠冕巢由”：盛唐人隐逸的动机及其时代色彩

田园诗是隐逸生活这一特殊社会现象的副产品，田园诗的心理依据就深蕴在这一社会现象之中。

害怕孤独，本是过着社会生活的人类普遍存在的心理。离群索居则是非正常心态的体现。所以，隐居并非仅仅“为着一个浪漫的理想”①，而且还作为出仕的对立面存在着。中国古代的统治阶级很重视历史经验的总结，他们对矛盾互相转化的规律有相当的认识。所以，他们总是从两方面对本阶级内部的矛盾进行调节：一方面鼓励士子积极投入仕途奔竞，以防止其国家机器的老化；另一方面又害怕仕途奔竞会激化本阶级的内部斗争，所以又提倡一种主动退让的超脱精神，务使廊庙与山林若即若离，出仕与隐遁若断若连，当权与在野保持适当的距离，儒家“达则兼济天下，穷则独善其身”的处世原则，无疑是一个最合乎统治阶级理想的原则。这把一体两面的双刃武器逐渐为统治者所认识、掌握，成为稳定封建社会结构的有效调节器。尤其值得研究的是：这一原则不是外在的社会教条，而是作为士大夫的理想被完整地纳入其内在的心理结构之中。只有在这一时刻，隐居才成为“一个浪漫的理想”。

这是一个历史的过程。

王瑶《中古文人生活》指出：汉魏到南北朝，隐逸动机是由忧患曲避渐趋欣羡那隐逸生活本身的“崇高”；士大夫由“心迹相离”的“朝隐”渐趋于“心迹合一”的“半官半隐”。

这正是一个官、隐由对立到统一，并被完整地纳入士大夫的心理结构之中的动态过程。“王孙兮归来，山中兮不可以久留”（淮南小山《招隐士》）的哀音终将为“随意春芳歇，王孙自可留”（王维《山居秋暝》）的和平之音所替代。不过，汉魏到南北朝并未实现这一转化，这一过程要到盛唐才告完成。

魏晋时人的一般心理是“隐”胜“显”，官、隐尚未统一。《晋书》说，隐士“藏声江海之上”，为的是“修身自保”。残酷的政治迫害与晋人隐逸有着直接的因果关系。“远害”的动机使隐与仕之间拉开距离。陶潜《感士不遇赋》说：“彼达人之善觉，乃逃禄而归

---

① 《闻一多全集》（三），湖北人民出版社1993年版，第23页。

耕。”“逃禄”二字实在有它的时代性。

这种心理使隐与仕之间有着难逾的鸿沟。庾峻上书晋武帝说：“莫若听朝士时时从志，山林往往间出。无使入者不能复出，往者不能复反。”（《晋书》卷五〇）正从反面说明官、隐间界限的森严。朝士一旦归隐，便不宜“复反”，否则就会受舆论的嘲弄。谢安因隐而复仕，便受到郝隆的嘲弄（《世说新语·排调》）。

如果说魏晋时隐逸还带有悲剧色彩，那么唐代的隐逸就近乎喜剧了。

《新唐书·隐逸传》指出：时人谋隐为的是“使人君常有所慕企”“假隐自名，以诡禄仕”。也就是说，隐逸动机已由“藏声”一变为“扬名”。此风的形成与最高统治者的提倡有关。《旧唐书·隐逸传》说：“高宗天后，访道山林……坚回隐士之车。”高宗为田游岩题字，中宗要武攸绪野服朝见，都是皇帝亲自导演的太平戏。为了点缀太平，隐士往往被召入宫廷任职，再“放还”为隐士，或领半薪，或赐米帛。当了隐士就有“名往从之”，也就有可能“禄往从之”了。吴筠举进士不第，索性当道士去，再由“终南捷径”直取宫廷，是成功的一例。于是乎仕、隐“往往间出”了，中间那道鸿沟被求仕者的脚踏平了。

代替“逃禄”出现的便是具有新时代特色的“冠冕巢由”一称。

“巢由”（大隐士巢父与许由）而加“冠冕”，似乎有点不伦不类，但这绝不是讽刺。张说《扈从幸韦嗣立山庄应制序》的“衣冠巢由”，与王维《暮春太师左右丞相诸公于韦氏逍遥谷宴集序》的“冠冕巢由”，都是对半官半隐者的褒美之辞。“冠冕巢由”象征着官、隐由对立到统一，士大夫由“心迹相离”到“心迹合一”这一过程的完成。所以，在唐人李颀的眼中，由隐入仕的谢安并不尴尬：“闻道谢安掩口笑，知君不免为苍生！”（李颀《送刘十》）应召是件快活事，李白《南陵别儿童入京》唱道：“仰天大笑出门去，我辈岂是蓬蒿人！”而老死牖下则是件憾事儿：“寄书寂寂于陵子，蓬蒿没身胡不仕？藜羹被褐环堵中，岁晚将贻故人耻。”（李颀《答高三十五留别》）连那位“迷花不事君”的孟浩然也说：“常恐填沟壑，无由振羽仪。”（孟浩然《晚春卧病寄张八》）至于王维的《与魏居士书》，则俨然是反《北山移文》的了：

> 近有陶潜，不肯把板屈腰见督邮，解印绶弃官去。后贫，《乞食》诗云：“叩门拙言辞。”是屡乞而多惭也。尝一见督邮，安食公田数顷，一惭之不忍，而终身惭乎？

如果不是当时风气以出仕为荣，那么王维是不敢如此公然嘲笑陶潜的。风气，是当时人普遍存在的心理活动的波纹。从谢安、陶潜在舆论界地位的变易中，我们感受到隐逸者在两个相连却相反的历史时期中不同的心态。

盛唐人正是在自己时代的特有氛围中唱出“冠冕巢由”式的田园牧歌。

“愿守黍稷税”：田庄别墅对于盛唐士大夫的调节意义

田园诗人歌唱隐逸生活，只是企慕萧条高寄的精神，并非恋上那微薄的物质生活。所以鲁迅认为，归隐先得有吃饭之道，“假如无法嗽饭，那就连‘隐’也‘隐’不成了”①。

魏晋南朝时，土地被极少数士族所垄断，“官隐咸宜”的只能是极少数士族大地主。一般士子要当隐士，就得甘心过清贫的日子。如《晋书·隐逸传》称：隐士孙登挖土窟而居，董京行乞于市，公孙凤冬衣单布。陶潜更是其中的佼佼者，他虽乞食而犹守死善道。这样的士大夫毕竟不多，而且其内心是痛苦的。陶潜《与子俨等

① 鲁迅：《且介亭杂文二集·隐士》。

疏》说：

> 僶俛辞世，使汝等幼而饥寒……汝辈稚小家贫，每役柴水之劳，何时可免？念之在心，若何可言！

字里行间，内疚之情不能自已。于是乎“秋熟靡王税”的“桃花源”便作为解决矛盾的理想世界形诸笔端。然而，赋税乃是“国家存在的经济体现”（马克思语），对王税的否定，便具有对封建国家否定的性质。作为大政治家的王安石，就敏锐地觉察到这是“虽有父子无君臣”（王安石《桃源行》）。这正是陶潜卓立千古，世罕其匹的内涵。而当他以“古今隐逸诗人之宗”的面目出现于后世时，其理想的内核已被“修正”了，“秋熟靡王税”便为“愿守黍稷税”所取代。其关键在于土地制的变化。

盛唐社会长期安定，生产力的发展引起了生产关系的变化，这主要表现为均田制被破坏，庄园经济普遍化。这一变化到玄宗时尤其剧烈。《册府元龟·田制》载天宝十一载诏：

> 闻王公百官及富豪之家，比置庄田，恣行吞并，莫惧章程……

这反映了当时地主阶级占田置庄的普遍风气。庄田别墅的拥有者已不再只局限于少数士族地主，而且还普遍存在于广大庶族地主之中。士大夫此时要解决“三径之资”已经比较容易了。

这一变化很重要。自隋末农民起义给士族以致命打击后，唐太宗、武则天又开始有意地扶植新贵，因此，门阀士族虽说在礼教方面犹执牛耳，但由于种种特权，尤其是垄断土地的特权不同程度的丧失，因而元气大伤。反之，数量上占压倒优势的庶族地主却因获得“进可攻，退可守”的“三径之资”，在仕途奔竞中更主动了。以孟浩然为例，他虽终身布衣，但因“先人留素业”（孟浩然《南山下与老圃期种瓜》），有座“植果盈千树”的庄园，便能久滞长安干谒求仕，直至“百镒罄黄金”（孟浩然《秦中苦雨思归》）才撒手。如没有庄园作后盾，是不可能的。这说明了田庄的重要性。

田庄对士大夫既然如此重要，那么以可追求的世上田庄取代缥缈的世外桃源，也就不奇怪了。我们只要考察一下达官们的田园生活，就不难明白田庄别墅事实上已成为这群人的“世上桃源”。李颀《裴尹东溪别业》说：

公才廊庙器，官亚河南守。
别墅临都门，惊湍激前后。
旧交与群从，十日一携手。
幅巾望寒山，长啸对高柳。
清欢信可尚，散吏亦何有？
岸雪清城阴，水光远林首。
闲观野人筏，或饮川上酒。
幽云澹徘徊，白鹭飞左右。
庭竹垂卧内，村烟隔南阜。
始知物外情，簪绂同刍狗。

虽坐橱门却不妨“十日一携手”，领略一番“物外情”。一边当官，一边向往无拘无束的大自然，这一矛盾在田庄别墅中得到解决。这无疑最合在朝廷当官的士大夫的口味，也是士子们神往的目标。

田庄别墅之所以成为时人心目中的“桃源”，不仅因它可满足“梦寐以青山白云为念”的精神上的渴求，而且它能提供饱食安步所需的物质。我们只要读一组王维六言诗《田园乐》，就不难把握这些士大夫在田庄中身心俱足的逍遥自在的神态。兹录其二首：

桃红复含宿雨，柳绿更带春烟。
花落家僮未扫，莺啼山客犹眠。（其六）
酌酒会临泉水，抱琴好倚长松。
南园露葵朝折，东谷黄粱夜舂。（其七）

这就是“冠冕巢由”不同于“逃禄”者的隐居生活。精神上的寄托与物质上的依赖，在这里得到完全的和谐。胡震亨《唐音癸签》卷二十五便一针见血道出两种隐遁生活本质的不同：

王绩之诗曰："有客谈名理，无人索地租。"隐如是，可隐也。陶潜之诗曰："饥来驱我去……叩门拙言辞。"如是隐，隐未易言矣。

陶潜向往的是"秋熟靡王税"的世外桃源，唐人向往的则仅仅是"太平盛世"中的田庄别墅，其原因就在盛唐现实提供了这一可能性。所以刘昚虚《浔阳陶氏别业》宣称："愿守黍稷税，归耕东山田。"王维《酬诸公见过》也表示愿"薄地躬耕，岁晏输税"。他们的"世上桃源"并不反对"王税"。因此，他们唱的是安居乐业的田园牧歌。

既然"世上桃源"能使士大夫们身心俱足，那么对虚无难寻的"世外桃源"的追求也就不必要了。裴迪《春日与王右丞过新昌访吕逸人不遇》诗说："闻说桃源好迷客，不如高卧眄庭柯。"祖咏《清明宴司勳刘郎中别业》诗说："田家复近臣，行乐不违亲……何必桃源里，深居作隐沦。"既然大家都说自家的田庄别墅比世外桃源好，于是乎隐居便从深山老林搬到都市郊园，避世存身的桃花源终为半官半隐者的田庄别墅所取代[①]。

从"逃禄"者幻想的"秋熟靡王税"，到"冠冕巢由"们表示"愿守黍稷税"，这就是由魏晋至盛唐田园诗人心理变化的轨迹。

"愿守黍稷税"的态度是产生盛唐田园诗平和风格的基础。

"不废大伦"：传统文化心理的维系作用和内敛力

隐士本是社会失去平衡的产物，反过来又成为社会平衡的调节

---

① 盛唐时当然还有人隐于深山老林，这里仅就与田园诗相联系的知识分子主流而言。

器。这是个有关社会距离的问题。历代统治者对隐士大致有两种意见：一是看到隐士“不仕有仕之用”的一面；一是极权主义者只看到“行极贤而不用于君”（《韩非子·外储说》）的一面，认为“不可以罚禁，不可以赏使也，此之谓无益之臣也”（《韩非子·奸劫弑臣》）。而阶级斗争与统治阶级内部斗争的需要又使当权者寻求一种对隐士最得体的政策；反过来，求隐者也同样在揣摩与当权者最相宜的距离。梁元帝《全德志论》说：

> 虽坐三槐，不妨家有三径；接五侯，不妨门垂五柳。但使良园广宅，面水带山……或出或处，并以全身为贵，优之游之，咸以忘怀自逸。

坐三槐，接五侯，不致有“不用于君”之弊；家有三径五柳，优之游之，可收全身之效；且“忘怀自逸”又可“激贪止竞”，缓和本阶级内部的斗争，有“不仕有仕之用”。这应当说是统治者与隐士之间最适当的距离。

但这里又提出了半官半隐所必备的条件：第一，要有“良园广宅”；第二，要有“忘怀自逸”的超脱精神。如上所论，盛唐士大夫比较普遍地具备了第一个条件。第二个条件也已成熟，下面就谈这个问题。

唐代统治者不但有意识地利用隐士来点缀太平，而且逐渐将隐士置于“君臣大伦”的约束之下。高宗、天后“坚回隐士之车”，务使隐士受“皇恩”而后已。玄宗更直截了当向隐士宣称：“礼有大伦，君臣之义不可废也!”（《旧唐书》卷一九二）王维《与魏居士书》就心领神会地以“欲洁其身，乱及大伦”劝诫魏某不要走得太远。

再者，开元末唐王朝政治日趋黑暗，奸相李林甫执掌大权，官也并不是那么好当。当官不易，又不愿彻底求隐，于是“半官半隐”就成为相当一部分士大夫处世的最佳形式。这样既免蜷伏山林之苦，又可求得内心安适；既能洁身自好，又不违君臣之义。

促使士大夫进一步向内心求安适的另一重要因素是释、道正由客观唯心主义走向主观唯心主义。《六祖法宝坛经》说："悟人，在处一般。所以佛言，随所住处，恒安乐。"教人不必远寻乐土，只求内心的安适。内心便是一个世界，应有尽有，无须求助于外界。这倒很对那些既当官，又向往田园生活，将田庄当"桃源"的半官半隐者的胃口。王维《与魏居士书》扬言，"苟身心相离，理事俱如"，"虽方丈盈前，而蔬食菜羹；虽高门甲第，而毕竟空寂"。此之谓"知名空而反不避其名也"。于是乎官、隐在理论上也取得了完全的统一。"身心相离"在半官半隐的实践中又"心迹合一"了。这就叫"忘怀自逸"。王维《暮春太师左右丞相诸公于韦氏逍遥谷宴集序》说：

> 逍遥谷，天都近者，王官有之。不废大伦，存乎小隐。迹崆峒而身拖朱绂，朝承明而暮宿青霭，故可尚也。

这算是把半官半隐者的心理和盘托出了。"冠冕巢由"们在儒家"不废大伦"原则的统摄下，追求一种身心俱足的平衡，即在传统文化心理维系下与炙手可热的官场拉开一定的距离。这种维系力与释、道哲学的结合，便产生出一种超脱自在的神情，从而影响于田园诗。

"得其自在"：盛唐人隐逸心态与田园诗的关系

对田庄身心俱足生活的体验，即从经济上的自给自足到精神状态上的自给自足，这一封闭型的精神生活环境，使盛唐田园诗人"处于自由独立，心满意足的自觉状态"①，而"这种本身独立自足的

① 黑格尔：《美学》卷3下册，朱光潜译，人民出版社1981年版，第189页。

静穆才造成秀美的那种逍遥自在的神情”[①]。也就是说，是盛唐人自给自足的心态造就了秀美的盛唐田园诗的风格。这一黑格尔所谓的“理想风格”相当于《后山诗话》所谓的“自在”：

> 右丞（王维）、苏州（韦应物）皆学于陶（潜），王得其自在。

的确，陶、王诗风相通处在“自在”的神情。这是审美主体一种“超脱”的态度。然而，陶、王此种态度的获得取径并不相同。陶对功利主义的扬弃是靠他对社会的洞察获得的，他的安贫乐道是对黑暗政治的绝望，是带有某种超越物质规定性的精神境界，属节操之美。王维等盛唐人对功利主义并非单纯理性的扬弃，而是特定历史阶段中充满自信心的地主阶级中一群人在物质与精神取得相对稳定时的暂时顺化于自然的自我扬弃，是对功利主义暂时的超越。如果将盛唐田园诗与陶潜的田园诗作一概括的比较，便可发现二者在心理结构上的差异。.

陶潜《归园田居五首》之一云：“久在樊笼里，复得返自然。”这是“逃禄”者“忧道不忧贫”的精神上的愉悦，其审美注意在田园生活的安定。《归园田居五首》之二云：

> 野外罕人事，穷巷寡轮鞅。白日掩荆扉，对酒绝尘想。时复墟里人，披草共来往。相见无杂言，但道桑麻长。

与“远害”心理紧相联系，着意表现的是田园生活的“罕人事”“无杂言”的单纯。所描写的景物是简朴的，而这种简朴正意味着相对稳定的生活，与士族地主奢靡却危机四伏的生活形成强烈比照，显出意趣之美。然而这种贫困的生活在感官上毕竟是痛苦的，《庚戌岁九月中于西田获早稻》云：

> 晨出肆微勤，日入负禾还。山中饶霜露，风气亦先寒。田

---

① 黑格尔：《美学》卷3上册，朱光潜译，人民出版社1981年版，《序论》。

家岂不苦，弗获辞此难。四体诚乃疲，庶无异患干。

因之，陶诗中细腻的感官的享受并不多见，是所谓“趣闲景远”。以飞鸟为例，往往只是暮色苍茫中模糊的影象，如《归园田居五首》之一云：

羁鸟恋旧林，池鱼思故渊。

《饮酒》云：

日入群动息，归鸟趋林鸣。

这里的飞鸟，只是诗人田园情趣的烘托物而已。

与陶潜田园诗不同，盛唐田园诗透露的是一种“富足感”。储光羲《田家杂兴》之八云：

种桑百余树，种黍三十亩。衣食既有余，时时会亲友。夏来菰米饭，秋至菊花酒。孺人喜逢迎，稚子解趋走。日暮闲园里，团团荫榆柳。

这种裕足的生活、安定的情绪，使诗人的审美感受趋向细腻。如王维《鸟鸣涧》云：

人闲桂花落，夜静春山空。
月出惊山鸟，时鸣春涧中。

又如王维《木兰柴》云：

秋山敛余照，飞鸟逐前侣。
彩翠时分明，夕岚无处所。

与陶诗飞鸟的模糊形象相比，王维的情感体验更细腻，知觉想象与情感是相一致的，感官的满足与精神的微醺是相和谐的。我们再看祖咏的《陆浑水亭》：

昼眺伊川曲，岩间霁色明。浅沙平有路，流水漫无声。浴鸟沿波聚，潜鱼触钓惊。更怜春岸绿，幽意满前楹。

浅沙流水，潜鱼触钓，在一片舒适的恬静之中，我们看到的抒情主人公并非深山羽客，而是如意自得的世俗地主。诗中并没有陶潜的“以贫为乐”，而是一片朴素明朗，裕足平和。其意境之完整、明净，非六朝人所能及。这就是盛唐人自给自足的心态所造就的田园诗的秀美风格。

（原载《文史哲》1989年第3期）

李白歌诗的悲剧精神

历来论者多注重李白诗的飞扬奔放、豪迈乐观，少有人揭示其英雄品格中深刻的悲剧性格、崇高感中强烈的悲剧感。事实上，李白诗整体地深蕴着悲剧精神。

醉：生命的体验

千百年来，“太白醉酒”几乎成了李白固定的造型：醉中可见其“把酒问月”的天真，醉中可见其“累月轻王侯”的傲骨……是的，李白醉酒给人的整体印象并非范传正所说的那样：“饮酒非嗜其酣乐，取其昏以自富”（《唐左拾遗翰林学士李公新墓碑并序》），倒是使人想起自命为“第一个悲剧哲学家”的尼采所谓的“酒神精神”来。在尼采的悲剧观中，“酒神状态是一种痛苦与狂喜交织的癫狂状态。醉是日常生活中的酒神状态。"[①] 尼采对"醉"的定义是：

> 醉：高度的力感，一种通过事物来反映自身的充实和完满的内在冲动。(第 359 页)

实际上，上引云云，无非是指诗人勇于面对人生，乐于做生命的体验。作为西方的典型，莎士比亚让哈姆莱特在生与死两间徘徊，做大悲大喜的生命体验；而从屈原自投汨罗后，中国士大夫更多的则是将生与死的两端化为"出"（出仕）与"处"（归隐）的选择，也在两间徘徊，做大悲大喜的生命体验。李白的醉酒，非自我昏秽，而是在出与处的苦闷中"痛苦与狂喜交织的癫狂状态"。李白诗歌独异的魅力往往出于这种状态之中，所以，杜甫会说："李白斗酒诗百篇。"（《饮中八仙歌》）

"太白醉酒"与"狂傲"之间的联系，前人发露详矣、尽矣；而与之相对应的李诗艺术上的"夸张"，如果撇开语言修辞的讲究，从文化心理的深层作一取样分析，则未也。然而，恰恰是此种分析能探知"狂傲"与"夸张"二者在"醉"的状态中内在的联系。

尼采认为，在"醉"的状态中，"人出于他自身的丰满而使万物充实：他之所见所愿，在他眼中都膨胀，受压，强大，负荷着过重的力。处于这种状态的人改变事物，直到它们反映了他的强力，——直到它们成为他的完满之反映。"（第 319—320 页）这位西方哲人无意间道出了"李白式夸张"的真谛——自我膨胀。

"白发三千丈"（《秋浦歌》），当然是想象，但如果泥于形象，就难免有"盘在顶上像个大草囤"的打趣；只有与下句"缘愁似个长"一气通读，这才会将视觉形象移为"愁"的心理形象。也就是说，李白的想象力发端于自我，是其心态的具象。为此，当他快活时，就说："百年三万六千日，一日须倾三百杯"（《襄阳歌》）；当他心有阴霾时，就说："一风三日吹倒山"（《横江词》）；当他要排除郁结

---

① ［德］尼采：《悲剧的诞生》，周国平译序，生活·读书·新知三联书店 1986 年版，第 3 页。下引尼采言论咸见该书，只注页码。重点号为笔者所加。

时，就说："划却君山好，平铺湘水流"（《陪侍郎叔游洞庭醉后》）；当他发狠时，就说："黄河捧土尚可塞，北风雨雪恨难裁"（《北风行》）。与其说他是在"夸张"，毋宁说他是自我内心在膨胀。有人说他"跌宕自喜"（《诗辨坻》），很准确。李白是个主观性极强的诗人，不但"真力弥满，万象在旁"（《诗品·豪放》），对万象可颐指气使，随心召来挥去；甚至肉体也羁束不了他那颗可以独来独往的心："狂风吹我心，西挂咸阳树"（《金乡送韦八之西京》）；"我寄愁心与明月，随君直到夜郎西"（《闻王昌龄左迁龙标遥有此寄》）。至此，李白式的夸张已不是一种"手法"，而是一种不以常规为参照，只凭内心那近乎幻觉的真诚感受的表露，是真正的生命的体验。

其实，最能本质地体现这种"跌宕自喜式"（或叫"自我膨胀式"）夸张的，是些整体意象或意境。试读李白《行路难》三首之一：

> 金樽清酒斗十千，玉盘珍羞直万钱。停杯投箸不能食，拔剑四顾心茫然。欲渡黄河冰塞川，将登太行雪满山。闲来垂钓碧溪上，忽复乘舟梦日边。行路难，行路难，多歧路，今安在？长风破浪会有时，直挂云帆济沧海。①

前人或以为李白此作"全学"鲍照。现将鲍照《拟行路难》抄录二首如下：

> 泻水置平地，各自东西南北流。人生亦有命，安能行叹复坐愁！酌酒以自宽，举杯断绝歌路难。心非木石岂无感，吞声踯躅不敢言。（其四）
>
> 对案不能食，拔剑击柱长叹息。丈夫生世今几时，安能蹀躞垂羽翼？弃置罢官去，还家自休息。朝出与亲辞，暮还在亲侧。弄儿床前戏，看妇机中织。自古圣贤尽贫贱，何况我辈孤

① 本文引用李白诗文咸见瞿蜕园、朱金城《李白集校注》，上海古籍出版社1980年版。

且直！（其六）[①]

二人都面对人生，但鲍照虽有“丈夫生世会几时”的感喟，却在士庶天渊的现实面前有“吞声踯躅不敢言”的万般无奈，而采取了心理学上所谓“退行”的策略：“还家自休息”。因此，诗的重点不在“难”的铺叙，而是落在罢官后“弄儿床前戏”之类想象之上，使矛盾得到缓解。李白却不，他偏要把矛盾推向极致，仿佛苍天有意与他作对：“欲渡黄河冰塞川，将登太行雪满山。”他不能不发出“大道如青天，我独不得出”（《行路难》之二）的浩叹。然而，这些夸张的铺垫只是为了更有力地将鲍照那“丈夫生世会几时”的感喟化作充满自信的瞻望。“长风破浪会有时”的力度正来自与命运的抗争，是“醉”的悲剧精神。

名篇《将进酒》亦当作如是观。

《将进酒》似乎有两个主题：一是“高堂明镜悲白发”所勾出的“人生如梦”的传统主题，一是“黄河之水天上来”泻下的一股乐观而愤怒的情绪。后者一旦与“天生我才必有用”的宣言叠合起来形成不可遏止的力量时，它便扫却了前者带来的云翳，凸现抒情主人公豪放的形象。在这里，唯有夸张，才能确切地表达诗人的高傲，它已是有生命意味的形式。从天而落的黄河，“千金散尽还复来”的豪举与自信，都成为抒情主人公形象的一部分。正是在这一层意义上，我们说：李白式的夸张在文化心理的层面上与“太白醉酒”所体现的人格力量是相联系的。如果说“一醉累月轻王侯”是“太白醉酒”的灵魂，那么“天生我才必有用”则是“李白式夸张”的能源。二者都植根于高度的自信，是属“自身的充实和完满的内在冲动”（上引）。林庚先生曾指出，李白的自信：“给他的诗歌带来了一种英雄气概。因此，即便是悲愤，也不失其豪放，即便是失败，也不失为英雄。”[②] 我们是否也可以说，李白歌诗的豪放中常含有悲愤，

---

① 四部丛刊本《鲍氏集》。

② 林庚：《唐诗综论》，人民文学出版社 1987 年版，第 131 页。

其英雄气概里充满着悲剧精神？试读《公无渡河》：

> 黄河西来决昆仑，咆哮万里触龙门。波滔天，尧咨嗟。大禹理百川，儿啼不窥家。杀湍堙洪水，九州始蚕麻。其害乃去，茫然风沙。披发之叟狂而痴，清晨径流欲奚为？旁人不惜妻止之，公无渡河苦渡之。虎可搏，河难冯，公果溺死流海湄。有长鲸白齿若雪山，公乎公乎挂罥于其间。箜篌所悲竟不还。

这是对一个古老的小悲剧的改写。李白删去原故事中白首狂夫之妻为之悲歌，曲终亦投河死的细节，增加了大禹治河的大背景。[①]删去其妻投河的细节，是为了突出白首狂夫这一形象；增加大背景则是为了加强原故事的悲剧效果。黄河劈面而来以压倒一切之势决昆仑触龙门令人震慑，继之是大禹治水的悠远传说，这样无疑使匹夫匹妇的“小灾小难”具备了干系天下国家的大灾大难的氛围。朱光潜《悲剧心理学》（张隆溪译）认为：

> 观赏一部伟大悲剧就好像观看一场大风暴。我们先是感到面对某种压倒一切的力量那种恐惧，然后那令人畏惧的力量却又将我们带到一个新的高度，在那里我们体会到平时在现实生活中很少能体会到的活力。[②]

这也是欣赏李白《公无渡河》不难有的感受。正是李白这样的处理，使狂夫有了一个全新的面貌。白首狂夫的悲剧并不在于黄河之为害，恰恰相反，是狂夫主动乱流而渡，其悲剧在于自己的“狂痴”，是自己与自己过不去。这绝不是一个弱者自杀的形象，而是一个藐视黄河狂暴的狂夫之形象！不妨说，这是一个知其不可为而为之的勇者的形象。用夸张笔调写出的黄河气势适成狂夫勇于乱流而渡的衬托。陈沆《诗比兴笺》以为此诗是对“无量力守分之智，冯

---

① 《古今注》称：有一自首狂夫，披发提壶，乱流而渡，其妻随呼止之，不及，遂堕河死。其妻乃作《公无渡河》之歌，声甚惨怆，曲终，亦投河死。

② 朱光潜：《悲剧心理学》，张隆溪译，人民文学出版社 1983 年版，第 84 页。

河暴虎，自取复灭”的永王璘的讥刺，其失不但在于硬要“以史证诗”，更在于对李诗的悲剧感无所会心。表现“大不幸”题材的名篇尚有《远别离》：

> 远别离，古有皇英之二女。乃在洞庭之南，潇湘之浦。海水直下万里深，谁人不言此离苦？日惨惨兮云冥冥，猩猩啼烟兮鬼啸雨，我纵言之将何补？皇穹窃恐不照余之忠诚，雷凭凭兮欲吼怒。尧舜当之亦禅禹。君失臣兮龙为鱼，权归臣兮鼠变虎。或云：尧幽囚，舜野死，九疑联绵皆相似。重瞳孤坟竟何是？帝子泣兮绿云间，随风波兮去无还。恸哭兮远望，见苍梧之深山。苍梧山崩湘水绝，竹上之泪乃可灭。

诗写的很急促紧张，似乎诗人只顾驾着感觉奔驰，而无暇顾及格律音韵语法与情节之连贯。或三言、四言，或五言、七言，乃至六言、八言、十言，参错变化极其突兀，诚如范椁《李翰林诗选》所云：“断如复断，乱如复乱，而辞意反复行乎其间者，实未尝断而乱也。”如果我们不斤斤于语法逻辑，而是全面地去把握诗中特殊的氛围，则我们无异面临着一场情感的风暴，由生离直卷进死别。尧幽囚，舜野死。山崩水绝，血泪迸洒。惨烈的权力之争使人震骇，诗人忧患之心可扪。“君失臣兮龙为鱼，权归臣兮鼠变虎”，这不仅是发生在唐玄宗与肃宗父子之间，或玄宗与李林甫之间的个别事件，更是屡屡发生在历代封建统治者之间带有规律性的悲剧。尤为醒目的是：李白毫不留情地让这一悲剧就在“圣君”尧、舜、禹之间上演。这无疑极大地震动了封建时代臣民们的灵魂，也有力地强化了权力之争的悲剧效果。这就是上文所说的：豪放中常含有悲愤，其英雄气概里充满着悲剧精神。

梦：超越的痛苦

李白对性命之体验有其独特性。毕其一生，总是处于理想与现实的矛盾冲突之中，也就是总在自我实现与社会选择的冲突中体味生命出处之二元。而歌德恰恰认为："悲剧的关键在于有冲突而得不到解决。"① 李白诗之所以有悲剧感，关键也就在于"出"与"处"的冲突得不到解决；就在于"不屈己，不干人"的处世原则与委屈求伸的实践的冲突得不到解决。

诚如论者所云，盛唐是一个人才解放的时代，"布衣"因帝王的青睐往往一蹴上青云。马周、张柬之、郭元振、张九龄辈莫不如是，我们不难从史书中列一份长长的得意者名单。大唐帝国前期的统治者的确造就了中国封建社会并不多见的人才环境，是士子有理由充满幻想与傲气的时代。卢象《赠程秘书》云："忽从被褐中，召入承明宫。圣人借颜色，言事无不通！"颇为淋漓尽致地发露了布衣得志相。这就造成一种错觉，似乎士子游说万乘的时代又复返了！所以卢象会傲然地说："死生在片议，穷达由一言。须识苦寒士，莫矜狐白温！"（《杂诗》）李颀也会说："一沉一浮会有时……业就功成见明主，击钟鼎食坐华堂。"（《缓歌行》）王昌龄则幻想有朝一日"明光殿前论九畴，麓读兵书尽冥搜，为君掌上施权谋。"（《箜篌引》）而年轻的王维也曾心仪"身为平原客，家有邯郸娼。使气公卿座，论心游侠场。"（《济上四贤咏》）这些都说明盛唐人的的确确一度沉浸在一个"游士"的氛围中。在这样的氛围中李白有"申管晏之谈，谋帝王之术，奋其智能，愿为辅弼"（《代寿山答孟少府移文书》）的

① 《歌德谈话录》，朱光潜译，人民文学出版社 1982 年版，第 122 页。

理想也就不奇怪了。奇怪的倒是他要实现这一目标，却有一个前提："不屈己，不干人。"（同上）也就是不愿"为五斗米折腰"，只要"平交王侯"，"为帝王师"，干一番治国平天下的大事业。用现代语言表述，就是：将自我实现与社会选择视同一体。李白的天真在这里，李白的悲剧也在这里。

盛唐，是中国封建社会颇奇特的一个历史时期，如论者所云，所谓"开元盛世"其实是个走向极盛的同时逐渐饱孕了危机的历史过程。这就造成这个时代的许多悖论现象，如：既强大又虚弱，既开放又保守，既富足又贫困，既活跃又沉闷，等等。就人才环境而言，则是个既尊崇人才又不需要人才的时代。

说她尊崇人才，那是因为庶族地主的崛起，使唐政府改革了用人制度，打破"下品无高门，上品无贱族"（《宋书·恩倖传序》）的僵局，使一批庶族士子得以扬眉吐气。这些人在统治者的重视之下，平步青云，传为佳话。长期以来养成一种士子"恃才傲物"、人们崇尚奇才的社会风气，"唯才是举"已成为社会普遍认同的价值观念。关于这一点，笔者另有专文讨论，这里仅以李白为例稍事说明。据其族叔李阳冰《草堂集序》称：

> 天宝中，皇祖（指唐玄宗）下诏，征就金马，降辇步迎，如见绮、皓。以七宝床赐食，御手调羹以饭之，谓曰："卿是布衣，名为朕知，非素蓄道义，何以及此？"

所谓"素蓄道义"，其实是造成名气，为社会所推崇。可见李白受礼遇与社会的崇尚有关，所以我们说这是个"尊崇人才"的时代。是它，给了李白太多的自信。何以又说是个"不需要人才的时代"呢？《资治通鉴》卷二一五有条为人熟知的材料：

> 上欲广求天下之士，命通一艺以上皆诣京师。李林甫恐草野之士对策斥言其奸恶，建言："举人多卑贱愚聩，恐有俚言，污浊圣听。"乃令郡县长官精加试练，灼然超绝者，具名送省，委尚书复试，御史中丞监之，取名实相符者闻奏。既而至者皆

试以诗、赋、论，遂无一人及第。林甫乃上表贺野无遗贤。

李林甫深知天子要的只是“野无遗贤”之誉，并非真心要“广求天下之士”，如果朝廷真急需人才，李林甫岂得售其奸！事实上唐王朝此时已历长期的太平，李隆基也早坐稳了龙椅，无丝毫危机感。他曾老气横秋地说：“朕不出长安近十年，天下无事，朕欲高居无为，悉以政事委林甫。”（《通鉴》卷二一五）既然林甫一人足矣，又何需人才！大凡统治者一旦没有忧患意识，便不会去握发吐哺地重视人才。当时的现状是：牛仙客、李林甫掌用人大权，而“二人皆谨守格式，百官迁除，各有节度，虽奇才异行，不免终老常调”。（《通鉴》卷二一四）后来的杨国忠则建议“文部选人，无问贤不肖，选深者留之，依资据阙注官”。（《通鉴》卷二一六）论资排辈取代了“唯贤是举”，开元以前崇尚人才的社会风尚至此只剩个空壳，只属历史的惯性。当时士子已深有所悟：“明主岂能好，今人谁举贤?”（祖咏《送丘为下第》）如果从大格局来鸟瞰历史，则“游士”的时代早已一去不复返，隋、唐的大一统，士族的破落与科举用人制，使中央牢牢掌定用人权，“士”的依附性更增强了。（唐代士子盛行“干谒”的风气便是明证）在这样的形势下，还想“不屈已，不干人”，与帝王建立“非师则友”的关系，实在是太不着边际的幻想。不幸的是，我们的诗人李白，毕其生不能挣脱这一堂吉诃德式的梦魇。不妨说，李白整个的诗境便是一个巨大的梦境。

让我们也来“释梦”。

李白写梦境的名篇有《梦游天姥吟留别》：

> 海客谈瀛洲，烟涛微茫信难求；
> 越人语天姥，云霞明灭或可睹。
> 天姥连天向天横，势拔五岳掩赤城。
> 天台四万八千丈，对此欲倒东南倾。
> 我欲因之梦吴越，一夜飞渡镜湖月。
> 湖月照我影，送我至剡溪。

谢公宿处今尚在，渌水荡漾清猿啼。
脚著谢公屐，身登青云梯。
半壁见海日，空中闻天鸡。
千岩万转路不定，迷花倚石忽已暝。
熊咆龙吟殷岩泉，慄深林兮惊层巅。
云青青兮欲雨，水澹澹兮生烟。
列缺霹雳，丘峦崩摧。
洞天石扉，訇然中开。
青冥浩荡不见底，日月照耀金银台。
霓为衣兮风为马，云之君兮纷纷而来下。
虎鼓瑟兮鸾回车，仙之人兮列如麻。
忽魂悸以魄动，恍惊起而长嗟。
惟觉时之枕席，失向来之烟霞。
世间行乐亦如此，古来万事东流水。
别君去兮何时还？且放白鹿青崖间，须行即骑访名山。
安能摧眉折腰事权贵，使我不得开心颜！

诗的主体部分是一场“白日梦”。李白以其神驰八极之笔描画了一幅炫惑心目的神仙世界图景。据心理学家的说法，梦的内容在于愿望的达成，其动机在于某种愿望。李白此“梦”，也应是其“出世”愿望的达成。然而，这仅仅是“梦”的显义，还有其深藏不露的隐义。“安能摧眉折腰事权贵”这句醒后的独白透露其中消息：本诗强烈的出世愿望其实是更强烈的入世愿望的反弹。由于李白入世被挫，尤其是“不屈己，不干人”原则在现实中被践踏，由此产生逆反心理，从“求入世”弹向“求出世”。也就是说，李白对神仙世界的向往，只是执着地保持士子个体尊严愿望之改装，这种对现实的超越在其潜意识中是违心的。《古风·其十九》有云：

西上莲花山，迢迢见明星。素手把芙蓉，虚步蹑太清。霓裳曳广带，飘拂升天行。邀我登云台，高揖卫叔卿。恍恍与之去，驾鸿凌紫冥。俯视洛阳川，茫茫走胡兵。流血涂野草，豺狼尽冠缨！

在此诗中，现世间与神仙境正处于胶着状态，颇为充分地表露了李白超越的痛苦。当然，这首诗表现的矛盾比较特殊，李白执着的入世态度与追求个体人格自由的矛盾较典型的是表现在“干谒”问题上。

唐人入仕的重要途径是科举，而干谒是唐人科举题中应有之义，这一点已为当今论者所证明。干谒往往使士子失去个体人格的尊严，同时代的大诗人杜甫晚年回忆起干谒生活，仍十分痛楚：“长安秋雨十日泥，我曹鞴马听晨鸡。公卿朱门未开锁，我曹已到肩相齐！”（《狂歌行赠四兄》）于是李白想在现实中超越现实，他想走“游士”或“游侠”的路，“入楚楚重，出齐齐轻”，从而取得“平交王侯”乃至“为帝王师”的地位。这便是李白拥抱现实的独特方式。现存李诗，就是一个游士与游侠的世界，活跃其中的尽是鲁仲连、范蠡、郭隗、朱亥、剧辛、乐毅、张仪，及后来的韩信、张良、朱家、剧孟者流。李白还将诗中的世界认同于现实的世界：当唐明皇召他为文学侍从时，他“仰天大笑出门去”，以为可了“为辅弼”之愿而以“游说万乘苦不早”为憾（《金陵别儿童入京》）；当安史乱起，他又比之为“原尝春陵六国时”（《扶风豪士歌》），并以此种心态入永王璘幕，自许“但用东山谢安石，为君谈笑静胡沙”（《永王东巡歌》），导致政治上的大失败。甚至在浔阳狱中为人作荐书，也还是满脑子“楚汉相争”：

> 秦帝沦玉镜，留侯降氛氲。感激黄石老，经过仓海君。壮士挥金槌，报仇六国闻。智勇冠终古，萧陈难与群。两龙争斗时，天地动风云……（《送张秀才谒高中丞》）

由此可见能保持士子个体尊严的“游士”对李白影响之大之深。无奈大一统的唐帝国如前所论，早已失去先秦“士”而能“游”的历史条件，“依附”才是士子面对的现实。因此李白在做他关于游士、游侠的“白日梦”的同时，不得不一再违心地去从事“干谒”。

从现存的《上安州李长史书》《上安州裴长史书》《与韩荆州书》等干谒之作看来，要干人就不能不屈己：

> 伏惟君侯，贵而且贤，鹰扬虎视，齿若编贝，肤如凝脂，昭昭乎若玉山上行，朗然映人也。而高义重诺，名飞京师，四方诸侯，闻风暗许……愿君侯惠以大遇，洞开心颜，终乎前恩，再辱英眄。白必能使精诚动天，长虹贯日，直度易水，不以为寒。若赫然作威，加以大怒，不许门下，逐之长途，白即膝行于前，再拜而去，西入秦海，一观国风，永辞君侯，黄鹄举矣。何王公大人之门，不可以弹长剑乎？（《上安州裴长史书》）

不管话说得多么有气势，总归是留下了一痕强作洒脱的苦涩。无情的现实践踏了李白“不屈己，不干人”的入世原则，他不得不将个体自由的追求移向神仙的世界。于是我们看到，在李白诗中，游士、游侠之国的彼岸，还有一个相对称的神仙净土。至此，我们便明了《梦游天姥吟留别》作为主体部分的美丽梦境，仅仅是李白超越现实的意愿之达成，是李白“安能摧眉折腰事权贵”那愤懑心灵的改装。梦，只是现实的反面；真正的“主体”，是李白个性受压抑的现世间。《梁甫吟》一诗更典型地体现了这种“白日梦”的特征。所谓“白日梦”（即幻想的创构），往往是某种愿望利用现时场合，按照过去的式样来设计未来的画面。[①] 请看原诗：

> 长啸《梁甫吟》，何时见阳春？君不见，朝歌屠叟辞棘津，八十西来钓渭滨。宁羞白发照清水，逢时壮气思经纶。广张三千六百钧，风期暗与文王亲。大贤虎变愚不测，当年颇似寻常人。君不见，高阳酒徒起草中，长揖山东隆准公。入门不拜骋雄辩，两女辍洗来趋风。东下齐城七十二，指挥楚汉如旋蓬。

① 《弗洛伊德论美文选·作家与白日梦》，张唤民等译，知识出版社 1987 年版，第 28 页。

> 狂客落魄尚如此，何况壮士当群雄！我欲攀龙见明主，雷公砰訇震天鼓。帝旁投壶多玉女，三时大笑开电光，倏烁晦冥起风雨。阊阖九门不可通，以额叩关阍者怒。白日不照吾精诚，杞国无事忧天倾。猰貐磨牙竞人肉，驺虞不折生草茎。手接飞猱搏雕虎，侧足焦原未言苦。智者可卷愚者豪，世人见我轻鸿毛。力排南山三壮士，齐相杀之费二桃。吴楚弄兵无剧孟，亚夫咍尔为徒劳。梁甫吟，声正悲。张公两龙剑，神物合有时。风云感会起屠钓，大人𡵆屼当安之。

李白在此诗中重新编织了历史与现实，他让现实与幻境并存，记忆与想象齐飞，自己就穿插在古人与神灵当中。恰恰是这个“自己”，成了天上、地下、过去、未来的中心。诗中那些个能人、贤人，也只是“他本人的形形色色的客观化”（尼采《悲剧的诞生》）而已。李白正是通过这些历史人物“实现”了自己的英雄气概，同时借之表达自己不遇的痛苦。自“我欲攀龙见明主”至“以额叩关阍者怒”一段，是屈原《离骚》的仿作：

> 吾令帝阍开关兮，倚阊阖而望予。时暧暧其将罢兮，结幽兰而延伫。

然而与屈原的多怨怼不同，李白表现得“布衣气”十足，他要“以额叩关”，对命运进行抗争。在这里，李白“不屈己，不干人”的生命原则又顽强地探出头来！是的，李白歌诗的悲剧精神就在于此：他也曾有过“名动京师”的机遇，也有“文窃四海声”的文坛地位，但他仍要不满于士主体失落的现状，仍要追求“上为王师，下为伯友”的理想。他这是在“自己与自己过不去”，是现代心理学所说的“自我实现”的追求，而生命的本质就在于自我超越。李白的痛苦不是简单的“怀才不遇”，李白的痛苦更多的来自“自我超越”。他要超越这压抑他个性的现世间，却又不能忘怀他强烈的济世欲求；他要摆脱那屈己干人的痛苦，却又跌入“苟无济世心，独善亦何益”（《赠韦秘书子春》）的痛苦之中。大鹏也罢，天马也罢，游侠也罢，神仙也罢，这些“独来独往”的意象都被一条无形的线所牵制，这就是：传统的士的价值观念。孔子曰：“士志于道”（《论语·里仁》）。富于历史责任感的士，总是想在有限的人生中创造出永恒的历史生命，要立德、立言、立功，传之后世。这就是古贤为今人所责备的汲汲于从政的原因，也是李白不忍离开这对他不公正的现世间的原因。李白于是陷入矛盾的漩涡之中：“尊重人才”的社会风尚给了李白入世的信心，尤其是“人间要好诗”的社会需求使他得到“公卿倒屐迎”的殊遇；然而“不需要人才”的现状又使他那“愿为辅弼”的意愿成了空花泡影；要入仕就得干人屈己，而强烈的个体意识又使他以道为重，不肯枉道从势，屈从于社会选择；于是他总是事与愿违，想当帝王师却落得个文学侍从乃至阶下囚的结局；想“不屈己，不干人”，却不得不在干谒中过日，甚至屈从于小吏；他不胜其扰，想超越这纷纷扰扰的世界，但士的历史的责任感又牵扯着他，使之不忍离去。他的灵魂被撕裂：既执着又飘逸，既豪爽又卑微，既洒脱又平庸。毕李白之一生，总处在“出”与“处”的冲突不得解决之中，处在“不屈己，不干人”的处世原则与委屈求伸实践的冲突不得解决之中。故李白的英雄品格不能不显露其悲剧性格，而李诗豪迈风格之中又不能不显露其悲剧精神。

尼采曾指出，在艺术中，“梦释放视觉、联想、诗意的强力，醉释放姿态、激情、歌咏、舞蹈的强力。”（第349页）梦与醉是李诗悲剧精神的两大经纬，风舒云卷地交织出李诗痛苦与狂喜参错的瑰奇。

（原载《文学遗产》1994年第6期）

“布衣感”新论

有学术积累，才有切实的学术进步。对某些重要的学术问题不断地进行反思、再认识，是学术积累的有效方法。林庚先生在《诗人李白》中提出的“布衣感”[①]，就是一个有必要再作认识的重要的学术课题。说它重要，是因为它触及了中国古典文学研究中必须面对且具有普遍意义的一个问题：什么是中国古典文学中的“民主性精华”？尤其是这种民主性精华在特定的历史情景中又是以什么样的特殊形态出现的？林庚论析李白的“布衣感”，寓虚于实，在这一问题上为后人开启了新思路，启予良多。

---

① 原载《光明日报》1954年10月17日《文学遗产》专栏第25期，紧接着该栏目第26期又发表了陈贻焮《关于李白的讨论——北京大学中文系古典文学教研室会议记录》一文，可参看。本文用林庚著《诗人李白》，上海古籍出版社2000年版。

一

如果我们换个角度，不是直接从文学与“开明政治”“让步政策”之类的因果关系去寻求“民主性”，而是从人的基本属性即人的社会属性与自然属性的矛盾互动关系中去思考问题，也许我们会更容易理解林庚所谓“布衣感”的深刻意义。

萧涤非先生曾用人道主义释杜诗，但并非从西方的定义出发，“而是从它的一般涵义，从它的带有普遍性的尊重人、爱护人的总的精神出发来借用它。”[①] 萧先生认为这种思想在我国古代有其特殊形态，并形成传统，如孔子的“仁者爱人”，墨子的“兼爱”，张载的“民胞物与”等等，都是这一思想的继续与发展。在杜甫，这种精神不但几乎贯串于生活的各个方面，体现了杜甫个性中强烈的社会属性，而且典型地体现为与忠君思想的交织。杜甫《壮游》诗云：“上感九庙焚，下悯万民疮。”忠君、爱国、济民，杜甫是视为一体的。诚如萧先生所说：

> 如杜甫诗“时危思报主”之与“济时肯杀身”，“日夕思朝廷”之与“穷年忧黎元”，便都是明显的例证。“报主”之中有“济时”，“济时”之中也有“报主”；“思朝廷”是为了“忧黎元”，“忧黎元”所以就得“思朝廷”。[②]

这就是古代人道主义在杜甫诗中特殊的表现形式，也是特定历史时期的产物。而林庚的《诗人李白》则相反相成地从人性的另一个侧面切入，即从“社会化”了的人对自然的回归，从李白对个性

---

① 萧涤非：《杜甫研究》（修订本），齐鲁书社1980年再版前言，第3页。
② 萧涤非：《杜甫研究》（修订本），齐鲁书社1980年再版前言，第10页。

解放、精神自由的热烈追求方面着手，去揭示特定历史情景中“民主性”的特殊形态。

盛唐，无疑是中国古代史中非常独特的篇章。就人才环境而言，可以说是让士子充满梦想的时代。由于斯时六朝士族的瓦解（虽然他们仍是唐人企羡的对象），“九品中正”用人制度日渐为科举制所取代，其时仕出多途，无论士、庶都有机会在仕途奔竞中“浮出水面”。如马周、魏元忠、姚崇、郭元振、张九龄等等，我们不难从正史中列出一份长长的名单，来说明其时“布衣干政，平步青云”已不是什么天方夜谭。正因其如此，其时的“布衣”成了士族与庶族兴衰交替期的一个特殊符号。士子以骄傲的口吻自报家门：“臣本布衣!”凸显的已不再是血缘婚宦的世资，而是自身的才能与“道义”，同时也暗示了其中巨大的势能：“傲俗宜纱帽，干时倚布衣”。（刘长卿《南湖送徐二十七西上》，《全唐诗》卷一四八）是社会价值观的转变助长了“布衣的骄傲”，抬高了布衣的身价。杜甫《送从弟亚赴安西判官》诗云：“帝曰大布衣，藉卿佐元帅。”（《杜诗详注》卷五）《杜臆》称：“大布衣，不知所出，岂谓亚乃布衣中非常者耶?”（《杜诗详注》卷二）杜甫只是摹拟皇帝的口气，并非用典，不过也还是有典可依：《史记·游侠列传》记卫将军为游侠郭解说情，汉武帝曰：“布衣权至使将军为言，此其家不贫。”其中已寓“布衣中非常者”的意思，只不过汉武将郭解视为“侠以武犯禁”的典型，终于借手用“布衣为任侠行权”的罪名杀之。至唐明皇见李白，却道：“卿是布衣，名为朕知，非素畜道义何以及此?”（李阳冰《唐李翰林草堂集序》，《全唐文》卷四三七）明皇口中的“布衣”，已是带尊崇的口吻，“大布衣”三字呼之欲出。故后来的杜甫以此拟皇帝口吻，并不为过。值得注意的是，皇帝的这种意识是与长期以来舆论的诱导有关的。褚遂良《论房玄龄不宜斥逐疏》称：“陛下昔在布衣，心怀拯溺，手提轻剑，仗义而起。”（《全唐文》卷一四九）而谢偃《惟皇诫德赋序》称：“勿忘潜龙之初，常怀布衣之始。”（《全唐文》卷一五六）他们一方面用“布衣之始”提醒帝王不要“忘本”，另一方面又将重用“布衣”与“治乱”相联系。吴师道《对贤良方正策第一道》称：“诚愿察洗帻布衣之士，任以台衡，擢委金让玉之夫，居其令守：则俗忘贪鄙，吏洁冰霜矣！”（《全唐文》卷二六〇）房琯《上张燕公书》则云：“尝闻既往布衣之士，亦贱者也，而一人之下，三公崇之，将欲分其贤愚而系其理乱。”（《全唐文》卷三三二）无论如何，在盛唐这一特定的历史时期，“布衣”有其特殊的地位与涵义。

布衣，在唐其实只是一个尚未凝定的社会角色。在这一笼统的称谓下，隐藏着时尚的隐者、道教徒、侠客的多种行为模式。这些行为模式之间存在着很大的差异性，在特殊的历史条件下却有一个共同的指向——强调士子个体的尊严与使命感。其中萌发的新人格理想，对传统的社会价值体系造成了某种程度的冲击，李白为其典型。晚清敏感的诗人龚自珍已觉察其中的玄机，乃曰：

> 庄、屈实二。不可以并，并之以为心，自白始。儒、仙、侠实三，不可以合，合之以为气，又自白始也。（《龚自珍全集》第三辑，《最录李白集》）

诸家之所以“不可以合”，说到底是由于诸家对人性的理解各有偏至，也因此合之则两美。这就是今人常说的“儒道互补”：儒家偏重人的社会属性，提倡伦常秩序，却忽略个体的独立存在；道家偏重人的自然属性，维护个体的独立人格，追求精神自由，却于社会关怀不足，所以二者能形成“互补”。然而必须明了这种“互补”只是后人的认识，并非二家的自觉。尤其是道家，往往力图挣脱人伦政治之网，事实上是一股离心力，成为历代“异端”手中的利器。就这一角度讲，与其称“互补”，毋宁称“张力”。二者间的张力正是士大夫内心的平衡器。

现象大于概念。在现实中，各种思潮都会以其独特的形态介入“儒道互补”。龚氏将儒、道、仙、侠、骚一并列入，形成多角关系，显然更切近盛唐“多元并存”的历史语境，而既指出诸家“不可以并”“不可以合”的对抗性，又指出其“并之以为心”“合之以为气”的可能性，则又切中李太白之为李太白的个性与典型性。

问题是如何“并”？如何“合”？

待到林庚拈出“布衣感”三字来，这才触及整合的关键。

二

有一种说法是：个性和主体性价值观与中国文化传统无缘。固然，中国古代未曾拥有过产生于近代西方文化的那种价值体系，然而它也并非只是西方文化的“专利”。在中国古代它自有其特殊的表现形态，如与古代人道主义形影相随的人格意识、“个性解放”的追求，则不绝如缕地展现在中国历史的长空。其中，盛唐布衣的“在野心态”也曾幻化出绚丽的霞光。

《诗人李白》在《李白的布衣感》一节中指出：布衣传统上是指中下层有政治抱负的知识分子说的。“有政治抱负”是“布衣感”的前提，而布衣从政的政治资本就是“对于统治阶级保持着对抗性的身份”。（第 11 页，重点号为引者所加）这种身份便是布衣的“在野”身份，隐士为其典型。

历代隐者，自巢父、许由直到孙登、陶渊明，这种“对抗性”体现为“不合作”的态度。至若初盛唐，情况有了变化，隐逸动机已由“藏声”一变为“扬名”。虽然司马承祯曾用“终南捷径”不无讽刺地揭示了新时期隐居的新功能①，然而它仍有其正面的意义。王昌龄《上李侍郎书》云：

---

① 陈贻焮：《唐代某些知识分子隐逸求仙的政治目的》，《李白研究论文集》，中华书局 1964 年版，第 392 页。

> 昌龄岂不解置身青山，俯饮白水，饱于道义，然后谒王公大人，以希大遇哉？(《全唐文》卷三三一)

如与上引唐明皇谓李白“卿是布衣，名为朕知，非素蓄道义，何以及此”云云对读，则可以明白：“道义”正是二者间的默契[①]。许多士子入仕前都有过隐居的经历，正是由于它与“道义”相联系，保留了士子部分的主体性与尊严，从而避免科举干谒的许多屈辱，且更多地保留了“新鲜的布衣感”，成为这些“有政治抱负”的士子入仕的热门选择之一。然而隐士的“对抗性”也因此由“不合作”转向“如何合作”，关注点移至争取个体的相对独立性，因而“隐士”身份并不重要，重要的是其中的“在野心态”。无论隐或仕，都要尽力保持这种心态，这种距离感。元结《喻友》有云：

> 天宝丁亥（748）中，诏征天下士。人有一艺者，皆得诣京师就选。相国晋公林甫，以草野之士猥多，恐泄漏当时之机……已而布衣之士无有第者。遂表贺人主，以为野无遗贤。元子时在举中，将东归。乡人有苦贫贱者，欲留长安，依托时权，徘徊相谋。因谕之曰：“昔世已来，共尚丘园洁白之士，盖为其能外独自全，不和不就。饥寒切之，不为劳苦，自守穷贱，甘心不辞。忽天子有命，聘之元纁束帛，以先意为荐论，拥彗以导道，欲有所问，如咨师傅。听其言则可为规戒，考其行则可为师范，用其财则可为经济，与之权位，乃社稷之臣。君能忘此而欲随逐驽骀，入栈枥中，食下厩蒉麸，为人后骑负皁隶受鞭策耶？”(《全唐文》卷三八三)

元结可谓将布衣之士的人格理想和盘托出。这种人格理想的核心就是：“能外独自全，不和不就”，让当权者“如咨师傅”，取得与

---

① 《旧唐书·李泌传》亦载唐肃宗谓李泌曰：“卿当上皇天宝中，为朕师友，下判广平王行军，朕父子三人，资卿道义。”李泌是肃宗当太子时的布衣交，后潜遁名山习隐。在唐肃宗灵武即位的关键时刻来辅助肃宗平叛，“道义”二字不是门面话可知。

君权“分庭抗礼”的特殊地位。这种人格理想颇符合李白“不屈己，不干人”的入世原则。更由于道教徒、神仙家在唐与朝廷攀上了“本家”，所以“若想在政治上容易出头，最好是一身兼备此二重身份”，“这就无怪乎当时山林隐逸多是道家、道士，无怪乎李白既隐逸山林又四处求仙访道了。”①

由仙、隐入仕在当时绝不是异想天开，至少张镐、李泌是因此而如愿以偿的。杜甫《洗兵马》称：“张公一生江海客，身长九尺须眉苍。征起适遇风云会，扶颠始知筹策良。”（《杜诗详注》卷六）张公指张镐。《旧唐书》本传，载其“性嗜酒，好琴，常置座右。公卿或有邀之者，镐杖策径往，求醉而已”。游京师则“端居一室，不交世务”，由布衣见召，“三年致位宰相”。入仕后仍“为人简谈，不事中要”，但“多识大体，故天下具瞻”，是位充满“新鲜的布衣感”的人物。

李泌更具传奇色彩。《旧唐书》本传，载其以神童与太子李亨为布衣交，因杨国忠忌才，奏泌尝为《感遇诗》讽刺时政，乃潜遁名山习隐。后李亨在灵武即位为唐肃宗，泌乃冒难赴行在，为肃宗所重，“动皆顾问”。然而李泌仍自称“山人”，因辞官秩，以布衣干政而“权逾宰相”。李泌后来多次受谗处危险境地，都能以仙、隐化解之。李白《赠崔司户文昆季》诗云：“攀龙九天上，忝列岁星臣。布衣侍丹墀，密勿草丝纶。才微惠渥重，谗巧生缁磷。”（詹锳主编《李白全集校注汇释集评》卷九，下引只注卷数）二李经历有可比性，但李泌操弄仙隐远比李白高明。历史学家范文澜曾这样评述李泌：

> 李泌是唐中期特殊环境中产生出来的特殊人物。他经历唐肃宗、唐代宗、唐德宗三朝，君主尽管猜忌昏庸，他都有所补救贡献，奸佞尽管妒嫉加害，他总用智术避免祸患，他处乱世的主要方法，一是不求做官，以皇帝的宾友自居，这样，进退

① 《李白研究论文集》，中华书局 1964 年版，第 400 页。

便比较自如；二是公开讲神仙、怪异，以世外之人自居，这样，不同于流俗的淡泊生活便无可非议。统治阶级争夺的焦点所在，不外名与利二事，李泌自觉地避开祸端来扶助唐朝，可称为封建时代表现非常特殊的忠臣和智士。①

如果李白也获得成功，也许是另一个李泌。然而，李白不会成功。因为他的“布衣感”带有更多的侠气，更突出的是独立、自由的精神，而不是明哲保身。

任侠之风于唐特盛，究其原因，诚如陈伯海《唐诗学引论》所指出：“一是唐承隋后建立起大一统封建王朝，北方少数民族游牧而尚武的习气，被吸纳到唐代社会生活中来，构成唐文化的一个因子，给游侠传统增添了新的血液。二是唐代商品经济兴盛，都市繁荣，这正是滋生游侠活动的温床，为唐人任侠提供了现实的根据。”② 它与唐士大夫文人讲意气、张扬个性可谓一拍即合。事实上游侠精神在唐已经与儒、道、释一起，成为唐人重要的精神资源，而这种新资源对李白更具特殊的意义。试读李白《嘲鲁儒》诗：

鲁叟谈五经，白发死章句。
问以经济策，茫如坠烟雾。
足著远游履，首戴方山巾。
缓步从直道，未行先起尘。
秦家丞相府，不重褒衣人。
君非叔孙通，与我本殊伦。
时事且未达，归耕汶水滨。（卷二十三）

于俗儒，李白则不惜冒天下之大不韪，对“焚书坑儒”的“秦家”表示理解，于叔孙通一类“知当时要务”的“时儒”，李白则引

---

① 范文澜：《中国通史简编》第三编第一册，人民出版社 1965 年版，第 137—138 页。

② 陈伯海：《唐诗学引论》，知识出版社 1988 年版，第 59 页。

为同类。这无异于对传统观念的一种颠覆。基于此，再读《侠客行》：

赵客缦胡缨，吴钩霜雪明。
银鞍照白马，飒沓如流星。
十步杀一人，千里不留行。
事了拂衣去，深藏身与名。
……
三杯吐然诺，五岳倒为轻。
眼花耳热后，意气素霓生。
救赵挥金槌，邯郸先震惊。
千秋二壮士，烜赫大梁城。
纵死侠骨香，不惭世上英。
谁能书阁下，白首《太玄经》。（卷三）

李白有取于侠者二：一是“言必行，行必果”、重义轻生的英雄主义与践履能力；二是功成弗居、不耽利禄的情操。二者恰好是对“坐而论道”、官瘾太重的儒学末流的矫正，也是对隐者“明哲保身”的反拨。李白正是以侠的精神排除了儒士迂阔的一面，而保留其弘毅济世之志，又以侠的精神排除“仙”（隐）明哲保身、逃避现实的一面，而弘扬其对独立人格与精神自由之追求。二者反过来又提升了侠的人格，赋予全新的时代内涵。事实上李白最推崇的侠客不是聂政、郭解者流，而是“义不帝秦”有纵横家、游士气质的鲁仲连[①]。其侠气不在“十步杀一人”，而在乎强烈的社会责任感与巨大的行动能力，及其凛然威武不能屈的大气。鲁仲连被理想化的“侠”的精神，才是李白儒、仙（道）、侠合一的“布衣感”灵魂之所在。

① 李白《赠宣城宇文太守兼呈崔侍御》诗云：“岧峣广成子，倜傥鲁仲连。卓绝二公外，丹心无间然。”鲁仲连在李白心目中有特殊的地位可见。

三

“赐金还山”与“从永王璘”是李白平生从政的两大事件。对后者，《蔡宽夫诗话》曾这样评议：

> 太白之从永王璘，世颇疑之。……然太白岂从人为乱者哉？盖其学本出从横，以气侠自任。当中原扰攘时，欲借之以立奇功耳。……议者或责以璘之猖獗，而欲仰以立事，不能如孔巢父、萧颖士察于未萌，斯可矣；若其志，亦可哀已。（《苕溪渔隐丛话前集》卷五）

无论是隐者孔巢父，还是儒者萧颖士，以及有侠客倾向的高适，都熟悉礼治伦理秩序的游戏规则，不难对永王璘“不臣”的用心“察于未萌”。唯有“戏万乘若僚友”，纵观百家奇书深受“异端”影响的李白，才会偏离“正统”，把握不准“君尊臣卑”这个“度”。他甚至将朝廷平叛战争视同“原尝春陵六国时”（《扶风豪士歌》卷七），也就猜不透肃宗皇帝对“友于兄弟”的深刻用心，造成从政的大失败。难怪后人要叹曰：“其志亦可哀已！”对李太白而言，个体的自由发展乃是第一义的。诚如薛天纬教授对“赐金还山”一事所做的精辟分析：

> 当李白意识到坚持精神自由与实现功业理想之间不可调和的矛盾时，最终做出了上疏请还的决定。建功立业是人性所需，精神自由也是人性所需，在人性的天平上权衡得失，李白选择了后者。[1]

---

[1] 薛天纬：《李太白论》，太白文艺出版社 2002 年版，第 72 页。

如果说杜甫的爱国济民的社会责任感是与“善”相联系，并与其忠君思想相交织的，那么李白的爱国济民的社会责任感则更多地与“真”相联系，其“建功立业”是以保留个体人格独立与精神自由为条件的。在中国漫长的封建专制社会中，这一选择尤其难得。李白所坚持的，正是封建专制社会所匮乏的。

李白的人格理想，上承“魏晋风度”，又带有本质性的改变。魏晋“人的自觉”无疑是对礼治伦理秩序的一种冲击，其“自觉”偏向“社会化”了的人对自然的回归。如玄学家郭象注《庄子·齐物论》“夫吹万不同而使其自己也”，乃云：“我既不能生物，物亦不能生我，则我自然矣。自己而然，则谓之天然。”这种“独化”的自然观已蕴含着强调个体独立存在的意味，是为李白与“魏晋风度”的衔接处。然而，在士族占统治地位的历史时期，士人并未“自觉”从家族伦理之网中挣脱出来，反而是逃进家族小圈子以躲避政治，使得这种“自觉”流于玄学的空谈。李白则紧紧抓住庄子哲学关注个体存在的人格独立与精神自由这一核心，在思想较为开放的新历史时期，借助“布衣”这一特殊的社会角色，将仙（隐）、儒、侠“合之以为气”，让人格独立与社会关怀结合起来，“情志合一”，建构一种健全的理想人格。龚自珍所谓将庄、屈“并之以为心”，正是对这种健全的理想人格形象的表述。屈原将社会责任感化为对宗国沉挚之爱而不惜以死殉之，庄子则将对个体人格独立与精神自由的追求化作宇宙生命的本体意识，超然乎名利生死。二者并之以为心，便是人格独立与社会关怀俱备的健全人性。李白乃以此“大写”的人出现在盛唐之世，是特定历史时期昙花一现的奇特景观。所以上引薛文又接着说：

> 李白与玄宗的关系，是一种很人性化的、很有民主意味的特殊关系。我们可以举出许多封建时代帝王与臣子相知相与的例子，但都是建立在政治利益的基础上。发生在李白与玄宗之间的故事，则是围绕着李白的人生理想而展开，有一种超政治、

超功利的美好诗意，体现了大唐盛世特有的人文精神。[①]

是的，大唐盛世以其多向发展的可能性给后人以无限的遐思。然而我们不无遗憾地看到：盛唐多元和谐的本质只是包容，并非融通。南北胡汉，儒道释侠，多种文化与思想共存并未创化出新型的文化与思想体系，使之成为颠覆旧传统的支点。难怪有学者会感叹："平庸的盛世！"虽然李白的个性解放对人的主体性认识尚未上升为普遍的价值观，所借以整合儒仙侠的"布衣感"也只是一种感性的东西，但李白毕竟感受到一个大时代新生命的跃动，并将多元文化思想的融通、整合付诸实践。五四时期的鲁迅在其《摩罗诗力说》中盛赞拜伦曰：

> 故其平生，如狂涛如厉风，举一切伪饰陋习，悉与荡涤，瞻顾前后，素所不知；精神郁勃，莫可制抑，力战而毙，亦必自救其精神；不克厥敌，战则不止。而复率真行诚，无所讳掩，谓世之毁誉褒贬是非善恶，皆缘习俗而非诚，因悉措而不理也。[②]

不意西方之拜伦与东方之李白相似乃尔。既然拜伦可以成为创构中国现代新型人格的一种精神资源，那么我们就没有理由忽视李白的"布衣感"，这是一种更为亲近的精神资源！从某种意义上讲，他比杜甫更接近现代的中国人。

四

李白对健全人格的追求，在政治思想史上或许只是划过夜空的

---

① 薛天纬：《李太白论》，太白文艺出版社2002年版，第73页。

② 《鲁迅全集》第1册，人民文学出版社1980年版，第81—82页。

一颗流星，但在文学史上却是一颗璀璨的恒星。在文学创作中，他得以自我实现。

布克哈特在其名著《意大利文艺复兴时期的文化》第四篇《世界的发现和人的发现》中认为：文艺复兴时代的意大利人不但发现了世界，还发现了自己[①]。宗白华在其名著《美学散步》中也指出："晋人向外发现了自然，向内发现了自己的深情。"[②] 经验表明，人性的发现与自然美的发现，二者之间有着某种必然的联系。美感是在人的认识与客体双向建构的实践过程中发生的。人的情感结构在这一过程中不断调整，使主观的合规律性与客观的合目的性取得某种和谐，真与美取得某种对应，这正是"比兴"的本质。李泽厚曾用格式塔的同构说解释道："自然形式与人的身心结构发生同构反应，便产生审美感受。"而实践为其中介。[③] 李白的理想人格与其创作风格之间的关系，或当循是以求。

最能体现李白理想人格与其创作风格相表里关系的，应是《古风》（其一）所力倡的"清真"：

自从建安来，绮丽不足珍。
圣代复元古，垂衣贵清真。

所谓"清真"，至少有三层意思：一是如字面上的意义，与崇尚清静无为的政治主张相关联；一是暗指诗歌风格的淳朴自然、明朗刚健，与"清水出芙蓉，天然去雕饰"（《经乱离后天恩流夜郎忆旧游书怀赠江夏韦太守良宰》，卷十）有着内在的联系。[④] 还有一层意思，就是指其独立人格与自由精神。《赠宣城宇文太守兼呈崔侍御》诗有云：

---

① ［瑞士］雅各布·布克哈特：《意大利文艺复兴时期的文化》，何新译，商务印书馆 1979 年版。

② 宗白华：《美学散步》，上海人民出版社 1981 年版，第 183 页。

③ 李泽厚：《美学四讲》，天津社会科学院出版社 2002 年版，第 71 页。

④ 参看拙作：《大雅正声》，《文艺理论研究》2006 年第 5 期。

白若白鹭鲜，清如清唳蝉。
受气有本性，不为外物迁。
饮水箕山上，食雪首阳巅。
回车避朝歌，掩口去盗泉。
岧峣广成子，倜傥鲁仲连。
卓绝二公外，丹心无间然。（卷十一）

前四句正是“清真”的形象化。后八句则以一系列典故表白其本性，并以广成子、鲁仲连为最高典范。这就表明其“清真”的本性是指向儒、仙、侠合一的人格独立与自由精神，而与本文所论合。

那么，什么样的创作风格才能与“清真”相表里呢？梁启超曾拈出“真率”二字，庶几可以尽之。

真率，乃能清新飘逸。

真率，乃能刚健明朗。

真率，乃能恣肆豪放。

梁启超在《中国韵文里头所表现的感情》一文中极言汉魏六朝民间乐府的“特采”是“极真率而又极深刻”，并指出“李太白刻意学这一体”，还进一步认为这正是盛唐文学成功的总关键：

> 盛唐各大家，为什么能在文学史上占很重的位置呢？他们的价值在能洗却南朝的铅华靡曼，参以伉爽真率，却又不是北朝粗犷一路。拿欧洲来比方，好像古代希腊罗马文明；搀入些森林里头日尔曼蛮人色彩，便开辟一个新天地。试举几位代表作家的作品。如李太白的《行路难》（金尊清酒斗十千）……这类作品，不独《三百篇》、《楚辞》所无，即汉魏晋宋也未曾有。从前虽然有些摹写侠客的诗，但豪迈气概，总不能写得尽致。……所以这种文学，可以说是经过一番民族化合以后，到唐朝才会发生。①

① 梁启超：《饮冰室文集》卷71，转引自夏晓虹编《梁启超文选》（下），中国广播电视出版社1992年版，第65—66页。重点号为引者所加。

梁氏以“民族化合”为着眼点解释盛唐诗的异彩，独具只眼。异质文化的渗入，往往是传统文化更新的诱因。李白以其卓绝的天资、胡汉相混的家世、纵观百家奇书的知识结构、天马行空般的思维方式、放浪不拘的个性、充满传奇色彩的经历等，游刃于多种文化之间，遂能超越朋辈得风气之先，从异质文化内部去体认其本质，与之相浃俱化，将多元文化思想内化为一己独特的生活方式，吐为掀雷揭电的李白诗，最典型地体现了盛唐的异彩！这是一个丰富不尽的论题，容另文再议；但无论如何，林庚先生提出的“布衣感”应是我们一个新的出发点。

（原载《文学评论》2007 年第 6 期）

由雅入俗：中晚唐文坛大势

初、盛、中、晚分期法对唐文学研究有深刻的影响。的确，它有利于对唐代文学史作局部的研究。然而，当我们把视角放大到整个文化构型的发生、发展、嬗变的运动过程，把握文学现象与文化诸因子之间的特殊联系所形成的整体结构，作功能性的研究时，就会发现初盛与中晚分属于两个不同的文化构型，这点前人也曾悟及。叶燮《已畦集》卷八《百家唐诗序》称："贞元、元和之际，后人称诗，谓为'中唐'。不知此'中'也者，乃古今百代之'中'，而非有唐之所独，后千百年无不从是以为断。"中唐，是中国文学史前、后分期的一个支点。魏晋——盛唐属"士族文化构型"，其特征是把个体的存在推上了重要的位置，是所谓"文学的自觉"时代；中唐——北宋则属"世俗地主文化构型"的建构时代，其特征是"人伦秩序"的重建，是"形式的自觉"时代。中晚唐文坛的倾斜，不但造成唐诗向宋诗滑进，甚至造成前期封建社会美学风范向后期封建社会美学风范的过渡。也就是说，要了解这两种文化构型的嬗变，中晚唐文坛是个重要的交接处。

一

诗歌通俗化是中晚唐诗坛一个瞩目的现象。李肇《国史补》卷下称元和（唐宪宗年号）以后歌行“学浅切于白居易”。事实上，“浅切”是时代走向，未必都是学白居易。如白氏的前辈诗人顾况，便是一位写通俗诗的高手；而与白氏同时的李绅，首著乐府新题二十首，更是白氏《新乐府》的先声。一时如元稹、张籍、王建、刘禹锡诸人，也颇有通俗之作。“浅切”只是外衣，裹于其中的，是“俗”。苏轼《祭柳子玉文》曾以“元轻白俗”品题元稹、白居易诗风，准确地指出白居易在当时产生大影响乃至形成风气的诗歌特质不在“浅切”，也不在“讽喻”，而在于“俗”。所谓“轻”，所谓“俗”，当与传统的“雅”相对而言。白氏曾称“诗到元和体复新”，元和体之新，就新在能“俗”。

关于“元和体”，有多种解释，如宋人王谠《唐语林》引李珏奏语云：“当时轻薄之徒摛章绘句，聱牙崛奇，讥讽时事。尔后鼓扇名声，谓之元和体。”似乎元和体主要指“讥讽时事”之作，其实不然。李珏的话属“奏语”，有明显的政治目的，旨在归罪于“讥讽”，但仍能不附于“轻薄之徒摛章绘句”，“鼓扇名声”与“轻”“俗”有关。白氏自认元和新体指“千字律”，属“摛章绘句”之类。元稹《上令狐相公诗启》也承认这一点：

> （稹）诗向千余首，其间感物寓意，可备瞽矇之讽达者有之，词直气粗，罪戾是惧，固不敢陈露于人。唯杯酒光景间，屡为小碎篇章，以自吟畅。然以为律体卑痹，格力不扬，苟无姿态，则陷流俗……江湘（一作“湖”）间多有新进小生，不知天下文有宗主，妄相仿效，而又从而失之，遂至于支离褊浅

之词，皆目为元和体。（《全唐文》卷六五三）

显然，不管元、白乐不乐意，江湖间“新进小生”们妄相仿效的“元和体”，是指“格力不扬”的律体，是“支离褊浅之词”。元、白诗轻、俗的一面得到“新进小生”们的发挥，愈演愈烈，因此招来诽议。连自称“十年一觉扬州梦，赢得青楼薄幸名”的杜牧也借李戡之口痛责其“迂艳不逞，非庄士雅人，多为其所破坏”，“淫言媟语，冬寒夏热，入人肌骨，不可除去。”（《全唐文》卷七五五）看来元、白末流的“俗”，还得加上个“艳”字。

如果说盛唐的审美理想是“清水出芙蓉，天然去雕饰”，属“雅文学”；那么，中唐以后自然美的追求已为人工美的追求所取代。“乌膏注唇唇似泥，双眉画作八字低”的“时世粧”取代了杨贵妃姐妹的“淡扫蛾眉”；市井俗讲和里巷传奇取代了传统的感遇诗、田园曲。浅切与俗艳正合于中唐以后日趋繁盛的世俗地主的审美趣味。因之，中晚唐诗歌最具典型意义的不是“质而径”的“讽喻诗”，也不是元、白自负的“千字律”，而是“小家数、驵侩气”（毛奇龄语）的轻俗体诗；甚至是“自颈下遍刺白居易舍人诗”的“白舍人行诗图”（《酉阳杂俎》卷八）。时人所尚，竟至女子只要诵得《长恨歌》，“遂索值百万”！正是司空图《与王驾评诗书》所云：“元、白力勍而气孱，乃都市豪估耳！”

二

元、白的“都市豪估”气有其文化背景。晚唐人孙棨《北里志序》云：

自大中皇帝（宣宗）好儒术，特重科第……故进士自此尤盛，旷古无俦。然率多膏粱子弟，平进岁不及三数人。由是仆马豪华，宴游崇侈，以同年俊少者为两街探花，使鼓扇轻浮，仍岁滋甚。

这些“鼓扇轻浮”者，也就是当年元稹所头痛的那伙“新进小生”，后来司空图所疾首的“市豪估”。唐代世俗地主通过进士科举跻身于上层社会，中晚唐以后尤甚，这已是尽人皆知的事实。这些世俗地主出身的进士们同时带来下层社会的“俗气”。当他们一旦成了新贵，便扇起与世代讲究礼教的士族截然不同的新风气，“仆马豪华，宴游崇侈”，不再有由盛唐跌入中唐的士大夫所特有的那种失落感。他们自有对付藩镇割据、宦官专权、朋党纷争的“世纪末”的妙法，那就是不断地寻求世俗的欢乐。这种轻浮的世风反映于诗坛，便是诗风的日趋俗艳。

林庚《中国文学简史》上卷一直未得到应有的重视。的确，这是一部颇具特色的文学史，不乏高明的识见。如第十四章他指出，像孟郊的“春芳役双眼，春色柔四支”（《古离别》）一类诗，“开始了晚唐感官的彩绘的笔触”。[①] 我认为，真正开始这种笔触的大力者，是李贺。

自从杜牧《李长吉歌诗叙》说李诗“盖《骚》之苗裔，理虽不及，辞或过之”，则李贺诗乏理几成定论。但李贺自有李贺的“理”，不在“感怨刺怼，言及君臣理乱”，而在生与死。一方面是对生的执着追求，他写下许多恋情闺怨之诗；另一方面是对死的恐惧，他又写下许多牛鬼蛇神哀愤孤激之诗，浪与浪的撞击产生美丽浪花；生与死的思考产生凄艳的李贺诗。贫穷细瘦又多愁善感的李贺时常感到死神的召唤（在幻觉中，死神被美化为“绯衣仙子”，见李商隐《李长吉小传》），因而尽情地以其感官拥抱这短促的人生。读其诗，便会惊叹诗人对客观世界的高度敏感，及其特殊的综合感受能力。他是以整个身心去感受世界。他能听到人们听不见的音响：“银浦流

---

① 林庚：《中国文学简史》上卷，古典文学出版社 1957 年版，第 345 页。

云学水声”（《天上谣》）、“省步蹙沙声促促”（《黄家洞》）；他能觉察人们不易觉察的微细事态：“一偏香丝云撒地，玉钗落处无声腻”（《美人梳头歌》）、“黄蜂小尾扑花归”（《南园》）；他喜欢浓重的色彩、明亮的金玉，无论什么东西，他都可以感到它的重量与体积：“虫响灯光薄”（《昌谷读书》）、“忆君清泪如铅水”（《金铜仙人辞汉歌》）；视觉、触觉、听觉、味觉在心灵中交汇相通：“松柏愁香涩”（《王濬墓下作》）、“玉炉炭火香冬冬”（《神弦》）。李贺正是以其独特的“通感”表达了末世士大夫共同的心态。

在纷纷扰扰的晚唐世界，死的威胁是通过对生的病态的热恋来表现的。女道士（“女冠”）的娼妓化、娼妓的神仙化，正是当时人们求生存与求解脱的矛盾心态的扭曲表现。于是乎李贺重“感官的彩绘的笔触”在晚唐人手中更要向俗艳一边滑坡。方东树《昭昧詹言》卷十九云“七律中以文言叙俗情入妙者，刘宾客（禹锡）也；次则义山（李商隐）。义山资之以藻饰”。李商隐的“俗”与白居易、刘禹锡不同，是用传统的典雅的语言来写俗情，且又加入了李贺式的“感官的彩绘的笔触”。试读其《牡丹》诗：

锦帏初卷卫夫人，绣被犹堆越鄂君。
垂手乱翻雕玉佩，折腰争舞郁金裙。
石家蜡烛何曾剪？荀令香炉可待熏。
我是梦中传彩笔，欲书花叶寄朝云。

与李商隐那些迷宫似的无题诗一样，这首诗也传达了晚唐士子的那种惆怅的情绪。大概是为了典雅，他不但以女性喻花，还用一些“男士”如越鄂君、荀令的典故喻花。雅是雅了，但华丽辞藻下难免要透出病态。综观李商隐清词丽句所构成的艺术之宫，一似西方中世纪哥特式建筑，“形式的富丽，怪异，大胆，纤巧，庞大，正好投合病态的幻想所产生的夸张的情绪与好奇心”①。

---

① ［法］丹纳：《艺术哲学》，傅雷译，人民文学出版社1983年版，第52页。

然而，面对天下岌岌的晚唐士大夫，并非“陈叔宝全无心肝”。在扬州很有些风流逸事的杜牧就多次向朝廷献策平叛，“士行尘杂”的温庭筠仍有《过五丈原》《过陈琳墓》等沉郁之作，而以《香奁集》名世的韩偓也有“谋身拙为安蛇足，报国危曾捋虎须”之句。晚唐咏史、感时之作数量之多，为前代所无，这表明绝望的灰烬下掩盖着一颗燃烧的心。晚唐世俗地主文人在重建人伦秩序的历史潮流中，毕竟属于向前的阶层，不比南朝糜烂的士族地主那样不可救药，所以梁陈宫体的结局只能是衰亡，而晚唐绮艳诗却在新体诗——词，这一形式中得到涅槃。

三

许学夷《诗源辨体》卷二十六说：“李贺乐府七言，声调婉媚，亦诗余之渐。”卷三十又说：“商隐七言古，声调婉媚，大半入诗余矣。”又说：“庭筠七言古，声调婉媚，尽入诗余矣。”所谓“诗余”，就是“词”。许氏划明李贺到李商隐、温庭筠，诗中词的情调递增的轨迹。可见李贺以来重“感官的彩绘的笔触”一派诗人促成了文人词的发达。缪钺《诗词散论·论词》有云：“用五七言诗表达最精美深微之情思，至李商隐已造极，过此则为诗之所不能摄，不得不逸为别体，亦如水之脱故流而成新道，乃自然之势。”此言得之。经过相当时间的探寻，晚唐人发现词这一形式能配乐甚至配舞，能满足时人对声色的追求。故其滥觞虽可追踪至六朝《五更转》之类民间曲子词，但为文人所选定，并大力发展，必待中晚唐重“感官的彩绘的笔触”一派诗人出现之后。其内在驱动力便是“俗艳”。明代大戏剧家汤显祖一语破的：“自三百篇降而骚、赋。骚赋不便入乐，降而古乐府；古乐府不入俗，降而以绝句为乐府；绝句少宛转，则又降而为词。”（汤评本《花间集》叙）汤氏以其实践者特有的直觉，把握了中国文体流变的一条规律：不断朝俗处降、降、降！取材本来十分广阔的民间曲子词，经晚唐的文化整合，“尚婉媚”的合乐特征逐渐突出，终于在文人手中形成一种以题材相当狭窄的《花间集》为典范的新体制——诗余。

欧阳炯《花间集叙》云：“则有绮筵公子，绣幌佳人，递叶叶之花笺，文抽丽锦；举纤纤之玉指，拍按香檀。不无清绝之词，用助娇娆之态。自南朝之宫体，扇北里之娼风。”当时人的理解，词只是“用助”那音乐舞蹈去表现更直接的声色，以满足那些绮筵公子们的欲求。那么，它也就毋须再倾全力于“感官的彩绘的笔触”的追求，而是侧重声调的婉媚。于是出现了陆游所说的“唐季、五代，诗愈卑而倚声辄简古可爱”的现象。（见陆游《花间集》跋）如果说温庭筠词蹙金组绣，仍是李贺一派笔触，那么至韦庄、冯延巳词，已相当“简古可爱”了。词，正日渐从“用助娇娆之态”的附庸地位中挣扎出来。王国维《人间词话》称：“词至李后主而眼界始大，感慨遂深，遂变伶工之词为士大夫之词。”儒家入世观念根深蒂固的士大夫总是耿耿于“言志”与否，所以有唯美倾向的温词被视为“伶工之词”，有感于身世家国的李后主后期词才被认可为“士大夫之词”。如果我们从另一视角看，李后主家破之日，却正是世俗地主重建大一统的“人伦秩序”完成之时。为一己之悲哀而作的李后主词，一旦投影于该时期文化建构的大背景之上，便会放大为宏伟壮大的奇观。这正意味着中晚唐世俗地主好俗艳的心态至此已失去存在的依据，中晚唐诗坛出现的滑坡至是而当止，一种全新的世俗地主文化已形成。

四

李肇《国史补》一面说是元和以后歌行“学浅切于白居易”，一面又说是“元和之风尚怪”。与元、白一派走简化旧法使之浅切平易一途不同，韩愈、孟郊一派走的是出奇制胜的路子。同是由雅入俗的走向，在中唐文坛二水分流。韩愈老喜欢将诗写得佶屈聱牙，“以文为诗”，甚至“以不诗为诗”，无异是把诗从典雅而神圣的殿堂内拖出来，在“由雅入俗”这点上与白派诗人们相视而笑。更重要的还在于：韩愈主持了与元和诗风大变相平行的文体大变，即“古文运动”。陈寅恪《论韩愈》一文指出：

> 退之（韩愈字）之古文乃用先秦、两汉之文体，改作唐代当时民间流行之小说，欲藉之一扫腐化僵化不适用于人生之骈体文，作此尝试而能成功者，故名虽复古，实则通今，在当时为最便宣传，甚合实际之文体也。（《金明馆丛稿初编》）①

“名虽复古，实则通今”是“古文运动”精神所在。韩氏于儒学创见不多，功绩主要在文体的改革。文体如何改革，“用先秦、两汉之文体作唐代当时民间流行之小说”是一条重要的线索。张籍《上韩昌黎书》云：“比见执事多尚驳杂无实之说，使人陈之于前以为欢。”（《五百家注音辨昌黎先生文集》卷十四附录）陈寅恪认为“驳杂无实之说”指《幽怪录》《传奇》之类。陈氏又说：“贞元、元和为古文之黄金时代，亦为小说之黄金时代，韩集中颇多类似小说之作，《石鼎联句诗并序》及《毛颖传》，皆其最佳例证。”李嘉言《评

---

① 陈寅恪：《金明馆丛稿初编》，上海古籍出版社 1980 年版，第 294 页。

龚书炽〈韩愈及其古文运动〉》一文又从而广之，认为陈鸿《长恨歌传》兼取元和体之内容与《新乐府》的讽喻精神作古文小说，元稹变骈俪的《游仙窟》而为古文的《会真记》。（详见《李嘉言古典文学论文集》）如果我们将视野再放开些，则韩愈《国子助教河东薛君墓志铭》、杜牧《上泽潞刘司徒书》这类正儿八经的墓志书信里也难免有小说笔调。由是看来，“古文运动”虽可上溯李华、萧颖士、陈子昂乃至李谔、苏绰，但与这些古文家不同之处，就在于韩柳不但继承先秦两汉古文传统，还接受了当时流行的传奇小说的影响。可惜李翱、皇甫湜、樊宗师之流未能体会这一由雅入俗的精神，致使古文运动未能循此以进，取得长足发展，反因其片面追求“陈言务去”，以“凌纸怪发”为美，以艰深文浅陋，终于日趋式微。须待至北宋，才又接上这条线，从平易入手，使散文取得巨大成就，此是后话。

“古文运动”与俗文学之间的联系毕竟只是草蛇灰线，无论元和诗风的浅切、俗艳与尚奇，无论韩愈倡言的“文从字顺”“陈言务去”，都不应停留在形式上或题材上与俗文学的某种相似去推求，更应进一步从深层的心理意识上的沟通去把握。也就是说，俗文学侵入雅文学的路线，首先是以其生动性从心态上征服士大夫，进而成为他们乐于采用的形式，从而形成血缘关系。元稹《酬翰林白学士代书一百韵》“光阴听话移”句下注：“乐天每与予游……尝于新昌宅（听）说《一枝花》话，自寅至巳犹未毕词也”。寅末至巳初，约在清晨六至九点钟。如果不是有浓厚的兴趣，何以在这段时光听说书？“光阴听话移”说尽当时士大夫的好尚。而唐进士以传奇小说“行卷”（考试前投献的诗文）也说明处于上层的达官贵人爱好这一形式，期其推荐的进士们正是投其所好才以传奇作为“行卷”的。由此看来，文坛的俗化倾向也是有其文化背景的。

五

从现存资料看，中晚唐通俗文学主要结种有讲经、变文、话本、词文、俗赋等。这些虽有题材、形式之别，但重视故事性却颇为一致。据敦煌保留的唐俗文如《大目乾连冥间救母变文》《韩朋赋》《维摩诘经变文》《张议潮变文》《韩擒虎话本》《叶净能话》《季布骂陈词文》等看来，无论艺术高下，都重视故事情节的组织安排与描写。这些讲唱还常配有画图随时展现，使听者易于理解故事情节。因此这类讲唱吸引大量听众。韩愈《华山女》诗形容讲经之盛是“街东街西讲佛经，撞钟吹螺闹宫廷”。不但士庶男女尘杂于寺观听俗讲，连深宫也颇受震动。《资治通鉴》卷二四三载唐敬宗于宝历二年“幸兴福寺观沙门文溆俗讲”，卷二四八载万寿公主大中二年“在慈恩寺观戏场”。俗讲加上当时的傀儡、参军戏，俗文艺已从市井漫向朱门、宫廷。它不再只是街头流浪汉谋生的手段，而是股文艺新潮！传统文学在它的冲击下偏离原来的轨道，从“志”的清空的抒情笔调中摆脱出来，转向较为写实的叙事笔调。《长恨歌》《秦妇吟》作为文人叙事长篇，是文学史上少有的杰作。它们出现在俗文艺繁盛的中晚唐绝非偶然。不必说白居易的《卖炭翁》《缚戎人》，元稹的《连昌宫词》《会真诗》诸篇；像元稹《梦游春七十韵》与白居易的和篇一百韵，也都是用繁缛之词铺排敷演情事，用叙事的笔调言情。宋人苏辙《诗病五事》批评白居易“拙于纪事，寸步不遗，犹恐失之”。殊不知“寸步不遗”正合乎当时俗文艺富于铺叙的新型笔调。

读者的期待视野还有力地影响了作者的取材。《岁寒堂诗话》指出：“元、白、张籍、王建乐府，专以道得人心中事为工。”《唐音癸签》卷九也认为张籍善“就世俗俚浅事做题目”。既然朝野上下都有爱听故事的风尚，那么无论从功利的角度还是表现的角度看，作者以写奇事取胜也就不奇怪了。如名噪一时的王建《宫词一百首》与李昌符“浃旬京师盛传”的《婢仆诗》五十首，都因展现了社会生活中陌生的一角，满足了人们的好奇心，因而取得了轰动效应。至如王建的《新嫁娘》诗云：

三日入厨下，洗手作羹汤，未谙姑食性，先遣小姑尝。

这种将注意力从意气功业转到身旁富有情趣的琐事上来；兴趣也从借自然景物兴讽抒情转到对具体事件的描写上来，正是世俗地主文化的新面目。

用同样的视角扫视中晚唐寓言、小品，同样可发现重视具体事件的描写这一新起的审美趣味。试将《战国策》中对“江一对楚宣王”条与柳宗元的《三戒》对读，后者描写细、铺垫足是一目了然的。至如皮日休《悲挚兽》、罗隐《说天鸡》诸篇，形象描画更无不栩栩然。又如林简言的《纪鸮鸣》（《全唐文》卷七九〇），叙事已小有波澜，其中插入巫者的鬼话，颇具情节。虽然这只是略施传奇笔法之小技，却已是先代所缺乏的。大体说来，中晚唐寓言的复兴与时人的爱听故事的风尚有关。重事件并因之重叙事技巧，是雅文学屈从俗文学重要的一步。

以上我们平叙了中晚唐文坛由雅入俗的二道轨迹，从中可以看出：“士族文化”借助了中晚唐文坛由雅入俗这一斜面缓缓地向“世俗地主文化”滑落。这，就是中晚唐文坛的大势所趋。

（原载《人文杂志》1990 年第 3 期）

文化转型与宋代文学

一、问题的提出

20世纪初，日本学者内藤湖南提出过这样的问题：

“唐宋时期”一词虽然成了一般用语，但如果从历史特别是文化史的观点考察，这个词其实并没有什么意义。因为唐和宋在文化的性质上有显著差异：唐代是中世的结束，而宋代则是近世的开始，其间包含了唐末至五代一段过渡期。由于过去的历史家大多以朝代区划时代，所以唐宋和元明清等都成为通用语，但从学术上来说，这样的区划法有更改的必要。[①]

内藤氏事实上已抉发出唐宋之际所具有的文化转型的意义，将

① ［日］内藤湖南：《概括的唐宋时代观》，见刘俊文主编《日本学者研究中国史论著选译》第1卷，中华书局1992年版，第10页。

唐末至五代划归“近世的开始”。而我国史学大家陈寅恪则更明确指出：“唐代之史可分前后两期，前期结束南北朝相承之旧局面，后期开启赵宋以降之新局面，关于政治社会经济者如此，关于文化学术者亦莫不如此。”[①] 而作为“唐代文化学术史上承先启后转旧为新关捩点之人物”，便是中唐的韩愈。笔者据此，曾以中唐为支点，将前此的魏晋—盛唐的文化类型称为士族文化，后此的中唐—北宋的文化类型称为世俗地主文化。[②] 由此形成中国文化传统错位的衔接，而中国近现代种种文化现象，十有八九可追溯至两宋。故而陈寅恪认为，华夏文化造极于赵宋之世，是华夏文化之“本根”。他甚至认为：“将来所止之境，今固未敢断论。唯可一言蔽之曰，宋代学术之复兴，或新宋学之建立是已。”[③] 此亦当今“新儒学”孜孜以求者欤？宋学“本根”对于近现代之影响由此可见。

二、何以转型

唐宋之际乃有文化之转型，何也？曰：形势使然。盖中国古代社会经长期发展，至隋唐其重心已由中古宗法的贵族政治体制逐渐移向近古中央集权的官僚政治体制。所谓盛唐文化，乃经四百余年胡汉、南北由碰撞到融合之文化。故云“唐有胡气”。盛唐之盛，正得益于以成熟之汉文化为母本嫁接他种文化，极具开放性与多元化。然而，面对士族解体、个性解放、均田制与府兵制瓦解，外来文化

---

① 陈寅恪：《金明馆丛稿初编》，上海古籍出版社 1980 年版，第 296 页。

② 参看拙作：《文化建构文学史纲（中唐—北宋）》，海峡文艺出版社 1993 年版，第 8 页；《文化建构文学史（魏晋—北宋）》，北京大学出版社 2005 年版，第 21 页。

③ 陈寅恪：《金明馆丛稿二编》，上海古籍出版社 1980 年版，第 245 页。

对本土文化之促变，市井文化初兴等等诸多新事物，旧框架已容不下新文化那伟岸的身躯。传统的儒、道、释三大思想基础也已穷于应对，整个盛唐思想界都拿不出相应的新思维。开元年间的“文治”与“吏治”之争，似乎已触及这个问题，但文治不过是恢复旧礼教，吏治也不是走向法治。诚如葛兆光教授所指出：

> 毕竟礼法并不能约束越来越放纵的人心，而传统也无法对新的社会变动给以解释与批评。当传统的宇宙观念对礼法的支持与对国家秩序的规范、传统的夷夏论对民族混融问题的处理、传统道德观念对士族瓦解之后人际关系的调整，都已经不合时宜的时候，仅仅用原有的知识与思想已经无力回天。①

面对胡汉、南北融一的新型文化，旧文化体制、旧思维方式已到了不得不变的临界点。中唐以后，更由于商品经济的日趋发达，科技的进步，生产力的发展加速了这一进程。英国学者崔瑞德编《剑桥隋唐史》正是从这一角度分析了八、九世纪大唐内在发生的深刻变化。他认为：

> 城市化的进程以生产力的全面发展为基础，人口的普遍南移不但提高了农业生产水平，而且手工业也开始在长江流域发展起来。结果，交易和商品流通量迅速增加。八世纪后期和九世纪是商人阶级大展宏图的时代；……贸易的空前发展，商人的日益富裕和生产力的全面提高，逐渐导致官方对经济的态度的根本转变，而这种转变再次标志着八、九世纪是一个时代的结束。②

笔者尤感兴趣的是：该书作者指出，商品经济的发展使中晚唐

---

① 葛兆光：《七世纪至十九世纪中国的知识、思维与信仰》第 2 卷，复旦大学出版社 2000 年版，第 113 页。

② ［英］崔瑞德编《剑桥中国隋唐史》，中国社会科学出版社 1990 年版，第 30、31 页。

“产生了一个富裕、自觉并对自己的鲜明特征和特殊文化有强烈意识的城市中产阶级”。（引同上）无疑，这个中产阶级的产生，便是促使文化向近世转型的积极因素。就事件而言，“安史之乱”是前后两种文化转型的契机与标志。

“安史之乱”由于具有浓重的民族矛盾以及地方割据的色彩，使人将注意力集中在“华夷之辨”、中央与地方势力之争，而忽视了前面所提及的新、旧型文化之蜕变。“文治”“吏治”之争乃转化为儒、释之争，中央与地方之争。由是，强化中央集权被提上日程，士大夫在反思中猛省到重建儒学的必要性，于是掀起以“尊王攘夷”为内核的古文运动。晚唐五代长期动乱的经验教训及面对北方崛起的外族势力，使中央集权这一社会需求在宋更为迫切，而古文运动的精神亦因之得以传薪。

王夫之《宋论》卷一论宋太祖一统天下垂及百年，原始其因就在于与创业诸帝相较，无事功世胄之依凭而颇有惧心：

> 一旦岌岌然立于其上，而有不能终日之势。权不重，故不敢以兵威劫远人；望不隆，故不敢以诛夷待熏旧；学不夙，故不敢以智慧轻儒素；恩不洽，故不敢以苛法督吏民。惧以生慎，慎以生俭，俭以生慈，慈以生和，和以生文。①

宋之文治，实在是出于忧患的不得已。但王夫之接着指出：“虽然，彼亦有以胜之矣，无赫奕之功而能不自废也，无积累之仁而能不自暴也。”宋人求自立、求变革之精神寓其中矣！而所谓自立精神，即王夫之“求诸己”者，就其文化内涵言之，便是起自中唐为“攘夷”而张扬华夏自家文化之运动，是六朝至盛唐充满“胡气”的外向型多元文化之反拨。唐君毅称：“中国民族之精神，由魏晋而超越纯化，由隋唐而才情汗漫，精神充沛。至宋明则由汗漫之才情，归于收敛。”② 收敛正是“绚烂归于平淡”的内向型宋文化之特征。

---

① 王夫之：《宋论》，北京中华书局 1964 年版，第 3 页。

② 唐君毅：《中国文化之精神价值》，台北正中书局 1994 年版，第 70 页。

中国文化转型之幸与不幸，关键在此。

三、如何转型

王亚南《中国官僚政治研究》认为，两税法与科举制是支持官僚政治高度发展的两大杠杆。[①] 内藤湖南认为“两税法”使“人民从束缚在土地上的制度中得到自由解放”[②]，而科举制使士子从有利于世族门阀的“九品中正”选人制度的束缚中解放出来，则是今人的共识。这两种“解放”就好比建筑工程上的前期工作“三通一平”，使北宋在此基础上顺利地完成其中央集权的官僚政治体制的建构。特别是后者，将用人权全部收归中央，激活人才的纵向流动，使官僚体制于该时期充满活力。

科举制对宋以后的影响是多方面的，这里就其对文化转型带根本性的影响略事评说。首先是北宋的科举，迅速地改变了统治层的知识结构，同时也促使知识人群的日益增多。由于宋代从科举进入仕途的人数大大超过唐代，而且“取士不问家世”，使得以世俗地主为主体的大量人才涌入官僚机构。[③] 这就使宋代政府具有“平民化”的色彩。然而，此种“平民化”只是相对于前此的贵族政治而言，

---

① 王亚南：《中国官僚政治研究》，中国社会科学出版社 1981 年版，第 90—111 页。

② 见上引《日本学者研究中国史论著选译》第 14 页。史学界有不同看法，但至少两税法预示了货币经商品经济的长足发展，对生产力应是某种程度上的解放。

③ 据曾巩《元丰类稿》卷四九知，淳化二年进士一万七千三百人，可见卷入科举的人群将有多么庞大，其影响于社会文化素质是可想而知的。《历代名臣奏议》卷二六七载苏辙《请去三冗疏》称：“凡今农工商贾之家，衣，未有不舍其旧而为士者也。”知识阶层之庞大化由此可见一斑。

增大了“平民”参与政务的机会，为上层社会带进世俗气；但诚如日人谷川道雄所指出：“士大夫阶级成为官僚，拥有特权时，其自身的地主化倾向也就浓厚了。不过这乃是士大夫阶级的世俗化、腐败化，并逐渐丧失其本来立场的过程。在其间潜藏着由他们本身自我改革的转化因素。”① 由此而形成一个以官僚政体为中介的上层与下层社会的循环运转机制，并造成中唐—北宋由雅入俗而化俗为雅的循环运动。而士大夫本身所进行的自我改革，更是深刻地影响了文化转型。钱穆《中国近三百年学术史》第一章引论称：

> 盖自唐以来之所谓学者，非进士场屋之业，则释道山林之趣，至是而始有意于为生民建政教之大本。②

钱氏指出唐时“进士场屋之业”不过是敲门砖，并不曾与儒家“修齐治平”联系起来，直至北宋（尤其是庆历以后），这才“有意于”政教合一，将科举取士与推行儒教结合起来，而以儒学的道德仁义明体达用整顿士风，这才是宋学的自立精神之所在。宋人的价值取向、审美趣味，其本原当于是求之。

四、同构运动

我们匆匆地走阅了文化转型，因为我们更关心的乃在与之作同构运动的宋文学。所谓文化构型，是指文化的内在整体结构，是文化各因子的综合整体。任何时代的文学都是该时代文化构型的一个

---

① ［日］谷川道雄：《中国社会构造的特质与士大夫的问题》，见上引《日本学者研究中国史论著选译》第 2 卷，第 192 页。

② 钱穆：《中国近三百年学术史》，台湾商务印书馆 1980 年版，北京中华书局 1984 年影印本，第 3 页。

有机组成部分，而与总体文化构型之间互涵互动，为文化建构过程中的整合作用所驱动，而又以自身的变革参与文化建构，形成双向的同构运动。恩格斯有一段著名的“合力论”，可以帮助我们理解文化各因子与文化构型之间的互动关系：

> 历史是这样创造的：最终的结果总是从许多单个的意志的相互冲突中产生出来的，而其中每一个意志，又是由于许多特殊的生活条件，才成为它所成为的那样。这样就有无数互相交错的力量，有无数个力的平行四边形，而由此就产生出一个总的结果，即历史事变，这个结果又可以看作一个作为整体的、不自觉地和不自主地起着作用的力量的产物。①

这里揭示了认识论的一个真理：在历史因与果之间有一个不容忽视的中介环节，这就是交互冲突产生合力的诸多因素。而这些因素“又是由于许多特殊的生活条件，才成为它所成为的那样”。固然，历史是人创造的，但并不是随心所欲地创造，每个人的意志都受制约于所处的“特殊的生活条件”，即政治地位、经济地位、社会环境、文明程度乃至婚姻、家族、交游、学养、性格、病情，甚至地理环境等等。而这些因素大部分可用“大文化”的概念概括。诸多因素在文化大容器中碰撞，产生合力。这就是文化趋势，也就是一个社会在情感和理智上的主导潮流。处于潮流核心地位的是价值选取与追求。观念与价值取向是构成一种文化独特风格的要素，也是影响审美趣味与判断的要素。这是文化史与文学史同构运动最关键的契合点。丹纳曾用“精神气候”说解释文艺的演进，举中世纪欧洲风行四百年的哥特式建筑为例，认为当时战争和饥荒频仍，苦难使人厌世而耽于病态的幻想。哥特式建筑形式上的富丽、怪异、大胆、纤巧与庞大，正好投合了人们病态的审美趣味，成为苦闷的象征而发展为教堂、宫堡、衣着、桌椅、盔甲的共同风格特征。② 这

① 《马克思恩格斯选集》第 4 卷，人民出版社 1972 年版，第 478 页。

② ［法］丹纳：《艺术哲学》，傅雷译，人民文学出版社 1983 年版，第 39 页。

是静态的选择。本尼迪克特进一步作动态的解释：哥特式建筑起初只不过是地方性的艺术和技巧中一种稍带倾向性的偏好——如对高度与光亮的偏好，而由于这一偏好投合了中世纪社会情感与理智上的主导潮流，所以被确定为一种鉴赏规范，愈来愈有力地表现出来，并剔除那些不融贯的元素，改造其他元素以合乎文化目的，最后整合为一种愈益确定的标准而形成哥特式艺术。① 在文化目的的驱动下，文化选择与文化整合形成艺术史的选择、修正、适应的全过程。这就是文化与文艺的同构运动。

作为文学史的特殊性，文化整合是通过文本被接受的过程而起作用的。也就是说，观念与价值取向不但影响作者的创作，也影响着读者的接受，由此形成张力，文坛的兴衰、流派的起伏，都因此而展开。

我们还要讨论的是文化整合力与个体创造性的关系问题。作为社会网络中的个体，个人行为无疑受制于所处社会的制度与习俗，然而并非该社会中千千万万种个体行为都一一从属于那些制度与习俗，许多个体行为并不符合该社会秩序的规范要求。也可以这么说，文化目的代表了该时代在情感和理智上的主导潮流，但并不囊括所有的个体的情感与理智上的倾向。合力只是矛盾斗争的结果。文学史表明，任何时期总有一些人不肯入俗，老要出轨，甚至成为“异端”。事实上，他们都是些富有创造性的变异的种子。然而，个人行为必须成为影响某一群体的现象才是有意义的，纯粹的个人行为只是个人行为而已，与社会并无干涉。群体，可以是某个圈子，或社会某阶层，乃至民族。一旦个体行为被社会某阶层所接受，就有可能扩大其影响，为文化选择所吸收，融入新传统。反之，不为社会所接纳的个体行为，将很快为潮流、时尚所湮灭，虽然它或许仍将作为一种历史的价值而存留在历史材料之中。

---

① ［美］本尼迪克特：《文化模式》，张燕译，浙江人民出版社 1987 年版，第 46—47 页。

五、前贤的启迪

清人叶燮《已畦集》卷八《百家唐诗序》称：

> 吾尝上下百代至唐贞元元和之间，窃以为古今文运诗运，至此时为一大关键也。……号之曰中唐，又曰晚唐，不知此中也者，乃古今百代之中，而非有唐之所独得而称中者也！

叶氏以中唐为中国文学史前后分期的支点并非偶然，因为文化转型与文学史分期的同构运动在中唐是一个相当明显的事实。文学史家闻一多也曾将汉建安五年至唐天宝十四载划为门阀贵族文学，而将安史之乱至1919年五四运动划为“士人文学”。[①] 据郑临川整理的笔记，列表如下：

<table>
<tr><th colspan="2">时代划分</th><th>作者成分</th><th>起讫年</th><th>历年总计</th></tr>
<tr><td colspan="2">古代</td><td>封建贵族及土豪贵族</td><td>周成王时至汉建安五年（公元前1063年至公元200年）</td><td>约1300年</td></tr>
<tr><td rowspan="2">近代</td><td>前期</td><td>士人</td><td>汉建安五年至唐天宝十四年（公元200年至755年）</td><td>555年</td></tr>
<tr><td>后期</td><td>士人</td><td>唐天宝十四年至民国九年（公元755年至1920年）</td><td>1165年</td></tr>
</table>

前、后分期的标志性人物是杜甫。据郑临川转述，闻一多认为：“天宝大乱以后，门阀贵族几乎消灭干净，杜甫所代表的另一时代的新诗风就从此开始。宋人杨亿曾讥笑杜甫是‘村夫子’，恰好是把他的士人身份跟以前那些贵族作者形成了鲜明的对比。”[②]

---

① 郑临川：《闻一多先生说唐诗》上，《社会科学辑刊》1979年第4期。

② 郑临川：《笳吹弦诵传薪录》，上海古籍出版社2002年版，第77页。下引只注页码。

事实上门阀贵族在中晚唐犹百足之虫，死而不僵，要到黄巢大起义以后，才算是扫地以尽。而后期与品位性的门阀贵族相对而言，应是世俗地主为统治阶级，故笔者称之为“世俗地主文化构型”。闻一多见解的深刻性还体现在对文化与文学史之间血肉般不可分离的关系的认识：“所以如果要学旧诗，学宋诗还有可能发挥的余地，学唐诗（天宝以前的那种所谓盛唐之音）显然是自走绝路，因为社会环境和生活方式已经完全改变，没有那种环境和生活条件，怎能写得出那种诗来呢？从这种新作风的时代开始以后，平民跟文学的关系一天比一天密切，小说就跟着发达起来。但过去那种豪华浪漫的贵族生活方式始终还被少数人所留恋……”（同上引，第 77—78 页）文化构型的转换带动文学风格乃至文学形式的转换，这就是同构运动。这种转换并非“一刀切”切出来的，而是筋连着肉，肉含着血。所以宋文学自立的中心是明晰的，边缘却是模糊的：自中唐起，宋文学的某些特征已如雾状出现，及至北宋方凝为水珠，臻于圆成。

与闻一多同时的还有长期以来鲜为人知的罗庸先生，经郑临川转述其研究成果，终将引起人们的重视。罗庸说魏晋南北朝文学，断自建安初年（196 年），下逮唐高宗景龙三年（710 年），又补充说，应加建安前三十年，盖党锢影响后之清谈甚大。（上引书，第 189 页）至说唐宋文学，则认为：

> 本段始于隋唐，迄于南宋末年，大约七百年间，此为古代文学与近代文学之分水岭。所谓古代，乃文体之完全死去或成化石者，此段结束于唐朝中叶，近代文学乃目前尚有些许生气者。此段文学史上足以解说汉魏六朝之文学何以结束，下足以述说明清文学之所由形成。故本期精神在叙述由民间兴起之文体既衰，而代之以由域外新潮蜕化而成之文体，北宋后，此域外新潮又涸，遂又有民间文学兴起，话本传奇是也。此外，唐初承六朝门阀之旧，其后乃削平之，而平民文化与朝廷文化得以交通，渐次平民文化居上，吾人于本段史实仅见平民时有创获，朝廷转寂无所闻，此与汉魏之朝廷文学大相径庭，亦中国

文化之绝大转变者也。（上引书，第267—268页）

罗氏似更强调转型的渐进性，故以隋唐至南宋为转型期，但下文又云“转变关键在五代”，“以士风言，北宋大抵继承自中唐”，（上引书，第335页）大体上仍与闻氏的意见相近。值得重视的是他更注重唐代庙堂文学向民间文学转型，认为有宋一代文学趋势是“文人与社会接近，而文化中心遂移至民间，由朝廷转向社会”。（上引书，第337页）至于李泽厚《美的历程》强调中唐的承前启后，已为人所熟知，兹不赘引。

六、两条线索

文化转型与文学史嬗变的同构运动自中唐直贯至北宋者，我认为有两条主要的线索：一是在世俗地主知识化运动中，文学趋向由雅入俗再转入化俗为雅的回旋运动；二是由反思转入内省的过程中，伦理逐渐入主文学，士大夫相应形成自调机制及其审美趣味，从而影响宋文学自立的形式。其实这是一个犹如大树的根系一般复杂的问题，笔者岂敢有非分之想，谨将拙著《文化建构文学史纲（中唐—北宋）》中的一点思考抛于读者诸公足下，期有引玉之效耳。

（一）这条线索的起点是科举制的盛行。虽然科举始于隋，但科举与文学发生直接而紧密联系却在“行卷”之风盛行以后，中晚唐适其时也。关于此风，程千帆、傅璇琮诸前辈学者已有笃论，[①] 笔者只想强调一点：我们不宜将文学与科举二者放在一个封闭的思路中，只在二者之间考索其因果，而应当将这一历史性的思维放在文化建

① 程千帆：《唐代进士行卷与文学》，上海古籍出版社1980年版；傅旋琮：《唐代科举与文学》，陕西人民出版社1986年版。

构这一辽阔的视野中考察，我们将会发现，科举对文学史发生的综合影响，远非兴于唐止于宋的“行卷”之风所能囿者。

首先是科举促成了世俗地主的知识化运动。由于科举日渐成为官僚机构用人的重要的乃至最主要的渠道，是世俗地主改变其社会地位并取得经济特权的手段，所以吸引了大量的世俗地主投身于举业。沈既济《词科论》称天宝年间文词科之盛云：

> 父教其子，兄教其弟，无所易业。大者登台阁，小者任郡县。资身奉家，各得其足。五尺童子耻不言文墨焉。（《全唐文》卷四七六）

此风愈演愈烈，至宋苏辙乃云：“凡今农工商贾之家，未有不舍其旧而为士者也！”① 正是这一大批“农工商贾之家”出身的世俗士子，改变了文人群体的知识结构，将世俗之风带入文坛，引发中晚唐直至北宋初长期的“由雅入俗”的文学运动。② 应提请注意的是，许多研究者只从“行卷”者方面入手考察科举对文学之影响，而疏忽了受行卷者对文坛风气形成所起的作用。事实上科举是支指挥棒，而受行卷者则是执棒人。他们的好恶往往左右一批举子的文风。孙光宪《北梦琐言》卷七载陈诔行卷，卷首有对语云：“隔岸水牛浮鼻渡，傍溪沙鸟点头行。”如此俗句何以置于卷首？他说是“曾为朝贵见赏，所以刻于首章”。此类例在晚唐甚多，可见当时一些俗官指挥棒在手，就有举子投其所好。中晚唐诗风趋怪趋俗，良有以也。此风经五代至宋初不息，而欧阳修利用主持贡举改变文风一例，也说明“指挥棒”的重要性。③ 世俗地主固然将俗气带入文坛，但同时其自身在知识化过程中也得到“雅化”的提升，这又是事情的另一面。

---

① 《历代名臣奏议》卷二十六，苏辙《请去三冗疏》。

② 中唐以后因商品经济之发展，使市井文化由边缘挤向中心，致使这批世俗士子具有冲击力，因这一问题颇费笔墨，暂不详论。

③ 韩琦《安阳集》卷五《欧阳少师墓志铭》载欧阳修于嘉祐初权贡举，黜去一切“务为险怪之语”者，而拔擢“平淡造理者”，引起一场风波。

第一次雅化运动是北宋前期“西昆体”的风行。田况《儒林公议》卷上曾称杨亿诸人之诗及其赋、颂、章奏:“虽颇伤于雕摘,然五代以来芜鄙之气,由兹尽矣!”接着,梅尧臣、欧阳修等又掀起第二波雅化运动。此后王安石、三苏、黄庭坚等继起,形成学海波澜,势不可遏。总之,处于较下层的世俗地主将“俗气”带进文坛,使士族文化也染上“俗气”,这是个同化过程;同时由于进士科举要求参与的世俗地主必然学会写诗作赋贴经,面对原有的士族文化使自己“雅”起来,这又是个顺化的过程。由是推转了中唐至北宋文学“由雅入俗”又“化雅为俗”的双向回旋运动。

然而科举制对文学发生更为内在的深刻影响,还在于从内容到形式日渐与世俗地主重建“政教一体化”运动相配套,士风为之一变,文风亦不得不变。这就是我们要继续探寻的第二条线索。

(二)这条线索的起点是“古文运动”。从根本上说,中唐时期的土地制与地租形态的变化减轻了人身的依附关系,带有某种奴隶制残余的宗族组织进一步向封建家族制转变。在这种新的人际关系与社会生活中,有可能产生出新的道德价值与行为规范。儒学由讲求外在强制力量的训诂名物的汉学系统转向讲求内在自觉反省的穷理尽性的宋学系统,正是对新人际关系与社会生活的一种适应。而“安史之乱”是一个重要的诱因,引发士大夫面对动乱追溯历史,进行了较深刻的反思。贾至《议杨绾条奏贡举疏》抨击了科举以声病为是非的弊端,抓住“末学之驰骋,儒道之不举”这个要害。整个统治阶级都在寻找新的凝聚力,“尊王攘夷”的古文运动之中心就是再造儒学,使之成为重建中央集权的精神支柱。将中唐古文运动与北宋古文运动贯穿起来的血脉,就是再造儒学,将儒学内容注入科举的形式中,以“建政教之大本”(上引钱穆语)。与之做同构运动的,便是“文章务本”论的抬头。韩愈《答李翊书》说得明白:“仁义之人,其言蔼如也。”这种以仁义为文章之根本的看法与白居易“诗者,根情苗言华声实义”(《与元九书》)的提法有别。白氏的提法仍以文为教化之具,属“致用”范围,“情”是根本;韩氏提法则以仁义为本，是由“致用”转入“务本”关键的一步。故又曰：“行之乎仁义之途，游之乎诗书之源”，作文的前提是个人修养，即“养气功夫”。只要善养气，则言之短长声之高下者皆宜云。经李翱《复性书》的倡导，终于导致宋理学家“道至则文自工”，甚至以文为妨道的“闲言语”，取消文学的独立性的偏激说法。然而，我们如果去其极端者，将这一现象放在更大的历史范围内考察，便会发现：它乃是“文学自觉”全过程中不可或缺的一部分。因为作为个体的人，同时具备着自然属性与社会属性，这是人类行为的根本出发点。作为“人学”的文学，也必然体现这两者的矛盾统一，即“文学自觉”是与“人的自觉”结伴而行的。也就是说，完整意义上的“文学自觉”必须体现这两种属性。“建安文学”被视为“文学自觉”之发端，作为该时代“人的自觉”的核心，是个体独立意识之觉醒，更多地倾向于自然属性，即追求个体之自由，故以庄子哲学为思想解放之利器。而文学自觉则体现为摆脱经史政教乃至音乐的附庸地位，走向独立，其时则体现为“缘情”与“言志”之抗争，更多地倾向于文学独特形式之创构。至盛唐始情志合一，声律与风骨并重，乃是个性自由与社会规范兼顾之朕兆。中唐至北宋，不妨说是“文学的再自觉”阶段，更强调人的社会属性，要求个体自觉遵从社会规范。与之相应，文学“陶冶性情”的功能得以强化。只可惜在这一进程中，个体的规范化与伦理道德的自我完善日益浮升为“正统”的价值取向，而盛唐曾一度活跃的以个体自由的追求日益走向边缘，成为一个不再复返的历史时期。宋文学的自立精神从根本上说，就在于主流价值观的转变，而标志着两种不同文化构型转换的完成。唐君毅所称“至宋明则由汗漫之才情，归于收敛”（上引），事实上始自中唐，而完成于北宋元祐以后。

（原载《长江学术》2006 年第 1 期）

中编

《新译杜诗菁华》导读

有人说：一个民族灵魂的最佳文献就是它的文学。是的，有时你只要读一部《红楼梦》，甚至只读一篇《岳阳楼记》，你就会感到一个民族的心怦然在动。被誉为“集大成”的杜甫诗，便是此类蛰伏着中华民族之魂的大著作。它诞生在一个我民族最强壮、最有朝气，却又忽然陷入痛苦挣扎之逆境的特殊年代。于是，它便获得了热烈奔放与坚忍不拔的双重品格。杜诗，体现的是中华民族最健全的体魄与灵魂；杜甫，则是中国传统文化的托命之人。

一

杜甫（712—770），字子美，阴历正月初一生于河南巩县（今河南省巩义市）城东的窑湾。他家祖籍京兆杜陵，故自称“杜陵布衣”。又有一度家居少陵，乃自称“少陵野老”。杜甫有一个颇为显赫的家世，其十三世祖杜预是西晋平吴的名将，还注过《左传》。杜家自晋至唐，代有出仕，难怪杜甫会自称“先君恕、预以降，奉儒守官，未坠素业”。(《进雕赋表》) 其中值得一提的还有他的祖父杜审言，是武则天时代的名诗人，杜甫引为骄傲，曾夸口说“吾祖诗冠古”(《赠蜀僧闾丘师兄》)，“诗是吾家事”(《宗武生日》)。由于中国长期处于宗法加官僚的社会，所以家族对个体的影响不容小觑。杜甫毕生奉儒习文，并将文与儒二者联系起来，称“法自儒家有”(《偶题》)，这些都与其家族传承有直接关系。甚至在个性上，杜甫也有“家族性格”的印记。文献记载表明，杜家有血亲复仇的传统，如杜审言的曾祖杜叔毗、杜甫的叔父杜并，都曾为父兄洗冤而刺杀仇人。杜甫还有个姑姑，为救少年杜甫而牺牲了自己的儿子，乃称“义姑”(《唐故万年县君京兆杜氏墓志》)。无独有偶，杜甫的一位舅姥爷尚未成人就愿为哥哥顶死。这些都强烈表明了杜甫这样的世家，在伦理道德的内化上，有多么入心入骨！史称杜甫“性褊躁傲诞”，不妨解读为祖传的高傲倔强。这种个性一旦与其悲天悯人的情怀相结合，便成就了杜甫超越众人也超越其家族传统的独异的情感主体。过去讲杜甫的成就，大多是从时代、儒学、社会、历史等外部条件去找原因，取得了不俗的成绩；而对杜甫何以能超越众人“而兼人人之所独专”的主体性，则深论者寡焉。须知个体文化心理是不可重复、不可替代、不容忽略的。它才是杜甫为什么有别于同时代的李白、王维、高适诸人，而独得“集大成”之誉的主因。

“集大成”，本是孟子用来赞许孔圣人的，说他的人生就好比一首金声而玉振的交响乐章，丰富而和谐。稍后于杜甫的元稹则用它来赞许杜甫的诗歌创作，其《唐故工部员外郎杜君墓系铭并序》云：

> 余读诗至杜子美，而知大小之有所总萃焉。始尧舜时，君臣以赓歌相和……唐兴，官学大振，历世之文，能者互出，而又沈、宋之流，研练精切，稳顺声势，谓之为律诗。由是而后，文变体之极焉。然而莫不好古者遗近，务华者去实，效齐、梁则不逮于魏、晋，工乐府则力屈于五言，律切则骨格不存，闲暇则纤浓莫备。至于子美，盖所谓上薄风骚、下该沈宋，古傍

苏李，气夺曹刘，掩颜谢之孤高，杂徐庾之流丽，尽得古今之体势，而兼人人之所独专矣。……则诗人以来，未有如子美者。……予尝欲条析其文，体别相附，与来者为之准，特病懒未就耳。

看来，元稹所谓的“集大成”，主要是指各种风格与体式的完备及典范性，其中不无丰富而和谐之意。问题是：这种整合如何成为可能？须知整合不是“拼盘”，如果没有一个强大到足以消化各种风格与体式使之成为一个新范形的主体性，那么“集大成”又从何谈起？盛唐是一个众多个体活力四射的时代，在盛唐的诗空上，李白、王维、王昌龄、孟浩然、高适、岑参、李颀、元结……群星灿烂，每个个体无不具有很强的个性。因此，他们都不同程度地消化了范围不等的多种风格与体式，形成具有个人特色的风格与体式。然而唯有杜甫博大、均衡的个性最为健全，在任何情境下，他都能保持人性的本真，不被异化。真，是杜甫主体性的根基。所以萧涤非先生《杜诗体别·引言》标举杜诗：“其一曰真，诗莫贵乎真，杜诗之不可及，亦正在有真情。”这种人不可及的强大主体性，是杜甫超越众人而能集大成的主因。

个体主体性的内核是情感本体，古人叫“真性情”，是由“才、气、学、习”交互而成的心理结构（《文心雕龙·体性》）。性情的实质就是情感本体，而真性情就是能体现人性本真的性情。然而人的禀性各不相同，各有各的真性情。杜甫的真性情又有何特点呢？我认为其特点就在于真与善无间的结合方式。这种结合方式不但使其个性与社会性浑融一体，使其才性最大化，因而有集大成的消纳能力；而且其真与美一旦经过善的自觉认可，便成为一种感召力，一种培育与改善人性的力量。不妨说杜之真，是以善为内容的；但就其主体性而言，则善只是其本真的表露，善倒成为真的形式。其真与善在生活中介的作用下双向建构为杜甫独特的情感结构，从而完成其扬弃与继承的主体性。

关于真与善的关系，徐复观先生《传统文学思想中诗的个性与社会性问题》一文有精辟的论析。[1] 他认为，诗的个性即社会性，是《毛诗正义》所谓“一人心乃是一国之心”。我认为这就是善。善是中华民族历史文明不断发展、提升、积淀的成果，如徐先生所指出，它已经是中国文化的一个“根本信念”，是个体出自人格的负责行为，就是人际关怀。孔子仁学的基础就是讲亲子之爱、泛爱众，孟子讲推己及人，墨子讲兼爱，宋道学讲民胞物与，都是围绕关心人、爱护人这一人际关怀的核心问题，它便是中国古代的人道主义、人性自觉。它是个性与社会性之间的脐带。具有这种自觉的人在处理人际关系时就会有同情心与利他的倾向，经过不间断的、长期的心理体验（修养）与实践，就会内化为人格化的情感，即体现其人性本真的真性情。而上述杜甫“奉儒守法”的家世，就是对其情感结构的形成有深刻影响的重要因素。最为突出的一点是：儒学“亲亲”之爱已积淀为一种“家族性格”，杜甫由此出发，将儒家仁学当作实现“致君尧舜上”理想的根本，在长期苦难生活经历的体验中不断地实践着“推己及人”“己饥己溺”的儒学理念，从而内化为自己稳定的人格情感，进而升华为悲天悯人、民胞物与的精神境界。

生活经历与体验是内在化的催化剂。学问、修养通过亲历亲证，使理性融入感性；而融入了理性的感性所激发出来的情感则驱动个体对外在的情境做出超越个体情绪的“合理”反应，通过践履将仁学融入感性中是杜甫之所以同行独见的根本原因，也是杜甫行为发生的原动力之所在。正是这一动力推进了把“一国之意”“天下之心”内化为己心的历程，杜诗所展示的正是其历历的心迹。兹以战争给百姓带来苦难这一中国文学的“原型主题”为例稍事说明：

如果说杜甫早期之作，更多的是写自己的“志”；那么天宝十一、十二载《兵车行》《丽人行》《前出塞》等乐府诗的出现，便标志着杜甫已经有意向汉乐府学习，瞄准了社会现实。不过盛唐诗人如李白、高适、王昌龄，乃至陶翰辈都写过类似的乐府诗，杜与诸

---

① 徐复观：《中国文学精神》，上海书店出版社2004年版，第1页。

人尚未拉开距离。创作于天宝十四载安史之乱前夕的五古《自京赴奉先县咏怀五百字》，是杜诗深化的一大节点。经过困守长安十年的历练，杜甫的情感由“致君尧舜上”向“穷年忧黎元”倾斜，“仁学”的道德内容已内化为个体独立的情感本体。试读这样的诗句：

老妻寄异县，十口隔风雪。谁能久不顾，庶往共饥渴。入门闻号咷，幼子饥已卒。……岂知秋禾登，贫窭有仓卒？生常免租税，名不隶征伐。抚迹犹酸辛，平人固骚屑。默思失业徒，因念远戍卒。忧端齐终南，澒洞不可掇！

“庶往共饥渴”，不是同情与怜悯，甚至不止是已饥已溺，是徐复观所说的“乃系把他整个的生命，投入于对时代无可奈何的责任感里面”。（引同上书，第 47 页）“无可奈何”却不能自已，从内心的剧烈矛盾中掘发出人性深度，是理性与感性、个性与社会性、真与善的合体。尔后深重的灾难更强化了这一情感（只要一读《彭衙行》及“同谷七歌”便能刻骨铭心地感知杜甫所受的苦难有多深重），写出一大批包括“三吏三别”在内的乐府歌行，展示了杜甫人道主义的博大胸怀，标志着“原型主题”已向“情感的原型”内化。其情感本体已生发出一种“新感觉”，汉乐府歌咏民间疾苦的精神已溢出本体裁，无论古体今体而无往不备此种精神，外化为杜甫手眼独具的取材与表达方式。兹举《三绝句》第二首为例，尝海一勺：

二十一家同入蜀，唯残一人出骆谷。
自说二女啮臂时，回头却向秦云哭。

这首七绝写的是战争与百姓苦难的原型主题，不妨与建安文人王粲的乐府诗《七哀》作一比较：

西京乱无象，豺虎方遘患。复弃中国去，远身适荆蛮。亲戚对我悲，朋友相追攀。出门无所见，白骨蔽平原。路有饥妇人，抱子弃草间。顾闻号泣声，挥涕独不还。未知身死处，何能两相完？驱马弃之去，不忍听此言。南登霸陵岸，回首望长安。悟彼下泉人，喟然伤心肝。

杜之绝句与王之乐府题材的相似性一望可知。王粲以旁观者口吻写出，已十分感人；杜则以受难者本人口吻写出，诚如《杜臆》所评："今借其口语倒一转，而悲不可堪。"然而这不仅仅是个"借其口语倒一转"的技巧问题，而是杜甫以亲身的经历补写出最感人的细节："二女啮臂时"——只要一读《彭衙行》"痴女饥咬我"便知。这就叫己饥己溺，就叫真性情！叶燮《原诗》内篇有云：

> 千古诗人推杜甫，其诗随所遇之人、之境、之事、之物，无处不发其思君王、忧祸乱、悲时日、念友朋、吊古人、怀远道，凡欢愉、幽愁、离合、今昔之感，一一触类而起；因遇得题，因题达情，因情敷句，皆因甫有其胸襟以为基，如星宿之海，万源从出，如钻燧之火，无处不发……

这"胸襟"就是情感本体。有情感本体就有其个性化的感觉，能"因遇得题，因题达情，因情敷句"，取得艺术创作的自由。我认为这才是杜甫能"集大成"且"开世界"的奥秘所在。

"真善一体"形成杜甫见人所不见，道人所未道的"新感觉"。新感觉首先表现在对社会成见强有力的挑战。《有感五首》云：

> 莫取金汤固，长令宇宙新。
> 不过行俭德，盗贼本王臣。

《小雅·北山》："率土之滨，莫非王臣。"然而杜甫在与底层百姓的亲密接触中，已深深领悟到官逼民反的道理，王臣与盗贼是可以互相转化的，要"王臣"不化为"盗贼"，就得釜底抽薪——"行俭德"。约略同时之作《为阆州王使君进论巴蜀安危表》则云："是重敛之下，免出多门，西南之人，有活望矣！"统治者的"俭德"，就是给老百姓留条活路，这才是"长令宇宙新"的固本之举。杜之"独见"，就在于不是儒家"民本"说的简单复制，而是从己饥己溺中得来，王臣与盗贼可以互相转化，便是新感觉。

对社会成见的挑战更深刻地表现为对历来被鄙视的底层百姓美好人性的发露。《遭田父泥饮美严中丞》云：

步屧随春风，村村自花柳。
田翁逼社日，邀我尝春酒。
酒酣夸新尹，畜眼未见有。
回头指大男，渠是弓弩手。
名在飞骑籍，长番岁时久。
前日放营农，辛苦救衰朽。
差科死则已，誓不举家走。
今年大作社，拾遗能住否？
叫妇开大瓶，盆中为吾取。
感此气扬扬，须知风化首。
语多虽杂乱，说尹终在口。
朝来偶然出，自卯将及酉。
久客惜人情，如何拒邻叟？
高声索果栗，欲起时被肘。
指挥过无礼，未觉村野丑。
月出遮我留，仍嗔问升斗。

“感此”两句，萧涤非师注云：“这两句是杜甫的评断，也是写此诗的主旨所在。风化首，是说为政的首要任务在于爱民。田父的意气扬扬，不避差科，就是因为他的儿子被放回营农。”① 此诗不但为至交严武能以爱民为政喜，更为农家安居乐业喜。《唐书》本传称杜在成都“与田父野老相狎荡，无拘检”，道出杜此情正出自真性情。此真情与野老之真情交汇，故能一反士大夫的社会成见而“未觉村野丑”，写出“朴野气象如画”（《杜臆》语）。像这样的诗在集子里不在少数，我们选择时会尽情展示。

---

① 萧涤非：《杜甫诗选注》，人民文学出版社 1979 年版，第 191 页。下引只注页码。

事实上，“新感觉”已体现为杜甫独特的审美趣味而无往非新：他能从桃树看到“高秋总馈贫人食”（《题桃树》），从柏树看到“苦心岂免容蝼蚁”“古来材大难为用”（《古柏行》）；与盛唐好丰腴的审美趣味不同，主张“书贵瘦硬方通神”（《李潮八分小篆歌》），批评大画家韩干画肥马是“忍使骅骝气凋丧”（《丹青引》），偏来写瘦马、枯棕、病橘；连没有生命的石头，他也从“石角皆北向”（《剑门》）中感发割据的忧虑；这就是杜甫感性中的社会性。这种独特的审美趣味催生了杜甫的拗句：“中巴之东巴东山”（《夔州歌十绝句》）、“杖藜叹世者谁子”（《白帝城最高楼》），平仄的不和谐正好表达出诗人心中倔强与无奈的张力。情感上的不平衡同时还催生了杜甫式的“反对”：“朱门酒肉臭，路有冻死骨”“敏捷诗千首，飘零酒一杯”“新松恨不高千尺，恶竹应须斩万竿”云云，这就是杜甫创造的与其情感结构相对应的美的形式，是继承，也是创新。

然而杜甫“集大成”最深邃的意义还在于将人伦日用的感性的生活经验通过其情感本体升华、提炼为具有生命意味的艺术形式，极大地丰富了中国文学中的“社会美”。吃饭，应是最普通、最具动物性的生活经验了吧？但你读一下这样的诗句：“饭抄云子白，瓜嚼水精寒。”（《与鄠县源大少府宴渼陂》）“白露黄粱熟，分张素有期。已应舂得细，颇觉寄来迟。味岂同金菊，香宜配绿葵。老人他日爱，正想滑流匙。”（《佐还山后寄三首》）“长安冬菹酸且绿，金城土酥静如练。”（《病后遇王倚饮，赠歌》）个中之美，岂是那些面对山珍海味“犀箸厌饫久未下”（《丽人行》）的贵人们所能梦见者！名句“香稻啄馀鹦鹉粒”（《秋兴八首》），人们只注意到它奇特而华美的句式，却少有人注意到盛世那“稻米流脂粟米白，公私仓廪俱丰实”（《忆昔》）的往事，对战乱中饥寒交迫的百姓是怎样一种美丽的记忆？关乎生存的稻米的意象于是获得真、善的内容。当感性不只是感性，形式也不仅仅是形式，真与善就能产生一种独异之美。

面对大自然，杜甫对生命的感受更易透出某种哲理。人们熟知的《春夜喜雨》（好雨知时节），连缝罅里都迸透生机，“花重锦官城”之“重”，是生命之重。然而杜甫更重视在人际关系中“活着”的生命感受。亲子之情、夫妻之情、兄弟之情、朋友之情、邻里之情等，成了杜诗中最活跃的因素。

亲子之情是常情，也是杜诗常见题材。《元日示宗武》云：

汝啼吾手战，吾笑汝身长。
处处逢正月，迢迢滞远方。
飘零还柏酒，衰病只藜床。
训喻青衿子，名惭白首郎。
赋诗犹落笔，献寿更称觞。
不见江东弟，高歌泪数行。

仇注引《杜臆》曰：“啼手战，见子孝；笑身长，见父慈。”固然，由此可见伦理融入个体之心理，但诗意不在斯。诗意乃在生命的对话与交接，“汝啼吾手战，吾笑汝身长。”一啼一笑间两代人感受着生命一盛一衰的“交接仪式”，悲欣交集。不是“天国”，而是亲亲之爱，成为中国人“活着”的重要“理由”与追求，更是生命得以延续、永恒的安慰。大历三年，诗人生命历程已近尾声，在贫穷潦倒中的大年初一（老杜生日）发出这岁月的感慨，其深处却是生命的悲歌，“喜”只是衬“悲”。事实上苦难岁月中相濡以沫的人际感情，往往构成杜诗中的佳篇，如《赠卫八处士》，普通而诚挚的人际友情，千百年来打动过多少人的心！正如上文所说，杜甫“在任何情境下，他都能保持人性的本真，不被异化”。尤其是在困顿之极的逆境中，杜甫不但不去求得个体的解脱，反而是更深地、义无反顾地沉入相濡以沫的人际关怀之中，激发出人性的自觉。试读为人所熟知的《茅屋为秋风所破歌》，或以为其中“南村群童欺我老无力，忍能对面为贼盗，公然抱茅入竹去，唇焦口燥呼不得”数句是“诗人在怨天恨人”。诗人的确是发了脾气，因为从下文可知，少了这几把茅草会造成“布衾多年冷似铁，娇儿恶卧踏里裂。床头屋漏无干处，雨脚如麻未断绝”的恶果，发点脾气是人之常情，尚属

“合理的自私”。关键是处于这样的困境之中，诗人却能从“小我”跃入“大我”，发出“安得广厦千万间……吾庐独破受冻死亦足”的呼号！诗人毕竟是有血有肉的人，但他能在个体感性自然里展示出社会的理性，这就叫崇高！这种不顾利害、不留退路、勇往直前的品格，与其说源自儒学（或曰“儒道互补”），毋宁说更逼近屈原。“集大成”的杜甫，虽然没留下骚体诗，但于不似处似之，最得屈骚高扬个体人格之精神。事实上“盛唐气象”的核心正是屈骚高扬个体人格这一基本精神。

生命意味毕竟要从形式中沁出，“集大成”也毕竟体现为“尽得古今之体势，而兼人人之所独专”。文与意及其结合方式的个性化是杜诗之为杜诗的关键。而杜诗文与意结合方式个性化的特点如上文所论，在于由其真善一体的情感结构滋生出新感觉，新感觉逼出新形式的创构，即在集大成的过程中赋予旧形式以新意义、新功能，同时也因为表达新感觉的需要而构建新话语，创造新形式。总之，意味层又回归到形式层。

我们先来看看杜甫是如何在集大成的过程中赋予旧形式以新意义、新功能的。《又呈吴郎》云：

> 堂前扑枣任西邻，无食无儿一妇人。
> 不为困穷宁有此，只缘恐惧转须亲。
> 即防远客虽多事，便插疏篱却甚真。
> 已诉征求穷到骨，正思戎马泪盈巾。

以往七律这种华丽的形式大都被用来唱和，偶一为之耳。杜甫却用极大的精力来改造这一诗体，单他一人所存一百五十一首之数，就超过了初盛唐其他诗人所存之总和。更重要的是，经他之手，可谓“诗料无所不入”（《唐音癸签》）。这一首便是以诗代书，细诉心曲。诗专为贫妇求情而作，体现杜甫一贯的悲天悯人的情怀。瀼西草堂是杜甫送给后辈亲戚吴郎的，却于题目用“呈”字，不以原主人自居，使对方容易听进劝告。颔联写贫妇的心态，体贴入微；颈联又为吴郎留下地步，诚如涤非师所分析："他好像是自己在打别人的枣子，希望主人家不要使自己难堪似的。我们只要一读到'不为困穷宁有此，只缘恐惧转须亲！'这样的两句诗，至今还能仿佛听到诗人杜甫当时心脏怦怦然的跳动。"（第83页）一支笔写出三人心曲，也沟通彼此三颗心，末句则推开去，忧国忧民，"一人心，乃一国之心"矣！为了达到打动吴郎的效果，诗中用散文常用的"不为""只缘""已（诉）""正（思）""即""便""虽""却"等虚字作转接，极尽委婉之能事，是所谓"以文为诗"的创新处，大大增强了七律的叙事功能。至如五律，是盛唐诗体中最成熟的形式之一，杜甫仍能创新。试读《春望》：

国破山河在，城春草木深。
感时花溅泪，恨别鸟惊心。
烽火连三月，家书抵万金。
白头搔更短，浑欲不胜簪。

大凡诗人只与周遭变化着的语境发生感应，其情绪具有不可重复的"当下"性，杜甫其时因身陷敌占区，目睹叛军的烧杀抢掠，尤其是去冬官军陈陶斜惨败，"群胡归来血洗箭"（《悲陈陶》），使杜甫处于激愤之中，故景随情化，见花溅泪，闻鸟惊心，具有很强烈的主观色彩，是王夫之所谓"情中景"。颈联写烽火中盼家书，原本是平常语，但因道出个个乱离人的心思，遂成名句。杜诗"文与意之著"，就在于形式中有意味，意味沁自形式，而这种意味具感性而又超越感性，有"小我"而又融入"大我"。南宋李纲《重校正杜子美集序》称："子美之诗凡千四百三十余篇，其忠义气节，羁旅艰难，悲愤无聊，一见于诗……平时读之，未见其工，迨亲更兵火丧乱之后，诵其诗如出乎其时，犁然有当于人心，然后知其语之妙也。"正是从读者的角度道出个中的奥妙。盖人处于相似的遭遇中，心与心之间的距离最小化，最易沟通，取得"人同此心，心同此理"的效应。杜甫以其"一人心，一国之心"的情感特征，在时代不同而境遇相似的情状下，勾出人们心中善的种子、悲悯之情怀，在人性的净化过程中与杜诗共鸣，从形式中品出意味，遂“犁然有当于人心，然后知其语之妙也”。可见人的心理结构与形式结构一旦取得感应式的对称，便能产生美感。可以断言，只要人类社会还有战乱，还有困穷，杜诗就仍然会感人至深。

杜甫的“集大成”不但在乎“兼”，而且在乎“通”——打通各种体式与各种风格。如《洗兵马》长句，诚如《杜臆》所评：“此诗四转韵，一韵十二句，句兼排律，自成一体。”古体而兼排律，便如阅兵阵，整肃且有动的气势。诗又多对偶，如“鹤驾通宵凤辇备，鸡鸣问寝龙楼晓”，在微妙的对应中衬出肃宗“皇帝”兼“太子”的双重身份，表达对皇室大统的隐忧。总之，全诗既得七古之长，又得排律之优，是为“尽得古今之体势，而兼人人之所独专”之新义。运古入律、律带古体，是杜诗中常见的形式。还有些尚属“实验”阶段的诗，如《曲江三章章五句》《八哀诗》等，其创新处见集中详释。总之，毕杜甫之一生都在探索艺术形式的创造，为的是使自己的情感表达能达到最大限度的自由。不妨说，“集大成”的目的还在于“开世界”。

二

与西方“罪恶感”文化不同，与日本“耻辱感”文化也不尽相同，中华民族的“史官文化”的核心是“忧患意识”。该意识少空想而重实际，尤重经验及其总结。一部《资治通鉴》说尽“史”与“官”结合的“史官文化”的反思致用的性质。史，是反思之产物。从这一角度看，我民族虽然少有荷马史诗那样的叙事长篇，却有着比任何民族都多的带经验性的史的反思特质的诗篇。早在晚唐时，孟棨《本事诗》就说过："杜逢禄山之难，流离陇蜀，毕陈于诗，推见至隐，殆无遗事，故当时号为'诗史'。"宋人胡宗愈则曰："先生以诗鸣于唐，凡出处，动息劳逸，悲欢忧乐，忠愤感激，好贤恶恶，一见于诗，读之可以知世。学士大夫谓之'诗史'。"（《成都草堂诗碑序》）合两说可见杜甫"诗史"的特质：能将自己的经历与情感写入诗中，反映出当时的社会情境。这也就是清代的注家浦起龙所指出的"慨世还是慨身"，以一己的流离与情感波澜，长江大河般动态地反映出一个时代的气象。"诗史"者，心与迹合一也。"慨"者，不但是感慨，也是"推见至隐""好贤恶恶"式的反思与评价。正是因为这一特质，使杜诗因其发自同一情感主体而前后勾连，一索子贯。所以浦氏主张读杜诗"须通首一气读，若一题几首，再连章一片读。还要判成片工夫，全部一齐读。全部诗竟是一索子贯"。（《读杜提纲》）这也是本选译采取编年体的原因。

大略说来，杜诗创作可分三期：一是安史之乱前（公元712—755年），二是安史之乱发生后至入蜀前（公元756—759年），三是入蜀后至死于由长沙往岳阳的途中（公元760—770年）。

第一期又可分两阶段，即三十五岁以前，是他读书游历时期，"读书破万卷""放荡齐赵间"二句可概括。时当开元盛世，通过南游吴越，北放齐赵，携手高（适）、李（白），轻裘快马，杜甫身心浸润着盛唐气象的那份浪漫，从此，"煌煌太宗业"成为他心中永不熄灭的一盏明灯。紧接下来是十载困守长安，是时为天宝年间，盛唐施行的均田制、府兵制等，已濒临瓦解，而"四纪为天子"的玄宗也日见昏庸，政治腐败，危机四伏。此时的杜甫一方面怀抱"致君尧舜上"的理想，另一方面又过着"朝扣富儿门，暮随肥马尘"的屈辱生活。社会下层的生活使他认识了"朱门酒肉臭，路有冻死骨"的现实。他开始发扬汉乐府精神，写下《兵车行》《丽人行》诸杰作，终于建构了他那"真善一体"的独特的情感本体，《赴奉先咏怀五百字》是其成熟的标志。

第二期是杜甫生命历程中最为激荡的岁月。其时杜甫身处"安史之乱”的“台风眼”里，先是身陷叛军占据的长安，后又只身逃归唐肃宗的大本营任拾遗。他既看到叛军的残暴，也看到官军将士的苦斗，更看到百姓在战乱中遭受的苦难，且以高度的政治敏感嗅到朝廷内在危机与腐朽；他一方面支持卫国战争，同时又揭露兵役的黑暗。责任感与对现实“无可奈何”的痛感撕裂着他的心灵。内心的激情与惨烈的现实相撞击，使杜甫喷涌出诸如《悲陈陶》、《春望》、《羌村》、《北征》、《洗兵马》、“三吏三别”等一系列震烁古今的诗篇，他自己晚年还追思道：“忆在潼关诗兴多。”然而肃宗的刚愎与自私使他忍无可忍，“唐尧真自圣，野老复何知!”他终于弃官远离朝廷，“一年四行役”，自华州西行越陇坂至秦州，再经同谷入蜀。一路写下一系列被誉为“图经”的纪行诗，在同谷县还写下兴会淋漓的《凤凰台》及“有血痕无墨痕”的“同谷七歌”。

第三期是杜甫“漂泊西南天地间”的生命最后十一年，斯时割据已成，外族入侵，中兴无望。按漂泊的地点又可分为三个阶段：一在蜀，二在夔，三在湖南、湖北。虽然在成都草堂老杜有过一段较为安定的日子，写下一些“朴野气象如画”的诗篇，但此后更见穷病潦倒，写诗几乎成为他唯一的慰藉。所留下的大量诗作，于形式创构上更见功力。其中如《茅屋为秋风所破歌》《闻官兵收河南河北》《又呈吴郎》《秋兴》《登岳阳楼》等等，都是堪称从内容到形式臻乎完美的代表作。

如前所论，“诗史”者，心与迹合一也。非“迹”无以寄其情，留其迹而遗其情，则无诗矣！所以浦起龙《读杜提纲》郑重地提醒我们：“史家只载得一时事迹，诗家直显出一时气运。诗之妙，正在史笔不到处。若拈了死句，苦求证佐，再无不错。”极是，极是。苦求“无一字无出处”，或如刘克庄所讥评的：“必欲史与诗无一事不合，至于年月日时，亦下算子”（《再跋陈禹锡杜诗补注》），都不是读杜诗的正确方法。即以“写实”著称的“三吏三别”为例，也脱不了文学虚构的特质。《新婚别》中新娘子的私房话又“谁闻之欤”?钱钟书称：“史家追叙真人实事，每须遥体人情，悬想事势，设身局中，潜心腔内，忖之度之，以揣以摩，庶几入情合理。”① 史家尚且要据往迹而补阙申隐，更何况诗家叙事抒情！所以萧涤非先生说：“没有大胆的浪漫主义的虚构，杜甫根本不可能创作出这首诗。”② 然而这种虚构必须是“入情合理”，符合历史的基本事实与生活的逻辑。史载，当时河南、河北有许多妇女如卫州侯四娘、滑州唐四娘等，“请赴行营讨贼”（《旧唐书·肃宗本纪》），新娘子的言行是符合当时许多妇女支持这场卫国战争这一基本事实的。至于新娘子的口吻，更是惟妙惟肖，是为艺术的真实。然而从“三吏三别”中无论男女老少个个都深明大义有抗敌之心这一点看来，作者是有选择的（史册但言其时“东京士民惊骇，散奔山谷”），表达的是诗人自己对卫国之战所持的态度与感情。诗人好比酿酒人，要把史料酿而成诗，硬要从“五粮液”中品出粮食原味，不是真酒徒；要用“以史证诗”取代文学鉴赏，同样不是好主意。

让我们回到“主体性”的话题上来。无论“集大成”，无论“诗史”，“慨世还是慨身”，各种印象都指向一个方向，归拢成一个完整的形象，由模糊而趋明晰，那就是周祖譔先生所指出：“一部杜诗为读者集中地塑造了一个具有时代特征的、崇高的人物形象，即诗人的自我形象。”③ 这也就是王嗣奭《杜诗笺选旧序》所称杜乃“以我为诗”者。是的，我们不但从杜诗中看到海立涛翻的唐代，看到须眉皆动的唐人，看到曲江歌舞，看到夔府秋色，更看到抒情主人公、中国文化托命之人——杜甫本人！诗中林林总总的一切事物都内化为诗人的“动息劳逸，悲欢忧乐，忠愤感激，好贤恶恶”而感动着一代又一代有良知的中国人。浦起龙说：“小年子弟拣取百篇，令熟复，性情自然诚悫，气志自然敦厚，胸襟自然阔绰，精神自然鼓舞！”这就是日新不竭的创造源头、再生原点，也正是本丛书“冥契

① 钱钟书：《管锥编》，中华书局 1979 年版，第 166 页。

② 萧涤非：《杜甫研究》，齐鲁书社 1980 年版，第 223 页。

③ 周祖譔：《百求一是斋丛稿》，厦门大学出版社 2005 年版，第 19 页。

古今心灵，会通宇宙精神”的不懈追求之所在。于是沟通读者与作者、文本之间的联系便成为本新译的着力处。

然而，众所周知，“媒婆”的作用是很有限的，而且肯定还有副作用。用现代释义学眼光看，文本的意义是作者与读者共构的——作者写进意思，而读者则确定意义。读者也有其主体性。因此我们在必要时，也提醒读者诸君“自作主张”，当然是在充分尊重文本原有涵义的基础之上。（作者按：以下删除一段关于《洗兵马》钱注的文字）须知“诗史”反思致用的特质是不排除读者的参与的，我认为这对积极理解杜诗很重要。所以本册子也不以“唯一正确答案”自期许，而是提供参考之余尽量为读者留下想象之空间。

三

杜甫诗歌艺术的总体风格是“沉郁顿挫”，已为学人所认同。然而，“沉郁”又不仅仅是杜甫个人独特的艺术风格，它源远流长。要了解富有民族特色的沉郁风格之形成，就有必要上溯我民族先民共同的生活经验。从根本上说，黄河流域那并不裕如的生存环境与“靠天吃饭”的农业活动，决定了我们这个民族是个具有深广的忧患意识的民族。《孟子·告子》一段话颇有代表性：

> 孟子曰：“舜发于畎亩之中，傅说举于版筑之间，胶鬲举于鱼盐之中，管夷吾举于士，孙叔敖举于海，百里奚举于市。故天将降大任于是人也，必先苦其心志，劳其筋骨，饿其体肤，空乏其身，行拂乱其所为，所以动心忍性，曾益其所不能……人恒过，然后能改；困于心，衡于虑，而后作；征于色，发于声，而后喻。入则无法家拂士，出则无敌国外患者，国恒亡。然后知生于忧患而死于安乐也。”

在这段话里，孟子将人生忧患与社会忧患、个体忧患与群体忧患结合起来思考，从而将忧患意识提升到关系到家国存亡的历史规律这一层面来认识，忧患意识被视为士大夫个体必备的修养，成为个体人格内在的东西。其中所含的使命感更多的只是一种意绪，通过作家的酝酿，可外化为审美情趣。屈原便是首位将此意绪外化为个人沉郁风格的大诗人。诚如林云铭《楚辞灯·离骚》所云：

> 屈原全副精神，总在忧国忧民上。如所云“恐皇舆之败绩”“哀民生之多艰”，其关切之意可见。

感情的纠结使之“‘骚’而欲‘离’不能也。弃置而复依恋，无可忍而又不忍，难留而亦不易去……‘骚’终于‘离’而愁将焉避”![1] 正是这种“剪不断，理还乱”的情绪，造就了似往已回、悱恻缠绵的风格。屈原为“沉郁”定的调子就是“芳菲悱恻”，是怨不是怒。扬雄、阮籍诸人继承的便是这种调子。

经过长期的积淀，沉郁风格至杜甫而有了质的升华，这就是萧涤非先生所指出的：杜之“沉郁”不是悒郁，而是“沉雄勃郁”（前引）。此种风格之形成，既是现实的，也是历史的。说它是现实的，是因为杜甫所处的是一个由极盛跌入大乱的特定历史时期，盛世强烈的印象使之毕生不忘，即使在最困难的环境中仍能心存“煌煌太宗业”，有“中兴”的信心。说它是历史的，是因为杜甫从士大夫的集体无意识中汲取了力量。在杜甫情感主体的作用下，个性化的“沉郁”乃于“厚”“深”之外又拓之使“阔”，沉郁风格之“三维”于是乎大备。盖杜诗境界阔大，古人早有定论，如王安石诗云：“吾观少陵诗，谓与元气侔。力能排天斡九地，壮颜毅色不可求。浩荡八极中，生物岂不稠。丑妍巨细千万殊，竟莫见以何雕馊。”（《杜甫画像》）所谓“阔大”，不但指如“吴楚东南拆，乾坤日夜浮”“锦江春色来天地，玉垒浮云变古今”之类气象雄浑、俯仰古今的意境，

---

① 钱钟书：《管锥编》，中华书局1979年版，第584页。

且指“上感九庙焚，下悯万民疮”（《壮游》）的胸襟与视野。也就是说，杜甫的“阔大”，是眼界能溢出“君臣之际”，及乎百姓，这就使文人诗的疆土得到大幅度的开拓，且升华为一种审美意识：“或看翡翠兰苕上，未掣鲸鱼碧海中。”（《戏为六绝句》）它使杜诗的沉郁风格获得了与传统相区别而与时代相呼应的个性。

至于“顿挫”，应指与“沉郁”相应的从节奏、声律，到句式、联对、篇章结构，乃至意象的合成、组合，反讽、用典等语言形式方面的特点。杜诗之伟大，最终还是要落实在其诗歌的语言形式上。然而，如果以为应在语言自身只作“新批评”式的封闭研究则否，因为语言的符号化，要求其指向意味而超越语言自身，对真善美一体化的杜诗更是如此。因列其带有典型性的数端以见一般，至于倒叙、对比、双动、反讽、借对、流水对、歧义句、假平行句、名词独立句等技法，在在皆有，则于本选集中随时揭示。

先看意象的合成与组合。意象，盛唐选家殷璠称之为“兴象”。兴者，起也；象者，出意者也。兴象之活力，就来自“兴”与“象”并列，两端确定而二者间关系则不确定，从而留下很大的空间，有很大的容量。或者说，兴象不但指兴与象的静态构成（鲜明生动的形象蕴含兴味神韵），而且指由诗人兴发感动而物我遇合的兴象合成的动态过程。杜诗的语言，便是这种创构情感意象的典型的诗语言。中国诗与直觉思维有着不解之缘，从来就不想离开这感性世界而去，所以杜甫首先追求的是语言的感觉化：“山豁何时断，江平不肯流。”（《陪王使君晦日泛江》）“不肯流”是诗人此时此地对“江平”的特殊感觉。杜甫用词下字总是尽量将词语的指称功能隐去，凸现其表现功能，使之感觉化。“碧瓦初寒外”（《冬日洛城北谒玄元皇帝庙》），有形有质的“碧瓦”，如何置诸无象无形的“初寒”之“外”？但就感受而言，却是可能的。仰视巍巍玄元寺，觉得碧瓦之高已超然乎充塞于天地人间之寒气，则非“外”字不可。它将作者对高华壮丽的玄元寺的感受，借碧瓦之实体传达给读者，是所谓“逞于象，感于目，会于心”者。又《船下夔州郭宿雨湿不得上岸》有云：“晨钟云外湿。”钟声安能为雨所湿？钟声又如何辨其湿？又《晚秋陪严郑公摩诃池泛舟》有句云：“高城秋自落。”“秋”如何落？从何而落？叶燮《原诗》赞叹不已：“所谓言语道断，思维路绝。然其中之理，至虚而实，至渺而近，灼然心目之间，殆如莺飞鱼跃之昭著也。”这种“通感式”的虚而实，实而虚，是为杜诗感觉化之妙。为此，杜诗组词还有意将景物与情志紧密结合到“化合”的程度。“影盖啼猿树”（《第五弟丰独在江左》），固然可释为：身羁峡内，每依于峡间之树，而峡间之树多盖啼猿；但如此分解，“啼猿树”之意味又何在哉！如果我们将“啼猿树”看成一个合成意象，则味之无穷。“池要山简马，月静庾公楼”（《秋日寄题郑监湖上亭》）。马乃今日之马，楼乃今日之楼，却冠之以古人的名目，以名词做形容词，造成古今时空的交错，于是主如庾公之雅兴，客如山简之风流如见。

与杜诗语言的情感性质相配套的是：以形象直接取代概念、推理、判断。“万事已黄发，残生随白鸥”（《去蜀》）。万事如何？——“已黄发”。读者自能悟出“万事已休”的断语。残生又如何？——“随白鸥”。读者亦可悟出“漂泊无着”的断语。“身世双蓬鬓，乾坤一草亭”（《暮春题瀼西新赁草屋》）。密集的意象间无一动词，只让意象的张力互相支撑，在对称中形成反差，互相补明意义。从这些富有个性的“句法”中，我们感触到杜甫自家的“逻辑”与“秩序”。则杜诗句法，是以情感生命之起伏为起伏的。其诗句极力追摹生命的节奏，让诗的律动与人的内在生命之律动同步合拍，由此焕发出诗美。诗的律动与心理的律动、情感的律动同构，是杜诗独到之处。“青惜峰峦过，黄知橘柚来”（《放船》）。由第一眼的印象到引起感受的情绪，再到理性的判断，不正是“意识流”所追求的效果？“返照入江翻石壁”（《返照》），似乎是在追踪客观事象的因果过程，却正与“不可久留豺虎乱”那忐忑心绪同一轨迹。总归诗人服从的是强烈的主观感受而不是语法规则。清人徐增《而庵诗话》称：

论诗者以为杜甫不成句者多；乃知子美之法失久矣。子美诗有句、有读，一句中有二、三读者；其不成句处，正是其极得意之处也。

如果我们不拘于只从句读来理解这段话，那么“不成句处”杜自觉是“极得意处”，正是杜甫对诗要有诗自家特有的句法的自觉追求。对于迷恋既成事物的人来说，是不可理解的。杜诗“香稻啄余鹦鹉粒”（《秋兴八首》）一联竟至千古聚讼，甚至有认为“简直不通”“全无文学价值”者。而为杜甫作辩的人则认为是“倒装句法”，是“语序颠倒”以便使读者在弄清其含义时心理上多一层阻力，产生“劲力”云。还是以惯常语法秩序做尺度。然而安知杜甫极得意处不在此？“倒装句”也罢，“以名词做形容词”也罢，“形容短语”也罢，杜甫诗中语序多“以意为之”，尽量感觉化，正是对形象思维的极力追摹。至如“即从巴峡穿巫峡，便下襄阳向洛阳”（《闻官军收河南河北》），并非实事，只是驰想，“双动”用法与流水对使还乡之思迅疾如飞，体现了诗人当时心灵的节奏。

杜诗不可及处，还在于“组合拳”式的意象群的构成，其指向乃在“沉郁”，以心理的方式重新编织从个人生活经验中蒸馏出的细节，经诗人主观感情的点化，以自己独特的用词、语句、意象、结构，再造一个全新的感觉世界。试读被胡应麟誉为“古今七言律第一”的杜甫名篇《登高》：

风急天高猿啸哀，渚清沙白鸟飞回。
无边落木萧萧下，不尽长江滚滚来。
万里悲秋常作客，百年多病独登台。
艰难苦恨繁霜鬓，潦倒新停浊酒杯。

“万里”一联含八、九层意（或云他乡作客一可悲，经常作客二可悲，万里作客三可悲，况当秋风萧瑟四可悲，登台易生悲愁五可悲，亲朋凋零独去登台六可悲，扶病而登七可悲，此病常来八可悲，人生不过百年，在病愁中过却，九可悲），且不觉堆垛，为历来论者所推许。但尤需发明的是，这八九层意思是来自万里、悲秋、作客、百年、多病、独、登台诸多意象的交错组合，各种意象互相映照，你中有我，我中有你，如镜镜相摄的“华严境界”，意味叠出。甚至整首诗中风急、天高、渚清、沙白、猿啸、鸟飞、萧萧落木、滚滚长江……互为斗拱，交织共时；是秋的和弦，是秋的场景，是秋的气息。至此，诗中秋景已非夔州实景，而是“离形得似”的艺术幻境，诗中的悲秋之情也不仅仅是杜甫个人独有的情绪，而是从个人生活经验中提取的具有普遍性的审美经验，也就是经特定方式组合而成的一种感人形式，写现实而超越现实。

节奏、声律、句式等，更是造成顿挫感的重要元素。再以《江汉》为例：

江汉/思归客，乾坤/一腐儒。
片云/天共远，永夜/月同孤。
落日/心犹壮，秋风/病欲苏。
古来存老马，不必取长途。

第二句为全诗首脑，沉郁之情由此感发。前三联都是平行句式，节奏如上所示，是整齐的，而颔联句序颠倒（顺序应为“片云共天远，永夜同月孤。”）。颈联则有歧义，意思游移在“一片浮云像天那样遥远”和“天空下，我的心和片云一样万里飘游”之间。且前三联都有大小、强弱的对比，这些都造成一种不顺畅的隔离感，而末句却用流水对，“老马”既是第七句的宾语，又是第八句的主语。这样，在全诗的四联中，表现了从最不连续到最连续的级差变化，同时节奏频率级差变化也是由句法实现的。尤其是尾联由上面的意象语言忽然转入推论语言，“不必”二字使推论的力量得到最强烈的表现。[①] 句序、歧义、对比、意象、节奏，同时发力，在抑扬顿挫中造成情感的波澜，无疑强化了诗中因“乾坤一腐儒”所感发的沉郁情感，而且前六句那片断式的意象系列造就了往复悱恻的沉郁，又由尾联否定句式的颠覆而一泻直入勃郁的境界。

① 高友工、梅祖麟：《唐诗的魅力》，上海古籍出版社 1989 年版，第 38—40 页。

用典，也是杜诗造境的一大手段，不妨说是中国古典诗歌最独异的表现方式之一。首先，典故是浓缩的历史事件，杜甫精于此道，不但用典确切多变，且用得熨帖无痕。如："杜酒偏劳劝，张梨不外求。"(《题张氏隐居》) 杜酒，杜康酒，曹操《短歌行》："何以解忧，惟有杜康。"张梨，潘岳《闲居赋》："张公大谷之梨。"酒乃吾家（杜氏）之酒，还要劳你来劝？梨本你家（张氏）的梨，自然是不必外求。切合宾主双方之姓氏，且说得机智幽默，平添不少趣味。

用典之妙，还在于造成古今的平行对比，以"古"逗出未曾言说的"今"，暗示言外之意。如"昨日玉鱼蒙葬地，早时金碗出人间"。(《诸将五首》) 玉鱼、金碗皆汉时帝王墓葬之物，为人盗卖。然而具讽刺意味的是：汉陵被掘在西汉亡后，唐陵被掘却在唐军平"安史之乱"后的吐蕃入侵时，奇耻大辱尽显当朝帝王与诸将的无能。典故在这里具有很强烈的反讽意味。再如"对棋陪谢傅，把剑觅徐君"。(《别房太尉墓》) 谢傅即晋太傅谢安，用指唐肃宗时的太尉房琯。谢好弈棋而房好赏琴，但谢安官崇位高受重用，不因好棋艺受责；而房琯却因琴师董某受贿贬官。"对棋陪谢傅"五字不但暗示作者与房关系之亲密，还写出对房之崇敬并为之抱不平的弦外之音。至如《凤凰台》，由台名而联想到"凤鸣岐山"，想到周文王的功业，全诗由此起兴而浮想联翩，将诗人为国为民不惜剖心血的激情和盘托出，诚如浦注所云："是诗想入非非，要只是凤台本地风光，亦只是老杜平生血性，不惜此身颠沛，但期国运中兴，刳心血，兴会淋漓。"一人名、一地名便能勾出如许多的联想，正是用典能再造艺术幻境的特殊功能。故陈寅恪《读哀江南赋》有云：

> 兰成作赋，用古典以述今事。古事今情，虽不同物，若于异中求同，同中见异，融会异同，混合古今，别造一同异俱冥、今古合流之幻觉，斯实文章之绝诣，而作者之能事也。[①]

---

① 陈寅恪：《金明馆丛稿初编》，上海古籍出版社 1980 年版，第 209 页。

杜甫更是将庾信的“绝活”发挥到极致，让自然景物与历史意象错综起来，别造一同异俱冥、今古合流之艺术幻境。试读名篇《登楼》：

花近高楼伤客心，万方多难此登临。
锦江春色来天地，玉垒浮云变古今。
北极朝廷终不改，西山寇盗莫相侵。
可怜后主还祠庙，日暮聊为梁父吟。

春色浩荡却心事重重，是王夫之所谓“以乐景写哀，以哀景写乐，一倍增其哀乐”。(《姜斋诗话》) 又由自然景色之变幻引出世事的多舛，“北极”一联将对时局变幻不定的担忧从正面道出，说“终不改”，正是忧其改，遂引出尾联的历史意象。后主，就是刘备的不肖子阿斗；《梁父吟》，孔明在隆中喜吟此曲，用指对大贤孔明的思念。此句感叹国事如此，君王平庸如此，正需诸葛亮那样的大贤来辅政。其中不无诗人报国无门的自嗟。然而此情此景所蕴含的意绪、情感，比上面的概括要丰富、细腻得多。蜀后主还祠庙面对祖宗时，犹懂得怀念孔明，看来还不是“陈叔宝全无心肝”，牵出诗人对唐代宗尚存的一丝希望，其拳拳之心依稀可见。全诗浮云变幻、世事变幻、意绪变幻，交错重叠，真是“混合古今，别造一同异俱冥、今古合流之幻觉”。典故之于杜诗，决非摩登人夸富炫丽之衣，实乃魔术师遮物障眼之布——蔽之偏能彰之。

读经典之作，好比潜海探珊瑚，要自家潜入百度寻觅，方能有得。故黄生《杜诗概说》云：“惟读杜诗，屡进屡得。”注家云云，只是充当导游，读者有得，则登岸舍筏可也。谬误之处，尚乞海内外读者诸君正之。至于现译，更是吃力不讨好的活儿，只是极力使读者对该首诗有个完整的印象，得意忘言是已。

（录自《新译杜诗菁华·导读》，台湾三民书局 2015 年版）

杜诗《洗兵马》钱注发微

《洗兵马》是杜诗的重要篇章，王安石选杜诗取为压卷。杜诗重要注家钱谦益则以是篇之注为得意之笔，在自序中借钱遵王之口，誉为“凿开鸿蒙，手洗日月，当大书特书，昭揭万世”者。然而对是篇之笺注，历来聚讼纷纭。事实上它涉及理解的客观性、历史性与阐释的有效性诸问题，有必要进一步详加讨论。

一

杜甫《洗兵马》的系年有三种说法：（1）作于至德二载（757年）收京后；（2）作于乾元元年（758年）春；（3）作于乾元二年春。其中当以乾元二年春一说最流行，重要注家如黄鹤、仇兆鳌、浦起龙、杨伦等，及今人萧涤非、朱东润、陈贻焮诸先生咸持此说。此说诸家举证颇丰，可以说史料与文本已取得一一对应。然而涤非师仍非常谨慎地说：“关于此诗写作年代，我因一时还难确定，所以注文一开始就用了‘大概’二字。”[①] 这是严肃的学者负责任的态度。事实上历史材料先天地存在着缺陷：它不可能全部保留至今，不可能全面完整地反映历史事件，疏漏残缺失真在所难免。何况作为历史叙述的史料并不等同历史真相。因之读者对它必然要有所选择、推理、判断，“纯客观”的研究不可能做到。研究者只好通过不断比较、反思、调整、理解，在文本“意指”的暗示与制约下重建语境。所以涤非师在该诗系年问题上轻易不下结论，只是提出倾向。的确，在诠释该诗的史料选择上与对文本意指的理解上，尚有许多模棱两可的地方。

先看史料的选用：

（1）诗云：“中兴诸将收山东。”山东，唐时指华山以东，包括河北一带。主张系于乾元二年春者（下简作“乾元二年说”）举史载乾元元年十月，郭子仪自杏园渡河，破安太清，围卫州。鲁炅、季广琛、崔光远、李嗣业皆会子仪于卫州。安庆绪来救，复破之，拔卫州，追安庆绪至邺。许叔翼、董秦、王思礼、薛兼训引兵继至，围邺。是为“中兴诸将收山东”，乾元元年十月以后事也。然而，我们可以另引一段史料：史载至德二载九月收西京，十月收东京。《资治通鉴》是年十一月条，载张镐帅鲁炅等五节度徇河南、河东郡县，皆下之。史思明以所部十三郡，高秀严以所部郡县降（史思明至乾元元年六月后复反，但乾元元年春尚未复反），十二月沧、瀛、安（定?）、深、德、棣等州降，“河北率为唐有矣”。则乾元元年春依去年冬之战局称“中兴诸将收山东”，也是可以的。且沧州、德州、棣州皆近渤海，使下文“已喜皇威清海岱”有了着落，比引乾元元年十月围邺事似更切合诗意。

（2）诗云：“回纥喂肉蒲萄宫。”仇注引《资治通鉴》乾元元年八月，回纥遣其臣骨啜特勒及帝德将骁骑三千，助讨安庆绪，上命

---

① 本文引萧注，咸见萧涤非：《杜甫诗选注》，人民文学出版社 1985 年版，第 101—107 页。《洗兵马》注文，下文不另标明。

朔方左武锋使仆固怀恩领之。萧涤非先生则引《资治通鉴》至德二载十月，回纥叶护自东京还，肃宗命百官迎于长乐驿，肃宗与宴于宣政殿。萧注所引宣政殿事，自然要比仇注所引更贴切蒲萄宫宴回纥之诗意。然而这条史料也就同样可为乾元元年春一说所用。更关键的是：

（3）诗云："成王功大心转小，郭相谋深古来少。司徒清鉴悬明镜，尚书气与秋天杳。"成王，乾元元年三月，李俶自楚王徙封成王，同年四月，立为皇太子（两《唐书》同载）。则乾元二年不得称"成王"。浦起龙《读杜心解》注云："王已立为太子，句意在于纪功，故称其勋爵"，似觉勉强。至若"尚书"，指王思礼，乾元元年八月加兵部尚书。"乾元二年说"以此证明诗当作于乾元元年八月以后。而《资治通鉴》至德元载十月条，房琯将兵复两京，令兵部尚书王思礼副之（《旧唐书·肃宗本纪》），则称王思礼为"尚书"，亦不必待乾元元年八月后也。

再看对文本意指理解的多歧性：

（1）诗云："已喜皇威清海岱，常思仙仗过崆峒。"崆峒，据《中国历史地图集》（中华地图学社版）第五册，隋唐时有二崆峒，一在肃州，一在岷州，皆属陇右道。后代乃有原州平凉之崆峒，故钱注、朱注咸以为肃宗自灵武南回过此原州之崆峒，所以这一句也就含有某种讽喻的意味。我认为，此"崆峒"当指陇右岷州之崆峒。杜甫《青阳峡》诗云："昨忆踰陇坂，高秋视吴岳。东笑莲花卑，北知崆峒薄。"在陇坂上可望见崆峒山。且《史记·五帝纪》有云："黄帝西至空桐，登鸡头。"此空桐即崆峒。"仙仗"配黄帝西去的典故，自然切合。由此可推知："常思仙仗过崆峒"，当指收京而思西向入蜀之上皇也，并非实指。对崆峒山不同的定位，也就引出不同的诠释。

（2）诗云："关中既留萧丞相，幕下复用张子房。""萧丞相"指何人？历来注家纷纭，或云指郭子仪（赵次公），或云指萧华（宋人旧注），或云指杜鸿渐（蔡梦弼），钱注则云指房琯。"张子房"指何人？注家似较为一致，谓指张镐。赵昌平先生与作者论诗书认为："关中既留萧丞相，幕下复用张子房。张公一生江海客……""此为顶针句格，'张公'必复指上句之'张子房'，二句说一人，无可置疑。"所论明快，颇具说服力。然而"萧丞相"指何人，仍难定论。且所谓"顶真"，似也不必绝对化，盖杜甫用典注重切姓，如"杜酒偏劳劝，张梨不外求"。"萧丞相"如指萧华，则萧华陷贼"伪署魏州刺史"，见诸《旧唐书·萧华传》，必非所指。既然此处"萧丞相"不必姓萧，则"张子房"亦不必姓张，方为切对。正是由于语言本身的多义性，且中国古典诗歌追求言外之意，措词深婉，更使文本意义有其超越作者意指的独立性，造成多种阐释的空间。譬如我们是否可做如下理解："关中既留"，指房琯至德元载八月与韦见素等由蜀奉宝册之灵武，《资治通鉴》至德元载九月条载肃宗"以韦见素本附杨国忠，意薄之；素闻房琯名，虚心待之。……由是军国事多谋于琯。琯亦以天下为己任，知无不为；诸相拱手避之"。房琯以玄宗文部尚书、同中书门下平章事的特殊身份与韦见素等由蜀奉使至属关内道的灵武，唯房琯独为肃宗所重，留为己用，所以称"关中既留"。至于"幕下复用"，清代梁运昌《杜园说杜》笺云："子房则从来并指张镐，但不应琯一句而镐五句，则此子房当指邺侯（李泌），不以切姓论也。张镐独详于二公者，此时琯已罢相，泌已还山，张乃现在倚任之人，故借作收科。"今按，房琯罢相在至德二载，张镐罢相在乾元元年五月，李泌归隐在至德二载十月，则梁氏云云，在时间上是可能的。且无论从形式上看，还是从收京前后的形势上看，梁氏的批评也不无道理。盖李泌在收京前后也是朝廷核心人物，与房琯同为蜀中来的旧臣，尤其值得注意的是，李泌是皇室家庭矛盾的重要调解人，所以当时与房琯一内一外，是辅助肃宗的两个主要旧臣，言"既留""复用"，非先后之序，乃同时并用之意，相当"既……又……"的句式。至于所谓"幕下"，当与军旅将帅有关，于李泌亦远比张镐贴切。《资治通鉴》至德元载九月条载："上与泌出行军，军士指之，窃言曰：'衣黄者，圣人也。衣白者，山人也。’上闻之，以告泌，曰：‘艰难之际，不敢相屈以官，且衣紫袍以绝群疑。’泌不得已，受之，服之，入谢，上笑曰：‘既服此，岂可无名称！’出怀中敕，以泌为侍谋军国、元帅府行军长史。……置元帅府于禁中，俶（李俶，时为天下兵马元帅，即后来的成王、太子）入则泌在府，泌入俶亦如之。”生动而详尽地记载了李泌“入幕”的经过，此佳话当时想必广为流传，切合“幕下复用张子房”诗意；且泌多智谋，纵谈神仙，或言曾与赤松子等游处，比张镐更酷似张子房。再者，杜甫于乾元元年所作《观兵》诗及《为华州郭使君进灭残寇形势图状》文中所提出的战略，与李泌击叛军首尾复其巢穴的著名战略相近，对房琯看法亦相近（史载陈涛斜之败，李泌出手营救房琯），如此种种，杜甫于情理中不应遗李泌于“中兴”人物之外[①]。如是，则二句微言有贤臣如此而两失之，用戒张镐之勿再失（史云乾元元年五月张镐罢相，可谓不幸而言中），而琯、泌各一句，镐四句，于形式上也较为合理。然而此说尚无确证，推理居多，不敢言必，只是作为一种歧见，谨供参考。

（3）诗云：“田家望望惜雨干。”“乾元二年说”引史载乾元二年春久旱。然则，“惜雨干”并非无雨，而恰好相反，是有雨而眼巴巴地看着它干掉——这是由于丁壮皆上前线，春种无人，是以“惜”之。

（4）诗云：“淇上健儿归莫懒。”“乾元二年说”认为淇水在卫，与相州邻，淇上健儿指乾元元年十月后围相州之兵。“淇上健儿”是否只能是指九节度使围邺之兵？《资治通鉴》乾元元年三月条载镇西、北庭行营节度使李嗣业屯河内。四月条载安庆绪闻李嗣业在河内，与蔡希德、崔乾祐将步骑二万，涉沁水攻之，不胜而还。河内，即怀州，在东都东北，为都畿屏障；而淇水所在的卫州正处于相州（即邺城）与怀州之间。如果我们考虑到李嗣业是收东都的先锋，是

---

① 《收京三首》有云：“羽翼怀商老，文思忆帝尧。”仇注以为商老当指李泌。可见杜甫对李泌并非潘耒所云“从无一字交涉”。详下文。

张镐徇河南、河东的五节度使之一，而所领北庭四镇兵此时已成为朝廷倚重的一支主力部队。（杜甫自己就有《观安西兵过赴关中待命二首》，对李部平叛的重要性有很高的评价："四镇富精锐，摧锋皆绝伦。还闻献士卒，足以静风尘。"又云："奇兵不在众，万马救中原。谈笑无河北，心肝奉至尊。"）那么屯兵东京附近的唐军主力之一的李嗣业部，与盘踞相州作困兽之斗的叛军魁首安庆绪之间的战事，就不可能只发生上引史料所载那一次而已。李、安之间的卫州（即淇上），在乾元元年三、四月已是兵家必争之地，是该时段的一个主战场；故"淇上健儿"有可能指李嗣业的部队，不必待九节度使围邺城也。浦起龙《读杜心解·读杜提纲》有云："代宗朝诗，有与国史不相似者。史不言河北多事，子美日日忧之；史不言朝廷轻儒，诗中每每见之。"肃宗朝相州战事亦当作如是观。"淇上健儿"尚有阐释的空间。

以上诸歧见，据现存史料尚不足以定谳，且诗的特质在抒写情志，多想象之语，所记史实侧重点自与史家有异。所以浦起龙又说："可见史家只载得一时事迹，诗家直显出一时气运。诗之妙，正在史笔不到处。"《杜园说杜》该诗笺注亦称："从前注家，大抵混引史事，将诗中语种种错会，越有证据越见支离而聚讼纷纷。"二家说法比较通达，也都强调整体把握。由于唐代遗存资料相当丰富，所以要证成某一具体观点乃至寻求史料与文本在语词上的对应、巧合，都有相当大的可能性。因之浦起龙《读杜提纲》主张读杜诗"须通首一气读。若一题几首，再连章一片读。还要判成片工夫，全部一齐读。全部诗竟是一索子贯"。只有"上下文"的整体性才能"显出一时气运"来。文本的意味就存在于部分与整体的相互说明之中。这个"整体"，首先是"上下文"（诗的意脉），广之则作者的所有作品，乃至其所从属的一种文化体系。秉此原则，我们来解读首韵十二句：

中兴诸将收山东，捷书夜报清昼同。
河广传闻一苇过，胡危命在破竹中。

只残邺城不日得，独任朔方无限功。
京师皆骑汗血马，回纥喂肉蒲萄宫。
已喜皇威清海岱，常思仙仗过崆峒。
三年笛里关山月，万国兵前草木风。

《杜园说杜》提醒我们要注意题下原注“收京后作”。所谓“原注”，即便不是作者自注，也是早期辑录者之注，最近作者原意，不应忽视之，然而也不必将此四字理解为紧接《收京三首》之后①。杜甫《新安吏》下亦有旧注曰“收京后作”，但该诗作于乾元二年三月九节度师败相州后，已是定论，距至德二载九月收京已二年。应当说，乾元元年春至乾元二年春，该时段的战局都具备了激发作者这种情绪的可能性，只不过我们详细比较这两个时段作者的所有现存作品，则前者要比后者更具完整性与激发胜利喜悦的冲动性。事实上自至德二载九月作《喜闻官军已临贼境》，十月作《收京三首》，就已经一改前此不久所作《羌村三首》《彭衙行》那种忧心忡忡的基调，直至次年乾元元年春在长安宫廷唱和诸诗，整体上透出一股喜气来，可谓“一索子贯”，“显出一时气运”。读者一读便知，兹不列举。所以今人郑文《杜诗檠诂》会说：

> 其以相州兵溃为据以定本诗创作之时，似亦不当。盖乾元元年十二月，魏州失陷，唐军三万被歼，乾元二年正月李嗣业战死城下，唐军自冬涉春，城不能下，军无统帅，将各异心，转输无继，财尽粮竭，形成败溃之势，岂是“中兴诸将收山东”之时哉！且子美出掾华州，牢骚之语，比比皆是，而此诗赞美恢复，情绪欢畅，因疑《详注》所引史料不免失当。②

---

① 《王状元百家注编年杜陵诗史》（百家注）系此诗于至德二载《收京三首》下，《杜园说杜》亦系此诗于至德二载。然而诗云“成王功大心转小”，史载乾元元年三月楚王李俶始徙成王，杜甫不得预称其为成王，仅此一端，便可否决广德二载之系年。

② 郑文：《杜诗檠诂》，巴蜀书社1992年版，第175页。

需补充的是，《洗兵马》与《喜闻官军已临贼境二十韵》《收京三首》，不但惊喜式的冲动情绪相似，而且在内容上也往往可以相互发明。兹录二题原文如下，以供对照：

喜闻官军已临贼境二十韵

胡虏潜京县，官军拥贼壕。鼎鱼犹假息，穴蚁欲何逃。帐殿罗玄冕，辕门照白袍。秦山当警跸，汉苑入旌旄。路失羊肠险，云横雉尾高。五原空壁垒，八水散风涛。今日看天意，游魂贷尔曹。乞降那更得，尚诈莫徒劳。元帅归龙种，司空握豹韬。前军苏武节，左将吕虔刀。兵气回飞鸟，威声没巨鳌。戈鋋开雪色，弓矢尚秋毫。天步艰方尽，时和运更遭。谁云遗毒螫，已是沃腥臊。睿想丹墀近，神行羽卫牢。花门腾绝漠，拓羯渡临洮。此辈感恩至，羸俘何足操。锋先衣染血，骑突剑吹毛。喜觉都城动，悲怜子女号。家家卖钗钏，只待献春醪。

收京三首

其一

仙仗离丹极，妖星照玉除。须为下殿走，不可好楼居。暂屈汾阳驾，聊飞燕将书。依然七庙略，更与万方初。

其二

生意甘衰白，天涯正寂寥。忽闻哀痛诏，又下圣明朝。羽翼怀商老，文思忆帝尧。叨逢罪己日，沾洒望青霄。

其三

汗马收宫阙，春城铲贼壕。赏应歌杕杜，归及荐樱桃。杂虏横戈数，功臣甲第高。万方频送喜，无乃圣躬劳。

《洗兵马》云：“中兴诸将收山东，捷书夜报清昼同。河广传闻一苇渡，胡危命在破竹中。”《喜闻官军已临贼境》则云：“胡骑潜京县，官军拥贼壕。鼎鱼犹假息，穴蚁欲何逃。”又曰：“今日看天意，游魂贷尔曹。”杜甫作于乾元元年七月的《为华州郭使君进灭残寇形势图状》亦云：“则庆绪之首，可翘足待之而已。”可见在乾元二年以前，杜甫已有“只残邺城不日得”的看法。又检萧涤非先生注引《唐书·肃宗纪》：“至德二载十一月下制曰：朕亲总元戎，扫清群孽。势若摧枯，易同破竹。”对形势的评估与杜甫诗文相当一致，故云“只残邺城不日得”，无需待乾元二年二月九节度使围邺使其食尽时也。

《洗兵马》云：“独任朔方无限功。”“独任”当与下联“京师皆骑汗血马，回纥喂肉蒲萄宫”连读，则“独任”者，在众军中独倚为主导、指挥者也。《喜闻官军已临贼境》则云：“元帅归龙种，司空握豹韬。前军苏武节，左将吕虔刀。”司空指郭子仪，时兼天下兵马副元帅，是“临贼境”的实际军事总指挥。“握豹韬”突出了郭子仪掌控全局的地位。“前军苏武节”，仇注引胡夏客曰：“嗣业所将，皆蕃夷四镇兵，故以苏武之典属国为比。”甚是。外来兵只处于辅助地位甚明。故诗又云：“花门腾绝漠，拓羯渡临洮。此辈感恩至，羸俘何足操。”拓羯，指北庭四镇兵。《旧唐书》肃宗本纪至德二载九月条，载元帅广平王统朔方、安西、回纥、南蛮、大食之众二十万，东向讨贼。众军中朔方军是朝廷倚重的“领头羊”。虽然按惯例称“广平王收西京”，但肃宗心里明白，大功归郭子仪。故是年十一月下制云：“广平王俶受委元帅，能振天声；郭子仪决胜无前，克成大业。”《资治通鉴》至德二载十一月条载肃宗劳子仪曰：“吾之家国，由卿再造。”则“独任”云云，是正面肯定肃宗能倚重子仪，未必是对其九节度使围邺不置元帅一事的讽谏，如是，则“万国兵前草木风”之“万国”，当非仇注所谓“会兵邺城”之九节度使兵，而是上引朔方、安西、回纥、南蛮、大食之众。此句写出叛军在“多国部队”面前“草木皆兵”的恐慌心态，正与“胡危命在破竹中”相应，至此，三年战事该做个了断，乃曰“三年笛里关山月”。其间“常思仙仗过崆峒”一句，《杜诗镜铨》引朱注以为崆峒在原州平凉县百里。肃宗至灵武及南回皆经过此山。“此欲其以起事艰难为念也。”然而首韵十二句，整体是在写闻捷之喜，独此句提示肃宗要“忆苦思甜”，文气似不畅。《收京三首》乃云：“仙仗离丹极。”指玄宗由长安出走奔蜀。又云："羽翼怀商老，文思忆帝尧。"仇注："此时怀商老而李泌已去，忆帝尧而上皇初归。"证诸《资治通鉴》至德二载九月条，载是月甲辰，捷书至凤翔，即日遣中使入蜀奏上皇，并表请东归。同时，肃宗还以骏马召李泌于长安。可见"怀商老"并"忆帝尧"写的是时事，并无讽谏之意。如前所论，《洗兵马》"仙仗过崆峒"指玄宗入蜀，则《洗兵马》云云，同样是收京后立即想到让上皇东归之心情，如此则十二句一气呵成①。

《洗兵马》云："东走无复忆鲈鱼，南飞觉有安巢鸟。青春复随冠冕入，紫禁正耐烟花绕。"四句一气读，写的是拨乱反正，恢复正常秩序的景象，是《杜臆》所谓："帝还京在去年十月，而云'青春''冠冕入'，'紫檀''烟花绕'，言京城复见繁华，非必其时。"《收京三首》亦有云："汗马收宫阙，春城铲贼壕。赏应歌杕杜，归及荐樱桃。""春城""荐樱桃"云，同样是虚写。作于同年十二月的《腊日》已云："漏泄春光有柳条。"而作于乾元元年春左拾遗任上的一些"宫廷诗"，也多"青春"气象，如《宣政殿退朝晚出左掖》云"天门日射黄金榜，春殿晴曛赤羽旗"；《紫宸退朝口号》云"香飘合殿春风转，花复千官淑景移"；《晚出左掖》云"春旗簇仗齐"；《题省中壁》云"鸣鸠乳燕青春深"；而著名的《奉和贾至舍人早朝大明宫》，唱和诸人也都透出一派"莺啭皇州春色阑"（岑参）的"喜跃之象"。可以说，无论虚写实写，"青春"已是该时段京洛君臣士民乐观情绪的符号。杜甫同作于该时段的《送李校书二十六韵》有云："乾元元年春，万姓始安宅。"这就是杜甫乐观情绪之所从来。总体上说，这是乾元元年春特有的"一时气运"，而乾元二年春已不复具备这种普遍的乐观情绪。

---

① 友人赵昌平先生与余论诗书，以为"已喜皇威清海岱，常思仙仗过崆峒。三年笛里关山月，万国兵前草木风"四句间之关系是："今—昔—昔—今"，即上二句由当前"今上"清海岱而忆及"上皇"昔日之入蜀，"三年"句接写尔后兵戈不息，再逆接"已喜"句之写今日新形势，所析极精到，合乎钱钟书所谓"丫叉句法"。不敢掠美，谨录于此。

《洗兵马》云："攀龙附凤势莫当，天下尽化为侯王。汝等岂知蒙帝力，时来不得夸身强。"初读此四句紧接"鹤驾通宵凤辇备，鸡鸣问寝龙楼晓"之后，颇觉突兀。试读《收京三首》之三，"春城""樱桃"四句后也紧接"杂虏横戈数，功臣甲第高。万方频送喜，无乃圣躬劳"。便觉章法颇相似，盖二者都是从正反两面说事，因收京之喜引出将骄臣奢之忧。总而言之，将《洗兵马》放在收京后至乾元元年春的整体语境中，可感受到它们之间的统一性。

综上所述，《洗兵马》作于唐肃宗乾元元年春的可能性较大。

二

杜甫《洗兵马》诗，钱注附录《少陵先生年谱》明确地系诸乾元元年。不过我们还应注意钱氏《注杜诗略例》自称："今据吴若本，识其大略，某卷为天宝未乱作，某卷为居秦州、居成都、居夔州作，其紊乱失次者，略为诠订，而诸家曲说，一切削去。"他是反对"年经月纬，若亲与子美游从"，而主张"约略言之"的。钱氏这种识其大略的态度对该诗的阐释有一定影响，因此我们有必要在较大范围的语境中去把握钱氏对该诗主题意指的理解。

对中国古典诗歌而言，诗是情志的创造物，意义形式是情志的对象化。所以阐释者不能弃文本意指于不顾，这就是阐释中存在着的"客观性"，它制约着阐释者"以意逆志"的整个释义过程。然而，杜诗的"诗史"性质如上引浦起龙所说，并非"只载得一时事迹"而在乎"直显出一时气运"，即其特质存乎诗人情志对象化于历史现象之中，是诗人对历史现象的体验与感受。因此，对杜诗的阐释必然是阐释者与其对话的结果，是在对话中寻求"客观性"，而不可能只是史料的征引与史迹的直观。也就是说，对文本意义"客观性”的追求，离不开阐释者主观的参与和理解。对话始终处于主、客双方相互制约、相互发明之张力当中。所谓“诗史互证”的钱注是其典型，这种互证并非文本与史料之间简单的对应，更是渗透钱谦益本人对二者关系的理解。不妨说，其“注”，是为其“笺”服务的。

钱笺将该诗主题归结为“《洗兵马》，刺肃宗也”，实在是有悖于文本显示的主导气氛，即《杜臆》所谓：“喜跃之象，浮动笔墨间。”然而这并不能否定文本中有寓刺于颂的成分。而这一点已是今之学者所普遍认可的。问题是钱氏揭示玄、肃父子间矛盾之端倪有何意义？与文本意指又有何联系？

我们先来看看史书的相关记载，乾元二年春以前的玄、肃父子间矛盾到底达到怎样的程度。兹将《资治通鉴》相关材料罗列如下：

1. 至德元载五月条：丁酉，玄宗将发马嵬，父老共拥太子（即后来的唐肃宗）马，不得行。玄宗曰：“天也！”乃谕将士曰：“太子仁孝，可奉宗庙，汝曹善辅佐之。”且宣旨欲传位，太子不受。

秋七月，太子至灵武。裴冕、杜鸿渐等劝进，肃宗即位于灵武，改元。

丁卯，上皇（玄宗）制：以太子亨充天下兵马元帅，永王璘、盛王琦、丰王珙、虢王巨等分领诸道节度使。（今按，王夫之《读通鉴论》卷二三曰：“玄宗闻东京之陷，即欲使太子监国矣；其发马嵬，且宣传位之旨矣。乃未几而以太子充元帅，诸王分总天下节制，以分太子之权。忽予忽夺，疑天下而召纷争，所谓一言而可以丧邦者在此矣。”又曰：“托玄宗二三不定之命，割裂以雄长于其方，太子虽有元帅之虚名，亦恶能统一而使无参差乎？玄宗之犹豫不决，吝以天下授太子，不尽皆杨氏衔土之罪也，其父子之间，离忌而是以召乱久矣。”王氏的分析是深刻的。肃宗自立使天下及时地有了一个领导抗战的核心，未尝不是唐之幸，但自立的合法性因玄宗的犹豫也就成了问题，不能不成为肃宗的一块心病。后来种种猜忌，都从此中来。）

2. 至德元载九月条：肃宗欲立张良娣为皇后，李泌对曰："陛下在灵武，以群臣望尺寸之功，故践大位，非私已也。至于家事，宜待于上皇之命，不过晚岁月之间耳。"（今按，李泌给了肃宗一个软钉子，同时道出肃宗与新近群臣的关系，及其在旧臣心目中的地位，这又伏下肃宗对旧臣猜忌的危机。）

3. 至德元载十月条：贺兰进明对肃宗说，房琯在蜀佐玄宗时，"使陛下与诸王分领诸道节制，仍置陛下于河塞空虚之地，又布私党于诸道，使统大权。其意以为上皇一子得天下，则已不失富贵，此岂忠臣所为乎！"肃宗由是疏远房琯。（今按，《旧唐书·房琯传》引贺兰进明云云，与此大体一致，但多一句："此虽于圣皇似忠，于陛下非忠也。"点明房琯属"旧臣"。）

4. 至德二载正月条：肃宗欲立广平王李俶为太子，李泌对曰："至于家事，当俟上皇。不然，后代何以辨陛下灵武即位之意邪！"李俶闻知，固辞曰："陛下犹未奉晨昏，臣何以敢当储副！愿俟上皇还宫，臣之幸也。"肃宗赏慰之。（今按，将"灵武即位之意"与"未奉晨昏"联系起来，无疑在心理上对肃宗造成很大的压力，肃宗的"赏慰之"当视为对舆论的屈服。）

5. 至德二载二月条：李泌劝用陇右、河西、安西、西域之兵皆会的形势取安史之巢穴范阳，肃宗曰："朕切於晨昏之恋，不能待此决矣。"（今按，肃宗也用"晨昏"来堵谏者之口，"晨昏"至此已成为影响大局的关键词。）

6. 至德二载九月条：甲辰，收京捷报至凤翔，肃宗即日遣中使入蜀奏玄宗，并以骏马召李泌至长安，谓之曰："朕已表请上皇东归，朕当还东宫复修臣子之职。"泌曰："上皇不来矣。"上惊，问故。泌曰："理势自然。"上曰："为之奈何？"泌曰："今请更为群臣贺表，言自马嵬请留，灵武劝进，及今成功，圣上思恋晨昏，请速还京以就孝养之意，则可矣。"肃宗乃使泌重草表，读之而泣："朕始以至诚愿归万机。今闻先生之言，乃寤其失。"立命中使奉表入蜀。[1]（今按，以下尚有一段李泌以谮杀建宁王为例，劝导肃宗“慎将来”的话头，盖“是时广平王有大功，良娣忌之，潜构流言，故泌言及之”。皇家三代生死矛盾于此毕露。李泌既看透肃宗“还东宫”“愿归万机”的虚伪，也猜透玄宗的疑惧，并警示肃宗“慎将来”，同时明白肃宗集团猜忌之心难除的危机，故又决然隐退，可谓面面俱到，不愧为智者的思谋。其中“晨昏”二字仍是关键之词。盖所谓“理势自然”，潜台词便是肃宗羽翼已丰，张良娣、李辅国为代表的一班“功臣”已形成强势集团，肃宗的“合法”地位不容改变。知子莫若父，肃宗“还东宫”的话玄宗自然不信，如果玄宗因此待在西蜀，形同“另立中央”，朝廷如何稳定？所以肃宗如能“奉晨昏”，“其乐也融融”，维系正常的伦理秩序，是当时稳定朝廷的唯一希望。此意由“群臣”上表，或能打消玄宗的疑虑。果然，十月壬戌条载“上皇得上请归东宫表，彷徨不能食，欲不归，及群臣表至，乃大喜，命食作乐，下诰定行日”。危机暂时缓解。再证以《旧唐书·肃宗本纪》至德二载正月条：上皇在蜀，每得上表疏，讯其使者，知上涕恋晨省，乃下诰曰：“至和育物，大孝安亲，古之哲王，必由斯道。”云云。自知大势已然的玄宗，此时但求安度晚年[2]，故大讲“孝道”以维系伦常。肃宗亦深知乃父心思，故十一月条载肃宗下制云：“朕早承圣训，尝读礼经，义切奉先，恐不克荷。今复宗庙于函洛，迎上皇于巴蜀；导銮舆而反正，朝寝门而问安；寰宇载宁，朕愿毕矣。”肃宗在“晨昏”上做足文章，父子间算是找到了一个契合点。唐史烂熟于心的钱谦益，于《洗兵马》特拈出“问寝”

① 《新唐书·李泌传》的表述似更简明显豁：二京平，帝迎上皇，自请归东宫，以遂子道。泌曰：“上皇不来矣。”乃为群臣通奏，“具言天子思恋晨昏，请促还以就孝养。”“促还”二字能尽其意。

② 《新唐书·高力士传》：“帝（此指唐玄宗）闻肃宗即位，喜曰：‘吾儿应天顺人，改元至德，不忘孝乎，当何忧？’力士曰：‘两京失守，生人流亡，河南汉北为战区，天下痛心，而陛下以为何忧，臣不敢闻。’”可见玄宗系心不在国家百姓，乃在自己能否安度晚年。

二字作笺，可谓微言大义，独具只眼。）

7. 至德二载十一月条：丙申，上皇至凤翔；从兵六百余人，上皇悉命甲兵输郡库。上发精骑三千奉迎。十二月丙午上皇登望贤宫南楼，上释黄袍，著紫袍，望楼下马，趋进，拜舞于楼下。“上皇降楼，抚上而泣，上捧上皇足，呜咽不自胜。上皇索黄袍，自为上著之，上伏地顿首固辞。上皇曰：‘天数、人心皆归于汝，使朕得保养馀齿，汝之孝也！’上不得已，受之。”（今按，这一幕喜剧比郑庄公见其母姜氏于大隧之中还要精彩。肃宗做足文章，终于如愿以偿，有玄宗亲手黄袍加身，取得无可争议的“合法性”。而玄宗则似乎是真放下心来，对途中被肃宗缴了卫士之械并未引起警觉。《洗兵马》“鹤禁”句下钱注：“《高力士【外】传》，太上皇至凤翔，贼臣李辅国诏收随驾甲杖。上【皇】曰：‘临至皇城，安用此物。’悉命收付所（由）【司】。……移仗之端，莫不由此。”[①] 钱注推理应当说是合逻辑的。）

玄宗的“放心”还可以从同条史料中得到佐证：肃宗是年处置从伪诸臣，但欲免张说之子张均、张垍死，玄宗不许，肃宗叩头再拜曰：“臣非张说父子，无有今日。臣不能活均、垍，使死者有知，何面目见说于九泉！”因俯伏流涕。（今按，话已说到这份上，玄宗还是处死了张均，长流张垍于岭表。此事当然会在肃宗皇帝心上留下阴影，从此事亦可见玄宗是时于肃宗尚无顾虑。）

8. 乾元元年六月，下制数房琯罪，贬幽州刺史，刘秩贬阆州刺史，严武贬巴州刺史，皆房琯党也。（今按，房、严皆所谓玄宗“旧臣”，贬之则去玄宗羽翼，肃宗已有所行动。）

以上为史载乾元二年春以前的玄、肃父子间矛盾的大体情况，“晨昏”之中包藏着危机，特别是乾元后，可谓“山雨欲来风满楼”。对身在朝廷而敏于察事的杜甫而言，不可能不有感于心。这正是钱笺立论的基础，也是我们评估钱笺得失的一项权衡。

---

① “移仗”，指上元元年七月丁未，李辅国率众强徙玄宗由兴庆宫入西内事。

现在让我们回头看看钱氏揭示玄、肃父子间矛盾的端倪与杜诗文本意指之间的关联。为此，有必要先将钱笺录如下，以供分析：

笺曰：《洗兵马》，刺肃宗也。刺其不能尽子道，且不能信任父之贤臣，以致太平也。首序中兴诸将之功，而即继之曰，已喜皇威清海岱，常思仙仗过崆峒。崆峒者，朔方回銮之地。安不忘危，所谓愿君无忘其在莒也。两京收复，銮舆反正。紫禁依然，寝门无恙。整顿乾坤皆二三豪俊之力，于灵武诸人何与？诸人徼天之幸，攀龙附凤，化为侯王，又欲开猜阻之隙，建非常之功，岂非所谓贪天功以为己力者乎？斥之曰“汝等”，贱而恶之之辞也。当是时，内则张良娣、李辅国，外则崔圆、贺兰进明辈，皆逢君之恶，忌疾蜀郡元从之臣。而玄宗旧臣，遣赴行在，一时物望最重者，无如房琯、张镐。琯既以进明之谮罢去，镐虽继相而旋出，亦不能久于其位，故章末谆复言之。“青袍白马”以下，言能终用镐，则扶颠筹策，太平之效，可以坐致，如此望之也，亦忧之也，非寻常颂祷之词也。“张公一生”以下，独详于张者，琯已罢矣，犹望其专用镐也。是时李邺侯亦先去矣，泌亦琯、镐一流人也。泌之告肃宗也，一则曰陛下家事，必待上皇，一则曰上皇不来矣。泌虽在肃宗左右，实乃心上皇。琯之败，泌力为营救，肃宗必心疑之。泌之力辞还山，以避祸也。镐等终用，则泌亦当复出，故曰隐士休歌《紫芝曲》也。两京既复，诸将之能事毕矣，故曰“整顿乾坤济时了”。收京之后，洗兵马以致太平，此贤相之任也。而肃宗以谗猜之故，不能信用其父之贤臣，故曰“安得壮士挽天河，净洗甲兵常不用?”盖至是而太平之望益邈矣。呜呼！伤哉！

公之自拾遗移官，以上疏救房琯也。琯夙负重名，驰驱奉册。肃宗以其为上皇建议，诸子悉领大藩，心忌而恶之。乾元元年六月，下诏贬琯，并及刘秩、严武等，以琯党也。旧书甫本传云：房琯布衣时与甫善，琯罢相，甫上言，“琯不宜罢”。肃宗怒，贬琯为刺史，出甫为华州司功参军。按：杜集有至德二载六月《奉谢口敕放三司推问状》，盖琯罢相时，公抗疏论救，诏三司推问，以张镐救，敕放就列。至次年六月，复与琯俱贬也。然而诏书不及者，以官卑耳。镐代琯相亦罢，亦坐琯党也。公流落剑外，卒依严武，拜房相之墓，哭其旅榇。而肃代间论事，则于封建三致意焉。此公一生出处事君交友之大节，而后世罕有知之者。则以房琯之生平为唐史抹杀，而肃宗之逆状，隐而未暴故也。史称琯登相位，夺将权，聚浮薄之徒，败军旅之事。又言其高谈虚论，招纳宾客，因董庭兰以招纳货贿，若以周行具悉之诏，为金科玉条者。琯以宰相自请讨贼，可谓之夺将权乎？刘秩固不足当曳落河，王思礼、严武亦可谓浮薄之徒乎？门客受赃，不宜见累，肃宗犹不能非张镐之言，而史顾以此坐琯乎？请循本而论之：肃宗擅立之后，猜忌其父，因而猜忌其父所遣之臣，而琯其尤也。贺兰进明之谮琯曰：“琯昨于南朝为圣皇制置天下，于圣皇为忠，于陛下则非忠。圣皇于陛下，何人也？而敢以忠不忠为言，其仇雠视父之心，进明深知之矣。”李辅国之言曰：“陈玄礼、高力士谋不利于陛下。”六军将士，尽灵武功臣，皆反仄不安。琯与镐在朝，何啻十玄礼、百力士！肃宗志岂尝斯须忘之？是故琯之求将兵，知不安其位而以危事自效也。许之将而又使中人监之，不欲其专兵也，又使其进退不得自便也。败兵之后不即去，而以琴客之事罢，俾正衙门弹劾以秽其名也。罢琯而相镐，不得已而从人望也。五月相，八月即出之河南，不欲其久于内也。六月贬琯而五月先罢镐，汲汲乎惟恐锄之不尽也。琯败师而罢，镐有功而亦罢，意不在乎功罪也。自汉以来，钩党之事多矣，未有人主自钩党者，未有人主钩其父之臣以为党而文致罪状、榜在朝堂、以明欺天下后世者。六月之诏，岂不大异哉！肃宗之事上皇，视汉宣帝之于昌邑，其心内忌，不啻过之。幽居西内，辟谷成疾，与主父之探雀何异？移仗之日，玄宗呼力士曰：“微将军，阿瞒几为兵死鬼矣。”论至于此，当与商臣、隋广，同服上刑，许世子止岂足道哉？唐史有隐于肃宗，归其狱于辅国。而后世读史者无异辞。司马公《通鉴》乃特书曰："令万安、咸宜二公主视服膳，四方所献珍异，先荐上皇。"呜呼！斯岂李辅国所谓匹夫之孝乎？何儒者之易愚也？余读杜诗，感鸡鸣问寝之语、考信唐史房琯被谮之故，故牵连书之如此。

钱笺所云，胥有出处，问题还在于如何理解、运用这些史料。钱笺用这些史料，目的还在于证成《洗兵马》意指乃在乎"刺肃宗也，刺其不能尽于子道，且不能信任父之贤臣，以致太平也"。肃宗不能尽子道，但如能任贤，倒也未必不能"致太平"，所以关键还在于"且不能信任父之贤臣"。三者间的因果关系钱笺一语道尽："而肃宗以谗猜之故，不能信用其父之贤臣……盖至是而太平之望益邈矣。"居于这一认识，钱笺明确地将臣子们坐实为"玄宗旧臣"与"灵武诸人"二党，前者以房琯、张镐、刘秩、严武为代表，后者以张良娣、李辅国、崔圆、贺兰进明辈为代表。钱注服务于钱笺，故"鹤禁"以下诸注莫不以此划线，言之凿凿。笺注于是合力将"鹤禁"以下大半首诗的意指导向二党之争。

房琯诸人是否有结党？肃宗认为有。《旧唐书·房琯传》载乾元元年六月诏曰："崇党近名，实为害政之本。……（房琯）又与前国子祭酒刘秩、前京兆少尹严武等潜为交结，轻肆言谈，有朋党不公之名，违臣子奉上之体。……朕自临御寰区……深嫉比周之徒，虚伪成俗。今兹所遣，实属其辜。……凡百卿士，宜悉朕怀。"诏书如此，则钱氏所言不为无据。究唐世朋党之形成，与"皇位继承权不固定"有直接的关系，陈寅恪《唐代政治史述论稿》中篇论之甚详，兹不赘。钱氏有见于此，指出"唐史有隐于肃宗，归其狱于辅国，而后世读史者无异辞"，乃将矛头直指肃宗，揭示"六月之诏"是"人主自钩党者"。不能不说这是钱氏过人的史识，难怪其自诩"手洗日月"。问题是历史乃一前后相承相续的发展过程，不容前后倒置；而每一历史阶段都有其特定的情势，不容混淆。肃宗乾元年间固然已露宦官与廷臣结为朋党之端倪，但与中唐以后朋党左右朝政的情势不可同日而语，甚至与肃宗上元以后情势也有所不同。而钱氏所依据的重要文献“六月之诏”是在乾元元年六月，即钱氏该诗系年乾元元年春之后。更何况诗与史文体不同，表现形式也大异其趣。诚如浦起龙《读杜心解·读杜提纲》所说：“史家只载得一时事迹，诗家直显出一时气运。”史家往往是事后对时事作追记与整理，而诗家则往往是对“当下”情事的感言。大诗人杜甫的“诗史”特征，并非将诗体当史体，而在乎能将历史发展过程中不同节点上的真实感受准确地记录下来，整部的杜诗连贯、整体、动态地反映出唐帝国该段历史的“气运”。所以浦起龙教人读杜甫诗要“一片读”，这才能“一索子贯”地读出事物前后相承相续的发展的动态过程。从杜诗对借兵回纥这一事件的感受看，也是从“花门剺面请雪耻”（《哀王孙》）的赞许、期望，到“阴风西北来，惨淡随回纥。其王愿助顺，其俗善驰突。……此辈少为贵，四方服勇决”（《北征》）的虽称许而有所保留；再到《留花门》对朝廷“隐忍用此物”，借回纥兵平叛政策得失的忧虑，写出诗人心路历程，也写出历史变数的发展过程。这种与时俱进的动态过程，才是“史”的实质。诗人的“预见性”，只是对事物发展趋势的敏感，并非“未卜先知”。同样，对玄、肃父子矛盾的宫廷内幕，作为“芝麻官”的杜甫，不可能像参与其中的李泌知道得那么清楚，在收二京的“中兴”气氛中，他只能是敏感地提醒最高统治者要处理好这件事，以大局为重。这便是前文提及的“诗人情志”，是阐释者不能弃之不顾的“客观性”。本来“以史证诗”就不是万能的，它有它先天的“死角”，诚如王夫之《姜斋诗话》卷一所云：“夫诗之不可以史为，若口与目之不相为代也。”史料入诗，必须经过诗人情感的酝酿才能成为审美对象，好比米之为酒，必经发酵，未经酿造之米，还是米而已。故诗之高下，不取决于所用题材之大小，而取决于诗人所发露之意境能否感人至深。《洗兵马》之妙，就在于能将时事与情感熔为一炉，“一篇四转韵，一韵十二句，句似排律，自成一体。而笔力矫健，词气老苍，喜跃之象，浮动笔墨间”。（《杜臆》）如果结合上节篇末所述至德二载至乾元元年春诸作共同的“喜跃之象”看，则这种“不知手之舞之，足之蹈之”的“喜跃之象”，不但是诗人自家的真情迸发，也是当时唐王朝臣民上下普遍的情感。真是“一人心，乃一国之心”（《毛诗正义》）者也！而在表现形式上则体现出诗人特有的个人风格：沉郁顿挫，悲喜颂刺杂糅的情感。《洗兵马》前二十二句从正面写收京的喜悦之情，其中又以“常思仙仗过崆峒”“成王功大心转小”为意脉，隐伏肃宗上下三代之家事，至“鹤禁通宵凤辇备”，始转入对“拨乱反正”明白的期待：首先是期盼玄、肃及成王皇室一家子能“君君臣臣父父子子”各安其位，遵守伦理秩序，和睦相安，形成一个统一的核心，才能改变乱世中“天下尽化为侯王”的局面；接着是期盼能任用贤能，迎来大一统的太平盛世；最后归结到百姓安居乐业，不再有战争。全诗意脉分明，一索子贯。然而冷酷的现实证明这只是诗人“当下”的善良愿望，形势却往相反的方向发展，期盼颠倒成了不幸的预言，我们不能因此便认定杜甫“当下”已厌恶肃宗而“不欲其成乎为君”。

理解是阐释的前提。由于钱氏与老杜所处时代迥异，二人性情也相去甚远①，所以认识上颇难沟通，尤其是在价值判断上，时有相左。这一点突出表现在“忠君爱民”问题上，钱氏难以理解、体会杜甫那种“思朝廷”是为了“忧黎元”，“忧黎元”所以就得“思朝廷”的杂糅情感②。盖安史之乱作，玄宗西走蜀川，群龙无首，在此特殊情况下唐肃宗自立为帝，竖起抗战之帅旗，无疑起着凝聚民心、军心的核心作用。杜甫从沦陷区直奔凤翔行在，不走蜀川，根本原因在此。综观老杜至德、乾元年间诗文，总体上对肃宗是持一种充满期待而又不时规劝补救的态度。如《自京窜至凤翔喜达行在所》有云：“司隶章初睹，南阳气已新。”乃以汉光武比肃宗；《送灵州李

① 钱氏气节有亏，一生热衷仕途，为人处世欠忠厚，与杜甫自有天渊之别，不证自明。

② 萧涤非：《杜甫研究》（修订本）再版前言，齐鲁书社 1980 年版，第 8—10 页；又，请参看拙作：《杜诗的张力》，《文学遗产》2009 年第 3 期。

判官》云："近贺中兴主，神兵动朔方。"以"中兴主"视之；《述怀》云："麻鞋见天子，衣袖见两肘……涕泪受拾遗，流离主恩厚。"对"天子"感激情深；《春宿左省》云："明朝有封事，数问夜如何?"《晚出左掖》云："避人焚谏草，骑马欲鸡栖。"佐肃宗忠勤如此，岂有"不欲其成乎为君"之意？即使是因疏救房琯遭贬，仍曰"近侍归京邑，移官岂至尊。无才日衰老，驻马望千门"(《至德二载甫自京金光门出间道归凤翔乾元初从左拾遗移华州掾与亲故别因出此门有悲往事》)，拳拳之情可掬。然而钱注却将该诗意指阐释为杜甫不欲肃宗"成乎为君"，无异乎盼望玄宗复辟，岂不证成肃宗"钩党"并非无端猜忌"旧臣"？这应是钱注无视杜甫其时佐肃宗的情志之失。

这里有必要对"鹤禁通宵凤辇备，鸡鸣问寝龙楼晓"一联稍事讨论。[①] 钱注认为"鹤禁""问寝"都是指肃宗的"太子"身份，"引太子东朝之礼以讽喻也。鹤驾龙楼，不欲其成乎为君也。"此论遭后来注家群起而驳之。其中浦起龙议论最详：

> 《收京》诗不云乎："羽翼怀商老，文思忆帝尧。"盖兼父道子道言之也。先是广平有大功，良娣忌而谮之，动摇岌岌。至是已立为太子，谮竟不行。乃若上皇长庆楼置酒之衅，全然未启。公此时深幸外寇将尽，而内嫌不生。特为工丽之辞，铺张盛美。其曰"鹤驾通宵"，言东宫早晚入侍，爱子之诚，无嫌无疑也。其曰"鸡鸣问寝"，言南内晨昏恋切，孝亲之道，尽礼尽制也。或问"凤辇"，天子所御，何可移之太子？"问寝"，乃《文王世子》语，何偏以此为帝孝？余曰：不然！此二句正须看得活相，益显天伦之乐。"鹤驾"既来，"凤辇"亦备，父子相随以朝寝门。欢然交忻，"龙楼待晓"，岂不休哉！(《读杜心解》卷二之一)

浦解兼玄、肃、代三代而言，鹤驾凤辇各有归属，与"仙仗"

---

① "鹤禁"，各本多作"鹤驾"，四部备要玉钩草堂重印本，作"鹤禁"；《集千家注杜工部诗集》《杜诗阐》作"鹤禁"。钱注本正文作"鹤禁"，但"问寝"句下注引作"鹤驾龙楼"。二者咸指太子身份，无碍大局。

"成王"句相呼应，似亦妥帖。然则犹有惑焉："鹤驾"既属李俶，"凤辇"属肃宗，则肃宗常用车驾何必太子李俶"通宵"为"备"？又，浦解云："'鹤驾'既来，'凤辇'亦备。"则"通宵"二字似无着落。杨伦《杜诗镜铨》乃曰：

> 言鹤驾通宵，备凤辇以迎上皇；鸡鸣报晓，趋龙楼以伸问寝也。（卷五）

则"通宵"所备者，"迎上皇"之凤辇也。盖上皇初自蜀来，似无合适的"凤辇"——《通鉴》卷二二〇唐肃宗至德二载十二月丙午条载："上皇至咸阳，上备法驾迎于望贤宫。"这里所备法驾可能是临时性的，所以肃宗还要"通宵"为备新的"迎上皇"之"凤辇"，作为玄宗以后的"专车"。而这里的"鹤驾"，相当于"鹤禁"，暗示肃宗其时既为皇帝又兼太子的双重身份。《通鉴》该条所载唐玄宗回京不肯居正殿而肃宗再三避位还东宫而玄宗不许一段文字，惟妙惟肖地写出肃宗当时颇尴尬的双重身份。（文长不引）杜诗所写，正是该特殊历史时期的特殊事件。这也是上文所云的"当下"性，其时杜甫对肃宗尚存感激，并寄有许多幻想，不违其"麻鞋见天子，衣袖露两肘。……涕泪爱拾遗，流离主恩厚"（《述怀》）的初衷。固然此联对玄、肃关系已有微词，属"以颂寓规"，但其规讽的口吻与后来《秦州杂诗》所谓"唐尧真自圣，野老复何知"的反讽颇为不同，而钱注"不欲其成乎为君"的断言与当时总体语境下杜甫期盼肃宗致太平之意指相去甚远。也就是说，钱注作为对肃宗朝史料的理解或许是深刻的，但作为对该诗主题意指的把握却是不准确的。

三

当代西方释义学曾将文本的"含义"（或译作"意思"）与"意

义”作了区分，“意义在整个历史过程中发生变化，而意思则保持不变；作者写进意思，而读者则确定意义。”[①] 我认为这一区分有助于我们顾及作者意指与读者参与理解之两端，在两者所形成的张力“磁场”中进行“视野交融”，把握文本的内涵（包括作者意指所未表达的或语言多义性所提供的各种潜在可能性）。综合以上两方面，则阐释者首先应明了文本的含义，在此基础上进一步参与建构文本的意义。没有前者的“客观性”，后者便易流于随意性；没有后者的积极参与，前者则易枯萎，失去现实的生命力，未能尽显文本的历史效果。以此衡量《洗兵马》钱注，则得失易明。

钱注之失，首先在于如上节所论，未能充分尊重文本含义的“客观性”，扣紧诗中意象，逆得其时其地诗人“当下”之情志。然而，我们还应看到，不同的历史文化背景总是能使读者从文本中看到某些前人所未曾看到的东西，“作者未必然，读者未必不然”，揭示出文本的潜在意义。钱氏将矛头直指唐肃宗，并聚焦于“钩党”，是有其历史文化背景的转换以及个人特殊的经历与性情诸原因的。就钱氏所处的时代背景而言，有明一代是传统政治恶化，君主独裁走向极端的时代。钱穆《国史大纲》指出：恶化的原因之一，是“在於明代不惜严刑酷罚来对待士大夫”。[②] 廷杖、诏狱、厂卫，君主对臣下极尽侮辱之能事。明太祖是以“驯兽”之术对待士大夫，赵园《明清之际士大夫研究》对此有入木三分的分析：

> 明太祖的杀戮士人，对于有明二百余年间“人主”与士的关系，是含义严重的象征。……苏伯衡比较了元明当道的对于士，以为元之于诸生，“取之难，进之难，用之难者，无他，不贵之也。不贵之，以故困折之也”。明之于诸生则不然，“取之

① ［英］特里·伊格尔顿：《现象学，阐释学，接受理论——当代西方文艺理论》，王逢振译，江苏教育出版社2006年版，第65页。相关论述参看［美］雷·韦勒克等著《文学理论》第十二章“本文生命理论”的相关论述，以及［美］赫施《解释的有效性》附录“本文含义的两个视界”。

② 钱穆：《国史大纲》，商务印书馆1996年版，第666页。

> 易，进之易，用之易，无他，贵之也。贵之，故假借之也”。苏氏不便明言的是，与其“假借之”，不如“困折之”：“夫困折之，则其求之也不全，而责之也不备。假借之，则其求之也必全，而责之也必备”（《苏平仲文集》，四部丛刊）。到明清之交，士人对其命运的表达，已无须如此含蓄。黄宗羲就径直说明代皇帝对士“奴婢蓄”之，怨愤之情溢于言表。……“易代”固然是痛苦，但如王夫之、黄宗羲的大胆言论又使人想到易代的某种“解放意义”。[①]

“困折之”的本意是要驯服而用之，不料却引起激烈的反弹：“上积疑其臣而蓄以奴隶，下积畏其君而视同秦越。”[②]“天子视旧臣元老真如寇仇。于是诏书每下，必怀忿疾，戾气填胸，怨言溢口。”[③]君臣相激，朝野牴牾，戾气弥天。黄宗羲《原君》痛斥君主的自私，乃至说出“为天下大害者，君而已矣”的话来。对暴君绝望的反思的确有着“某种解放的意义”，非关“易代”也。明末对君主大胆的议论无疑是中唐以来“天王圣明，臣罪当诛”思想“禁区”的解放。即使是坚决站在“朝廷立场”的王夫之，也直斥唐肃宗“自立于灵武，律以君臣父子之大伦，罪无可辞也”（《读通鉴论》卷二三）。将钱笺“自汉以来，钩党之事多矣，未有人主自钩党者，未有人主钩其父之臣以为党，而文致罪状，榜在朝堂，以明欺天下后世者”之论，置于这一语境中，也就不难理解了。钱氏仕明三十五年，三十五年间无日不随党争浮沉，尤其是崇祯、弘光年间更是一再处于党争的漩涡中心。崇祯元年（1628年），“东林领袖”钱谦益“枚卜”（推荐阁臣）惨败，崇祯九年后又继陷“丁丑狱案”，成为党争的焦

---

① 赵园：《明清之际士大夫研究》，北京大学出版社1999年版，第6页。重点号为引者所加。

② 黄宗羲：《子刘子学言》，《黄宗羲全集》第一册，第276页。关于“上积疑其臣”，史不绝书。只要翻阅《明史纪事本末》卷七十二《崇祯治乱》条，崇祯皇帝积疑臣下，“疑其党徇”，责以“朋比”，“谕以毋党同伐异”云云，所载甚明。

③ 万斯同：《书杨文忠传后》，《石园文集》卷五。

点人物。《杜诗小笺》作于崇祯六年，《杜诗二笺》作于崇祯七年，适当其间。“人主钩党”之痛，体现于笺注中，正是其借诗明志、以诗存史、以史证诗主张在阐释学上之实践，主观性太著，难免“强杜以从我”之嫌。[①] 然而，如果我们将杜诗放在一个更为广阔的视域关联中去理解，或者说是将眼光越过“忠君”“温柔敦厚”的定势看杜诗，并将《洗兵马》视为后半部杜诗的一个新起点，与之连成一个整体来读，从“大胆议论君主”的角度重新认识杜诗，则钱注无疑极具启发性。至少有如下两事值得重视：

（1）钱注将《洗兵马》纳入后半部杜诗整体，有其合理性与深刻性。

《钱注杜诗·例略》首则云：

> 吕汲公大防作《杜诗年谱》，以谓次第其出处之岁月，略见其为文之时，得以考其辞力，少而锐，壮而肆，老而严者如此。汲公之意善矣，亦约略言之耳。后之为年谱者，纪年系事，互相排缵，梁权道、黄鹤、鲁訔之徒，用以编次后先，年经月纬，若亲与子美游从，而籍记其笔札者。其无可援据，则穿凿其诗之片言只字，而曲为之说，其亦近于愚矣。今据吴若本，识其大略，某卷为天宝未乱作，某卷为居秦州、居成都、居夔州作。其紊乱失次者，略为诠订。而诸家曲说，一切削去。

所谓“识其大略”，便是通过系年“略见其为文之时，得以考其辞力：少而锐，壮而肆……”云云，是对杜诗阶段性的把握，而非“年经月纬”“穿凿其诗之片言只字”。这是一种近乎整体性思维的主张。如果我们依次细读钱氏《读杜小笺》《读杜二笺》《钱注杜诗》，

---

① 钱氏为证成己见，或不惜曲解文本，乃至杜撰出处，为学人所批评。兹举二例：一是钱钟书《谈艺录》补订指出钱谦益擅改王世贞原文，见中华书局1984年版，第385—386页；一是钱、朱之争，钱氏于《奉同郭给事汤东灵湫作》注杜撰“吴若本注，‘原’，崑崙东北脚名也”的出处。参看莫砺锋：《杜甫诗歌讲演录》，广西师大出版社2007年版，第124页。

便不难发现这种思维方式是自觉的。显例是《读杜小笺》注《洗兵马》只三处，较简略；至《二笺》而篇幅加大，议论始深，各笺较有顾盼。如《二笺》计 36 则，7 则涉及玄宗与肃宗之矛盾，且将《小笺》中《至德二年甫自京金光门出……》笺注的主要内容并入《洗兵马》笺注。事实上钱笺对肃宗钩党的抨击不但是《洗兵马》笺注之核心，也是后半部钱笺重中之重，引发出许多议论来。即以钱氏自许“凿开鸿蒙，手洗日月”的《玄元皇帝庙》《洗兵马》《入朝》《诸将》四篇观之，除《玄元皇帝庙》（即《冬日洛城北谒玄元皇帝庙》）属前半部杜诗，而后三首都涉及对肃宗、代宗的讽刺。与其说《洗兵马》钱笺是对该诗主题的揭示，不如说是对钱氏心目中后半部杜诗主旨所在的发露。事实上《杜诗小笺》于《洗兵马》笺注中已明确指出：“已而听李辅国谗间，遂有移仗之事，其端已见于此”，并无混淆时间次序之弊。而上节所引《钱注杜诗》该诗笺曰：“公流落剑外，卒依严武……而肃代间论事，则于封建三致意焉。此公一生出处事君交友之大节，而后世罕有知之者”云云，岂不是为后半部杜诗作笺而何？[①]

再进一层言之，钱笺敏锐地捉住“问寝”这一关键词生发其议论，可谓纲举目张，有其历史的合理性与深刻性。“问寝”钱注如下：

> 肃宗即位，下制曰：复宗庙于函、雒，迎上皇于巴、蜀。道銮舆而反正，朝寝门而问安。朕愿毕矣。上皇至自蜀，即日幸兴庆宫，肃宗请归东宫，不许。此诗援据寝门之诏，引太子东朝之礼以讽谕也。鹤驾龙楼，不欲其成乎为君也。颜鲁公《天下放生池碑》云：“迎上皇于西蜀，申子道于中京，一日三朝，大明天子之孝；问安侍膳，不改家人之礼。”东坡云：“鲁公知肃宗有愧于是，故以此谏也。”《高力士传》：“太上皇至凤

① 事实上《读杜小笺》于《洗兵马》笺注已明确指出“已而听李辅国谗间，遂有移仗之事，其端见已见于此”，“移仗之端，莫不由此”，并无混淆时间次序之弊，可见钱氏是兼后半部杜诗而言的。

翔，贼臣李辅国诏收随驾甲仗。上曰：‘临至王城，何用此物。’悉令收付所由。”辅国趋驰末品，小了纤人，一承攀附之恩，致位云霄之上，欲令猜阻，更树勋庸。移仗之端，莫不由此。

“问寝”，也就是“奉晨昏”，是“家人之礼”，是“天伦”，意味着玄、肃之间正常的封建伦理关系。如前所述，这是《唐书·肃宗本纪》与《资治通鉴》肃宗至德、乾元年间一再出现的关键词。事实上它也是君臣之间攻防之具。可见“晨昏”事关大局，是唐室激烈的宫廷斗争的烟幕弹。杜甫《洗兵马》于“喜跃之象”中插入“问寝”，绝非偶然。陈寅恪《唐代政治史述论稿》以一半的篇幅专论有唐一代的“政治革命及党派分野”（中篇），指出“唐代皇位之继承常不固定，当新旧君主接续之交往往有宫廷革命”，且“皇位继承既不固定，则朝臣党派之活动必不能止息。”① 这是带规律性的东西，杜甫虽然对宫廷斗争之内幕未能如李泌所知之深，但以其诗人的敏感及其不俗的史识，在喜悦之际不忘忧患地点明“问寝”所隐伏的危机，正是杜甫沉郁顿挫的本色。钱氏以其对唐史的熟悉，及其对明末政治斗争的体验，悟出杜诗文本潜在的意义，自有其合理性与深刻性。至于钱笺“唐史有隐于肃宗，归其狱于辅国，而读书者无异辞……何儒者之易愚也”云云，更是超越前人的史识，达到杜诗因时代与作者个人原因而未及的高度，是我们评价该诗的重要参照。

（2）基于以上认识，我们对《洗兵马》在整部杜诗中的作用，似应有一个新的定位。以眼光深刻著称的王安石，编杜诗以该诗压卷，凸显其重要性，颇值得深思。

事实上《洗兵马》不但气势磅礴，风雅颂并作，既存盛唐气象，又开“即事名篇”“句似排律”之风，从内容到形式充分体现杜诗独特的风格；而且它是杜甫对肃宗期望值最高的一个节点。然而，此后杜甫就从这一情感之巅直跌入失望之渊。乾元二年（759 年）春，

---

① 陈寅恪：《唐代政治史论述稿》，上海古籍出版社 1982 年版，第 50、60 页。

杜甫自东京返华州，从沿途所作“三吏三别”中，我们看到诗人“思朝廷”与“忧黎元”之间的矛盾已达到撕肝裂肺的地步。是年秋，杜甫终于决然挈妻携子远离朝廷西去。就在杜甫刚翻越陇坂即写下声调苍凉的《秦州杂诗》中，诗人道出了远离朝廷的根本原因：“唐尧真自圣，野老复何知！”仇注：“自圣，见谠言不能入；何知，见朝政不忍闻。”还有什么比这一行动更能表白杜甫对肃宗失望乃至近乎绝望之情？因其期盼之殷，故其失望也深。只有将《洗兵马》对肃宗致太平之期盼与之合读，我们才能体悟何以杜甫在“幼子饿已卒”的困危中还要说“生逢尧舜君（指玄宗），不忍便永诀”（《自京赴奉先县咏怀五百字》）；而今因为“关辅饥”就撇下朝廷决然离去，不再回头——甚至后来的代宗都唤不回（广德元年杜甫被召补京兆功曹参军，不赴）。在《洗兵马》中，诗人寄语殷殷，希望玄、肃父子和睦相处，任用贤能，拨乱反正——而今所有期盼者一一付诸东流。在陇右所作《两当县吴十侍御江上宅》忆及当年的同事吴十侍御：“不忍杀无辜，所以分白黑。上官权许与，失意见迁斥。……朝廷非不知，闭口休叹息。余时忝诤臣，丹陛实咫尺。相看受狼狈，至死难塞责。”谠言既不能入，咫尺丹陛又有何用？不妨说，是《洗兵马》与“三吏三别”共构了杜诗情感跌宕的分水岭——前者是山之阳，后者是山之阴。此后野老、野人、野客成了杜诗常见词，随处可见野亭、野寺、野水、野航、野径、野趣、野逸。在野身份的认同使杜甫不再老提“稷与契”，取而代之的是孔明，而且兴趣所在不是孔明的功业，而是其与刘备“君臣相得”的鱼水关系。他对皇帝的期望值已经从“尧舜”直降到刘备这样能容得下贤臣的君主。“张后不乐上为忙”（《忆昔二首》）这种带调侃意味的诗句，绝不会出现在《洗兵马》之前。而“思朝廷”的重点也更多地体现在对朝廷政策的批评与建议。这些已是后话了。

钱注使我们对《洗兵马》另眼相看。

（原载《中华文史论丛》2011年第3期）

杜甫《有感五首》求是
——兼论其“书生气”

《有感五首》是杜甫唐代宗广德年间在梓州一带所作的重要组诗，其二云：

幽蓟馀蛇豕，乾坤尚虎狼。诸侯春不贡，使者日相望。慎勿吞青海，无劳问越裳。大君先息战，归马华山阳。

钱笺：“是时史朝义下诸降将奄有幽、魏之地，骄恣不贡，代宗懦弱，不能致讨。此诗云‘慎勿吞青海，无劳问越裳。’安有节镇之近，不修职贡，而顾能从事远略者乎？盖叹之也。息战归马，谓其不能用兵，而婉词以讥之也。李翱云：‘唐子孙不能以天下取河北。’正此意也。旧注谓戒人主生事外夷，可谓愚矣。”

朱注引钱笺，加按：“言西南夷不足忧，所可虑者，藩镇耳。”明确“息战”止言边事可息，而对不臣之藩镇则当战，是为“息战”之二边。浦起龙、杨伦注亦沿用钱说，认为诗讽朝廷“苟冀无事”的懦弱。

仇注认为钱注近是，“但此时民苦兵革，亦岂可劝之用兵乎？……诗言息战归马，盖欲收镇兵以实关内。”乃引史料证实之，以为“公（杜甫）之熟筹时事，正与汾阳（郭子仪）意同”。

平章诸说，钱注毕竟敏锐，抓住“息战”这一关键，直揭出代宗懦弱的本性，但于杜甫良苦之用心尚未达一间。仇注则能以大观小，顾及形势的复杂性与特殊性，不拘泥于一事一议，故能更进一层，捉住“时民苦兵革”这一要害，篇末引黄生云云，更是牵出老杜“归本于主德”的“大抱负”，只可惜所引唯黄生的赞语而未能撷取其发露老杜“与民更始”的真知灼见。

黄生《杜诗说》卷六说《有感五首》其二云：“此诗言河北之孽尚存，四方之盗又煽，诸道贡献不至，而出使者四督之，朝廷之艰窘亦甚矣。然理乱丝者必有其绪，目前时事宜且勿急平贼，自用兵以来，赋敛横加，民困已极，诛求所迫，转徙逃亡，适足为盗资耳。后半云云，特以休兵之说进。其未尽之旨，则见于后数章焉。”

其中有两点值得注意，一是看到当时事势的矛盾性与复杂性，并主张“理乱丝者必有其绪”；二是认为五首是个整体，故“未尽之旨，则见于后数章”。事势的复杂性就在于内外各种矛盾并作，理其头绪，就在诛求之甚，唯有先息战养民才是攘外安内的根本。“先”者，先事息战，再图后事也。故后面三首是诗人治乱丝之策。也就是说，要阐明“息战”真意，必须以大观小，求得诗心。其三云：

> 洛下舟车入，天中贡赋均。日闻红粟腐，寒待翠华春。莫取金汤固，长令宇宙新。不过行俭德，盗贼本王臣。

仇注于此引了截然相反的两种意见：

> 钱谦益曰：自吐蕃入寇，车驾东幸，程元振劝帝都洛阳以避蕃乱。郭子仪附章论奏，其略曰：“东周之地，久陷贼中，宫室焚烧，十不存一。矧其土地狭隘，才数百里间，东有成皋，南有二室，险不足恃，适为战场。明明天子，躬俭节用，苟能抑竖刁、易牙之权，任蘧瑗、史鳍之直，则黎元自理，寇盗自息。”公此意，正檃栝汾阳论奏大意。
>
> 朱鹤龄曰：唐江淮之粟，皆输洛阳，转运京师。时刘晏主漕，疏浚汴渠，故言洛下舟车无阻，贡赋大集，当急布春和，

散储粟以赡穷民。

王道俊《博议》曰：《伤春》诗有“近传王在洛”及“沧海欲东巡”之句，则此诗为传闻代宗将幸东都而作也。史称丧乱以来，汴水湮废，漕运自江汉抵梁洋，迂险劳费。广德二年三月，以刘晏为河南江淮转运使。时兵火之后，中外艰食。晏乃疏汴水，岁运米数十万石以给关中。公之意，唐建东都，本备巡幸。今汴洛之间，贡赋道均，且漕渠已通，仓粟不乏，只待翠华之临耳。勿谓洛阳陋阨，无金汤可守。乘此时而赫然东巡，号令天下，则宇宙长新矣。盖能行恭俭之德，则率土皆臣，盗贼岂足虑哉。王导论迁都云：“能弘卫文大帛之冠，无往不可。若不绩其麻，则乐土为墟。”公意正此意也。

按：以上两说不同，今主钱氏，有子仪筹策可据也。[①]

两种意见固然相反，但认为诗涉“迁都”则一也。后之论者多循此解诗。如黄生《杜诗说》、仇注、浦注、杨伦注，乃至今人冯至、浦江清编注《杜甫诗选》，萧涤非先生《杜甫诗选注》，陈贻焮《杜甫评传》，莫不如是。

这里有个系年问题。郭子仪奏议迁都事，当在广德元年冬吐蕃遁去长安后；而《有感五首》系年则有二说，一曰在广德元年秋，一曰在广德二年春。则一在吐蕃入长安前，一在吐蕃入长安后。浦注主前说云：“或编广德元年之春，则‘风急’‘梧凋’之语无着；或编元年之冬，则吐蕃以十月陷长安，诗中不见。宜在元年之秋。”的确，吐蕃陷长安是大事，《有感》岂能不痛感而言之？此为力证。再就其内证看，杜诗与郭奏亦有出入。细读郭子仪《请车驾还京奏》（《全唐文》卷三三二），虽亦主张节用薄征与杜诗合，但郭氏强调长安险固可恃而洛阳“土地狭阨，才数百里间，东有成皋，南有二室，险不足恃，适为战场”，与杜诗云“莫取金汤固”不合。盖杜诗用典

① 王道俊《博议》，应为潘柽章《杜诗博议》，嫁名明代王道俊、宋代杜田等。详见蔡锦芳：《〈杜诗博议〉质疑》，《杜甫研究学刊》1989年第2期。

最讲究切当，诚如仇注所引，“金城汤池”之典当用诸关中而非洛阳①，杜诗云云恰好是对长安险固可恃的否定；而郭奏云洛阳“久陷贼中，宫室焚烧，十不存一……人烟断绝，千里萧条”，与杜诗“日闻红粟腐”以见洛阳仓粟之丰的描写亦不合，岂能解释为“正㯫栝汾阳论奏大意”？今人郑文则据该诗当系年于广德元年八九月间，而断言：以发生在此后的迁都、漕运附会的种种笺注议论，“根据亦俱失矣。”② 此论最为斩截痛快！以史证诗最忌捉住诗的字面与某史料文献之间只字片言的巧合或相似之处，大加发挥，曲为弥缝；而是应当将个别现象与众多事实同时联系起来，顾及“全人”“全篇”，追求整体上的一致性。

其实，早在宋人赵次公杜诗注中，已有较为平实而通达的说法：

> 诗意当是广德元年史朝义正月已灭之后，吐蕃十月末陷京师之前。句有言胡灭，则指史朝义也。新交战，则吐蕃也。觅张骞，则指奉使吐蕃者也。余蛇豕，则指河北叛将也。虎狼、盗贼，则以指袁晁也。不臣朝，又以指河北叛将也。亲贤，则指雍王适与郭子仪也。将自疑，则指仆固怀恩也。③

以上各点是就五首通体而言，都不难从史料中得到印证，兹不列举。笔者只想将该组诗放在诗人广德元年冬月前的作品中，作为一个整体来考察，因为如果是同时期同一人的作品，其对时局的感受必然有其相似性与可比性。时杜甫在梓州一带，陈贻焮《杜诗评传》中卷有颇为翔实的考论，成为我主要的参考文本。④

其时有《喜雨》诗云：

> 春旱天地昏，日色赤如血。农事都已休，兵戎况骚屑。巴

① 《文选》卷五十一，贾谊《过秦论》：“自以为关中之固，金城千里，子孙帝王万世之业。”

② 郑文：《杜诗檠诂》，巴蜀书社 1992 年版，第 352 页。

③ 《杜诗赵次公先后解辑校》上册，上海古籍出版社 1994 年版，第 562 页。

④ 陈贻焮：《杜甫评传》中卷，上海古籍出版社 1988 年版。

人困军须，恸哭厚土热。沧江夜来雨，真宰罪一雪。谷根小苏息，沴气终不灭。何由见宁岁，解我忧思结。峥嵘群山云，交会未断绝。安得鞭雷公，滂沱洗吴越。

篇下原注："时闻浙右多盗贼。"大概由于这一注脚，至今注家都将末句解析为诗人希望广德元年四月出兵的李光弼及时平定浙右袁晁的起义。然而篇末"原注"只是旧注，并不能肯定是诗人的自注；即使是诗人自注，也断不能直指是诗人催促李光弼去镇压袁晁，它只是点明何以由巴雨联想到吴越的原因，所以更重要的是要看全诗的意脉。诗人因久旱得雨，巴人稍舒困顿，但"沴气终不灭"，只有"见宁岁"，天下太平，才能"解我忧思结"，由此联想到遥远的吴越。（自闻官军收河南河北以来，杜甫一直有出蜀之思，往吴越也是其选择之一。）"真宰罪一雪"一句不应忽略。久旱民困是"真宰"之罪，巴蜀这里终于下雨了，所以其罪得以湔雪，但吴越之民仍处水火，故欲"鞭雷公"，也来一场喜雨，惠及吴越，解民倒悬。"鞭雷公"与"罪真宰"是一致的，是与《有感五首》的"愿闻哀痛诏"遥相呼应的，是力促统治者改善政治，与"长令宇宙新"也是一致的，不应解读为催李光弼去镇压起义。陈贻焮引《资治通鉴》卷二二二"租庸使元载以江、淮虽经兵荒，其民比诸道犹有资产，乃按籍举八年租调之违负及逋逃者，计其大数而征之"云云，指出袁晁领头的吴越民众起义，究其起因，实为官逼民反所致，甚是。陈先生进而敏感地联系到《有感五首》所云："不过行俭德，盗贼本王臣。"堪称的评。[1]《喜雨》"原注"中的"盗贼"，便是此"本王臣"的"盗贼"，息兵养民才是根本，诗人怎么忍心"催促"李光弼去镇压呢？两诗可以互训。《喜雨》末句应有新的诠释。无论如何，二首的情感是相通的。

又，是年秋所作《送陵州路使君赴任》云：

---

① 陈贻焮：《杜甫评传》中卷，上海古籍出版社1988年版，第847页。

> 王室比多难，高官皆武臣。幽燕通使者，岳牧用词人。国待贤良急，君当拔擢新。佩刀成气象，行盖出风尘。战伐乾坤破，疮痍府库贫。众僚宜洁白，万役但平均。霄汉瞻佳士，泥途任此身。秋天正摇落，回首大江滨。

此诗与《有感五首》可谓一气相通，且互相发明。“岳牧用词人”与《有感五首》其二“诸侯春不贡”恰成反对，指明时局症结之所在：河北虽平，道路已通，何以诸侯不贡？正是由于“高官皆武臣”，文治偏废，故倡“岳牧用词人”。《有感五首》其五“登坛名绝假，报主尔何迟。邻郡辄无色，之官皆有词”，正是武重文轻的具体表现。一正一反，托出杜甫的文治思想，容另叙。而“战伐乾坤破，疮痍府库贫。众僚宜洁白，万役但平均”则是《有感五首》中“行俭德”的具体化。

又，《对雨》有云：“雪岭防秋急，绳桥战胜迟。西戎甥舅礼，未敢背恩私。”陈贻焮《杜甫评传》谓：“如今吐蕃已尽取河西、陇右（包括秦州、成州在内）之地，马上就要打到长安，把皇帝赶跑了，老杜还念念不忘昔人舅甥之国的礼与情，并寄希望于万一，这种妄自尊大的心理，这种书生之见，真是够可以的了。”① 陈说或有助于对“慎勿吞青海”的理解，但该诗同时也表明这是吐蕃未陷京师前，杜甫在消息闭塞的巴蜀所持的特有看法②，更证明持“慎勿吞青海”之见的《有感五首》不可能作于吐蕃已出入京师之后的狼子野心昭彰的广德二年春。

又，《王命》：“汉北豺狼满，巴西道路难。血埋诸将甲，骨断使臣鞍。”感受之深如见。《有感五首》以“白骨新交战，云台旧拓边。乘槎断消息，无处觅张骞”发兴，当与此惨痛的直接感受有关，而旧注引李之芳出使吐蕃为说，但李出使在广德元年四月，路途遥远，

---

① 陈贻焮：《杜甫评传》中卷，上海古籍出版社 1988 年版，第 851 页。

② 广德元年秋，杜甫又有《为阆州王使君进论巴蜀安危表》称吐蕃侵扰，“意者报复摩弥青海之役决矣”，似乎认为战端责任在双方，这种判断颇为特殊。

且巴蜀消息不灵，且李被拘二年是后事，老杜似不应于当年秋便急着说“断消息”。

以上引证尚属零碎，而作于广德元年秋之《为阆州王使君进论巴蜀安危表》则从总体上与《有感五首》一气相通，兹摘录如下：

> 臣某言：伏自陛下平山东，收燕蓟，洎海隅万里，百姓感动，喜王业再康，疮痏苏息，陛下明圣，社稷之灵，以至于此。然河南河北，贡赋未入，江淮转输，异于曩时。惟独剑南，自用兵以来，税敛则殷，部领不绝，琼林诸库，仰给最多。是蜀之土地膏腴，物产繁富，足以供王命也。近者，贼臣恶子，频有乱常，巴蜀之人，横被烦费，犹自劝勉，充备百役，不敢怨嗟。吐蕃今下松、维等州，成都已不安矣。杨琳师再胁普合，颙颙两川，不得相救，百姓骚动，未知所裁。况臣本州，山南所管，初置节度，庶事草创，岂暇力及东西两川矣。伏愿陛下听政之余，料巴蜀之理乱，审救援之得失，定两川之异同，问分管之可否，度长计大，速以亲贤出镇，哀罢人以安反仄。犬戎侵轶，群盗窥伺，庶可遏矣。而三蜀，大府也，征取万计，陛下忍坐见其狼狈哉！不即为之，臣窃恐蛮夷得恣屠割耳。实为陛下有所痛惜，必以亲王，委之节钺，此古之维城磐石之义明矣。陛下何疑哉？在近择亲贤，加以醇厚明哲之老为之师傅，则万无覆败之迹，又何疑焉？其次付重臣旧德，智略经久，举事允惬，不陨获于苍黄之际，临危制变之明者，观其树勋庸于当时，扶泥涂于已坠，整顿理体，竭露臣节，必见方面小康也。今梁州既置节度，与成都足以久远相应矣。东川更分管数州，于内幕府取给，破弊滋甚，若兵马悉付西川，梁州益坦为声援，是重敛之下，免出多门，西南之人，有活望矣。……敕天下征收赦文，减省军用外，诸色杂赋名目，伏愿省之又省之，剑南诸州，亦困而复振矣。将相之任，内外交迁，西川分阃，以仗贤俊，愚臣特望以亲王总戎者，意在根固流长，国家万代之利也，敢轻易而言。(《杜诗详注》卷二十五)

此表与《有感五首》从内容到情感上的一致性，一望可知。其中对诛求病民反复言之，对亲贤出镇期盼殷殷，致意再三；《有感五首》与其说是“正檃栝汾阳论奏大意”，不如说是“檃栝”此表大意。尤其值得注意的是：二者的思路意脉，颇为相近。容理其绪于下：

该表以平山东，收燕蓟，喜王业再康起，紧接着一转至“然河南河北，贡赋未入，江淮转输，异于曩时”，遂倾诉巴蜀百姓负荷之重，再转入呼吁“速以亲贤出镇，哀罢人以安反仄。犬戎侵佚，群盗窥伺庶可遏矣”。其间还提出任用重臣旧德而能临危制变者，以之整顿理体，必见小康，活民有望，其中便有“长令宇宙新”之含义，而其关键还在“减省军用外，诸色杂赋名目，伏愿省之又省之”。结穴在“将相之任，内外交迁，西川分阃，以仗贤俊。愚臣特望以亲王总戎者，意在根固流长，国家万代之利也”。

《有感五首》第一首即总体言天下尚未太平，第二首即转入治国方略：息战养民才是根本。第三首上承“诸侯春不贡”，忆及盛唐时“洛下舟车入，天中贡赋均”之盛况，与上表云“河南河北，贡赋未入，江淮转输，异于曩时”发自同一感受。《杜臆》云：“前四句（即‘洛下舟车入’四句）亦追论往事。……玄宗屡幸左藏，见其充实，滥加赏赐，故有‘行俭’之语。”条理分明，甚是。[①] 事实上将下四句“莫取金汤固，长令宇宙新。不过行俭德，盗贼本王臣”与第四首“受钺亲贤往”“终依古封建”云云合读，便是表奏主体部分（“伏愿陛下听政之馀”至“意在根固流长，国家万代之利也”）的内容，分言、合说之异，只是因为文体不同所致。正因文体不同，第五首乃言表奏中之所不敢言，将第一首“将帅蒙恩泽，兵戈有岁年。至今劳圣主，何以报皇天”的问责追进至人主：不信任武臣致使“兵残将自疑”，而偏重、姑息武人又致使文治不振，唯有人主自

① 杜甫作于广德元年秋的《九日》诗，于登高感怀之后，忽转以“酒阑却忆十年事，肠断骊山清路尘”作结，其跳跃的联想反衬时局的苍黄，以见因果，手法与此相同。

律，“愿闻哀痛诏”，才有中兴的希望。

表与诗意脉之相近如上述，两相发明又使我们加深了对《有感五首》的理解。钱注以为第四首乃“公（指杜）追叹朝廷不用琯（指房琯）议，失强干弱枝之义”，尚属皮相之谈。房、杜两说，同中有异。《旧唐书·玄宗本纪》卷九载玄宗入蜀：“甲子，次普安郡，宪部侍郎房琯自后至，上与语甚悦，即日拜为吏部尚书、同中书门下平章事。丁卯，诏以皇太子讳充天下兵马元帅，都统朔方、河东、河北、平卢等节度兵马，收复两京；永王璘江陵府都督，统山南东路、黔中、江南西路等节度大使；盛王琦广陵郡大都督，统江南东路、淮南、河南等路节度大使；丰王珙武威郡都督，领河西、陇石、安西、北庭等路节度大使。初，京师陷贼，车驾仓皇出幸，人未知所向，众心震骇，及闻是诏，远近相庆。”则房琯所谓“封建”，纯粹是为强化王室以收拾人心。以今日眼光看，“依古封建”颇逆历史进程，与其在陈涛斜用春秋时战法相似，是泥古不化的“迂”。而杜甫虽难免同其迂，但参之该表，则“终依古封建”还有其不同于房琯的出发点与合理性在。杜甫有鉴于两川军阀内斗，无人统合，百姓骚动，这才提出“速以亲贤出镇，哀罢人以安反仄”，后者才是杜甫倡“封建”的指归。其“强干弱枝”是与表中“根固流长”相联系的，无论枝干，都需要百姓供养这条“根”！五首息战、行俭德、封建（任亲贤）、下哀痛诏如是等等主张，都是为了“根固”，即儒家“民惟帮本，本固邦宁”的民本思想的集中表现，且其中饱含着杜甫对挣扎求活的百姓无限的同情。黄生称：“《有感五首》，在公生平为大抱负，即全集之大本领。”（《杜诗说》卷六）良有以也。[①]

然而，以今日的眼光观之，便感到诗中休兵、封建的主张似不切实际，而以“行俭德”说昏君更属“与虎谋皮”。总之，是透出一股“书生气”。事实上读安史之乱前后这段唐史，总觉得面对骄兵悍

① 息战养民是杜甫大半辈子的心结，《昼梦》云：“安得务农息战斗，普天无吏横索钱”；《蚕谷行》云：“焉得铸甲作农器，一寸荒田牛得耕”，等等，不一而足。

将与昏庸猜忌的君主，当时的儒生们实在是拿不出多少新办法，多少也都透出一股书生气。难怪今之学者要批评当时思想界的平庸，安史之乱是场“文化危机”。《剑桥中国隋唐史》则从制度、经济、社会结构各种变化入手，揭示了该时期社会的深层矛盾，建立了全新的参照系，对李林甫、元载、第五琦等做了全新的评价。[①] 这些当然是历史学的进步，不过从以大一统为特点的中国历史发展的进程看，正是张说、张九龄，直至房琯、颜真卿、杨绾、贾至、柳伉、独孤及等等一大批主张“文治”的儒生们的“书生气”，阻碍着各色各样的分裂势力，渐积地鼓动了后来的新儒学思潮，引导出北宋的“文官政治”，自有其特殊的历史意义，绝非李林甫、元载辈所能替代。兹录《资治通鉴》几则史料如下：

代宗广德元年（763 年）条：

> 太常博士柳伉上疏，以为：“犬戎犯关度陇，不血刃而入京师，劫宫闱，焚陵寝，武士无一人力战者，此将帅叛陛下也。陛下疏元功，委近习，日引月长，以成大祸，群臣在廷，无一人犯颜回虑者，此公卿叛陛下也。陛下始出都，百姓填然，夺府库，相杀戮，此三辅叛陛下也。自十月朔召诸道兵，尽四十日，无只轮入关，此四方叛陛下也。内外离叛，陛下以今日之势为安邪，危邪？若以为危，岂得高枕，不为天下讨罪人乎！臣闻良医疗疾，当病饮药，药不当病，犹无益也。陛下视今日之病，何繇至此乎？必欲存宗庙社稷，独斩元振首，驰告天下，悉出内使隶诸州，持神策兵付大臣，然后削尊号，下诏引咎，曰：‘天下其许朕自新改过，宜即募士西赴朝廷；若以朕恶未悛，则帝王大器，敢妨圣贤，其听天下所往。’如此，而兵不至，人不感，天下不服，臣请阖门寸斩以谢陛下。”上以元振尝有保护功，十一月，辛丑，削元振官爵，放归田里。

同上，十二月丁亥条：

---

① ［英］崔瑞德编《剑桥中国隋唐史》第七章，中国社会科学出版社 1990 年版。

车驾发陕州。左丞颜真卿请上先谒陵庙，然后还宫，元载不从，真卿怒曰："朝廷岂堪相公再坏邪!"载由是衔之。

永泰元年（765年）三月条：

左拾遗洛阳独孤及上疏曰："陛下召冕等待制以备询问，此五帝盛德也。顷者陛下虽容其直，而不录其言，有容下之名，无听谏之实，遂使谏者稍稍钳口饱食，相招为禄仕，此忠鲠之人所以窃叹，而臣亦耻之。今师兴不息十年矣，人之生产，空于杼轴。拥兵者第馆亘街陌，奴婢厌酒肉，而贫人羸饿就役，剥肤及髓。长安城中白昼椎剽，吏不敢诘，官乱职废，将惰卒暴，百揆隳刺，如沸粥纷麻，民不敢诉于有司，有司不敢闻于陛下，茹毒饮痛，穷而无告。陛下不以此时思所以救之之术，臣实惧焉。今天下惟朔方、陇西有吐蕃、仆固之虞，邠泾、凤翔之兵足以当之矣。自此而往，东洎海，南至番禺，西尽巴、蜀，无鼠窃之盗而兵不为解。倾天下之货，竭天下之谷，以给不用之军，臣不知其故。假令居安思危，自可厄要害之地，俾置屯御，悉休其余，以粮储扉屦之资充疲人贡赋，岁可减国租之半。陛下岂可持疑于改作，使率土之患日甚一日乎!"上不能用。

不同时、不同地、不同人，但济世之策与杜甫《有感》约略相似（如休战养民、下罪己诏等），尤其是那股"临危莫爱身"（《奉送严公入朝十韵》）的"折槛"（死谏）精神，更是与老杜一气如虹。王元化释"情志"有云："情志应该合理地理解作在人的内心中所反映的时代精神。"[①]《有感五首》之美，尚不在议论如何高明，展示了杜甫议政的"大本领"，而更在乎体现了杜甫生平为民请命的"大抱负"，诗人的情志发露了时代的正气!

（原载《杜甫研究学刊》2012年第3期）

---

① 王元化：《思辨随笔》，上海文艺出版社1995年版，第233页。

杜诗情感意象的一种构图方式

古往今来，许多艺术家创造了一些在图上看似并无矛盾而实际上是不可能的图形，如荷兰版画家 M. C. 埃夏“瞭望塔”，画中连接两层建筑物的一根柱子，同时又是错开的。下面这个图形也是“不可能图形”：

这种“不可能图形”闪烁着人类的创造精神。我们感兴趣的是，这种图形还隐藏在诗里。清人叶燮的《原诗》就曾经明确无误地指出，杜甫诗中有些创境属不可能图形。如“碧瓦初寒外”（《冬日洛城北谒玄元皇帝庙》），无象无形的“初寒”如何才是在有形有质的碧瓦之外？诚如叶氏所说：

“昔人云：王维诗中有画。凡诗可画者，为诗家能事，如风云雨雪景象之至虚者，画家无不可绘之于笔。若初寒，内外之

景色，即董、巨复生，恐也束手搁笔矣。”（《原诗》卷二内篇下）

这就是诗中的“不可能图形”。就画而言之，“初寒”如何分内外？“碧瓦”又如何才能在初寒之“外”？但就感受而言，却是可能的。仰视巍巍玄元寺，觉得碧瓦之高已超然乎充塞于天地人间之寒气，则非“外”字不可。它将作者对高华壮丽的玄元寺的感受，借碧瓦之实体传达给读者，是所谓“逞于象，感于目，会于心”者。再如杜诗名句：“星临万户动，月傍九霄多。”（《春宿左省》）月或有言圆缺，言升沉，言高下，未有言多少者。“今曰多，不知月本来多乎？抑傍九霄而始多乎？不知月多乎？月所照之境多乎？”（《原诗》卷二内篇下）事实上这个“多”字只是感受，是杜甫为拾遗值班忧国事不能寐时看月的独特感受，只有“多”字才足以表达他复杂的心绪。又《船下夔州郭宿雨湿不得上岸》有云：“晨钟云外湿。”钟声无形安能湿？钟声又如何辨其湿？又《晚秋陪严郑公摩诃池泛舟》有句云：“高城秋自落。”“秋”如何落？从何而落？叶氏赞叹不已：“所谓言语道断，思维路绝。然其中之理，至虚而实，至渺而近，灼然心目之间，殆如鸢飞鱼跃之昭著也。”（《原诗》卷二内篇下）叶氏接触到的是一个精神形象的再现问题，是古老的“言意之辩”。用语言表达内心世界，也就是寻求对不可表达之物的表达。我们的先人早就意识到，要表现精神就必须借助于形象，是所谓“尽意莫若象”。因为与精神形象相对等的客观世界的形象可以通过暗示，引起联想，发生感应，最大限度地逼近直接视觉，使精神形象得以化虚为实。因此，诗歌语言极力追摹图画的视觉效果，用语言塑造“象”，并组成画面，以达到表现内心世界——“情志”的目的。就复杂的内心世界再现的难度而言，真是“言语道断，思维路绝”，但借助成功的形象的直接呈露，却可以使之“至虚而实，至渺而近”，甚至如鸢飞鱼跃一般，活泼泼地就在眼前。试读杜甫《江汉》诗：

片帆天共远，永夜月同孤。

落日心犹壮，秋风病欲苏。[①]

云远月孤、秋风落日组成奇异的共时的阔大而又萧瑟的场景，与杜甫晚年力困身衰却又壮心不已的境况相感应，融而为一。虽仿佛可见，却又不可勾画。至如“天地日流血”（《岁暮》）、“帝乡愁绪外，春色泪痕边”（《泛舟送魏十八仓曹还京》）、“春风入鼓鼙”（《春日梓州登楼二首》）等，都是“至虚而实，至渺而近”，成功地创构了诗中的“不可能图形”。叶燮《原诗》将这种表达方法归结为：

> 唯不可名言之理，不可施见之事，不可径达之情，则幽渺以为理，想象以为事，惝恍以为情，方为理至、事至、情至之语。必有不可言之理，不可述之事，遇之于欲会意象之表，而理与事无不灿然于前者也。

“想象以为事”与“默会意象之表”二事，尤需拈出。钱钟书认为：“诗也者，有象之言，依象以成言；舍象忘言，是无诗矣。”（《管锥编》第12页）诗之形象是诗人自筑之巢，是诗人情之所归，“歌斯哭斯、聚骨肉之家室也”。从某种意义上说，诗是想象力的竞赛，创构新意象，让意味与诗的形式得到最完美的化合，乃是诗人神圣的使命。作为“诗圣”的杜甫，其不朽之功能不在此乎？“他人共见之而不能知不能言，惟甫见而知之，而能言之”。叶氏能发明杜甫“想象以为事”“默会意象之表”的创作方法，实在是杜诗功臣。

杜甫对艺术意象的创构是自觉的。清人徐增《而庵诗话》称：

> 论诗者以为杜甫不成句者多；乃知子美之法失久矣。子美诗有句、有读，一句中有二、三读者；其不成句处，正是其极得意之处也。

---

① “秋风病欲苏”，或将“苏”解释作“康复”，似未妥。参杜诗《秋清》，云：“高秋苏病气”，《秋峡》云：“肺气久衰翁”，乃知“苏”者（病）复起也。如此方与上句心壮而奈何日落相应，不敢言必，谨记于此。落日，象征暮年，但于此仍可作景物看。或云日月并见，盖诗不取一时可也。

如果我们不拘于只从句读来理解这段话，那么“不成句处”杜自觉是“极得意处”，正是杜甫对诗要有诗自家特有的句法的自觉追求。对于迷恋既成事物的人来说，是不可理解的。杜诗“香稻啄余鹦鹉粒”（《秋兴八首》）一联竟至千古聚讼，甚至有认为“简直不通”“全无文学价值”者。而为杜辩者则云是“倒装句法”，是“语序颠倒”，以便使读者在弄清其含义时心理上多一层阻力，产生“劲力”云。事实上仍是以惯常语法秩序做尺度。然而安知杜甫极得意处不在此？如此方合乎自己的感受。唐人对汉字的视觉效果似有直觉。殷璠《河岳英灵集》已明确地以“兴象”取代传统的“比兴”，强调象与情志间的感发作用。① 杜甫诗中语序多“以意为之”，正是对形象思维的极力追摹。

> 青惜峰峦过，
> 黄知橘柚来。（《放船》）

由第一眼的印象到引起感受的情绪再到理性判断，秩序井然，不正是“意识流”所追求的效果？试看“经心石镜月，到面雪山风”（《春日江村五首》）这样的语序，难道不是惟妙惟肖地绘制出诗人因感受的强烈才引起对事物的关注的思维轨迹？杜甫善用汉字的视觉性恰恰就表现在他似乎不经心地将这些客观上无序的共时的画面组合成有序的诗的语法，从而精确地表达了自己的感受，并尽量减少耗散地传递给读者：

> 桃花细逐杨花落，
> 黄鸟时兼白鸟飞。（《曲江对酒》）

在自然界，桃花、杨花本是错杂纷下，而黄鸟、白鸟也无所谓谁伴谁飞（就像斑马无所谓白底黑纹还是黑底白纹）。现在经杜甫组织入诗，“逐”“兼”二字化无序为有序，而人情便在其中：衬出下联“纵饮久判人共弃，懒朝真与世相违”那种人弃世违的社会现象在自

---

① 参看拙作：《释“神来、气来、情来”说》，《古代文学理论研究》第11辑。

己心中引起的反应。就本质上说，这种与情志结合而成的景物仍是“不可能图形”。杜甫将景物与情志紧密结合，有时达到“化合”的程度。如上文所举“鹦鹉粒”“凤凰枝”便是。萧涤非师曾在《杜甫研究》中指出，此联“并不是什么倒装句”，而是“以名词作形容词用”[①]。又如《秋尽》云：“篱边老却陶潜菊，江上徒逢袁绍杯”。“陶潜菊”为何物？是“陶潜”与“菊”化合而成的一个艺术世界里的新品种。同类尚有“天寒邵伯树”（《巴山》）、“厌就为成都卜，休为吏部眠”（《游子》）等。如果说，这些以名词作形容词用的意象还只是镀金似的将典故附着在形象之上；那么，如“天畔登楼眼，随风入故园”（《春日梓州登楼二首》）、“画图省识春风面”（《咏怀古迹五首》）、“岸风翻夕浪”（《泊岳阳城下》）之类，则不只是“镀金”，而是“登楼”与“眼”、“春风”与“面”、“岸”与“风”、“夕”与“浪”的“合金”。至如“影著啼猿树”（《第五弟丰独在江左》）、“听猿实下三声泪”（《秋兴八首》）、“清江锦石伤心丽”（《滕王亭子》）之类，竟是情与景的“有机化合物”了。“影著啼猿树”，固然可释为身羁峡内。每依于峡间之树，而峡间之树多著啼猿。但如此分解，则“啼猿树”之意味又何在哉！“听猿实下三声泪”，也可理顺句法为“听猿三声实下泪”，而去“三声泪”那声色并作之意味又何其太远！“伤心丽”三字更如混沌不可凿一般，是“壮丽”“华丽”“清丽”……诸多“丽”之外的又一新品种，是诗人独特感受与“清江锦石”化生而成的一个独立的新生命！这正应着苏珊·朗格所说的：艺术的形式“它并不把欣赏者带往超出了它自身之外的意义中去，如果它们表现的意味离开了表现这种意味的感性的或诗的形式。这种意味就无法被我们掌握。”[②] 这种新意象，电影中的叠印镜头犹不足喻之，它是乐谱中的和声，佳肴中的色、香、味。

---

① 萧涤非：《杜甫研究》，齐鲁书社 1980 年版，第 105 页。

② ［美］苏珊·朗格：《艺术问题》，滕守尧译，中国社会科学出版社 1983 年版，第 128 页。

杜诗为我们提供了一种情感意象的创构方式。西格蒙特·弗洛伊德曾在《诗人与幻想》一文中劝告我们要“从对幻想的研究入手来考察诗的选材问题”。[①] 我听从这一劝告，由此角度思考，更觉得杜诗中的“不可能图形”应有其更广泛的意义。试读“瓢弃樽无绿，炉存火似红”（《对雪》）、“翠华想象空山里，玉殿虚无野寺中”（《咏怀古迹五首》）、“织女机丝虚夜月，石鲸鳞甲动秋风”（《秋兴八首》），这些幻觉图像又如何能画得出？诚如弗洛伊德所言：“诗人也像做游戏的儿童一样在做同样的事儿，他创造出一个幻想世界，并十分严肃认真地去创造。”[②] 诗人用现实的材料重建一个虚幻的艺术空间，将属于自我世界里的东西置诸一个为他所喜爱的结构中——犹如庄子欲置大树于“无何有之乡”——且把满腔热情注入这一空间。下面二例颇能说明问题：

令夜鄜州月，闺中只独看。
遥怜小儿女，未解忆长安。
香雾云鬟湿，清辉玉臂寒。
何时倚虚幌，双照泪痕干。（《月夜》）
剑外忽传收蓟北，初闻涕泪满衣裳，
却看妻子愁何在，漫卷诗书喜欲狂。
白日放歌须纵酒，青春作伴好还乡。
即从巴峡穿巫峡，便下襄阳向洛阳。（《闻官军收河南河北》）

浦起龙《读杜心解》笺《月夜》云：“心已驰神到彼，诗从对面飞来。”的确，“香雾”一联作实景读，不过常语耳；但作为“对面飞来”的想象之辞，其由情感幻化出的视觉画面，愈是逼真愈能衬托出诗人的情深意笃。《闻官军收河南河北》“题事只一句，余俱写情”

① 中国社会科学院美学研究室编《美学译文》第三辑，中国社会科学出版社1984年版，第336页。

② 中国社会科学院美学研究室编《美学译文》第三辑，中国社会科学出版社1984年版，第336页。

（浦氏语），后半首归乡历程尽在想象之中。如作真记事读，尾联连置四地名，未免有按着地图记流水账之嫌，但作为神驰归途语读，自然急转直下不知手之舞之足之蹈之，欢快之情在幻境中活现。

请再广而言之。艾略特曾以氧与二氧化硫化合成硫酸为例，说："这个化合作用只有在加上白金的时候才会发生；然而新化合物中却并不含有一点儿白金。诗人的心灵就是一条白金丝。它可以部分地或全部地在诗人本身的经验上起作用。"又说："诗人的心灵实在是一种贮藏器，收藏着无数种感觉、词句、意象，搁在那儿，直等到能组合成新化合物的各分子到齐了。"① 依照我的理解，诗人是以自己独特的感受去点化那些收藏于胸中的各种感觉、词句、意象，从而化合为一种区别于非艺术经验的新的带有普遍性的经验，并传达给读者。就上述杜诗的创作实践看，艾略特对创作规律的概括不为无见。东西方文心往往有相通之处。清人王夫之《姜斋诗话》有云：

> 意犹帅也，无帅之兵谓之乌合。李、杜所以称大家者，无意之诗，十不得一二也。烟云泉石，花鸟苔林，金铺锦帐，寓意则灵。

"寓意则灵"与艾略特"白金丝"的作用相去不远。王氏又云：

> 情景名为二，而实不可离。神于诗者妙合无垠，巧者则有情中景，景中情。景中情者，如"长安一片月"，自然是孤凄忆远之情；"影静千官里"，自然是喜达行在之情。情中景尤难曲写，如"诗成珠玉在挥毫"，写出才人瀚墨淋漓、自心欣赏之景。

王氏似乎已直觉到情与景的化合，而所谓"情中景"已接触到艺术幻象的产生。挥毫成诗的才情所产生的"珠玉"这一意象，已不是客观世界的珠玉，而是情感的具象，当归入"不可能图形"之列。

① ［英］托·斯·艾略特：《传统与个人才能》，卞之琳译，《艾略特诗学文集》，国际文化出版公司 1989 年版。

这便是王氏所谓“含情而能达，会景而生心，体物而得神，则自有灵通之句，参化工之妙”。他又举例说：“情语能以转折为含蓄者，唯杜陵居胜。‘清渭无情极，愁时独向东’‘柔橹轻鸥外，含悽觉汝贤’之类是也。”王氏已意识到作为诗人主观倾向性的“意”，能使物“灵”，也就是能创造出一个属于诗人独有之新情景。如果将王夫之此论与上引叶燮的诗论合看，那么我们说中国古代的诗论家已经觉察到诗人用诗的语言能创造艺术幻象应不为过。而且，上引材料都把例证集中在杜诗也决非偶合，它说明杜诗在这方面至少是个典型。

我们说“艺术幻象”，并不仅仅是杜牧曾阐发过的李贺那种荒国侈殿牛鬼蛇神式的幻觉世界。作为一代诗史的杜甫，更多地以心理的方式重新编织从个人生活经验中蒸馏出的细节，经诗人主观感情的点化，以自己独特的用词、语句、意象、结构，再造一个全新的感觉世界。试以杜甫《登楼》为例：

> 花近高楼伤客心，万方多难此登临。
> 锦江春色来天地，玉垒浮云变古今。
> 北极朝廷终不改，西山寇盗莫相侵。
> 可怜后主还祠庙，日暮聊为梁甫吟。

诗写的是登楼寓目所感，但只有颔联是写寓目所见之景色。如果再仔细看，则只有“锦江春色”“玉垒浮云”两个断片才是实景，而与之连缀的“来天地”“变古今”是想象语耳。浦起龙以“形”“影”为喻来说明实景与心象之间的关系，颇得诗心。抄一段在下面：

> “花近高楼”，春满眼也。“伤客心”，寇警山外也。只七字，函盖通篇。次句申说醒亮，三从“花近楼”出，四从“伤客心”出，五从“春来天地”出，六从“云变古今”出。论眼内，则三、四实，五、六虚。论心事，则三、四影，五、六形也。(《读杜心解》卷四之一)

诗人登楼所见本是春满眼；但因“万方多难”，心事重重，故山水也寓情思。第三句从“花近楼”生出，第四句从“伤客心”生出，说的是诗人具象化的手段：因花近楼，故注目于锦江春，进而感知天地皆春，因勾起心事重重，故望玉垒浮云，能想象古今万事之多变。又由此“变”字引出心事来，自信朝廷如北极终不可变易，现在屡犯边的“西山寇盗”是成不了气候的。然而诗人从“玉垒浮云”中已悟及“古今”之“变”是常理，正托出唯恐朝廷倾覆之心理。所以浦氏以为“论心事，则三、四影，五、六形也”。也就是说，锦江、玉垒的景色是从朝廷、盗寇的心事中化生出的意象。溢出视野的“来天地”之春色，与穿透历史的“变古今”之浮云，咸属“不可能图形”。宋人叶梦得《石林诗话》卷下曾将此联与韩愈“将军旧压三司贵，相国新兼五等崇”相比较，认为韩联“非不壮也，然意亦尽于此矣”。问题就在于韩联只是事实的陈述，杜联是艺术幻象的创构。至如“北极朝廷终不改”一句，“北极”与“朝廷”在“终不改”的心理作用下，也成为相吸引的两磁铁，平列在一起，毋需黏合剂而自然黏合。诗人心理在结构中所起的贯串、编织、点化的作用不言而喻。

然而，诗中意象并非仅仅处于被动的被编织的地位，它们之间会相互作用，幻化出无穷的意味。试读胡应麟誉为“古今七言律第一”的杜甫名篇《登高》：

风急天高猿啸哀，渚清沙白鸟飞回。
无边落木萧萧下，不尽长江滚滚来。
万里悲秋常作客，百年多病独登台。
艰难苦恨繁霜鬓，潦倒新停浊酒杯。

“万里”一联含八、九层意（或云他乡作客一可悲，经常作客二可悲，万里作客三可悲，况当秋风萧瑟四可悲，登台易生悲愁五可悲，亲朋凋零独去登台六可悲，扶病而登七可悲，此病常来八可悲，人生不过百年，在病愁中过却，九可悲）。且不觉堆垛，历来为论者所推许。但尤需发明的是，这八九层意思是来自万里、悲秋、作客、百年、多病、独、登台诸多意象的交错组合，示意图如下：

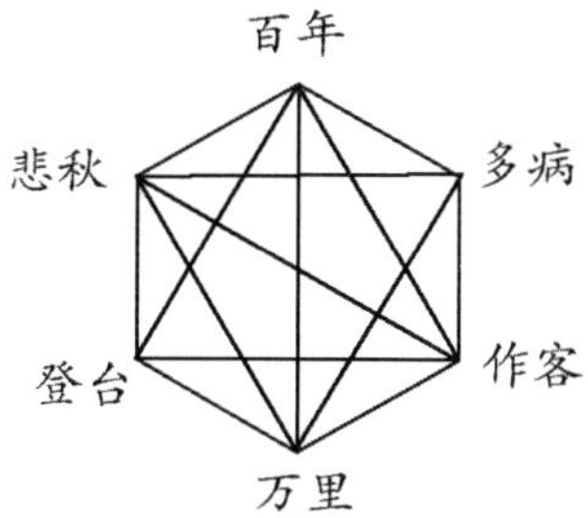

如图所示，各种意象互相组合，你中有我，我中有你，如镜镜相摄的“华严境界”，意味迭出。甚至整首诗中风急、天高、渚清、沙白、猿啸、鸟飞、萧萧落木、滚滚长江……互为斗拱，有序而无序；交织共时，一目而尽收眼底，是秋的和弦，是秋的场景，是秋的气息。诸相如演员各个具有个性，又都染上诗人的情绪，合力演活一出“群英会”。至此，诗中秋景已非夔州实景，而是“离形得似”的艺术幻境，是读者毋须亲临夔州即可感受到的一个秋景；诗中的悲秋之情也不仅仅是杜甫个人独有的情绪，而是从个人生活经验中提取的具有普遍性的审美经验，也就是经特定方式组合而成的一种感人形式，即克莱夫·贝尔所谓的“有意味的形式”。叶嘉莹称杜甫这种点化功夫为“写现实而超越现实”①，而此种情感意象的成功创构，首推《秋兴八首》。

“八首是一首”的组诗《秋兴八首》，其气势、规模、变化、境界之大，在七律中罕有其匹。它是杜甫晚年创新之作，以现实与想象交错的秋声月影写尽怀乡恋阙之情、慨往伤今之意。诚如明人唐元竑《杜诗捃》所云，其“抽绪似《骚》”是“空中彩绘，水面云霞”；有“神光离合之妙”（翁方纲语）。对此种“写现实而超越现实”的点化功夫做一番探讨，无疑是有意义的。

清人卢元昌《杜诗阐》认为八首“前三章以夔府为主”，“后五

---

① 叶嘉莹：《〈秋兴八首〉集说·代序》，上海古籍出版社1988年版，第58页。

章以长安为主”。而前后遥映，以见今昔之悲。的确，孤城落日，独卧秋江，看石上藤萝、塞上风云，听白帝寒砧、粉堞悲笳，能不思青琐朝班、花萼御气，忆拾翠佳人、同舟仙侣？然而，正是今昔风物经“回忆”的筛选，将往日或曾有过的美好事物孤立起来，而芟除现实中并存过的其他事物，使昔日长安与现实隔断，成为艺术的幻象。不难考知，杜甫在长安十载不乏“朝扣富儿门，暮随肥马尘。残杯与冷炙，到处潜悲辛”（《奉赠韦左丞丈二十二韵》）的日子，但在《秋兴八首》中浮现出的，只剩下蓬莱云日、霄汉金茎之类经“滤色镜”处理过的色彩鲜丽的意象。对这些中选的长安旧时风物，杜甫还要进一步寓之以“意”，使之“灵”。如“蓬莱宫阙对南山，承露金茎霄汉间，西望瑶池降王母，东来紫气满函关”（其五）。将长安宫阙镀上一层神话的“金”，使之恍若仙境而浮离现实。再如“花萼夹城通御气，芙蓉小苑入边愁，珠帘绣柱围黄鹄，锦缆牙樯起白鸥”（其六），在曲江楼苑中渗入作者盛衰之变的感慨，是浦起龙《读杜心解》所谓“总是一片身亲意想之神”。至如“织女机丝虚夜月，石鲸鳞甲动秋风”“红豆啄馀鹦鹉粒，碧梧栖老凤凰枝”，已见上文分析，兹不赘。而这些意象与前几首的清秋燕子、两开丛菊诸意象又交互辉映，由诗人恋阙怀乡、慨古伤今之心理编织出一个比《登高》远为复杂斑斓的锦绣，展示了杜甫高超的情感意象的构图技巧。

（原载《文艺理论研究》1992年第1期）

超越以史证诗
——从文化诗学的视角认知“诗史”

陈寅恪“以史证诗”之法无疑是中国学术史上的一座丰碑。其门人王永兴归纳此法云：“以宋贤治史之法治诗”，即注意“时间、空间、人事相结合之法”。[①] 而用此法证诗的典范之作是《元白诗笺证稿》，陈先生尝直呼“白氏（居易）之诗，诚足当诗史”，此笺证稿充分地展示了以史证诗的具体操作过程，及作者对“诗史”的认识。王先生还特地指出：“古今史家以时间、空间之法考证史实者多矣，但罕有人能如先生之精湛细密。因先生之考据使用可信之史料外，复注重人情事理。此亦宋贤考异之法而先生又有发展之明证也。”[②] 将“人事”释为“人情事理”，可见此法超迈前人处正在乎由史料推导出情理，乃属于精神方面的东西。事实上深谙西方文化的陈先生对史与诗的异同有独到的见解，《金明馆丛稿初编·读〈哀江南赋〉》乃云：

---

① 参看王永兴：《陈寅恪先生史学述略稿》，北京大学出版社1998年版，第189页。

② 参看王永兴：《陈寅恪先生史学述略稿》，北京大学出版社1998年版，第192页。

> 古今读《哀江南赋》者众矣，莫不为其所感，而所感之情，则有浅深之异焉。其所感较深者，其所通解亦必较多。兰成作赋，用古典以述今事。古事今情，虽不同物：若于异中求同，同中见异，融会异同，混合古今，别造一同异俱冥、今古合流之幻觉，斯实文章之绝诣，而作者之能事也。

“所感之情”与“幻觉”二事点明了文学之象有别于史实之迹（典故也可看成浓缩的史迹）的特质。这在《元白诗笺证稿》中已有所体现，如笺证白氏《长恨歌》，一面指出“夕殿萤飞思悄然，孤灯挑尽不成眠”“七月七日长生殿，夜半无人私语时”于事理时空的不合史实；另一面又不忘点醒“文人揣写，每易过情，斯故无足怪也”“长恨歌乃唐代‘驳杂无实’‘文备众体’之小说中之歌诗部分”，文章体制有别云。可惜陈氏并未自觉地将此卓识贯穿于以史证诗的实践中，尤其未将“所感之情”与“幻觉”二事进一步发挥，以揭示文学虚构之特质，反而有时难免将评史的标准混同乃至取代文学批评之标准。如《元白诗笺证稿》笺证《卖炭翁》，将诗与韩愈《顺宗实录》对照后下结论云：“传世之顺宗实录，乃昌黎之原本，犹得从而窥见当日宫市病民之实况，而乐天此篇竟与之吻合。于此可知白氏之诗，诚足当诗史。比之少陵之作，殊无愧色。”评“诗史”而偏重在史而不究诗心、兴象、手段之差异，已见端倪。事实上杜诗同类之作如《丽人行》《石壕吏》等，皆写当时亲历亲见之事而发自家当下深沉之感慨；白氏则写前朝已成历史的“宫市”，实为讽谏之作，是陈贻焮先生所说的“谏官诗”。二者虽皆佳作，但“所感之情，则有浅深”，是否同一水平？与史传吻合是否则“诗史”？尚可商榷。至若晚年所著《柳如是别传》评钱牧斋（谦益）《投笔集》乃云：

> 投笔集诸诗摹拟少陵，入其堂奥，自不待言。且此集牧斋诸诗中颇多军国之关键，为其所身预者，与少陵之诗仅为得诸远道传闻及追忆故国平居者有异。故就此点而论，投笔一集实

为明清之诗史，较杜陵尤胜一筹，乃三百年来之绝大著作也。[1]

由这一对钱、杜的评价，可知陈氏之“诗史”，所偏在史料性的价值，其影响甚巨，乃至掩盖了其“别造一同异俱冥，今古合流之幻觉”的卓识。后之学者，大多通识、学力难企及之，更是囿于文献一端，泥于从史料到诗文的单一逻辑，弊端更著，故至今古代文学研究中以考据“史实”代替文学鉴赏者往往有之。然而就“以史证诗”的提法自身检讨，我认为此提法本身也存在着某些误区，容略事陈说如下：

首先，史料并不等于历史真相，即使是《史记》这样的“信史”，它也只是历史的叙述，必然是要带上主观的倾向性与某些想象；何况史料也不可能完全保存（不妨说，所存事迹只是历史事件全体的九牛一毛），所以虽然是重要的、不可或缺的参照，却难以借此全面恢复当时的语境。这对当代读者而言已属常识，可不必深论。

尤其要着重提出的是：语境不仅仅是指那些“二重证据”所能验证的部分，还应当包括那些难以确证的精神领域“虚”的方面，如“气象”、集体人格、作者个性与创作“当下”的精神状态、思维定势、审美趣味，乃至该时代语言的表现力等。事实上“宋贤以治史之法治诗”时，其佼佼者对杜甫“诗史”的认识已关注到这一问题。如胡宗愈《成都草堂诗碑序》云：“先生以诗鸣于唐，凡出处，动息劳佚，悲欢忧乐，忠愤感激，好贤恶恶，一见于诗，读之可以知世。学士大夫谓之诗史。”悲欢忧乐、忠愤感激、好贤恶恶便是情感方面的无形之象，却是“知世”不可或缺的重要内容。至明末王嗣奭《杜臆·杜诗笺选旧序》评杜则云：“一言以蔽之曰：以我为诗，得性情之真而已。情与境触，其变无穷。”强调的便是个体对现实感触的力度、广度与深度，而非事件的“纯记录”。清代浦起龙《读杜心解》卷首说得更明白：“少陵之诗，一人之性情而三朝之事

---

① 陈寅恪：《柳如是别传》，生活·读书·新知三联书店 2001 年版，第 1193 页。

会寄焉者。”则杜之为“诗史”，是诗与史之化合，是通过个人对时代现实的切身感受，灌注了自己饱满的感情，以一人之心来感应、反映一国之心，折射时代精神，是主客观交感互动（则发生认识论所谓的“双向建构”）的结果。故浦氏于该书《读杜提纲》中又说杜甫“慨世还是慨身”，且挑明了“史家只载得一时事迹，诗家直显出一时气运。诗之妙，正在史笔不到处”。史但记迹而诗能传神，古人这些看法，相当高明，与当代流行的文化诗学颇有相通之处。

文化诗学将历史和文学看作同一符号系统，认为历史的虚构成分和叙事方式同文学所使用的方法类似（钱钟书《管锥编》则从另一角度明确标示“史有诗心”，这正是史与诗能结合的基础）。文化诗学试图探索文学文本周围的社会存在与文学文本中呈现的社会存在之间的互动。它注重产生文学文本的历史语境，反对形式与内容的互相对立。或者说历史与文学是相互建构的关系，历史存在通过文学形式化为永恒，文学因历史存在而获得生命与意义。在强调历史之维的同时，文化诗学不回避阐释者对历史的认识是受现在价值观的支配，文本解读由此获得历时性与共时性的统一。

他山之石，可以攻玉。事实上在20世纪80年代西方出现“文化诗学”概念之前，我国许多接受西方理论影响的前辈，就已经以文化人类学的研究方法结合传统治学方法，将文学置于大文化中进行整体性的研究。如鲁迅《魏晋风度及文学与药及酒之关系》、闻一多《匡斋尺牍》，都是此方法的成功之作。尤其是后者，自觉、明确地打通文学、社会学、民俗学、民族学、考古学、文字学等多种学科，做综合性的整体研究，完全称得上是“中国式”的文化诗学之先驱。在杜甫研究上，闻一多也开创了先例。傅璇琮《〈唐诗杂论〉导读》指出：从《唐诗杂论》中的《少陵先生年谱会笺》一篇，“我们已经可以看出其眼光的非同一般。譬如他注意辑入音乐、绘画、文献典籍等资料……宋代以来，为杜甫作年谱者不下几十家，但都没有像闻先生那样，把眼光注射于当时的多种文化形态，这种提挈全局、突出文化背景的做法，是我国年谱学的一种创新，也为历史人物研究作出了新的开拓。”[1] 注重“当时的多种文化形态”正是文化诗学的表征。可惜闻一多英年遇难，杜甫研究只开了个头。若天假以年，则对杜甫的“诗史”，必定会给出一个全新的阐释。综观闻一多对古典文学的研究，他不但如《风诗类钞·序例提纲》所说的“带读者到《诗经》的时代”，注重语境的还原与重建，而且敢于沟通古今，以现代的眼光重新审视古代的人事。如《匡斋尺牍》中解读《芣苡》，便是以现代的妇女观对古代妇女的处境进行观照，有着深切的“了解之同情”，故能拉近古今之距离，引起现代读者之共鸣，使之获得在场感，从而感受到这首本来隔着厚厚的时代之墙的诗的美。这一超前性使其与文化诗学主张“再现”历史的同时阐释者必须显露出自己的价值观，参与建构未来的对话，有了不谋而合之处。从更深层次看，文化诗学指向文化人类学，而文化人类学则认为文化正是人类创造的用以保留、影响人类行为的一种方式，所以任何文化现象都指向对现实与未来的建构。从根本上讲，这也是人性自我塑造的途径。是的，一部《诗经》，一部杜诗，那众多的笺释从来都是指向未来，是阐释者参与建构现在、未来话语的重要手段。[2] 就作者方面看，其对现实的“反映”，也有选择与“据实构虚”的主动性，其中意味着作者与现实的抗争及对未来的某种希企与指向。容下文对杜诗做些简略的具体分析，以明我说。

为人熟知的“三吏”“三别”是“诗史”杜甫的代表作。写作年代为唐肃宗乾元二年（公元759年）三月。是月，六十万唐军大败于邺，郭子仪以朔方军断河阳桥保东京（洛阳）。局势十分危急。当时洛阳百姓处境如何，史无详载。《资治通鉴》卷二二一肃宗乾元二年三月条仅简单地提到：“东京士民惊骇，散奔山谷。”约略其时，杜甫由洛阳回华州，写路上见闻为此组诗，不但揭露当时官军毫无

---

① 傅璇琮：《〈唐诗杂论〉导读》，上海古籍出版社1998年版，第10页。

② 钱谦益对杜甫《洗兵马》一诗的笺注便是颇为典型的例子，敬请参看拙作《杜诗〈洗兵马〉钱注发微》，原载《中华文史论丛》2011年第3期。

章法、惨无人道的征兵政策，还写出当时当地民众义无反顾地支持保家卫国战争的爱国主义精神，可谓与史载“士民惊骇，散奔山谷”云云背道而驰！何者为“真相”？两相比较，史册好比疏漏残缺的账本，杜诗却是精彩的影视。萧涤非师曾指出：“没有大胆的浪漫主义的虚构，杜甫根本不可能创作出这首诗（《新婚别》），因为实际上他不可能有这样的生活经历，不可能去偷听新娘子对新郎官说的私房话。”① 然而这是据实构虚，不但诗中事物符合事件和人物性格发展的逻辑，而且新娘子“誓欲随君去”云云，也是符合当时“不在现场”的历史实际。如史载，乾元元年卫州妇人侯四娘、滑州妇人唐四娘、某州妇人王二娘歃血请赴行营讨贼。这就是《新婚别》的大背景！民心思唐是当时历史的“气运”所在，是最基本的历史真实。而杜诗叙事“史”的精神，就在于能以“建构的想象力”将历史的碎片编织成一个“真实的故事”。就语言形式方面说，乃表现在作者用客观的口吻叙事，不动声色，让诗中人物自己说，让细节说，乃至让文字的空白处说，颇具《史记》风采。周祖譔师对《石壕吏》细节描写有过精深的分析：

> 作者通过老妪的答语而刻画了一句话都没有说的“吏”的形象。这我们只要把老妪的话分成三段来理解就很清楚：在“听妇前致词”前，我们可以知道一定有一段“吏”的话，话的内容大概不外是“叫男人赶快出来，跟我走”之类；在“死者长已矣”后，一定又有“吏”要进去搜查的话；在“老妪力虽衰”前面一定又有“吏”要坚持进去搜查的话，但是作者都没有写出来。只要把老妪的话分成三段来理解，依他的生活经验来补充老妪每一段话前官吏所说的话，那么，官吏这一个形象就很清楚了。这就是依照了这特定事件特定环境之下人与人之间的互相作用而进行描写的，这样的结构确是到了很高的

① 萧涤非：《杜甫研究》（修订本），齐鲁书社1980年版，第223页。

境界。[1]

只要不带偏见，我们并不难从叙事过程中感受到诗人强烈的情感倾向，作者巧妙地将焦点放在倾听老妇的诉词上，引发读者的同情心。这一倾向是其情感主体对客观事件选择并进行使之或明或暗处理的结果。选择，就是一种达意的方式——我要让你看事物的哪一个“面”。“士民惊骇，散奔山谷”是事实的一面，有些人留下从军抗战是事实另一更具本质性的面。从“三吏”“三别”所选事件看，主人公都是支持中央平叛战争的，这也就体现了诗人对这场战争的基本态度。“整体”并非毛举全部细节，而是放在更大的时空背景下观照，以大观小，举其能反映整体本质的要素，这才是我们所需要的“整体研究”。所以“诗史”重要的是它反映了当时历史的主流，只有符合历史本质的，才是整体意义上的“真”（历史的本真）。综观组诗，不但“皆精神之蜕迹”，补史家所遗之民心思唐的“气运”，而且与当时的现实相向建构，建构一种集体的爱国主义，是鼓舞国民奋斗的有为之作；同时也是作者深受现实的感动而人性中善的因子得以升华的过程，是人性自我塑造的过程。二者结合乃深得史家“反思致用”之精神，是以史为鉴、为今人与后人“立心”，建构未来之精义。史有诗心，诗有史据，理、事、情融为一体，充满人文精神，斯乃杜甫之为“诗史”。

杜甫写自然景物也往往如此。兹以被誉为“图经”的《发秦州》《发同谷县》系列诗之《凤凰台》一首为例，稍事说明。原诗如下：

亭亭凤凰台，北对西康州。
西伯今寂寞，凤声亦悠悠。
山峻路绝踪，石林气高浮。
安得万丈梯，为君上上头？
恐有无母雏，饥寒日啾啾。

---

① 周祖譔：《百求一是斋丛稿》，厦门大学出版社2005年版，第196—197页。

我能剖心血，饮啄慰孤愁。
心以当竹实，炯然忘外求。
血以当醴泉，岂徒比清流？
所重王者瑞，敢辞微命休？
坐看彩翮长，举意八极周。
自天衔瑞图，飞下十二楼。
图以奉至尊，凤以垂鸿猷。
再光中兴业，一洗苍生忧。
深衷正为此，群盗何淹留？

我到过此台，一小丘耳。然而杜甫却凭借其山名发兴，虚构出诗中的“凤凰台”，托出平生情志来。为省却注解，我试将此诗翻译为今之语体：

凤凰台呵高高耸立，北面正对着西康州。周文王早已没人提起，凤凰也遥遥离去声悠悠。高台险峻无道路，石峰如林岚气浮。哪能找到万丈梯，让我直达最上头？最上头呀最上头，台上怕有无母小凤雏，饥寒交迫整天叫啾啾。我能剖心血，以供饮啄慰凤愁。我心且以充竹米，朗然何必外寻求？我血也可代醴泉，浓浓的血呵又岂清清的醴泉能比俦？若为王国护祥瑞，怎敢辞避此命休！愿见凤凰展彩翼，放飞八方任周游。从天衔下祥瑞图，来从昆仑十二楼。瑞图献皇帝，凤之盛德垂千秋。再广我唐中兴业，一洗天下苍生忧。深意就在为国与为民，安史馀孽何故尚残留！

浦起龙说得对：“西伯二句为一篇命脉。兹台非岐山鸣处，公特因台名想到凤声，因凤声想到西伯，先将注想太平之意，于此逗出。”杜甫写凤凰，是为了引出周文王。周文王，是儒家行“王道”（即礼治文化）的象征性人物。《论语》：“子曰：‘文王既没，文不在兹乎？’”孔子以周文王之后的文化载体自许，杜甫则以“奉儒”自许。刳心沥血护持凤凰，也就是护持儒学，护持文治思想，护持天下太平，护持自己的理想。然而，从“凤凰台”联想到“凤鸣岐山”，周室中兴，这还不算奇特。奇特的是：他想象中的凤凰并非给人们马上带来祥瑞与太平的凤凰，而是一只嗷嗷待哺的小鸟：“恐有无母雏，饥寒日啾啾！”要让它带来祥瑞首先必须养活它，哺育它。杜甫不是坐等太平天赐，而是要以心血亲自哺育出太平：“我能剖心血，饮啄慰孤愁。心以当竹实，炯然忘外求。血以当醴泉，岂徒比清流。所贵王者瑞，敢辞微命休！”这不就是鲁迅所说的“我以我血荐轩辕”吗？不就是《离骚》所云“长太息以掩涕兮，哀民生之多艰……亦余心之所善兮，虽九死其犹未悔”吗？在凤雏的意象中，无疑凝聚着中华民族精英的历史文化基因。这不是诗而史、史而诗又是什么？这种“诗史”的特质，又岂能以西方荷马“史诗”为参照标准？而诗人对未来的希企岂不显著？必须指出的是，诗人是认真的，并非做白日梦。据陈贻焮先生《杜甫评传》考证，杜甫居然“计划外”地在凤凰台下临时找了个村子住下，成为凤雏的“供养人”。他实践了“以血当醴泉”的誓言，在困顿中写下令人刻骨铭心的“同谷七歌”便是最好的说明。[①] 它与入蜀后的名篇《茅屋为秋风所破歌》遥相呼应。

现在就看看脍炙人口的《茅屋为秋风所破歌》吧！前大半篇属写实，但最后那一转——

安得广厦千万间，
大庇天下寒士俱欢颜。
风雨不动安如山！
呜呼！何时眼前突兀见此屋，
吾庐独破受冻死亦足！

真是惊天动地，将千百年来百姓寻找“乐士”、孔孟“天下为公”的理想一气呼出！同时，我们还从上下文的比对中，看到作者

① 陈贻焮：《杜甫评传》，上海古籍出版社1988年版，第611页。

自身在创作过程中人性的升华，从对自家合理的关心中跳出，推己及人，关心天下寒士，乃至发“吾庐独破受冻死亦足”的大愿。① 从杜诗对后世深广的影响看，这种真与善的结合具有塑造人性的功能。这就是上文提到“文化诗学试图探索文学文本周围的社会存在与文学文本中呈现的社会存在之间的互动”的理由所在，也是“语境不仅仅是指那些‘二重证据’所能验证的部分，还应当包括那些难以确定的精神领域”，以及“文化诗学在‘再现’历史的同时阐释者必须显露出自已的价值观，参与建构未来的对话的主张”的理由所在。

陈寅恪“以史证诗”之法无疑是中国学术史上的一座丰碑，但还有很大的可拓展空间。

（原载《杜甫研究学刊》2016 年第 2 期，原题为《从文化诗学的视角认知“诗史”》）

---

① 这个问题很复杂，还得另作深入研究。蒋寅《金陵生文学史论集·杜甫是伟大诗人吗》引清朝人钱澄之的一段话说：“（杜甫）崎岖秦陇，往来梓蜀夔峡之间，险阻饥困，皆为保全妻子计也。其去秦而秦乱，去梓而梓乱，去蜀而蜀乱，公皆挈其家超然远引，不及于狼狈，则谓公之智适足以全躯保妻子，公固无辞也。”钱氏固然有“站着说话不腰疼”之嫌，但的确提出一个令人思考的问题：“合理的自私”与“杀身成仁”“共赴国难”之间的“度”，该如何把握？有一点是清楚的——杜诗大于杜甫。杜甫在创作中使自己“渣滓日去”是个不争的事实。这也可以看作是主客观“相互建构”的一例。诚如 C. G. 荣格《人、艺术和文学中的精神》所指出：“创作中的作品成了诗人命运所系的东西，并且决定着诗人的心理发展。不是歌德创作了《浮士德》，而是《浮士德》创造了歌德。”（卢晓晨译，工人出版社 1988 年版，第 112 页）我们也不妨说：是杜诗创造了杜甫！

杜诗与宋人诗歌价值观

杜甫何以从寂寞走向显赫，并在后期封建社会取得“定于一尊”的“诗圣”地位，是文学史研究的一个有意义的课题。

如果我们在整个杜诗流传的历史过程中，去追踪其不同时期被接受的情况，从不同时代读者的不同价值取向中去发现动因，那么，我们便获得一个新视角。

一

闻一多曾敏锐指出：“盛唐之音”乃是门阀贵族诗的最高成就。他将汉建安五年至唐天宝十四载计550年间的文学划为门阀贵族之学；将唐天宝十四载后至民国九年五四运动计1100多年的文学划为士人文学。（见郑临川《闻一多先生说唐诗》上，《社会科学辑刊》1979年第4期）这一划分法是符合两种文化构型嬗变的历史实际的。

大历年间，经安史之乱而惊魂未定的文人，尚沉湎于寻找失落了的开元、天宝之梦。以长安、洛阳为中心的“大历十才子”如钱起、卢纶辈，与“窃占青山白云、春风芳草”的江东诗人如刘长卿、李嘉祐辈，大都写些“体尽流畅，语半清空”的诗作。因此，作为“一代文宗”的不可能是清醒直面现实的杜甫，而是代表往年雍容气象的王维。[①] 而杜诗，据同代人樊晃称：“文集六十卷，行于江汉之南……属时方用武，斯文将坠，故不为东人之所知。江左词人所传诵者，皆君之戏题剧论耳，曾不知君有大雅之作，当今一人而已。”（《杜工部小集序》）这条材料至少说明杜诗当日只在较小范围内（“江汉之南”），甚至是以部分面目（“戏题剧论”）进入文学交流系统的，尚未被时人所充分认识。

寻找失落之梦的大历之风并未延续太久，肃宗、代宗并非“中兴主”，唐王朝继续滑坡。这就使痛定思痛的士大夫们开始对由盛世跌入乱世的历史事实进行深刻的反省。尤其至贞元末，王叔文集团的革新运动虽未直接造就新文学，但它强烈地振起统治阶级中有识之士挽狂澜于既倒之志。扫除异化力量，重建政教一体化的大一统帝国，成为士大夫普遍的追求。无论柳宗元的“明道”说，无论韩愈的“载道”说，无论白居易的“采诗”说，都是试图以文学为重建封建秩序的手段。中唐最有力的两大文学潮流，即元、白为中心的“新乐府运动”，与韩、柳为中心的“古文运动”，正体现了当时文学的主潮是属于重视文学社会功能性的“致用”之学。杜诗以其“以时事入诗”的社会功能性进入新时期读者的“期待视野”——读者对作品进行接受的全部前提条件，包括思想、道德、审美、文化诸方面的修养所形成的一种阅读定势——而获得“诗史”的称号。

据现存资料，首称杜为“诗史”的，是晚唐人孟棨的《本事诗》。然而，重视杜诗有“史”的特质，还当溯至中唐。白居易《与

---

① 自称“起自至德元首，终于大历暮年”的高仲武《中兴间气集》，不收当时已进入创作高峰期的杜甫诗，而以“文宗右丞（王维），许以高格”的钱起，及“右丞以往，与钱更长”的郎士元辈为“中兴”代表作家，这是当时有代表性的意见。

元九书》标举“歌诗合为事而作”，盛称“三吏”、《塞芦子》、《留花门》诸章；元稹《乐府古题序》亦列杜之《悲陈陶》《哀江头》《兵车行》诸篇为“即事名篇”之列。可见杜甫“以时事入诗”的“史”的特质，已经为中唐人对历史进行反思的意识所认同。不过唐人对前人的学习往往不拘一格，少有捧定一家进行句规字模的。而杜诗本身蕴含的多种风格又为唐人的选择提供了借鉴模式，即使是已认识到杜诗“尽得古今之体势”的元、白，也因主张诗歌创作应当“其辞质而径，欲见之者易喻也”（《新乐府序》，《白居易集》卷三），而极力发挥杜诗“以时事入诗”、以口语入诗的一面，形成自家“浅切”的风格。至如韩愈，也从自己的审美趣味出发，学习杜诗的雄奇壮大；杜牧则学杜甫叙事夹议论的技巧；李商隐则学杜诗沉郁顿挫的格调；张籍、王建、李贺、皮日休、陆龟蒙、杜荀鹤、韦庄辈无不从杜诗中得其一枝一节，发展为自家风格。甚至风格偏僻的姚、贾，孙仅《读杜工部集序》犹称“姚合得其清雅，贾岛得其奇僻”（《草堂诗笺》传序碑铭）。总之，中晚唐至五代，杜甫的影响是广泛的，但尚未有模式化的倾向，更无推为宗主的迹象。

二

如果说晚唐文坛门径纷杂是与唐帝国土崩瓦解的政治气候相应的，那么进入“大一统”北宋王朝新“气候”的文坛，则有趋同的倾向。

经晚唐、五代长期战乱，士族门阀残余最终被扫荡，世俗地主建立起大一统的中央集权的新帝国——北宋。自“古文运动”以来矻矻以求的“政教合一”得以实现，世俗地主的文化教养、道德观念、审美趣味、价值系统成了占统治地位的意识形态，新时代读者的期待视野不得不变。首先，是对典范的尊崇。诚然，这本是中国人的一种思维定式。中国人提倡某种文学主张往往不是靠理论系统的建立，而是靠创作本身——如各式各样选本——的示范。明显如陈子昂，虽无多少理论的阐发，但有成功的创作实践，就足以影响一代文风；反之，柳冕因不长于创作，自知“志虽复古，力不足也”（《全唐文》卷五二七《答荆南裴尚书论文书》），“古文运动”不得不有待于韩、柳。然而，这种对典范的追求如上所述，唐以前并未专主一家进行模式化，至宋人才热衷于对本时代最高典范的寻求。[①] 儒学重新取得“定于一尊”地位的“大一统”的精神气候无疑助长了这一寻求。新儒学是以尽心知性的内省功夫为基础的，它专注的不是各种专业知识的学习，而是古圣贤经典的学习，是在学习过程中与古人的认同。这种方式使北宋的自立精神只能寓于遴选、树立乃至改造古代典范之中。杜诗以其忠君爱国、病民省身的潜在意义及其丰富的审美情趣通过了宋人的价值选取。与之视野交融，在长期接受过程中得到认同，终于成为新时代的最高典范——“诗圣”。

钱穆论宋学精神说：“盖自唐以来之所谓学者，非进士场屋之业，则释道山林之趣，至是（指北宋）而始有意于为生民建政教之大本。”（《中国近三百年学术史·引论》）“三教并用”、军阀割据的唐帝国之崩坏，使新兴的世俗地主统治集团深切体会到意识形态与官僚政体“定于一”的必要性。可以说，致力于“政教合一”是宋学的精神实质。于是乎“致用”“务本”及与之相应的审美意识便成为宋人价值选取的三股绳。

所谓“致用”，便是重视文学的社会功能。范仲淹《奏上时务书》称：“臣闻国之文章，应于风化……故圣人之理天下也，文弊则救之以质，质弊则救之以文”。或“文”或“质”，是以“理天下”

---

① 龚鹏程《江西诗社宗派研究》认为：会社组织萌蘖于中唐，大盛于两宋，无问释道僧俗、男女幼老、文武良贱，皆有社集。诗坛结社推宗主之风与此有关。龚氏此说颇有发明，足资参考。见台湾文史哲出版社版，第二卷第四节《会社组织之形成》。

的目的要求为转移的。故李复言《答人论文书》称："夫文犹器也，必欲济其用。苟可适于用，加以刻镂之，藻绘之，以致美焉，无所不可；不济于用，虽以金玉饰之，何所取焉！"不必列举，此类致用之论当时俯拾皆是，甚至连喜欢逸出常轨的苏轼也要说诗文应当有为而作，"言必中当世之过，凿凿乎如五谷必可以疗饥"云云（《凫绎先生诗集叙》）。持有此类文学观的宋人，正是以这样的期待视野来审读唐诗的。梅尧臣《答裴送序意》："辞虽浅陋颇剋苦，未到二雅未忍捐。安取唐季二三子，区区物象磨穷年。"既然"致用"才是第一义，那么"辞虽浅陋"也就在所不计了。《宋诗抄·沧浪集抄》引苏舜钦诗云："笔下驱古风，直趋圣所存""会将趋古淡，先可去浮嚣"。将"致用"的目的与"古淡"的风格相联系，为我们明白地指示了宋人一种新的审美理想的诞生。

与"致用"之学相表里的是"务本"说。"务本"说兴于中唐。①随着大唐中兴之势的幻灭，士大夫日渐丧失自信力。在这种心态下，儒学重事功的一面被抑制，而重视内修养的一面被发扬。更由于宋人将儒学的重建的基点放在"内省"上，"外王"从属于"内圣"，"致用"隶归于"务本"；于是伦理学也就日渐入主文学。这就是石介所谓"道德，文之本也""功业，文之容也"（《上蔡副枢书》）。欧阳修、苏舜钦也有"道胜者，文不难而自至""道德胜而后振"之类的言论。宋人往往从伦理的角度批评唐人，如：

> 荆公（王安石）次第四家诗，以李白最下，俗人多疑之。公曰："白诗近俗，人易悦故也。白识见污下，十首九说妇人与酒，然其才豪俊，亦可取也。"（《若溪渔隐丛话》前集卷六）

可见伦理的价值取向凌驾于文艺批评标准之上，必然导致"唐人工于诗陋于闻道"的结论。欧阳修《世人作肥字说》更是从读者

---

① 如梁肃《独孤及集后序》称引独孤及的意见："必先道德而后文学"（《全唐文》卷五一八）。又，柳冕《答杨中丞论文书》亦云："圣人养才而文章生焉"（《全唐书》卷五二七）。韩、柳出，此论就更普遍了，兹不列举。

的接受心理的角度，明白道出宋人这一期待视野：

> 使颜公（真卿）书虽不佳，后世见者必宝也。杨凝式以直言谏其父，其节见于艰危；李建中清慎温雅，爱其书者，兼取其为人也。（《欧阳文忠公集》卷一二九）

这种“兼取其为人”的阅读心态使宋人追求一种与修身养性相适应的内敛的风格。这一追求与上述因“致用”为第一义而“辞虽浅陋”亦在所不计的价值取向相结合，形成宋人“古淡”的审美趣味。这也就是欧阳修所谓“有如妖韶女，老自有余态”（《水谷夜行寄子美圣俞》）这种欣赏“徐娘半老”的审美观便是宋人独具的“绚烂归于平淡”的艺术追求。如果与宋画的清雅瘦劲，宋瓷的沉静无饰，乃至宋人的嗜茶赏梅综合起来思考，不难领会宋人期待视野中向内收敛而非向外扩展的外视转内视的倾向。

三

从麦浪、波纹中，我们可以看到风的姿态；从最高典范的竞选者的被推出到或落选或中选的淘汰过程中，我们可以感知时代读者的期待视野。

宋人晁说之《成州同谷县杜工部祠堂记》称：

> 本朝王元之（禹偁）学白公（居易），杨大年（亿）矫之，专尚李义山（商隐）；欧阳公（修）又矫杨而归韩门，而梅圣俞（尧臣）则法韦苏州（应物）者也。（《嵩山文集》卷一六）

蔡宽夫《诗话》亦称：

> 景祐、庆历后，天下知尚古文，于是李太白、韦苏州诸人，

始杂见于世。杜子美（甫）最晚出，三十年来，学者非子美不道，虽武夫女子皆知尊异之。李太白而下，殆莫与抗。文章隐显，固自有时哉！（《苕溪渔隐丛话》前集卷二二）

将这二则宋人的评论合看，大体上可了解宋人寻求最高典范的过程。竞选者中杜甫“最晚出”，却摘取了桂冠，而关键在“景祐、庆历后”。

宋初人虽也称杜诗奇博与风格的多样性，但尚未推为典范。刚上升为大一统帝国主人的世俗地主，着重的是文学的社会功能及其通俗性。白居易是宋初首先被推出的模范诗人。徐复观《宋诗特征试论》称：“自徐铉兄弟及王禹偁们的‘白体’后，因白乐天诗的风格与时代新精神相合，他在宋诗中，不知不觉地有如绘画的粉本，各家在此粉本上，再加笔墨之功。”（详台湾学生书局《中国文学论集续篇》第 31 页）此论甚中肯綮。浅切的白诗合乎世俗地主“俗”的胃口，其风格也就成了北宋诗人们的“底子”。然而，还应动态地看到，继承“大统”的世俗地主正日渐“雅”起来，他们需要继承那份贵族文化的遗产。特别是宋代从政渠道一归于科举，不再像唐人那样，士子出仕或走边塞求军功，或依藩镇充幕府，或荫任，或作吏，仕出多途。读书应科举当官，是宋代世俗地主从政的最主要途径。据统计，两宋贡举取士在十万人以上，这是世俗地主通过科举跻身上层建筑所引起的一场知识化运动，这一巨潮直接推动了世俗地主“化俗为雅”的审美要求，于是乎“元轻白俗”的风格便日渐失去号召力。欧阳修《六一诗话》载某达官的“白乐天体”云“有禄肥妻子”，当时“传以为笑”，便是好例子。

杨亿要矫正“语得于容易”的“白体”，便抬出文风典丽的李商隐。应当承认，“西昆体”是北宋第一次“雅化”运动，有合乎世俗地主知识化要求的一面，但也有其不合潮流的一面，那就是：西昆体浮艳的文风有悖于世俗地主“政教合一”的追求。杨亿的文风与佛、老理论被石介同视为对“圣教”的破坏，唯有“文道合一”才是前行的趋势。西昆体不合这一潮流，故宋真宗一纸禁止文体浮艳的诏书，便止住了西昆体的风行。以“载道”闻名的韩愈正是在“文道合一”潮流中，继“美文派”的李商隐被推上典范的地位。

北宋诗文革新运动是在“务本”与“致用”两大思潮的交汇处发生的，唯有二者兼优的文学家才是当代典范的最佳人选。为古文而又有志于古道的韩愈，在北宋文坛无疑是最有影响的典范，欧阳修诗文革新集团就曾经以“韩门”再现自居。韩文风行千年，事实上已取得后期封建社会“文圣”的地位。然而于诗，终逊杜甫一筹，何哉？关键在时人“致用”的价值取向。

韩文诚如陈寅恪所论“名虽复古，实则通今，在当时为最便宣传，甚合实际之文体”。（《金明馆丛稿初编》第 294 页）颇合于宋人“致用”的价值取向。[①] 韩诗情况有所不同，在李、杜后想别开生面不得不流于险怪，“以不诗为诗”，于儒家“温柔敦厚”的诗教不尽相合。因此，虽然宋代诗人颇受韩诗沾溉，却仍有微词，乃至苏轼谓“退之于诗，本无解处”（《后山诗话》）。简言之，韩愈“以文为诗”“以议论为诗”固然有其合于宋人“致用”的一面，但涩硬险怪却不合于宋人淡雅的审美趣味。这是以韩愈再世自命的欧阳修何以另抬出梅尧臣为诗家楷模的原因。《宋诗抄》引龚肃的话称美梅尧臣云：“去浮靡之习于昆体极弊之际，存古淡之道于诸大家未起之先。”不过，梅诗“平得常常没劲，淡得往往没有味”（钱钟书《宋诗选注》第 16 页）。未尽如宋人的审美理想，这就为宋人后来弃韩、梅而就杜留下余地。

① 虽然如此，韩文还有其险怪的一面，仍需接受宋人的改造。韩琦《安阳集》卷五十载欧阳修嘉祐初知贡举，“时举者务为险怪之语，号太学体；公一切黜去，取去平淡造理者，即奏名”。欧阳修革新集团以其创作实践力纠韩文“险怪”的偏颇，化险为夷，造就宋文平易的文风。

四

苏舜钦《题杜子美别集后》称杜诗“盖不为近世所尚，坠逸过半”（《苏学士文集》卷一三），而王琪《杜工部集后记》却云：“近世学者，争言杜诗。”影宋本《杜工部集》苏题在景佑三年，王后记写于嘉祐四年，其间不过二十余年，而杜诗骤由冷门爆为热门，何哉？盖此期间经历了“庆历新政”，而王琪写后记之明年，即嘉祐五年，王安石上万言书，开始变法。杜甫的呼声日高，不可谓非革新之形势所造就。

北宋中期，外族威胁日甚，国内农民起义不断，故士大夫有识之士从“致用”出发，在历史反省中求更新。当时欧阳修、宋祁诸人撰写《新唐书》，稍后司马光、刘恕诸人撰《资治通鉴》，可见对史的重视。杜诗正是在这一期待视野中使“诗史”的特质得到了再认识。宋祁《新唐书·杜甫传》重申了这一特质：“甫又善陈时事，律切精深，至千言不少衰，世号诗史。”王洙《杜工部集记》则称“观甫诗与唐实录，犹概见事迹，比《新书》列传。彼为踳驳。”（影印宋本《杜工部集》）此后，吕大防为杜诗编年，“以次第其出处之岁月，而略见其为文之时，则其歌时伤世，幽忧切叹之意，粲然可观。”（《分门集注杜工部诗》载《杜少陵年谱后记》）他们都突出地称扬杜诗“诗史”的特质，尤其是胡宗愈《成都草堂诗碑序》云：“凡出处、动息劳佚、悲欢忧乐、忠愤感激、好贤恶恶，一见于诗，读之可以知世，学士大夫谓之诗史。”（《草堂诗笺》传序碑铭）他已认识到杜甫诗史的特质不但在“以时事入诗”，还在于投入式地将自身溶解于现实之中，以自己的一举手一投足反映时代之风情，此为宋人比中唐人高明之处。而这种投入式地将自身溶解于现实之中的反映方法一旦为宋人所认识，便与宋人讲究“内省”的期待视野相交融，杜诗本文中“民胞物与”的潜在意义为宋人所发露，并发生积极的影响，其关键人物是王安石。

王安石之前的宋人尚未将杜甫与“内省”挂钩，奉为圣人。穆修《唐柳先生集后序》认为杜诗“其才始用为胜，而号雄歌诗，道未极浑备”。(《河南穆公集》卷二）宋祁《杜甫传》甚至说：“甫旷放不自检，好论天下事，高而不切”，“性褊躁傲诞”。时人所赏，只是杜诗的“雄豪”，如范仲淹《祭石学士文》、田锡《贻宋小著书》、欧阳修《堂中画像探题得杜子美》、张方平《读杜工部诗》、苏舜钦《题杜子美别集后》皆作如是说。至王安石始揭出杜甫的忠君爱国、病民省身的内涵，《临川先生文集》卷九《杜甫画像》云：

> 吾观少陵诗，为与元气侔：力能排天斡九地，壮颜毅色不可求。浩荡八极中，生物岂不稠。丑妍巨细千万殊，竟莫见以何雕锼。惜哉命之穷，颠倒不见收。青衫老更斥，饿走半九州。瘦妻僵前子仆后，攘攘盗贼森戈矛。吟哦当此时，不废朝廷忧。常愿天子圣，大臣各伊周。宁令吾庐独破受冻死，不忍四海赤子寒飕飕！伤屯悼屈止一身，嗟时之人死所羞。所以见公画，再拜涕泗流！

王安石将杜诗中吟咏个人悲哀能推己及人的仁学内涵发掘出来，并提到治国平天下的高度、广度上来认识。“吾庐独破”被阐释为一种忠君爱国、病民省身的内在责任感。事实上，这正是北宋世俗地主执政后“天下兴亡，匹夫有责”的自觉性的外射。自此以后，论杜者无不注重杜诗中“仁义”的道德内涵。如苏轼以“一饭未尝忘君”誉杜，孔武仲以“尊君卑臣”称杜，可为典型。① 由于王安石将伦理规范引入文学批评，在此期待视野的审视下，韩愈不得不退出诗坛最高典范的“竞选”。钱钟书《谈艺录》“宋人论昌黎（韩愈）

---

① 苏氏语见《东坡集》卷二十四《王定国诗集叙》；孔武仲语见《宗伯集》卷十六《书杜子美哀江头后》。

学问人品”条言宋人集矢于韩氏的人品颇详。如程颐谓“退之正在好名中”，又云：“有德然后有言，退之却倒学了。”《若溪渔隐丛话》前集卷十六引苏轼云：“退之示儿皆利禄事。老杜则不然，所示皆圣贤事。”可知杜甫首先通过了宋人的价值选取，适应于新儒学的“伦理——心理”模式，为宋人的期待视野所接受。

王安石还从用字造句入手，对杜诗艺术特征进行再认识。王安石是个奇特的矛盾人物，一方面，他颇急于事功，有“新法”为证；另一方面，他又高谈道德性命，开宋道学之先河。大致说来，王氏顺从北宋儒学与释（禅）道合流的趣向，企图将“外王”与“内圣”协调起来，由“务本”而有“致用”之功。但他行新法并不如意，前后心态也就颇不一致。钱穆《中国近三百年学术史·引论》称：“北宋学术，不外经术政事两端。大抵荆公（王安石）新法以前所重在政事，而新法以后，则所重尤在经术。”这种前重致用后偏务本的心态反映于诗风，正如《宋诗抄·临川集》序所指出：

> 安石少以意气自许，故诗语惟其所向，不复更为涵蓄。后从宋次道尽假唐人诗集，博观而约取，晚年始悟深婉不迫之趣。然其精严深刻，皆步骤老杜……安石遗情世外，其悲壮即寓闲淡之中，独是议论过多，亦是一病耳。

王安石早期诗风议论风发，眼光深刻，文字表达斩截干净；晚年阅尽沧桑，致力经术，意气锋芒日渐内敛，由内而外地形成一种拗峭而又淡雅的所谓“精严”的风格。而这一风格是形成于对杜诗典范的选择与学习过程中。王安石曾亲手编成一部杜诗集——《杜工部诗后集》，在序中自称对杜诗艺术特征很熟悉，“每一篇出，辄能辨之”。他主张“吟诗要一字、两字工夫”（《钟山语录》），而这种造语用字工夫又当以杜诗为准则，如《石林诗话》卷上引蔡天启语云：“荆公每称老杜‘钩帘宿鹭起，丸药流莺啭’，之句，以为用意高妙，五字之模楷。他日公作诗，得‘青山扪虱坐，黄鸟夹书眠’，自谓不减杜语，以为得意。”前人诚然有崇尚杜甫的，但绝少如此句规字模，王氏算是开了学“杜样”的风气。特别是他尤重用典，主张所谓“汉人语止可以汉人语对”（《石林诗话》卷上），乃至将后人眼光引向“无一字无出处”。黄庭坚主张“以故为新”“点铁成金”，当滥觞于此。应提及的是，王安石所倡这种“以学问为诗”的作风自有其物质依据：我国雕版印书兴于五代盛于宋。庆历年间毕昇活字排印的发明大大普及了雕版印书。私人书肆大兴，印售之书既多，藏书者也随之增多，士大夫家藏万卷往往可见。如柯维骐《宋史新编》举王诛、王钦臣父子藏书数万卷，手自雠正；宋敏求家藏三万卷。皆略诵习云云。雕版印书使作品达到前所未有的流通量，也使士大夫可着意逞博，究心于“无一字无出处”，“以学问为诗”。

综上所论，王安石学杜，反映了宋人对诗歌从价值选取到审美理想的全面要求，即熔议论、学问、诗律于一炉，达到“致用”“务本”融一，以精严深刻见长，且能以闲淡出之。宋诗特征于是乎大备，完成上文所提出的“北宋人的自立精神寓于遴选、树立乃至改造古代典范之中”这一过程。也就是说，杜诗以其忠君爱国、病民省身的潜在意义及其丰富的审美情趣通过宋人的价值选取，与之视野交融，在长期接受过程中得到认同。其间王安石起了重大作用。胡应麟《诗薮》外编卷五云：“至介甫（王安石）创撰新调，唐人格调，始一大变。苏（轼）、黄（庭坚）继起，古法荡然。”苏、黄在宋诗树立上功不可泯，尤其是黄庭坚对杜诗地位的确立贡献尤著。此后在丛脞的宋诗话及声势浩大的“千家注杜”巨澜中，杜诗得到前所未有的普及。“月涌大江流”，杜甫如月上中天，特别是在几乎垄断北宋末南宋初诗坛的“江西诗派”的拥戴下，终于奠定了诗坛最高典范的地位——诗圣。

（原载《文学遗产》1990年第1期）

下编

放眼寻求传统文论的生长点

自张之洞提出“中学为体，西学为用”的原则以来，中西文化交流以何者为主体就一直是议论的焦点。它同样也是中西文论交融首先要关注的问题。

然而在讨论这一问题时，我们先要明确：“主体”自身也是个变量。好比黄河，河水日逝而河岸也可以改道，黄河之所以还是黄河，只因为它一气连贯，有很强的传承性。传统文论也是在传统中不断通变着。以“情性”说为例，《毛诗序》云：“国史明乎得失之迹，伤人伦之废，哀刑政之苛，吟咏情性，以风其上，达于事变而怀其旧俗者也。”所谓情性，即人之自然属性，情亦性也，故《荀子·性恶》乃云：“今人之性，饥而欲饱，寒而欲暖，劳而欲休，此人之情性也。”吟咏情性便有诗歌本原的意味，是以《汉书·艺文志》云：“男女有所怨恨，相从而歌。饥者歌其食，劳者歌其事。”但既然这些欲求属“性恶”，自然要以“止于礼义”来加以限制。至齐梁，情性说颇爱佛性论影响，又称“性灵”，强调人的天性与真情。然而所谓天性、真情，只是为了证明皇族与士族享受现世间世俗生活的合理性，在创作上将“诗缘情而绮靡”进一步推向娱乐性，强调“文章且须放荡”，使“情灵摇荡”。至宋代理学家，也倡“吟咏情性”，但与齐梁人相反，是用来反对情感的放纵。性与情被视为天理与人欲的对立，所以要“以性节情”“性其情”云云。也许这可以视为“止于礼义”的汉儒“吟咏情性”的复归。无论如何，情性说的主体性寓于正变之中。明乎此，才不至于将“主体性”认作“永恒性”。事实上，传统文论的主体性并不在乎不变，恰恰相反，其主体性就在变而能通，而其生长点就在“变则通”这一关节上。也就是说，能使传统文论由“变”达成“通”，通向现在、未来者，才是我们所寻求的最富生命力的生长点。

刘勰论通变，注重继承与创新成张力。《文心雕龙·通变》乃云：

> 文律运周，日新其业。变则堪久，通则不乏。趋时必果，乘机无怯。望今制奇，参古定法。

“参古”不是“效古”，而“趋时必果”“望今定法”则强调矛盾积极的一方——“变”。传统的内涵经新变作出调整，新变被整合于传统，形成新传统，这就叫“望今制奇，参古定法”。而调整的手段是“斟酌乎质文之间，而檃栝乎雅俗之际”。其中，单“雅俗”二字，就为我们留下开阔的可拓展空间。

所谓“雅俗”，这对范畴历来应用广泛，具有多个层面。《毛诗序》：“是以一国之事，系一人之本，谓之风；言天下之事，形四方之风，谓之雅。雅者，正也，言王政之所由废兴也。”雅有正统义、典则义；风有风俗义、普遍义。“雅”通过“风”可以正俗。随着社会日趋复杂，俗又有时俗、通俗、庸俗诸义。时俗，或称流俗、时尚，有强烈的时代性。与之相链接的是通俗。“阳春白雪”与“下里巴人”，不仅与受众面大小有关，还与受众所从属阶层的审美趣味有关。虽然刘勰未必然，而今日之读者未必不然。如《时序》篇对时尚的典范论述；《定势》篇云“情交而雅俗异势”，点明作品不同的雅俗体势与表现不同情感内容有关；《体性》篇指出典雅风格与学习经诰、儒学相关，新奇风格与摈弃传统、趣味庸俗相关等，这些问题完全可以再展开。如果我们以今日之社会学、文化学、民俗学等眼光观照之、拓展之，给予现代阐释，则“雅俗”这对范畴于文学研究仍具鲜活的生命力。如朱自清《论雅俗共赏》，以社会变迁、阶级升降，语言大众化趋势等新问题极大地拓展了“雅俗”的内涵，激活了这一传统文论范畴的生命力。[①] 而比较文学专家乐黛云教授则将“雅俗”归于“文化外求”三种主要形式之一。[②] 这些范例都是着眼于传统文论之生长点，并不满足于比较异同，而能以包括西方文论在内的现代观点重新阐释之。这就好比输血，只要血型相同，就可被母体所接受，所以我们一方面要认识到由他种文化产生的文论未必切合我们本土文化中产生的创作实际，应从批评的视野审视之，不可生搬硬套；另一方面也要认识到人类各种文化之间是可以沟通的，诚如钱钟书《谈艺录》所指出：“东海西海，心理攸同。”只要双方作出调整，互相包容，是会交融的。或者说，任何一套话语，往往只适用于一定的范围，但也往往可以抽绎出某些与他种话语互通、互补的东西。从各种话语中清理出这些带“基因”性质的范畴，是重组新体系的有效因素。我们比较古今、中西文论之异同，其目的还在于同中见异，异中见同，取长补短，“一生二，二生三”，产生出非此非彼却又即此即彼获得新生命的第三者。

海内外许多学者已意识到，中国传统文论与他种文论之间的历时性与共时性的交叉，特别是与某些现当代西方文论之间的暗合，并进行了大量的比较工作。如中国的神韵说与印度“韵”的理论之对比，《沧浪诗话》“别趣”“别材”与克罗齐直觉论之对比等。然而我们尤感兴趣的还在于通过比较选取并输入相同“血型”的异质文论，用以拓展本土文论之内涵，激活之，使之产生飞跃。王国维“境界”说自是佳例。

唐人早就将佛家用语之“境”，引进文论。印度人本以此指心灵

---

① 朱自清：《论雅俗共赏》，生活·读书·新知三联书店 1983 年版。

② 叶舒宪主编《文化与文本》，中央编译出版社 1998 年版，序二。

空间，境生自心，是外物“内识”的结果。而唐人使用时还是沿用传统的心与物之关系，指心物感应所产生的意象，但也兼用其心灵空间的原义。传王昌龄所著《诗格》，将诗归纳为“三境”：

> 一曰物境，欲为山水诗，则张泉石云峰之境极丽绝秀者，神之于心，处身于境，视境于心，莹然掌中，然后用思，了然境象，故得形似。二曰情境，娱乐愁怨，皆张于意而处于身，然后驰思，深得其情。三曰意境，亦张之于意而思之于心，则得其真矣。

外物及诗人情志都可触物起兴成为心境，再外化为审美对象的诗境（物境、情境、意境）。这就使得王氏之论上与言志、缘情、比兴的传统诗论接轨，下又开创借助外来话语的“境”整体把握诗歌创作之新思路。王国维则借助叔本华的美学思想，进一步拓展了“境界”之内涵，提出“有造境，有写境”，“有有我之境，有无我之境”的境界说。王国维虽然自称其说与严沧浪兴趣说、王阮亭神韵说不同面目，但我们却认为面目或许不相类，而灵魂却是共一的：境界说仍然是表达对生命的体验与感悟。王国维通过借助异种文化对传统文论的再阐释，而又保留其精神，经过对中国古典文学解读的检验，证明它已激活了传统文论。如果我们沿着同一思路，围绕最具中国特色的以感应论为基础的生命论诗学，清理相关的传统文论范畴，与现当代西方文论相链接，庶几可以达成通贯新学、旧学的新体系。目前已有许多值得称道的局部成果，有待进一步整合。虽然任重道远，但我们并非从零开始。

从长远看，保存民族文化并非我们的终极目的，构建全人类共同的新文化才是我们的高远目标。我们将拿出什么样的“菜单”，以之贡献于人类新文化？这已是提上日程的新形势、新要求。就文学理论而言，中国传统文论像《文心雕龙》《诗品》这样的专著并不多见，更多的是散落在诗话、笔记、评点，乃至小说、戏曲、书信、语录等繁杂的文献资料中，需要花费巨大的整理功夫。面对浩瀚的遗产，我们不能不有所选择。这也是笔者管见以为不妨优先将眼光投向那些在通变中较为连贯，已显出其生命力的传统文论的生长点上之理由。敬请批评。

（原载《学术月刊》2006 年第 6 期）

蔓状生长的文学史模式

文学史有规律，但这个规律并非“命定”，而是随着与文学史相关的诸因素之变化而变化。本文拟就其中最重要的几种倾向性进行讨论，以便拟摹出一种文学史演进的动态图式。

一

文学传统与外来文化、社会时尚是一组对文学史演进趋势有着举足轻重影响的相关因素。

我国先民很早就具有“通变”的史观，《周易·系辞》有云：“变通者，趋时者也。”又云：“《易》穷则变，变则通，通则久。”由是产生“正变”的文学史观。《毛诗序》云：

> 治世之音安以乐，其政和；乱世之音怨以怒，其政乖；亡国之音哀以思，其民困。……上以风化下、下以风刺上。主文而谲谏，言之者无罪，闻之者足以戒，故曰风。至于王道衰，

礼义废，政教失，国异政，家殊俗，而变风变雅作矣。

汉儒虽承认变的合理性，却又认为变还要归乎正，所以又说：

国史明乎得失之迹，伤人伦之废，哀刑政之苛，吟咏情性，以风其上，达于事变，而怀其旧俗者也。故变风发乎情，止乎礼义。发乎情，民之性也；止乎礼义，先王之泽也。

这就是所谓的“风雅正变”。汉儒将诗歌正变与国家治乱的时序联系起来，从外部原因解释文学史演变，是中国文学史观之滥觞。同时也触及文学的最根本要素——“发乎情，民之性也”。变，是因为民情变；民情之变，是因为民感受到世之变。外部原因通过“情”的渠道进入文学内部，促成文学史之嬗变，是其合理内核，为后人留下广阔的可拓性空间。然而汉儒是在“变归乎正”，即“止乎礼义”的前提下承认变的合理性的，主张“伸正诎变”，不同程度地压抑新风气而有明显的复古倾向。

六朝人在不断变化出新的创作实践中，提出相应的“新变”论。萧子显《南齐书·文学传论》称：“若无新变，不能代雄。”明确指出，只有新变才能推动文学史前进。然而由于六朝文风趋于浮华，流而忘返，与传统造成断裂，故未能达到“变则通，通则久”的目的。能总结前人得失，较辩证地看待正与变这对矛盾，并将“通变”作为文学史理论提出的，是刘勰《文心雕龙》，其《通变》篇云：

夫设文之体有常，变文之数无方，何以明其然耶？凡诗赋书记，名理相因，此有常之体也；文辞气力，通变则久，此无方之数也。名理有常，体必资于故实；通变无方，数必酌于新声。故能骋无穷之路，饮不竭之源。

刘氏指出，文章体制如诗赋书记，属代代相因的不变因素，而行文修辞等形式则属变的因素。后者是在前者基础上变化的，不变则衰，变而忘返则讹[①]。故赞曰："望今制奇，参古定法。"今与古，传统与新风，互相制约，流而复返，"斟酌乎质文之间，而檃栝乎雅俗之际"，由是产生"质文代变"的文学史观。《时序》篇云："时运交移，质文代变。"刘氏高明处就在不但继承《易》关于通变的观念，从文学内部寻找变的依据；同时又接受汉儒关于变风变雅与民情变、世情变有关的观点，明确提出"文变染乎世情，兴废系乎时序"，并在该篇赞中总结道：

> 蔚映十代，辞采九变。枢中所动，环流无倦。质文沿时，崇替在选。终古虽远，旷焉如面。

刘勰自信已摸到文学史规律，所以远古亦如在目前了然可知。文学史的主要矛盾可以说是内容与形式的矛盾。"质"与重内容有关，"文"与重形式有关，故质文代变虽不能说便是明确认识到内容与形式的矛盾促进文学史演进，但可以说是已接触到这一问题。子曰："质胜文则野，文胜质则史。文质彬彬，然后君子。"（《论语·雍也》）"文质彬彬"一直是中国人的审美理想，而文学史在这一追求中呈现钟摆式运动，是符合中国古代文学演进的实际的。周作人曾经将中国文学史概括为"言志派"与"载道派"两种潮流的起伏，并制成如下图式：

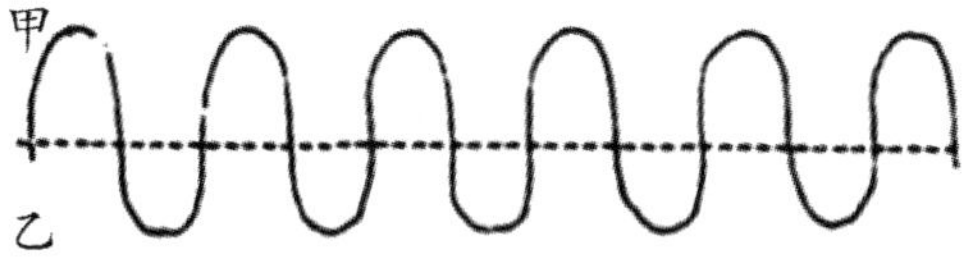

他将晚周、魏晋六朝、五代、元、明末、民国定为"言志派"为主潮的时代，而两汉、唐、两宋、明、清为"载道派"为主潮的时代。中国文学史就这样"从甲处流到乙处，又从乙处流到甲处"，"图中的虚线是表示文学上的一直方向的，但这只是可以空想得出

---

① 詹福瑞：《中古文学理论范畴》，河北大学出版社1997年版，第236页。

来，而实际上并没有的。”① 如果去掉周氏的具体内容，这一图式倒是适用于“文质代变”的轨迹。文学史就在“斟酌乎质文之间，而檃栝乎雅俗之际”运动着，不断矫正近来或当前的缺失，追求“文质彬彬”的理想（即“图中的虚线”），永不休止。从这一直观的图式中我们不难领悟何以文学批评史总是呈现出对相邻时代否定而对隔代或古代复归的“复古”倾向。这正是“矫正”之功，也就是通变中变与不变两种因素相互作用的结果。故《物色》篇云：“古来辞人，异代接武，莫不参伍以相变，因革以为功。”以复古为通变由是成为中国文学史演进的通则，不无合理之处。成功者如唐人，以恢复传统来整合新风，是盛唐人殷璠《河岳英灵集·集论》所云：“既闲新声，复晓古调；文质半取，风骚两挟；言气骨则建安为传，论宫商则太康不逮。”唐人于恢复建安诗歌言气骨的传统之同时，也整合了六朝人的讲究声律辞藻的新变，这是否定之否定。元稹《唐故工部员外郎杜君墓系铭并序》称赞杜甫有云：“上薄风骚，下该沈宋，言夺苏李，气吞曹刘，掩颜谢之孤高，杂徐庾之流丽，尽得古今之体势，而兼人人之所独专矣。”事实上唐人在“复古”的旗帜下，总是兼收并蓄，将“新变”纳入传统，造就新传统。即使是批判六朝不遗余力的陈子昂、李太白，也莫不如此。以今人的眼光看，唐人的“正、变、复”之“复”，已有整合义，在相当大的程度上超越了汉儒言正变的循环论路数。可惜唐人的实践与理论有时并不相称，以复古为通变的路线在理论上尚未明确，究其深层原因，还在于面对南、北、胡、汉融一的唐文化，唐人未能提出相应的新思想、新思维，故而传统与新变关系之探究也止于此。应当承认，这是中国文论往往只是点到辄止的弊病。

对正变的关系，还是钱钟书说得圆活：

> 一时期的风气经过长时期而能持续，没有根本的变动，那就是传统。传统有惰性，不肯变，而事物的演化又迫使它以变

---

① 周作人：《中国新文学的源流》，华东师范大学出版社 1995 年版，第 18 页。

> 应变，于是产生了一个相反相成的现象。传统不肯变，因此惰性形成习惯，习惯升为规律，把常然作为当然和必然。传统不得不变，因此规律、习惯不断地相机破例，实际上作出种种妥协，来迁就演变的事物。它一方面把规律定得严，抑遏新风气的发生；而另一方面把规律解释得宽，可以收容新风气，免于因对抗而地位摇动。①

以上云云，可视为正变论的现代阐释。“正”（传统）与“变”（新风气）不是一前一后的关系，而是同时并进、双向建构的互动关系。由于传统具有“收容新风气”的弹性，所以能“通”，通则久。但这种“收容”并非主动式，而是“不得已而为之”的被动式。所以新变固然来自文学内部的活力，而这内力却往往需要通过外部契机来激活。特别是中国长期封建社会形成的超稳定结构，愈到后期就愈要依靠外来因素的大力撞击，才能使之“出轨”。如中国文化中的“伦理本位”，就具有超常的统摄功能，几次外来文化的冲撞，只能使其稍作移位，但不久又黄河复故道般地依然故我，直至五四新文化运动借助“德先生”与“赛先生”之大力，才有了改变的希望。② 作为文化的子系统的文学，自然也受文化模式的统摄，其新变往往出现在文化转型与外来文化涌入期，也就不奇怪了。对此乐黛云教授有一段言简意赅的论述：

> “离异”则表现为批判的扬弃，即在一定时期内，对主流文化否定和怀疑，打乱既成规范和界限，对被排斥的加以兼容，把被压抑的能量释放出来，因而形成对主流文化的批判，乃至颠覆。这种“离异”作用占主导地位的阶段就是文化转型时期。在这种时期，人们要求“变古乱常”，在一定程度上中断纵向的聚合，而以横向开拓为特征。横向开拓也就是一种文化外求，

---

① 钱钟书：《七缀集·中国诗与中国画》，上海古籍出版社 1985 年版，第 2 页。

② 王宏维：《社会价值：统摄与驱动》，人民出版社 1995 年版，第 218 页。

> 外求的方向大致有三：第一是外求于他种文化，如文艺复兴时期西欧文化对希腊文化的借助，唐之际中国对印度、西域文化的吸收；第二是外求于同一文化地区的边缘文化（俗文化、亚文化、反文化），如中国文学发展史中，词、曲、白话小说的成长都是包容了俗语文化的结果；第三是外求于他种学科，如弗洛伊德学说与达尔文进化论对文学观念的刷新。①

第三种外求姑置勿论，第一种外求如汉唐之际，第二种外求如词、曲、白话小说，的确是中国文学史之显例，为文学史家所普遍认同。然而值得一议的是：无论外来文化或俗文化，往往要通过时尚，这才能迫使"不肯变"的传统"以变应变"，作出妥协。须知"时尚"如风，横扫一时社会心理，可谓所向披靡；另一方面，外来文化、俗文化等，则通过时尚大规模打入旧传统，改造旧传统。容我以小说变迁为例，稍事说明。

小说缘起，无论脱胎神话传说，出自巫者方士，抑或街谈巷语、稗官寓言、俳优戏谑，总之是与诗教相平行的另一支，先天的与主流相乖，其谐谑性、娱乐性、叙事性，正与抒情的、表现的、严肃的诗文相辅而行。更要紧的是它与社会下层有天然的联系，其服务对象总是倾向大众，所以通俗性一直是它内在的生命。

六朝时出现大量志怪小说，一开始就表现出"不经"的特点，"子不语怪力乱神"，它却偏偏要专门来"志怪"！《神异经》《搜神记》《列仙传》等，都是要"发明神道之不诬"，与当时道教、佛教之兴盛有直接关系。这是"发乎情，止乎礼义"的儒家诗教以外的另一传统。这一传统至唐而为"传奇"，传奇小说继承六朝传统，也是讲些奇人异事，仍是驳杂无实之说，但重点已从海外仙窟转向人间巷陌，尤其是通俗性一面非常突出。正是这一特征促成唐传奇摆脱史传杂说，独立出来，成为真正意义上的小说体裁。

中唐至北宋是士族文化向世俗地主文化转型的关键时期，由雅

---

① 叶舒宪主编《文化与文本》，中央编译出版社1998年版，序二。

入俗是整个文化系统的总体倾向。对文学史而言，世俗地上取道科举跻身封建统治的上层，其重要性首先就在于：处较下层的世俗地主将“俗气”带进文坛，使文学也染上“俗气”。当时的俗文学如讲经、变文、话本、词文、俗赋等等，十分流行。韩愈《华山女》诗形容讲经之盛云：“街东街西讲佛经，撞钟吹螺闹宫廷。”不但士庶男女坐杂于寺观听俗讲，甚至深宫中的统治者也来到市井赏此俗文艺。《资治通鉴》卷二四三载唐敬宗于宝历二年“幸兴福寺，观沙门文溆俗讲”，卷二四八载万寿公主于大中二年在慈恩寺观戏场。俗讲加上傀儡戏、参军戏，俗文艺风靡一时，从市井漫向朱门，乃至漫向宫廷。俗文艺已不是什么街头流浪汉，它是时尚，是能将传统文学撞出轨道的新浪潮！而白居易写《长恨歌》，韩愈著《毛颖传》，乃至王建《宫词一百首》，李昌符婢仆诗五十首等等，无不深受俗文艺之影响，其中外来文化及时尚的作用是十分显而易见的。外来文化主要是佛经故事、变文，及其说唱形式，轮回思想也有深刻的影响。

时至两宋，传奇一脉虽对散文如《岳阳楼记》《醉翁亭记》等犹有内在的影响，但自身则已衰竭，而“说话”一脉经五代至南宋则蔚成大宗。“说话”的底本“话本”，其创作主体与传奇不一样，不是文人士大夫，而是“说话人”，往往即兴发挥，众手而成，经文人润色编定。创作者因职业关系，其重点放在引起“看官”的兴趣之上，也就是说，我们要从读者群所从属的文化系统去把握创作动向。不是“以意逆志”，而是“从俗”。事实上自此后，这一路线成为小说的新传统。元代外族入主中原，对中原传统文化又是一次大冲击。元代统治者喜欢戏曲，戏曲形式在元代发展迅猛。儒家诗教对当时文坛失去控制，“离经叛道”的思想及非传统手法得以解放。尤其是文人沦为社会下层，剧作家乃至粉墨登场，与艺人相处无间，其审美趣味更接近听众了。这段文学史对后来包括小说在内的文学创作有内在的深刻影响。就形式而言，章回小说的出现便是说书人的职业需要，是为“看官”做出的时间安排。章回的结构反过来使内容庞大化，诸多头绪、众多人物情节，可以从容地穿插进行。《三国》《水浒》的章回结构所容纳的复杂内容与情节变化、人物头绪，实在是西方小说所难能者。这股思潮运行至晚明，已成燎原之势。明后期俗文艺之繁荣，可谓空前。民歌、评弹、戏曲、小说咸有大师。《今古奇观》、“三言二拍”、《西游》、《三国》，特别是《金瓶梅》的出现，标志着小说与“雅文艺”已能分庭抗礼。其时士大夫文人普遍喜欢俗文学，徐渭、李贽、汤显祖、公安三袁，无不与俗文学有缘。至如冯梦龙、凌濛初，更是以整理俗文学为事业。这里接触到文学史的一个总趋势。在万历汤评本《花间集》序中说：

> 自《三百》降而骚、赋，骚赋不便入乐，降而古乐府；古乐府不入俗，降而以绝句乐府；绝句少宛转，则又降而为词。

事实上词还要降为曲，降为明传奇，降为小说演义，降为电影电视。通俗化与“文化传播最大化”通过文化选择之手，驱动了从俗的总趋势。而这一趋势并非直线而下，而是与雅文学的干预、提升夹缠而行。朱自清《论雅俗共赏》中有一段关于宋人“新标准”形成的论述：

> 原来唐朝的安史之乱可以说是我们社会变迁的一条分水岭。在这之后，门第迅速地垮了台，社会的等级不像先前那样固定了……王侯将相早就没有种了，读书人到了这时候也没有种了；只要家里能够勉强供给一些，自己有些天分，又肯用功，就是个“读书种子”……到宋朝又加上印刷术的发达，学校多起来了，士人也多起来了，士人的地位加强，责任也加重了。这些士人多数是来自民间的新的分子，他们多少保留着民间的生活方式和生活态度。他们一面学习和享受那些雅的，一面却还不能摆脱或蜕变那些俗的。人既然很多，大家是这样，也就不觉其寒碜；不但不觉其寒碜，还要重新估定价值，至少也得调整那旧来的标准与尺度。“雅俗共赏”似乎就是新提出的尺度或标准，这里并非打倒旧标准，只是要求那些雅士理会到或迁就那

> 些俗士的趣味，好让大家打成一片。当然，所谓“提出”和“要求”，都只是不自觉的看来是自然而然的趋势。①

对知识的控制是不断地由少数人流向多数人，由士族转向庶族，由贵族走向平民。宋朝以后这一步子更加快了。文学史在这一层意义上可以说是“雅人多少得理会到甚至迁就着俗人”的历程。“俗”有复杂的内涵，但它总是站在“多数”这一边。“从俗”也就是文学流向多数人这一边。

向俗的方向降的实质是向多数人一边靠拢，这又有什么深层的意义呢？文化进化论的一些观点对我们很有启迪。如果我们能接受“文化是人类为生存而利用资源的有效方法”这一观点，那么下列意见就不再是难于理解的了：

> “进化是朝使总能量最大化地流通过［有生命］系统的发展过程”；
>
> “文化像生物那样向能源开发量的最大限度运动”；
>
> “达尔文的‘趋异原则’（即结构变异越大，生命总量也就愈大），亦可相应地用于文化”；
>
> “文化通过适应而变异成多种文化使得人类有可能利用地球上的各种资源。”②

无论是“最大化流通”，还是“变异成多种文化”，文化进化的总原则是为人类更好地生存与发展。文学作为文化的敏感部位，也必然具有文化的这种品格。反映于文学演进史，便是不断向俗处降，朝多样化发展。

不过我们仍要提请注意者，一是在这一过程中，雅化是不可或缺的。没有“雅化要求”的不断提升，“俗”的品格就会落至“庸

---

① 朱自清：《论雅俗共赏》，读书·生活·新知三联书店1983年版，第1页。

② 上引文咸见［美］托马斯·哈定等：《文化与进化》，韩建军译，浙江人民出版社1987年版，第6、7、41页。

俗”的线下，流而忘返，如南朝一些宫体诗，晚唐一些打油诗；二是这一过程并非一种风格或文学样式取代另一种风格或样式，而是“大家打成一片”，雅与俗不断调整、不断融合。所以，这里面也仍然有个“斟酌乎质文之间，而檃栝乎雅俗之际”的“正、变、复”问题。

二

顾颉刚曾提出“层累地造成的中国史”一说，从某种意义上说，中国文学史也是“层累”地造成的。也就是说，当前的“正”是由历来的“变”所层累而成的。为了说清这层意思，我想先引用T.S.艾略特《传统与个人才能》中的一段话：

> 传统是一个具有广阔意义的东西。传统并不能继承。假若你需要它，你必须通过艰苦劳动来获得它。首先，它包括历史意识。……这种历史意识包括一种感觉，即不仅感觉到过去的过去性，而且也感觉到它的现在性。这种历史意识迫使一个人写作时不仅对他自己一代了若指掌，而且感觉到从荷马开始的全部欧洲文学，以及在这个大范围中他自己国家的全部文学，构成一个同时存在的整体，组成一个同时存在的体系。……当一件新的艺术品被创作出来时，一切早于它的艺术品都同时受到了某种影响。现存的不朽作品联合起来形成一个完善的体系。由于新的（真正新的）艺术品加入到它们的行列中，整个完美的体系就会发生一些修改。在新作品来临之前；现有的体系是完整的。但当新鲜事物介入之后，体系若还要存在下去，那么整个的现有体系必须有所修改，尽管修改是微乎其微的。于是每件艺术品和整个体系之间的关系、比例、价值便得到了重新

的调整；这就意味着旧事物和新事物之间取得了一致。[①]

好作品应当具备这样的品格：一是历时性，好作品往往能体现“从荷马开始的全部欧洲文学，以及在这个大范围中他自己国家的全部文学”；二是共时性，历史存在的与现存不朽作品构成一个同时存在的整体。一部好作品就是一部“层累造成的”文学史。典型如《红楼梦》，可以说就是中国古典诗歌、戏曲、小说“层累造成的”，是文学史的当代体现。然而，当《红楼梦》出现后，加入现存的体系时，“这个完美体系就会发生修改”，《红楼梦》创造了新传统。这也就是好作品的第三种品格：变异性。传统虽说是相对稳定的因素，但它毕竟是个变量。所谓“继承”，其实是“获取”。你必须用“现在”去溶解它，才能吸收到作品中去。“层累”这个词的“物理”倾向不足以显示文学史动态。海外学者喜用“创化”“化成”来表达这类动态，颇有意味。但我认为文学传统更像是生命的遗传。生命基因本身包含有变异与保守两种因子，保守使之不绝如缕，变异使之能适应新环境。二者使生命得以遗传。“正”与“变”同体共命，相反相成。“过去决定现在，现在也会修改过去”，二者的互动也是作品内部与外部的互动。钱钟书选宋诗时曾有过这样一条规矩：“当时传诵而现在看不出好处的也不选，这类作品就仿佛走了电的电池，读者的心灵电线也似的跟它们接触，却不能使它们发出旧日的光焰来……假如僻冷的东西已经僵冷，一丝儿活气也不透，那末顶好让它安安静静地长眠永息。”[②] 这段妙语再生动不过地道出历时性的生命力来自共时性，不被“现时”所接受者无异死去。然而文本与读者的关系并非电池与电线也似的单向直接沟通的关系：接受美学的研究表明，读者并非随心所欲地接受文本，“现在修正过去”正是借读者之手完成的；文本也有其被动中的主动，那就是它由其多层面

---

① ［英］托·斯·艾略特：《艾略特文学论文集》，李赋宁译，百花洲文艺出版社 1994 年版，第 2—3 页。

② 钱钟书：《宋诗选注·序》，人民文学出版社 1982 年版，第 25 页。

的未完成的图式结构所决定的多义性及其“召唤功能”，对读者产生不同程度的影响，调整其“期待视野”，这就是“过去决定现在”的途径。我们观察文学史不能不引进新的主体：读者。历时性与共时性的转化关键乃在读者的期待视野。

所谓期待视野，可以说就是一种“成见”，即读者由全部经验所形成的感知文本的主观性。它包括读者的观念、教养、直觉、趣味等等。这是一个开放的体系，传统、时尚、外来文化等外部因素循此渠道而影响读者的审美判断。对一般读者而言，这种影响还往往是“二手货”。也就是说，他们在许多情况下是从评选家那里感受到传统、时尚、外来文化的影响的。批评家、选家，往往通过评价、阐释、选本、树典范等手段来培养读者的趣味，塑造其期待视野。而作者则通过其文本的“召唤功能”“意义空白”等策略，磁石般吸引读者，不让他们离文本太远，从而传递作者的情感信息，打破“成见”，形成新的期待视野。然而一个个读者，一部部作品，都有其自身的个别性，在文学交往中势必呈现出各各不尽相同的倾向，面对不可克服的差异性，这些恒河沙数的作品与读者，其交往将是一场混乱的无序的运动；又如何形成合力，表现出某种有序的总体倾向呢？恰恰是后者，才是对文学史有意义的运动。恩格斯有一段著名的“合力论”，可以帮助我们理解个人情志是如何汇入文学史进程的：

> 历史是这样创造的：最终的结果总是从许多单个的意志的相互冲突中产生出来的，而其中每一个意志，又是由于许多特殊的生活条件，才成为它所成为的那样。这样就有无数互相交错的力量，有无数个力的平行四边形，而由此就产生出一个总的结果，即历史事变，这个结果又可以看做一个作为整体的、不自觉地和不自主地起着作用的力量的产物。[1]

---

① 《马克思恩格斯选集》第4卷，人民出版社1972年版，第478页。

这里提示了认识论的一个真理：在历史因与果之间有一个不容忽视的中介环节，这就是交互冲突产生合力的诸多因素。而这些因素“又是由于许多特殊的生活条件，才成为它所成为的那样”。固然，历史是人创造的，但并不是随心所欲地创造，每一个的意志都受制约于所处的“特殊的生活条件”，即政治地位、经济地位、社会环境、文明程度，乃至婚姻、家族、交游、学养、性格、病情，甚至地理环境等等。而这些因素大部分可用“大文化”的概念概括。诸多因素在文化大容器中碰撞，产生合力。这就是文化趋势，也就是一个社会在情感和理智上的主导潮流。处于潮流核心地位的是价值取向。观念与价值取向是构成一种文化独特风格的要素，也是影响审美趣味与判断的要素。这是文化史与文学史同构运动最关键的契合点。丹纳曾用“精神气候”说解释文艺的演进，举中世纪欧洲风行四百年的哥特式建筑为例，认为当时战争和饥荒频仍，苦难使人厌世而耽于病态的幻想。哥特式建筑形式上的富丽、怪异、大胆、纤巧与庞大，正好投合了人们病态的审美趣味，成为苦闷的象征而发展为教堂、宫堡、衣着、桌椅、盔甲的共同风格特征①。这是静态的选择。本尼迪克特进一步动态地解释：哥特式建筑起初只不过是地方性的艺术和技巧中一种稍带倾向性的偏好——一如对高度与光亮的偏好，而由于这一偏好投合了中世纪社会情感与理智上的主导潮流，所以被确定为一种鉴赏规范，愈来愈有力地表现出来，并剔除那些不融贯的元素，改造其他元素以合乎文化目的，最后整合为一种愈益确定的标准而形成哥特式艺术。② 在文化目的的驱动下，文化选择与文化整合形成艺术史的选择、修正、适应的全过程。这就是文化与文艺的同构运动。

这种同构运动有着胎儿与母体般的亲密关系。也就是说，文化

---

① ［法］丹纳：《艺术哲学》，傅雷译，人民文学出版社 1983 年版，第39 页。

② ［美］鲁思·本尼迪克特：《文化模式》，张燕译，浙江人民出版社 1987 年版，第 45—47 页。

不仅是文学与客观世界或经济基础之间的中介，它与文学还是互涵互动的系统与子系统的关系。于是文学便具有系统的特性，即既受文化大系统的制约，服从文化的总体规律，与其他各文化因素交互作用而产生整体效应，同时又相对地独立，有自身的发展规律。这就是文学同时具备的开放性与封闭性。如果不看到这一特性，只强调文化对文学的影响，就会将文学视同其他文化因素，只看到一般而忽视特殊，不可能发现文学自身真正的发展规律；反之，只强调文学“自身”的主体性，甚至排斥其他文化因素的介入，力图进行“纯文学”的研究，也同样要犯片面性的错误而不可能发现文学真正的自身规律。兹以五言律诗之建构为例说明文学这一既开放又封闭的两面性。

五言律大致经历了这样的历程：诗经、楚辞中已有五言句，至汉出现五言古诗，六朝始逐渐讲究声律对仗，至唐则定型为五言八句的讲究粘对的格律形式。这一进程是按文学形式内部规律进行的，并不因王朝治乱而进止，可视为封闭系统。但它又是开放的系统，受制于文化大系统，诸多文化因子交互作用介入五言律的建构过程。如对偶，由于中国语言的特点，字词与章节的同步关系，所以两句诗之间要整齐对称是容易的。《诗经》中就有这样的句子：

溱与洧浏其清矣，士与女殷其盈矣。(《溱洧》)
鳣鲔发发，葭菼揭揭。(《硕人》)

也许这只是一些对语言特别敏感的诗人“妙手偶得”，可是一旦这种趣味与华夏“和而不同”的美学原则结合，就会成为一种倾向。这种倾向要求捉对儿表现事物或心象，要求相似或相反的对称美。在对称中求变化，同中有异，异中有同，得和谐之美。汉赋将这种倾向推向极致，整齐、对称形成一种建筑般堆砌之美。不过，堆砌毕竟板滞少变化，远未达到“和而不同”的境界。东汉末逐渐流行五言古诗，为这种倾向提供了新形式。五言隔行押韵，两句成一联，成为相对独立的对称的整体，这是很重要的变化。第一，五言诗

“二、三”节奏比四言诗“二、二”节奏富有变化，而两句对称又使之同步而整齐；第二，两句并列容易造成时空对应，使十字的容量最大化。这又为诗人在整齐、对称中提供了腾挪跳掷的可能。也就是说，五言诗对联形式是与和而不同美学原则相适应的——只要诗人能正确使用它。至如声律，则与佛教传播有关，正是随着佛教东渐，在中印文化交流中，印度语言学启发了中国诗学家对声律之研究，才有“四声八病”说。① 声调与对偶是五律两大经纬，唐人以此交织出锦绣般完整的美的形式。兹举一式为例：

仄仄平平仄，平平仄仄平。平平平仄仄，仄仄仄平平。
仄仄平平仄，平平仄仄平。平平平仄仄，仄仄仄平平。

不难看出规律是：一句内平仄交替；一联间对应字平仄相反；两联间互“粘”，不至于雷同；全篇则由两组相“粘”的四联诗句组成，后四句的平仄格式与上四句的平仄格式是重复的。这正暗合了中国文化“和而不同”的美学精神，平仄交替、对立、回旋，形成对抗过程间的复杂平衡，造成一种中国文化特有的整体的和谐，而为中国人所喜闻乐见，终于发展为中国古典诗歌的主流模式。由此可见，五律形式之构建有文化因素的介入。其过程固然由声韵音节等规律当家，但其所处时代的文化心理还要当你的家。五言八句声律的安排并非随意，而必须是符合于中国人当时的文化心理，这就是封闭与开放并存的两面性。

文化的中介作用及其与文学的系统、子系统关系，最深刻地体现为文化自身的建构制约、驱动着文学的建构，促成其演进；而文学又以其自身的变革参与文化建构，二者形成双向同构的运动。由于文化构型是随着经济基础和社会生活方式的变迁而变迁的，不断处于转型的运动之中，作为文化有机组成部分的文学势必随之运动。在整个运动过程中，文化整合作用是关键。

---

① 陈寅恪认为“四声”实依据及摹拟中国当时转读佛经之三声创造的，详见《金明馆丛稿初编·四声三问》，上海古籍出版社1980年版，第328—341页。

所谓构型，就是各种因素的综合整体。文化构型指文化的内在整体结构。文化构型内部诸多因素是变量，它们交互作用，产生合力，驱动文化构型的嬗变。本尼迪克特认为：

> 一组最混乱地结合在一起的行动，由于被吸收到一种整合完好的文化中，常常会通过不可思议的形态转变，体现该文化独特目标的特征。①

这就是说，每种文化构型内部产生的合力，具有整合的作用，选择或强化某些行为因素，排除或抑制其他因素，从而给“最混乱”的文化行为予某种秩序。对文艺来说，也就是确立某种鉴赏规范。而纷呈杂陈的诸多文艺形态则在新鉴赏规范的指导下接受文化整合的选择、淘汰，并因之或适应或消灭，或强化或蜕变，而个体的创造性亦将汇文化整合之力而融入主流。

作为社会网络中的个体，个人行为无疑受制于所处社会的制度与习俗，然而并非该社会中千千万万种个体行为都一一从属于那些制度与习俗，许多个体行为并不符合该社会秩序的规范要求。也可以这么说，文化目的代表了该时代社会在情感和理智上的主导潮流，但并不囊括所有的个体的情感与理智上的倾向。合力只是矛盾斗争的结果。文学史表明，任何时期总有一些人不肯入俗，老要出轨，甚至成为“异端”。事实上，这些人都是些富有创造性的变异的种子。然而，个人行为必须成为影响某一群体的现象才是有意义的，纯粹的个人行为只是个人行为而已，与社会并无干涉。群体，可以是某个圈子，或社会某阶层，乃至民族。一旦个体行为被社会某阶层所接受，就有可能扩大其影响，为文化选择所吸收，融入新传统。反之，不为社会所接纳的个体行为，将很快为潮流、时尚所湮灭，虽然它或许仍将作为一种历史的价值而存留在历史材料之中。

---

① 陈植锷：《诗歌意象论》，中国社会科学出版社 1990 年版，第 9 页。

必须强调的是，个体在接受文化整合的过程中仍有其主动性。优秀作家好比多面体的水晶，具有丰富性与多向性，能以其不同的面为不同时代读者所接受，如杜甫，如韩愈。一旦他们被文化选择确立为典范，则反过来成为一种整合力——学杜诗者势必多少仿佛杜之面目，学韩文者势必多少仿佛韩之面目，包括那些不尽合乎文化目的的诸多方面。个体于融入文化总趋势之际，对文化总趋势同样发生影响，其影响大小则视个体生命力而定。这也就是个体以其丰富性、多向性影响于文学史的主动性的一面。

三

如上所论，在以价值观为核心的文化目的驱动下，文化整合使个别的作品与读者退居次要地位，而整体大于部分之和的原则使文化选择、整合指导下的具有时代的普遍意义的文学鉴赏规范上升到主导地位，使纷至沓来的文学现象呈现出一种有序的总体趋势。其图式是：由经济基础所决定的文化目的通过传统、时尚及外来文化之影响，形成文化心理，同时作用于作者的情感结构与读者的期待视野，二者交汇于文本而共构作品，并因二者的交往而使期待视野发生演变，反过来又对文学进行文化选择与整合，形成以形式嬗变为标志的文学史运动。其间不同时代的文化构型又有其不同的文化目的追求，于是形成落差，增大文化选择与整合的力度。对以抒情为主的中国古代文学而言，作家的情感结构是以“情志”为核心，而文本与读者的交往，则体现为意象、意境的共构，由此形成符号化追求。于是我们便有了如下图式：

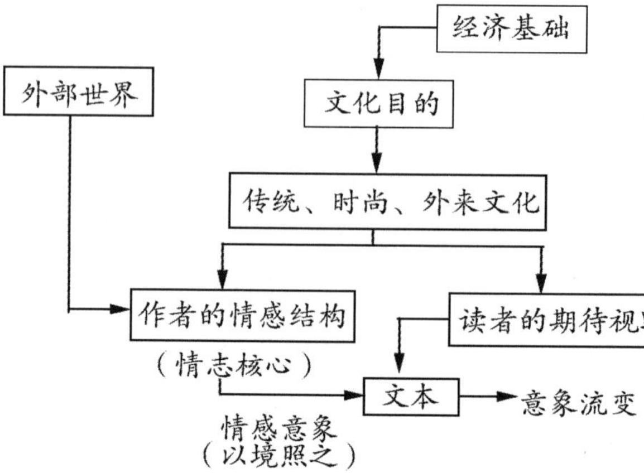

有人将形式比作河床，作者的心理形式便是河水；河水冲刷出河床，河床使河水长流。我们也不妨套用一下：文学史是河床，文学作品是河水；文学作品“冲刷”出文学史，文学史使作品永存。河水趋下，文学史则趋俗（通俗化、最大化传播）。然而经过沙地的河水会渗漏，走红一时的作品也会湮没。可它并非消灭，也许只是成了伏流，在某个历史空间会突然冒出来。如赋这一形式，从两汉直走红到六朝，至盛唐却只是科举考试的“练习题”，至晚唐又一度走红。甚至汉代“巨赋”，也并非“小品化”以后就成为绝响，在历千百年之沉寂后，于明代又趵突泉也似的涌现出来。又如贾岛诗，诚如前引闻一多所说：“几乎每个朝代的末叶都有回向贾岛的趋势。”这种间歇性的发作令直线上升的“进化论”头痛。某些“精神气候”的相似性与社会需求的重复性使文学史路线更趋复杂。文学史似乎更像藤蔓，其延伸带有很大的随机性。它有许多芽骨朵，都可能生长为分支，每个分支也都可能发展为主干。主干呢，则由于内部病变或外部干扰而生命衰竭，由主干萎缩为无足轻重的分支，甚至死亡。类此，文学史上的各种形式、风格、流派，都可能发展成为文学史上某种分支，其自身的生命在文化整合作用下，选择、淘汰、适应、强化、变异，一种形态引出另一种形态，或存或亡，或停滞或猛长，或异化或滋生，各领风骚若干年，做着如下图所示的蔓状延伸：

让我们具体地演示一下宋以前的文学主流形式生长的轨迹：

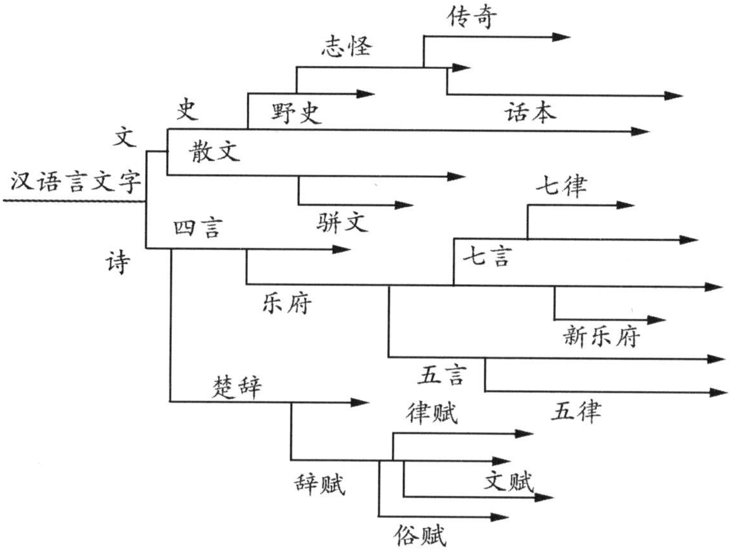

如果我们单独抽出其中诗形式嬗变的轨迹，以蔓状图式表示，则如下图：

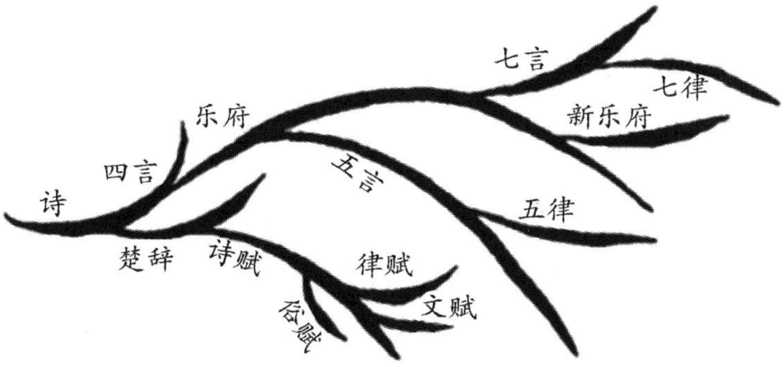

这就是我所理解的文学史生态。

当然，任何现象总是要比理论生动得多、丰富得多、复杂得多。就说随机性与必然性的关系吧，它好比优良品种的培育，某颗变异的种子有着某些优势，被发现了——这纯属偶然，接着被专家所培育，不断强化其变异的部分，直至满意，然后推广，于是成为主流。这培养过程就是“必然”了。《诗经》沉寂三百年后，“自铸伟辞”的屈赋如平地一声雷，突然出现了，它是传统比兴手法与楚文化奇异的结合，对中原诗教无疑是变异，是偶然性。这种神奇瑰丽的风格随着汉帝国的建立而风靡一代。如果建立汉帝国的不是酷爱楚辞的楚人，那么屈赋能否风靡一代是很可怀疑的。然而时尚又改造了屈赋，橘过淮则为枳，汉帝国时空中的楚辞终于衍生为汉赋。这一过程则由文化整合所制约，属“必然”性了。值得注意的是，屈原所创生的“香草美人”的比兴手法与意象，以及极富想象的意境，则成为一种文学“基因”，流传下来。不但李白、李贺乃至鲁迅、毛泽东诗词中有这种“基因”，诸如散文、戏曲、小说等门类的文学作品中，也有这种“基因”。诚如陈植锷《诗歌意象论·引言》所指出，它是属于“一些决定文学内部基本构成及发展的共同因子”，也是文学史中流衍不息的生命之所在。这些包孕着文学生命的种子，随风飘落，在某种“精神气候”下它萌发了，在“某种气候”下它又“冬眠”了，这就是文学史上何以有间歇现象的根本原因。再如陶渊明诗，其特有的旷逸风格在当时并不引人注目，如果不是被《文选》主编萧统的慧眼相中了，陶诗要穿越茫茫时空，至宋代经苏轼之手广为流传，恐怕也无从谈起了。许多作家、作品未能如此幸运，他们被湮没了，在文学史上没留下痕迹。可是他们所创造的意象、意境却与屈、陶的作品所创造的意象和意境一样，化入他人的作品之中，成为意象流变中的一分子而永存。这也是“作家、作品加背景”的文学史模式无法代替意象流变研究的一条重要理由。

然而，文学与文化诸因子间的关系远非描述中那么清晰明了而且确定。不断变幻着的文学外部条件与幽微玄妙的文学内部条件错综复杂、即此即彼的关系远远超过一棵大树发达的根系。而且从现代的观点看，事物性质的显现，是由参照系决定的。不同的参照系可以使事物显示不同的性质；参照系的不断引入，能使事物不断显现新的性质，使我们对事物的认识不断深入。从这一层意义上看，任何文学史模式都注定要死亡。但总会有新模式出现。文学史研究的视野永无边界。

（原载《文学评论》2004 年第 3 期）

文化诗学刍议

文化诗学已悄然走近。

整体性研究是文化诗学生命之所在。

所谓整体性研究，体现在以宏阔的文化视野对文学进行全方位的审视，采用跨学科的方法，从人类学、美学、心理学、社会学、宗教学、民俗学、经济学等诸多学科的视角观照文学。然而更重要的还不在“跨”，而在“打通”，即必须将这些不同学科视为一个彼此联系的整体，以多种视角观照文学的目的，还在于尽量全面地对产生该文学文本的历史文化母体进行修复，探索其生命的奥秘。

我国传统的文学批评方法历来主张“文史不分家”，要“知人论世”，正是接受文化诗学整体性研究的好基础。从思维方式的深层次看，强调事物间的联系与相互制约，即所谓的相生相克，是我国源远流长的思维定式，称得上是民族文化的强项。将文化诗学整体性研究方法嫁接在这一母本上，无疑将有优化的效果。事实上，我国现代的优秀学者已经不谋而合地朝这一方向迈出了坚实的脚步，如闻一多，如钱钟书。闻一多以人类学、语言学、考据学等多种方法研究古典文学已广为人知；而钱钟书不但以心理学之“通感”，语言学之“丫叉句法”“比喻之二柄”等多种学科知识解读文学作品，且以多种语言、多种文化为参照系研究中国文学，将经、史、子、集与戏曲、小说，文学与非文学文本都打通。诚如郑朝宗先生所指出：“《管锥编》的最大特色是突破了各种学术界限，打通了全部文艺领域。在这意义上，作者真像闹天宫的孙行者，一条金箍棒直从天上打到地下、海底，甚至打到妖精的肚子里去。”① 这种打通，才是真正意义上的“整体性研究”。由此可见，“跨学科”的“跨”不是目的，而是手段。目的还在于学科间的相互渗透，重构作品、作家、读者之间全新的语境，发现文本内外、作者与读者、读者与作品之间的互动关系。

双向建构由是成为文化诗学的基本方法。兹举其要。

一曰“内外”，即新历史主义所主张的研究“文学文本周围的社会存在”和“文学文本中的社会存在”。形式主义将文学现象作为一个封闭体系来研究，只强调所谓的“自律”；而更多的“他律”论者虽然将文学现象作为一个开放体系来研究，却往往忽略了文学自身的主体性。文化诗学则力图纠正二者的偏颇，将文学视为文化的产物，将文学置诸文化的总体格局中去考察，注重文学文本的历史语境，通过整体性研究，去阐释文学文本与外部世界的互动关系。在这里，我们可以寻找到文化诗学与我国传统文学批评之间的契合点。《文心雕龙·明诗》云：“人禀七情，应物斯感；感物吟志，莫非自然。”“物”要通过“七情”的感发，才能成为“吟志”的对象进入艺术世界。《物色》篇又云：“是以诗人感物，联类不穷，流连万象之际，沉吟视听之区。写气图貌，既随物以宛转，属采附声，亦与心而徘徊。”心随物以宛转，物亦与心而徘徊，“心物交融”说已触及心与物双向建构的问题。所以在传统文学批评中占主流地位的“知人论世”模式将知人、论世与读书并举，作品与人与世被视为息息相关的三要素，留下极大的可拓性空间，如能以文化诗学反观之，当能为这一古老的批评模式输入新的生命力。再如“境界”，便是读

① 郑朝宗：《海夫文存》，厦门大学出版社 1994 年版，第 12 页。

者与作者共构的时空，是读者与作品互动的结果。遍照金刚《文镜秘府论》南卷“论文意”引盛唐王昌龄论曰：

> 夫作文章，但多立意。令左穿右穴，苦心竭智，必须忘身，不可拘束。思若不来，即须放情却宽之，令境生。然后以境照之，思则便来，来即作文。……犹如水中见日月，文章是景，物色是本，照之须了见其象也。

王氏从作者角度立论，指出“物色是本”，而文章只是其水中印月式的反映，作者诗思如月光之下照也。如何才是“以境（心境）照之”“照之须了见其象”？同卷又云：

> 诗贵销题目中意尽，然看当所见景物与意惬者相兼道。若一向言意，诗中不妙及无味；景语若多，与意相兼不紧，虽理道亦无味。

“意”与“景”结合不紧，诗便“无味”。“所见景物与意惬”也就是“思与境偕”之意，是以心境“照”实景的结果。在这一环节上，王氏已体悟到外景要成为诗境，就必须通过作者的情感结构，形成统摄创作过程的情感意象。这是一个外部世界如何进入文学文本内部世界的命题，也正是文本内外双向建构的关键所在。要进一步深入阐释，并从读者角度补足这一命题的研究，则有待于王国维的“境界”说。① 而王国维的成功，则与中西文论相互发明有关，容我至此转入下一个话题。

二曰“中西”。文化诗学既然将文学置诸全人类文化整体的大格局中来考察，就势必在承认人类多元文化模式并存的前提下，关注不同文化间的沟通，寻找各种文化间的契合点与生长点。中西文化、中西文论应当是对话的关系、互补的关系，也是双向建构的关系。当我们将文化诗学作为一种实践而不是一个理论体系来看待时，诚如有些学者所指出，它并非什么新东西，如孔子的“兴观群怨”，就

---

① 林继中：《文学史新视野》，北京大学出版社2000年版，第二章第三节。

是古已有之的文化诗学。然而当我们将文化诗学作为一种方法论来看待时，那么它就必然有其当代的意义。那就是：文化诗学应当是以全人类文化为参照系，有意识地融会各种文化，具有融贯古今中外的博大胸襟。李西建这段关于文学人类学的话也适用于文化诗学："文学人类学的研究，只有在阐释民族文化精神的基础上，不断捕捉和解读人类共同的时代精神与人类普遍的文化主题，这才谓之当代性。"① 我很欣赏"只有在阐释民族文化精神的基础上"这一提法。要与世界文化接轨，同样有一个整理、阐释本民族文化的艰巨任务。只有将外来文化的优秀部分嫁接在健康的母本上，才能有好的结果。

三曰"古今"。陈寅恪《冯友兰中国哲学史上册审查报告》曾提出"对于古人之学说，应具了解之同情""所谓真了解者，必神游冥想，与立说之古人，处于同一境界，而对于其持论所以不得不如是之苦心孤诣，表一种之同情，始能批评其学说之是非得失，而无隔阂肤廓之论。"这是对阐释语境的理解与复原，是与过去对话所必须具有的心态。陈氏又进一步指明：

> 但此种同情之态度，最易流于穿凿附会之恶习。因今日所得见之古代材料，或散佚而仅存，或晦涩而难解，非经过解释及排比之程序，绝无哲学史之可言。然若加以联贯综合之搜集及统系条理之整理，则著者有意无意之间，往往依其自身所遭际之时代，所居处之环境，所薰染之学说，以推测解释古人之意志。由此之故，今日之谈中国古代哲学者，大抵即谈其今日自身之哲学者也。所著之中国哲学史者，即今日自身之哲学史者也。②

陈氏所论已涉及文本与历史之间互动的问题，并提出自己很好的见解。与历史对话，在很大程度上是与历史文献对话。陈氏既强调对历史文献整理的客观性与著者应有的"同情"心态，同时又承

① 叶舒宪：《文化与文本》，中央编译出版社 1998 年版，第 47 页。
② 陈寅恪：《金明馆丛书二编》，上海古籍出版社 1980 年版，第 247 页。

认整理阐释过程中著者的主体性与阐释必然具有的主观性。文化诗学同样有一个文史互动、今古互动的问题。与形式主义的封闭体系不同，文化诗学主张对过去文本的阐释应当成为对今天意义的敞开。它不仅重视产生文本时的语境的复原，更重视“描述一部作品如何变形而成为开放的、变异不居的、矛盾的话语”。文学作品在被接受的历史过程中，由于读者的“共谋”而产生“意义增殖”，即“经过这一历史与社会过程的积淀后，一个互文本的空间，就在历史意识情境中产生出新的意义。文学的历史就是聚集复杂的文化语码，并使文学与社会彼此互动的历史”①。正是在这种互动中，文学文本具有历史的与当代的双重意义。我们不妨换个角度来阐述这个问题。T. S. 艾略特在《传统与个人才能》中说：

> 这种历史意识迫使一个人写作时不仅对他自己一代了若指掌，而且感觉到从荷马开始的全部欧洲文学，以及在这个大范围中他自己国家的全部文学，构成一个同时存在的整体，组成一个同时存在的体系。……当一件新的艺术品被创作出来时，一切早于它的艺术品都同时受到了某种影响。现存的不朽作品联合起来形成一个完美的体系。由于新的（真正新的）艺术品加入到它们的行列中，整个完美体系就会发生一些修改。……于是每件艺术品和整个体系之间的关系、比例、价值便得到了重新的调整；这就意味着旧事物和新事物之间取得了一致。②

其中可包含三层意思：一是作品的历时性，好的作品往往是过去文学的体现；二是共时性，历史存在的与现存的不朽作品构成一个整体；三是变异性，当真正的新作品加入现存体系时，会引发原来体系的调整。双向建构的结果使文本中的“古”与“今”成为一

① 王岳川：《后殖民主义与新历史主义文论》，山东教育出版社 1999 年版，第 184 页。

② ［英］托·斯·艾略特：《艾略特文学论文集》，李赋宁译，百花洲文艺出版社 1994 年版，第 2—3 页。

种即此即彼的“共时”关系。我国古文论早有“正变”说，强调对立面的相互转化，有很大的合理性。《文心雕龙·通变》其“赞”云：“文律运周，日新其业。变则其久，通则不乏。趋时必果，乘机无怯。望今制奇，参古定法。”刘勰将文学发展看成一部通变史，而所谓“通变”，就是“望今制奇，参古定法”。可见中国传统文论是将今与古、正与变视为一体两面，互相制约，互为转化。从唐人实践中看，他们“以复古为通变”，正是以恢复传统来整合新风，诚如殷璠《河岳英灵集·集论》所云：“既闲新声，复晓古体；文质半取，风骚两挟，言气骨则建安为传，论宫商则太康不逮。”唐人正是在恢复建安传统的口号下整合了六朝讲究声律辞藻的新变，取得成功。然而中国传统文学批评往往点到辄止，不肯深入分析，如发明正变之间的辩证关系及其主导方向等，故而常难免要陷入循环论。文化诗学西来，对我们整理与重构传统文论应是件幸事。当然，这也是“双向建构”的。文化诗学不是一个新的理论体系，而更多的只是一种实践。这就难免会带来相当的模糊性与随意性，缺少一个自己应有的理论工作平台。譬如，跨学科，以多元文化为参照系，那么又如何将这诸多学科与参照系整合成一个整体？文化诗学该不该有一个自己的文化模式？

但愿通过文化诗学与我国传统文学批评方法的嫁接，能为此作出某些贡献。

（原载《文史哲》2001年第3期）

释“神来、气来、情来”说

盛唐诗歌创作的无比繁荣，并未同时带来文学批评的繁荣。盛唐人重才情、重实践、重创作，也要求文评紧密地结合创作，有效地指导创作。所以，作为盛唐文评代表的不是《文心雕龙》式的体大思精的系统的文论，而是《诗品》式的点到即止的诗选评，这就是殷璠的《河岳英灵集》。作为该集的批评特色，是寓论于选，以实涵虚。它不同于《诗品》着重在品评等第，追溯源流；而是着重于提倡某些风格，推动某一文学思潮。作为手段，是选诗加上短评。因此，我们想通过《河岳英灵集》窥探盛唐人的审美意识及其文学批评的理论，就势必要结合所选诗作，首先弄清其选诗标准。该集《序》开宗明义提出了选诗标准是：

> 夫文有神来、气来、情来，有雅体、野体、鄙体、俗体。编纪者能审鉴诸体，安详所来，方可定其优劣，论其取舍。

“三来”“四体”，无疑是定优劣、论取舍的两大根据。奇怪的是后人多视而不见，而取“风骨”“兴象”代之。然而，殷氏之所以不言“神、气、情”，而特标出“神来、气来、情来”，正是要强调把握诗文的主导方面，注意倾向及创作方法，而不仅仅指构成诗作的质素。以愚见所及，将“三来”视为一体，作为《河岳英灵集》论文标准的，有钱钟书先生的《谈艺录》。该书第48页说：

> 人之骨肉停匀，血脉充和，而胸襟鄙俗，风仪凡近，则伧父堪供使令，以筋力自效耳，然尚不失为健丈夫也。若百骸六脏，赅焉不存，则神韵将安寓著？毋乃精气游魂之不守舍而为变者乎！故无神韵，非好诗，而只有神韵，恐并不能成诗。此殷璠《河岳英灵集·序》论文，所以“神来、气来、情来”三者并举也。

可见“三来”之间的关系有如形、神之间的关系，互相补充，缺一不可。然而“三来”各自所指的范围是什么？它们之间又是如何互相关系的呢？我不揣冒昧，敢陈愚见，就正于专家、读者。

何谓“神来”？考镜全文，殷氏并未标举出“神来”之作。不过，前此的萧子显《南齐书·文学传论》说：“属文之道，事出神思。”这已有“神来”的意思了。“神思”，是用志专一的产物，《庄子·达生》所谓“用志不分，乃凝于神”就是。用志专一与学习、积累有关，是主观努力可达到的。所以刘勰《文心雕龙·神思》说：“是以陶钧文思，贵在虚静。疏瀹五藏，澡雪精神；积学以储宝，酌理以富才。”所谓“神来”，乃来自才气、修养。杜甫表达得很明快：“读书破万卷，下笔如有神。”顾及两方面：积累既丰，用志又专，就能兴发时“不知其所以然而然”地写出好诗来。殷氏“神来”之论当去此不远，偏重的是才气、学力而来的那股感发力。所以，他虽未标举何谓“神来”，却一再言及诗人的“志”与学力、修养。如说李白是“志不拘检，常林栖十数载，故其为文章，率皆纵逸”；说储光羲“正论十五卷，九经外义疏二十卷，言博理当，实可谓经国之大才”；说贺兰进明是“好古博达，经籍满腹”。志与学实在是“神”之所“来”。后来严羽论诗说：“夫诗有别材，非关书也；诗有别趣，非关理也。然非多读书，多穷理，则不能极其至。所谓不涉理路，不落言筌者，上也。”才学、才气自然流出，“不可凑泊”，正是“神来”的好注脚（《沧浪诗话·诗辨》）。不过，这种关系毕竟是草蛇灰线，难以凿凿言之。所以，殷氏虽提出“神来”说，却未界定其范围，而是更多地阐发了寓“神”之“舍”——情、志。而这二者与“气来”“情来”有更直接的关系。容下文分别讨论。

先说“气来”。《集论》说：“言气骨则建安为传，论宫商则太康不逮。”论者多以“气来”即“气骨”，“气骨”即“风骨”。正因为对“气来”作如是观，所以论者往往不觉殷氏此说有什么新的价值，转而将兴趣集于“兴象”说的研究上，反过来也就对“兴象”说缺乏透彻、完备的理解。事实上，从刘勰的“风骨”到殷璠的“气骨”，是有所演进，各具时代的内涵的。盛唐人少有直接征引《文心雕龙》的，罗根泽先生《隋唐文学批评史》第六章第103页就说：“自然我不敢说唐代的古文家都没有读过《文心雕龙》，但漠视似是事实。”罗先生还以此证明唐文评继承的是北朝的系统。固然，盛唐人少有直接征引《文心雕龙》的，但该书出现的一些概念、名词乃至文艺思想，却不难于盛唐诗文中觅见。我认为，《文心雕龙》的一些文艺思想是通过陈子昂而影响于盛唐作者的。且不说李白对陈子昂的继承，就《河岳英灵集》而言，也不妨将三者之间的关系用下式表示：

刘勰｛比兴、风骨｝→陈子昂｛兴寄、骨气｝→殷璠｛兴象、气骨｝

无论风骨还是气骨，无论比兴还是兴寄、兴象，都是针对彩丽竞繁的文风提出的，但时代的演变也是可见的。陈子昂是刘、殷间的桥梁。由比兴而兴寄，而兴象，下文将另叙及，我们这里先就风骨与气骨的不同时代内涵略作剖析。

黄侃《文心雕龙札记》说：“风即文意，骨即文辞。”其实古人不像今人将内容与形式这两个概念界定得那末泾渭分明。风骨连用，取其有交叉，都是就内容感人方面而言，互为补充又相对独立。“故练于骨者，析辞必精；深于风者，述情必显”（《文心雕龙·风骨》，下引未另标明者同此)。精练有力的语言风格只是“骨”的外部特征,所以“沉吟铺辞,莫先乎骨”,风骨指的是由里到表的感人力量,既是内容的,也是形式的,而且是由内容到形式的过程本身。所以说:“结言端直,则文骨成焉;意气骏爽,则文风清焉。”刘勰举例说:“昔璠勖钖魏,思摹经典,群才韬笔,乃其骨髓峻也;相如赋仙,气号凌云,蔚为辞宗,乃其风力遒也。”这里“骨”指的是“思摹经典”一类有关“事义”的内容(而不是“钖魏”的事实本身),并由此而体现出来的一种“峻”的风格。“风”则指表达“情志”的内容所表现出的一种飘然不群的“遒”的风格。

陈子昂慨叹于“文章道弊五百年矣”,才提倡“骨气端翔,音情顿挫”的文风(《与东方左史虬修竹篇序》)。将“骨气”与“道”相联系,继承的还是刘勰的文艺思想,提倡一种从内容到形式的刚健文风。

殷璠的“风骨”“气骨”说与陈子昂一脉相承,也是发端于对轻艳文风的不满。《序》说:“理则不足,言常有余,都无兴象,但贵轻艳,虽满箧笥,将何用之。”他认为,到“开元十五年后,声律风骨始备矣”。原因是:“实由主上恶华好朴,去伪从真,使海内词场,翕然尊古,南风周雅,称阐今日。”可见殷氏是将“风骨”与“风雅”的内容,真朴的表现形式两者相联系的,是陈子昂“骨气”说的继承。

那么,为什么有些专家还是认为殷氏“气骨”说“着眼点又常在语言表现上的刚健雄劲,并不太重视作品的社会思想意义”呢?我认为主要是对殷氏“气骨”说的时代内涵认识不足。《文心雕龙·时序》说:“观其时文,雅好慷慨,良由世积乱离,风衰俗怨,并志深而笔长,故梗概而多气也。”在刘勰看来,“建安风骨”是发生于文士经国济世之“志”的。《明诗》篇又说:“暨建安之初,五言腾踊,文帝陈思,纵辔以骋节;王徐应刘,望路而争驱;并怜风月,狎池苑,述恩荣,叙酣宴,慷慨以任气,磊落以使才。”可见只要有经国济世之志,“酣宴”之际也可以“慷慨任气”的,不一定要在乱离之中。盛唐太平景象与建安乱离景象有着天渊之别，但盛唐人却还是高唱“建安风骨”，其原因就在这里。盛唐人继承的已不是建安时代那种感伤乱世的具体内容，而仅仅是建安诗人那点“慷慨陈志”的才情，即“慷慨以任气”的那股子“气”。试举几个例子。高适《淇上酬薛三据兼寄郭少府微》：“故交负灵奇，逸气抱謇谔。隐轸经济具，纵横建安作。”高适将“建安作”与“经济具”直接联系起来了。又《宋中别周、梁、李三子》诗：“周子负高价，梁生多逸词。周旋梁宋间，感激建安时，白雪正如此，青云无自疑。”这里又是与三子的高逸志向相联系的。而李白《宣州谢朓楼饯别校书叔云》诗：“蓬莱文章建安骨，中间小谢又清发。俱怀逸兴壮思飞，欲上青天揽明月。”更明白无误地将“逸兴”看作建安风骨内在的质素。至若王维《别綦毋潜》诗：“适意偶轻人，虚心削繁礼。盛得江左风，弥工建安体。高张多绝弦，截河有清济……荷蓧几时还，尘缨待君洗。”这里的“建安体”实在是距感伤乱离的建安文学的时代内容太远了！但盛唐人认为这点“逸志”，是直承“建安风骨”的。殷璠代表的正是这种看法，所以《序》云：“粤若王维、昌龄、储光羲等二十四人，皆河岳英灵也。”卷中评储光羲诗说：“格高调逸，趣远情深，削尽常言，挟风雅之迹，浩然之气。”“璠尝睹公正论十五卷，九经外义疏二十卷，言博理当，实可谓经国之大才。”由深远的志趣，形成诗的语言，表现为高逸的格调，这就是由“志”到“气”的“气来”。殷氏又将储与王昌龄相比，说：“王稍声峻。”这也是从“气来”立论的。也就是说，王诗流露的“志”比储作要强烈些。从所举例子看，王句有：“明堂坐天子，月朔朝诸侯”“奸雄乃得志，遂使群心摇”“一人计不用，万里空萧条”，抒发了士子建立功名的强烈愿望，的确是储作所缺少的。而被许为“兼有气骨”的高适，殷氏称：“余所最深爱者：‘未知肝胆向谁是，令人却忆平原君’。”这句诗中流荡的也是一股报国无门的不平之气。事实上，盛唐士子的出路一是科举，一是出塞立军功。《河岳英灵集》特重边塞之作，许以“气骨”，显然是就其“慷慨陈志”而言的。

如果我们联系编选者身世加以考察，将更明确这一内涵。关于殷氏的史料极少。《河岳英灵集》卷首题为“丹阳进士”，《序》中称“爰因退迹，得遂宿心”，可见殷氏仕途并不顺利，至少在编此集时是如此。正因其如此，所以他指出薛据“为人骨鲠有气魄，其文亦尔”之后，紧接着强调其“自伤不早达，因著古兴诗云：‘投珠恐见疑，抱玉但垂泣。道在君不举，功成叹何及。’怨愤颇深”。“气来”在这里已具有较深刻的社会内容了。此类品评在集中不一而足，如对常建、王季友、李颀、殷氏都为他们仕途不达而歔欷不已。这正是从反面“慷慨陈志”的。盛唐士族与庶族之争，是太平时期统治阶级内部的主要矛盾，史学界多有论及。那末，庶族士子怀才不遇的题材就不能说不是当时社会现实的反映了。既然李白《古风》（“大车扬飞尘”）、王维《寄崔郑二山人》诸作因其对权贵的大胆抨击而被视为有现实意义的佳作，那么殷璠以寒士抒愤懑之作入选，也当视为重视作品的社会思想意义了。须知连现实主义大诗人杜甫，也直到天宝十载才写下第一首关心人民疾苦的长歌《兵车行》。以开元中至天宝初为主要编选对象的《河岳英灵集》，以边塞、田园之作为主，应当说是反映了“盛唐之音”的主流的。

还想着重指出的是：作为“三来”之一的“气来”，与“气骨”的风格论并不全等，就在于“气来”说侧重了以“志”为内在力所流出的那种劲健风格这一过程本身，已涉及创作方法。所以评薛据说：“据为人骨鲠有气魄，其文亦尔。”评崔颢尤精到：“颢年少为诗，名陷轻薄。晚节忽变常体，风骨凛然，一窥塞垣，说尽戎旅。”直接将风格的改变归之生活实践，发人之所未发，称得上8世纪中国文艺思想中的瑰宝！这一思想虽惜未加阐明，但从短论中，从诗作去取上，还是留下了宝贵的线索。《序》云：“自萧氏以还，尤增矫饰。武德初，微波尚在。贞观末，标格渐高。景云中，颇通远调。开元十五年后，声律风骨始备矣。”殷氏对盛唐诗坛的这一观照是相当准确的，符合盛唐诗的发展过程。开元中期，由于政治、经济的安定、繁荣，民族自信心空前高涨，产生一批有才华的诗人[①]，通过诗歌自身的发展规律，达到“声律风骨始备”的境界。殷氏“气来”说重视作家气质与社会风气之间的内在联系，所以能比较准确地把握这一段诗史的规律，高唱饱含时代、民族、个人高昂情绪的“气骨”，达到当时历史条件下所允许的较高水平。殷氏眼光所及，不止是王维的田园诗，还顾及《寄崔郑二山人》一类抒愤之作，与《少年行》《陇头吟》一类边塞之作，使我们看到王维“清雄”的一面。对王昌龄，也强调其“声峻”的一面。这比起后来只鼓吹二王“清空”一面的选家来，无疑要高明得多。就其紧密结合当代创作实践，给传统文论注入新内容，使之充满时代气息这点而言，同时代的《国秀集》也远不能企及。我们不妨说，“气来”说是“三来”的核心。

再说“情来”。如果说“气来”与“慷慨言志”有关，那么“情来”则与“兴趣幽远”有关。试看集中评语：

> 昚虚诗，情幽兴远，思苦语奇。
>
> 储公诗，格高调逸，趣远情深，削尽常言。
>
> 建诗似初发通庄，却寻野径百里之外，方归大道，所以其旨远，其兴僻，佳句辄来，唯论意表。

“兴远”“趣远”“旨远”，正是黄侃《文心雕龙·札记》所说的“会情在乎幽隐”。我国古文论家早已注意到，情与景，内心感情与外部世界之间的关系是一种感应的关系。《文心雕龙·比兴》说：“兴者，起也。”“起情者依微以拟议。”《物色》篇又说：“山沓水匝，

---

① 一代风格之形成，其象征应是大量成熟作家的涌现。《文苑英华》卷七〇三顾况《监察御史储公集序》说：“开元十四年，严黄门知考功，以鲁国储公进士高第，与崔国辅员外、綦毋潜著作同时；其明年，擢第常建少府、王龙标昌龄，此数人皆当时之秀。”储光羲、王昌龄、常建诸人都是殷氏最推重的作家，他们的成名不可能不引起殷氏的注意。加上前此已成名的王维、孟浩然诸人，“开元十五年后，声律风骨始备”的估计是比较准确的。

树杂云合，目既往还，心亦吐纳……情往似赠，兴来如答。”“情往兴来”的交汇点在“象”。盛唐诗人对此已有比较明确的体会。胡震亨《唐音癸签》卷二引王昌龄的话说：“搜求于象，心入于境，神会于物，因心而得，曰取思。”孟浩然《秋登兰山寄张五》诗：“相望试登高，心飞逐鸟灭。愁因薄暮起，兴是清秋发。”他们都强调了情思兴发，皆因于境。殷氏总结王孟一派创作经验，提出“兴象”说，更明确地强调了幽远的旨趣，以及由这一境界映射出的一种高逸甚至幽冷的情调。此种情调已非力主“慷慨言志”的“气来”说所能包举。所以他虽然赞赏刘昚虚诗的“清幽兴远，思苦语奇”“声律宛态，无出其右”，而又叹惜其“唯气骨不逮诸公”。可见“情来”是作为“气来”的补充而相对独立着的，它更偏重引发情思的“象”本身。

殷氏重视幽远的情调，与盛唐隐逸之风有关。历代士大夫都讲究“达则兼济天下，穷则独善其身”。自魏晋至唐，长期历史演变已使隐士从明哲保身、藏声远害，渐渐转而成为太平盛世的点缀品。诚如《新唐书·隐逸传》所说，是批“足崖壑而志城阙”的人。隐逸，已成为仕途的“终南捷径”，是科举的重要补充，山林与廊庙之间沟通了（陈贻焮《唐诗论丛》对此有详论，见该书第155页）。隐逸之志与边塞从军之志同为盛唐士大夫重要的精神生活，作为两者的抒发，田园山水诗与边塞诗一起构成盛唐之音的主旋律。殷氏正因其能将“气来”与“情来”并举，所以才能把握住开元至天宝初这一段诗史中文人诗歌创作的主流。

“情来”说的核心是“兴象”。陈子昂提出“兴寄”，强调的是诗歌创作应有深刻的含义，有所寄托。《河岳英灵集序》批评“挈瓶庸受之流”说：“理则不足，言常有余；都无兴象，但贵轻艳”；评王维诗则说是：“意新理惬”，可知“兴象”与“理”有关。“象”中有“理”，与陈子昂“兴寄”说颇有相通之处。不过殷氏特拈出“兴象”二字，既说出“兴”的一面，又落实了“象”的一面，与“兴寄”说相比，更强调诗作应重视形象本身，这是一个进步。钱钟书《管锥编》第一册《周易正义·乾》条指出："求道之能喻而理之能明，初不拘泥于某象，变其象可也；及道之既喻而理之既明，不恋于象，舍象可也。"这是哲学家对形象的看法，所谓"见月忽指"便是。后来严羽"妙悟"说、王士祯"神韵"说多少都有这一毛病。相比之下，殷氏"兴象"说就显得周匝无弊，对文艺作品依象成言的特点有较正确的认识。集中评王维诗说：

> 维诗词秀调雅，意新理惬，在泉为珠，着壁成绘，一句一字，皆出常境。

"在泉为珠，着壁成绘"一语，苏轼演绎为"诗中有画，画中有诗"的名言。不过殷氏接触到的主要是创作方法，"为珠""成绘"涉及形象化问题。而苏轼"有诗""有画"则着重于创作效果。就所举例句看，"落日山水好，漾舟信归风""涧芳袭人衣，山月映石壁"，落日、风舟、石壁、山月，这些"象"，构成"常境"，而又"出常境"，流露出一种闲适的情调，是之谓"情来"。强调直接用形象来体现性情，应滥觞于钟嵘《诗品》：

> 至乎吟咏情性，亦何贵于用事？"清晨登陇首"，羌无故实；"明月照积雪"，讵出经、史？观古今胜语，多非补假，皆由直寻。

这里重视的是内在感发力与外在的形象世界之间的联系："直寻"。殷氏也正是这样要求于作者的。评孟浩然诗说：

> 至如"众山遥对酒，孤屿共题诗"，无论兴象，兼复故实。

"众山""孤屿"虽用了谢灵运的"故实"，但同时又是实景，尤其是这种"物我而忘"的情调表现了孟浩然的情性，其品评法与《诗品》有着内在的联系。再就对常建《题破山寺后禅院》的品评看，殷氏独赏"山光悦鸟性，潭影空人心"；而宋人欧阳修却专重其"竹径通幽"一联（见《欧阳文忠公集·外集》卷二三《题青州山斋》）。从这里可探知一点消息，即殷氏只要求"象"与"理"和谐统一就行，而司空图以后人则多要求一种不着痕迹，如蜜中花、水中盐也似的交融。在这一点上，显出殷氏“兴象”说是钟嵘“滋味”说与严羽“妙语”说之间的一种过渡。所以殷氏对王孟一派创作的偏重固然显示出他捕捉新倾向的能力①，但也表现出“兴象”说不如其“气骨”说之成熟的一面。所以“情来”说的内涵也就比“气来”说要模糊。但无论如何，“气来”“情来”基本上概括了盛唐之音的“所以来”，也就是说，抓住了盛唐诗的基本特征。用这样的文评尺度来评选创作，就能比较准确地反映盛唐的时代特征。这正是殷璠《河岳英灵集》高出同时代选本，并使我们至今犹可通过它窥见盛唐诗坛概况，乃至盛唐人审美意识的原因。它的成功，使选本加短评的文评形式从此成为我国文评的一种重要形式。

（原载《古代文学理论研究》第 11 辑，华东师范大学出版社 1986 年版）

---

① 殷氏不但重视王、孟一派的新，对其他新出现的审美意识也很重视。他不但赞赏“全削凡体”的孟诗，也赞赏“爱险务奇，远出常情之外”的王季友与“属思既苦，词亦警绝”的常建。常诗如“战余落日黄，军败鼓声死。今与山鬼邻，残兵哭辽水”与《昭君墓》诸作，可说已开李贺之先声。此类“却寻野径百里之外，方归大道”的诗，应当就是与“雅体”相对而言的“野体”了。

“象外之象”的现代阐释

本文拟以下示图式阐释“象外之象”。

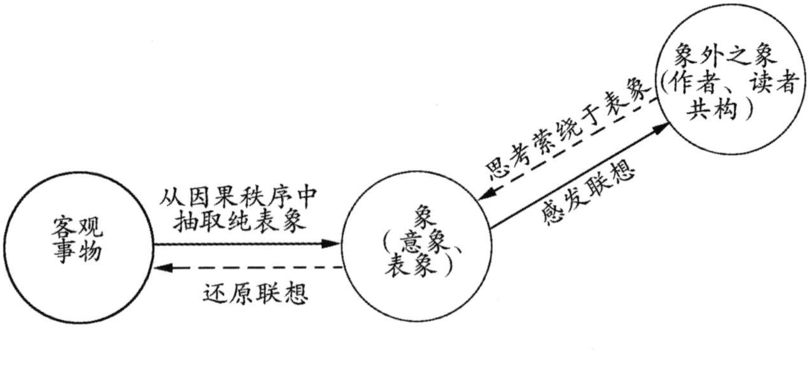

一、说“取”

图式表明诗歌意象与心与物的双重联系。

司空图所云“象外之象”，第一个“象”指什么？或以为指现实中事物的表象，或以为指诗歌中易于感知之具体形象，或以为当指包括无形的事件在内的诗歌意象，等等。明确第一个“象”何所指，是准确阐述“象外之象”的前提。

论者多以为司空氏《诗品》只作类比，是以境喻境，无迹可求。然而仔细看去，草蛇灰线，依然有其逻辑在。二十四诗品往往有三个组成部分：一是言该品作者应有之心态，一是言此品似何种境界，一是言欲得此品须注意之事项。试以《劲健》品为例：

行神如空，行气如虹。巫峡千寻，走云连风，饮真茹强，蓄素守中，喻彼行健，是谓存雄。天地与立，神化攸同。期之以实，御之以终。

“行神如空”二句言创作者应进入的精神状态。“巫峡千寻”二句，言劲健风格正当如斯，是类比。“饮真茹强”二句，言创作修养，是平日积蓄来，存之胸中。“喻彼行健”四句，重点辨明“劲健”之含义。“期之以实”二句，则言及创作方法（正如书法用笔，讲究中锋浑圆，一贯到底），是提醒作者应注意的事项。上述三个组成部分都具备了。再如《绮丽》品：

神存富贵，始轻黄金。浓尽必枯，淡者屡深。雾余水畔，红杏在林。月明华屋，画桥碧阴。金尊酒满，伴客弹琴。取之自足，良殚美襟。

“神存富贵”二句，言此品作者应有之心态；不以富贵萦怀却自有富贵人家景象。“浓尽必枯”二句提醒作者求绮丽不可着笔太浓，须知淡而能绮。“雾余”六句是类比。“取之自足”二句总结绮丽风格不假外求，当自所取之意象中自足，是苏东坡后来发明之“质而实绮”“发纤秾于简古”的意思。当然，并非各品都具备这三个组成部分，如《典雅》品，前十句是以各种情景来烘托作者应有之心态：“人淡如菊”。在此心境下的创作，便可自然达到“典雅”：“书之岁华，其曰可读”，事实上只言心态。但无论如何，总体说来，《二十四诗品》绝非只是“以境喻境”的“好诗”，它对创作方法是有所指示的。譬如对于“象”，司空图有较明晰的认识，它并不等同于实相，故《诗品》强调要“取象”。《含蓄》品明确提出，取象无论浅散如空尘、深聚似海沤，都应当做到“万取一收”，精心筛选之。而且这一筛选过程本身便是创作，其《形容》品进一步说：

> 绝伫灵素，少回清真。如觅水影，如写阳春。风云变态，花草精神。海之波澜，山之嶙峋。俱似大道，妙契同尘。离形得似，庶几斯人。

这是对“取象”较集中的表述。首二句言创作时当进入凝神一志、存心慕想的精神状态，才会有灵感。“如觅水影，如写阳春”，是对取象的要求：犹如水中觅影，阳光中感受春天。显然，所取之象已非客观实相了。（《洗炼》品也明确指出“流水今日，明月前身”，今日水中月，前身天上月。这正是意象与客观形象之关系）以下四句遍举山水风云花草，归结为最后四句：无论取什么样的象，都应当做到“离形得似”，即不求形似，但求神似。

还有《缜密》品，其实是很重要的一品，遗憾的是向来少有人重视。此品讲取象更入微：

> 是有真迹，如不可知。意象欲出，造化已奇。水流花开，清露未晞。要路愈远，幽行为迟。语不欲犯，思不欲痴。犹春于绿，明月雪时。

“意象欲出”，即“将然未然之际”，它与“真迹”的关系如何呢？从“如不可知”“造化已奇”看来，是说在作者眼中，此时此际之客观事物已不是一般的、普通的事物，而是已带上主观感情色彩的“象”了。“语不欲犯，思不欲痴。犹春于绿，明月雪时”，是要求意象之生发，要与客观事物不粘不脱：形象不可太泥，思路不可停滞。二者之间的关系好比春色与绿色之关系（即《与极浦论诗书》所谓“良玉生烟”），又好比月光与雪光之交映，都达到交融浑化的境界。这才是作者创造意象时缜密的态度与方法。

当然，各品取象、造象的要求并不雷同。如《冲淡》品强调取象要无心遇之，“犹之惠风，荏苒在衣。阅音修篁，美曰载归。遇之匪深，即之愈稀。脱有形似，握手已违。”冲淡之风格首先要具备萧散之人格，无意于功利，随遇而安，此境可遇不可求，如存心求之，即使偶有形迹之似，必一握手间翻失之。取象而强调取象者的精神状态，也就是物象与情意结合时强调情意一方，这是司空图论“取象”独到之处。再如《豪放》品，则强调“真力弥满，万象在旁”，主观性强，则万象如罗列其旁，随其颐指气使而不能以不豪。《高古》品则要求“虚伫神素，脱然畦封”，以超然的态度取象，敢于摆脱一切凡俗规矩，方能抗怀千古，得高古之气象。

综上所论，可见司空图所谓“象外之象”，第一个“象”绝非客观事物之实相，而是对客观事物进行“万取一收”的筛选（此筛选与作者当时之精神状态直接相关联），并经“离形得似”的创造而来的诗歌意象。它不但指易于感知的具体形象，也包括了无形的不易捕捉的事象与心象。意象之生成，要“取”（“万取一收”），还要“离”（“离形得似”）。“离”，是“取”能否成功之关键。

二、说“离”

对诗歌意象的认识，现代西方学者与千百年前的中国诗人也有心契处。诚如钱钟书所指出，物同理同，则可心同。中西虽殊方绝域，有不同之文字、性情，却可有相同之义理，“西来意”可为“东土法”。[①] 然而殊途虽同归，毕竟是殊途，所以又可借此喻彼，互相

---

① 钱钟书：《管锥编》第1册，中华书局1979年版，第49页；钱钟书：《谈艺录·序》，中华书局1984年版，第1页。

发明。此之谓“邻壁之光，可以借照”。本文拟借西方现代符号论之某些成果来诠释中国古代之《二十四诗品》等，非敢牵强附会也，求中西诗心之同者耳。

先让我们回到司空图所说的“意象欲出，造化已奇”上来。此言“象”将离其母体客观实相而为独立之意象的将然未然之际，其母体“造化”非一般之“造化”，而是打上主观烙印的“已奇”的“造化”。这是从创作感受的角度来表述意象的产生与客观事物之间母子般的关系。西方人对此有另一个角度（更多的是读者方面的感受）的描述。美国符号论美学家苏珊·朗格对韦应物《赋得暮雨送李胄》诗的分析代表了一种看法。韦诗如下：

楚江微雨里，建业暮钟时。
漠漠帆来重，冥冥鸟去迟。
海门深不见，浦树远含滋。
相送情无限，沾襟比散丝。

苏珊·朗格将中国古代诗人所写的“提及实人实地的雅致而凝练的诗”归诸“接近普通经验的诗歌”一类。她认为上引诗有“简明而精确的陈述”，但仍然是一首“创造了一个全然主观的情况”的诗，而绝非报道。以下分析是很精彩的：

雨水淋沐着整首诗，几乎每一行都染上了雨意，结果其他细节如钟声、依稀难辨的飞鸟、视野之外的海门，均溶入雨中，最后又一并凝成全诗为之泪下的深情厚谊。而且，那些显然为局部性的偶发事件——它们星散于雨意浓重的诗行之间——是使离别成为伤心事的友谊的象征。建业的钟声在鸣响。征帆沉重，航行艰难；远去的鸟儿在慢慢地飞，模糊的如影子一般；遥远的海门——李胄的目的地望也望不见，因为眼前的“浦口的树木”挡住了对于这次远行的注视。于是，浅近简明的描述袒露了人类的感情。[①]

的确，诗中出现的都是常见事物，但都经诗人的筛选，已被“孤立”出来，割断它与原来环境的诸多联系——如“楚江”除了与“微雨”相联系外，还跟鱼鸟、堤沙、岸柳之类无限多事物相联系，现在只孤立地写出它与微雨之联系。同样，其他意象也被孤立地写出与雨之间的关联；帆之“重”，鸟影之入“冥冥”，海门之“不见”，浦树之“含滋”，都与“微雨”相关。物象正是如此被诗人从大自然无穷交织着的因果之网中抽取出来。朗格在另一书中指出，欣赏者要有“从日常需要中抽象出纯视觉表象的艺术态度”，而意象的创造需要“将视觉经验中的某些元素抽象出来的，则是通过删除掉其中的某些元素来达到，这样一来，我们就可以除了这种虚幻空间的表象之外，再也看不到别的东西。”[②] 我将这一删除过程称为“孤立”，筛选后的意象关系变纯粹了，于是被诗人重新安排出新的秩序，按其意愿据实构虚地组合成新的虚幻的空间，形成虚幻的经验，使“几乎每一行都染上了雨意”。我们只能通过诗人留给我们的孔洞去观察世界，无形中接受了诗人的倾向。

让我们借助这种抽取纯表象的过程，来理解司空氏“离形得似”的“离”字。我认为司空氏于此是有所会心的，试读《洗炼》：

> 如矿出金，如铅出银。超心炼冶，绝爱缁磷。空潭泻春，古镜照神。体素储洁，乘月返真。载瞻星辰，载歌幽人。流水今日，明月前身。

“洗炼”与其说是一种“风格”，毋宁说是创作要求。前四句言取象之艰，接下“空潭”二句，形容筛选后之“象”如是澄明。以下四句用类比法加强这一印象。末二句点明意象来自美好之现实，

---

① ［美］苏珊·朗格：《情感与形式》，刘大基等译，中国社会科学出版社1986年版，第245、246页。译文中“李胄”作“李曹”，据《全唐诗》改。

② ［美］苏珊·朗格：《艺术问题》，滕守尧等译，中国社会科学出版社1983年版，第30—31页。

强调澄明素洁的形象，事实上就是从对意象效果的要求这一角度来说明“离形”，是对抽取纯表象的一种感悟。在《与李生论诗书》（《以司空表圣文集》卷二）中，司空氏以“右丞（指王维）、苏州（指韦应物）”为“澄淡精致”之准的。清人许印芳在《跋》中加以发挥道：“人但见其澄淡精致，而不知其几经淘洗而后得澄淡，几经熔炼而后得精致。”（《诗法萃编》卷六下）何谓淘洗熔炼？即“眼光所注之处，吐糟粕而吸菁华，略形貌而取神骨，此淘洗之功也。”（《诗法萃编》卷六下）此论可发明《洗炼》之用意，即取象必以“澄淡精致”为准的，有所吐纳。这种“几经淘洗而后得澄淡”，便是提纯。克莱夫·贝尔在《艺术》中指出：“没有简化，艺术不可能存在，因为艺术家创造的是有意味的形式，而只有简化才能把有意味的东西从大量无意味的东西中提取出来。”① 司空图、许印芳所说的“洗炼”“淘洗”，是否可认为便是这种“简化”的中国式表达？对淘洗后的意象，要求达到澄明的境界，不正是对排除“大量无意味的东西”的要求？所以许印芳又说：“而其妙处皆自现前实境得来，表圣（司空图字）所云‘直致所得，以格自奇’也。”直致，就是直取诸实境。“真境逼而神境生”（笪重光语），中国艺术家一向重视据实构虚，淘洗是重要手段。然而淘洗后之意象已非造化原有之形象，故司空图强调“意象欲出，造化已奇”。其所举得意句如“松凉夏健人”“树密鸟冲人”“棋声花院闭”之类，莫不是现前实境筛选得来，但已“孤立”（或云“简化”）出一种澄明的境界，其纯粹的表象与诗人之情感合拍，是谓“思与境偕”。这就是“离形——得似”的过程。

然而，“离”字还有更深一层的要求。司空图倡所谓“三外”，“象外之象，景外之景”“味外之旨”“韵外之致”，便是要求“离”要有“外”的效果。即意象不但要“离”实相，还要有感发人之情

---

① ［英］克莱夫·贝尔《艺术》，周金环等译，中国文联出版公司 1984 年版，第 149—150 页。

思的效应。朗格认为："每一件真正的艺术作品都有脱离尘寰的倾向。它所创造的最直接的效果，是一种离开现实的'他性'。"[1] 中国人早就注意到这一倾向，并用"兴发""触物起兴"来动态地表达这种"他性"（叶嘉莹称之为"重视感发的传统"[2] ）。司空图的前辈诗人皎然已提出"诗情缘境发"（《秋日遥和卢使君游何山寺宿敭上人房论涅槃经义》）、"采奇于象外"（《评论》），可见中国古诗人来说，对诗歌意象之"他性"并不感到神秘，司空图更是以倡"三外"来强调诗歌意象必须有此"脱离尘寰"之倾向。《与极浦谈诗书》（《司空表圣文集》卷三）引戴叔伦语云："诗家之景，如蓝田日暖，良玉生烟，可望而不可置于眉睫之前也"，圆美地表达了意象与实相之间的关系。"玉"，是经筛选、淘洗后之"象"，经诗人熔炼为"良玉"，便具有"生烟"（不妨视为"美的联想"）的能耐，"烟"是从"良玉""离"出来的，是已虚化了的经验。李商隐名句"沧海月明珠有泪，蓝田日暖玉生烟"释者纷纷，不管怎么说，用来形容意象创造时情感的凝聚与经验之虚化，是再妙不过了。

三、说"返"

现在让我们来讨论"象外之象"的第二个象。这一"象"，是否为另一更空灵飘忽之象？是否为读者联想创造的新象？也许可以这么说。但司空图似乎意不止此，《雄浑》品有云："超以象外，得其环中。""象外之象"还应当"得其环中"。何谓"环中"？或曰："喻

---

① ［美］苏珊·朗格：《情感与形式》，刘大基等译，中国社会科学出版社1986年版，第55页。

② 叶嘉莹：《中国古典诗歌中形象与情意之关系例说》，《古代文学理论研究》第六辑，华东师范大学出版社。

空虚之处。”如果我们回到该品前四句：“大用外腓，真体内充。返虚入浑，积健为雄”，便不难体会到这一品实在是体现了我民族“体用不二”的思维方式：内容与形式不可分离的整体性，韵味从此整体中发生。那么按我的理解，“环中”便是“返虚入浑”的“浑”之所在；“真体内充”的“充”之所往，是第一个“象”所圈定的范围。关键在“返”字。创作时应据实构虚，而欣赏则当虚而返诸“实”（此“实”已非“造化之实”，乃“造化之奇”）。也就是说，作者由实相虚化为意象，感发人联想；读者则应由虚返“实”，联想而非乱想，需不离意象，思考萦绕于表象，此方为“得其环中”。画论家往往言之历历，如方士庶《天慵庵笔记》云：

> 山川草木，造化自然，此实境也。因心造境，以手运心，此虚境也。虚而为实，是在笔墨有无间……故古人笔墨，具见山苍树秀，水活石润，于天地之外别构一种灵奇。

虽说是“于天地之外别构一种灵奇”，而此种“别构”却是“虚而为实”，虚境实境两相重叠，山苍树秀正在笔墨有无间。这就是“据实构虚”的操作过程。诗歌意象正似画中笔墨，是虚境实境叠加处。以上节所引韦应物诗为例，则云帆、雨树、暮钟种种意象，是“几经淘洗熔炼”得来，它们好比虚线圈出图景，读者感发联想必在此圈中——至于组合成何种具体画面，则因人而异。好比室内家具如此，随人摆设可也。所以诗歌意象与哲学之象不同，不得随意“登岸舍筏”，正如钱钟书所云：“牛耳湿湿”岂可易为“象耳扇扇”？诗乃依象成言，“舍象忘言，是无诗矣！”（《管锥编》第1册，第12页）所以司空图言“不著一字，尽得风流”，并非叫人写“无字经”；言“象外之象”，也并非抛开第一个“象”随你胡想，故叮咛再三：云“返虚入浑”，云“得其环中”，云“所思不远”，云“期之以实”，云“真与不夺”，云“忽逢幽人，如见道心”，云“高人惠中，令色氤氲”，都暗示二象离而即的关系，何尝教人以“脱空经”？当然，一千多年前东方古国的诗人司空图不能替西方现代符号论美学家朗格作如是明晰的表述：

> 诗中的每一件事都有双重性格：既是全然可信的虚的事件的一个细节，又是情感方面的一个因素。①

有趣的是，朗格这一论点正是从对司空图特别赞赏的韦应物诗的分析中得出。从“离形得似”“超以象外，得其环中”“近而不浮，远而不尽”“高人惠中，令色絪缊”等议论总体看来，“象外之象”所表达的也是对诗歌意象二重性格的感悟。而且应当说，对意象二重性格作如是表述，给人的印象更鲜明，但同时也容易引起错觉，似乎象外另创一象，从而过多地突出了读者的自由联想，为此有必要点醒这个“返”字。不过在中国人的实践中却颇善于把握二象之间那种若即若离、离而实即的关系，前“象”好比强力磁场，总是吸引着后“象”，不让它脱去。试以王维《辋川闲居赠裴秀才迪》诗为例，中间两联的画面是：

> 倚杖柴门外，临风听暮蝉。
> 渡头余落日，墟里上孤烟。

山中群息万千，诗人只让我们“听暮蝉”。一个“余”字，又将渡头的万象隐去，孤立出“落日”，好比舞台上灯光只打在主角儿身上，我们只感到山中落日的余晖。接着，墟里升起一股袅袅的炊烟，吸引了我们的目光。山中暮色的万千景象，经诗人的淘洗，只剩如此明净的几件，都以其宁静的一面呈现在我们耳目之前。正因为诗人以其倾向性筛选意象，所以不觉中我们随诗人的暗示而“见”到、“听”到他要我们感受的事物。就诗人而言，其意象的创造富有感发力，可启人想象；就读者而言，根据我们不同程度的审美经验与阅读水平，以及心绪、修养等，我们接受着诗人的审美情趣，将他呈露给我们看的画面重新组合成自己的画面——但我们并没有企图离

---

① ［美］苏珊·朗格：《情感与形式》，刘大基等译，中国社会科学出版社1986年版，第246页。

开诗人提供的意象，抛弃柴门、落日、暮蝉、孤烟，去另起炉灶，另建场景，我们实际上仍落入诗人（高明的诗人）的圈套，自以为离去了，其实并没走出多远。王夫之曾称“右丞之妙，在广摄四旁、环中自显”（《唐诗评选》卷三），诗人不说出的地方正是要读者落入的“圈套”。也就是说，“象外之象”应是后象与前象重叠，两镜相摄，离而复返。叶维廉曾引禅宗一段话头来说明人们感应或感悟外物的三个阶段：

> 老僧三十年前参禅时，见山是山，见水是水。及至后来亲见知识，有个入处，见山不是山，见水不是水。而今得个休歇处，依然是见山只是山，见水只是水。①

我倒是想借这段公案来说明“实相——意象——象外之象”之间的关系。在未形成诗歌意象之前，我们当然“见山是山，见水是水”，看到的无非实相；淘洗熔炼中的意象，如司空图所说：“意象欲出，造化已奇”，我们心眼中带着强烈的主观情思，真所谓“见山不是山，见水不是水”；至乎意象已成功，富有感发力，使读者得“象外之象”，而此象却有“逼真”之魔力，使读者在与诗人共创的虚幻经验中“见山只是山，见水只是水”。这一历程，便是诗人将现实事物以想象力转化为一种虚幻之经验，又被读者以想象力“还原”为似乎充荷着现实的表象的历程。

如果说，朗格关于诗歌意象的双重性格的提法是准确的；那么，“象外之象”便应当是重合着的一个象。然而，朗格这一提法似乎尚未充分估计读者的参与作用，远不如上引禅家机锋的圆活。以上引公案喻“象外象”，读者也有这么个“三部曲”：先感受到的是诗人真实的生活经验；通过的媒介是诗中虚幻的经验，于是引起自家联想，揉进自家生活经验；终于返照诗中的意象，体味其意味与美感。这回看似“依然见山是山，见水是水”，“象”似乎是原来的“象”，

---

① 叶维廉：《寻求跨中西文化的共同文学规律》，北京大学出版社1986年版，第92页。

但早掺和着自己的经验与情感，是诗人、读者共同创构的“象”，是之谓：“象外之象”。我们虽然尚无法证实司空图就是这样想的，但他的诗论的确留给我们这样阐释的空间——上引方士庶“于天地之外别构一种灵奇”云云，不是近乎如是观吗？综上所述，我们可对“象外之象”做如下阐释：

所谓“象外之象”，第一个“象”指诗歌意象，来自诗人对客观事物进行“万取一收”的筛选与熔炼。此象应当是富有感发力，启发读者之想象；同时，应当是具有强大的“磁场”，能吸引读者的想象绕着它转。而“象外之象”则是读者得到启发后与诗人共同创构之象，每个读者所获得的“象外之象”好似“卫星”绕着诗中意象运作，二象如两镜对悬而相摄，不同的读者又各人有各人的“轨道”，与意象的叠合面之大小也因人而异。为此，有必要将开篇的平面图式更作如下立体图式，以示二象之动态联系：

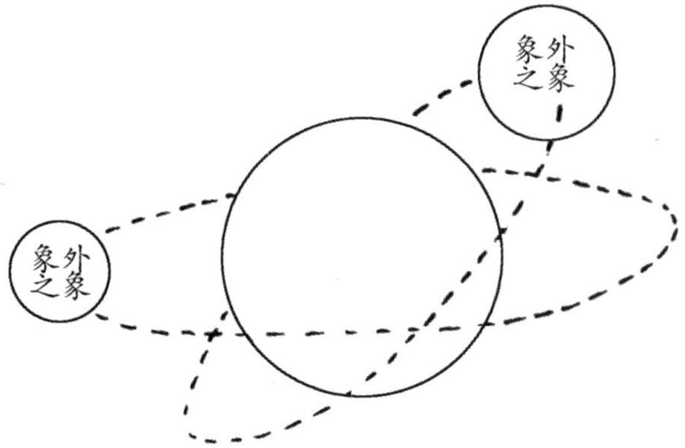

（原载《文艺理论研究》1993 年第 3 期）

情志·兴象·境界

——传统文论之重组

一

大体上说，西方主流的传统文学观是建立在反映论的基础之上，故有“镜子”的比喻；而中国传统文学观则建立在感应论的基础上，虽有“镜花水月”之譬，重点却不在“镜”，而在“镜中花”，倒与当代西方符号论者所谓“艺术幻象”相近。《易传》贲卦之象传云：

> 观乎天文，以察时变；观乎人文，以化成天下。

刘若愚认为“天文”与“人文”的类比，分别指天体与人文制度，“而此一类比后来被应用于自然现象与文学，认为是‘道’的两种平行的显示。”[①] 故刘勰《文心雕龙·原道》云：

---

① 刘若愚：《中国文学理论》，杜国清译，台湾联经出版公司1981年版，第30页。

仰观吐曜，俯察含章。高卑定位，故两仪既生矣。唯人参之，性灵所钟，是谓三才，为五行之秀，实天地之心。心生而言立，言立而文明，自然之道也。

这种“人心通天”的感应关系是中国传统审美方式的基础，由此影响一系列文学思想及其创作实践。刘氏将这种感应关系归纳为心物交融说。《文心雕龙·物色》称：

是以诗人感物，联类不穷，流连万象之际，沉吟视听之区。写气图貌，既随物以宛转；属采附声，亦与心而徘徊。

心物之间是融汇交流的关系。王元化指出：“随物宛转”与慎到的“因势”学说有关，可将此句解释为“顺物推移而不以主观妄见去随意篡改自然”。也就是以作为客体的自然对象为主，作家思想活动服从于客体。接下来，王元化先生认为：“相反的，‘与心徘徊’却是以心为主，用心去驾驭物。换言之，亦即以作为主体的作家思想活动为主，而用主体去锻炼，去改造，去征服作为客体的自然对象。”[①] 用心去驭物的解释是准确的，但未必有“征服”的意思。故刘勰于《物色篇》又云：“目既往还，心亦吐纳”，“情往似赠，兴来如答”。主客之间是往还、赠答的礼尚关系，追求的是“思与境偕”的境界——虽然这话要到晚唐司空图才说出来。所谓“与心徘徊”，物之声采皆著我之颜色是也，仍然是“人心通天”，而非“人定胜天”。至于“物”者，不但指自然界，亦应包括社会事物。自然与社会浑成一体，正是中国古代以直觉体悟来整体把握世界的思维方式。这种思维方式使人们对心与物之关系不作割裂的分析，而是关注二者可转换的关系，即此即彼的浑融关系。可惜这种体悟方式缺少由分析到综合的过程，对心与物转换关系缺乏中介环节的研究。如果我们以皮亚杰发生认识论的方法反观中国的心物交融说，更易发现其合理的内核（请参拙作《文气说解读》第二节）。

---

① 王元化：《文心雕龙讲疏》，上海古籍出版社 1992 年版，第 91 页。

发生论认为，同化与顺化不断双向运动，使主体的认知结构由简单到复杂，由初级向高级发展。这也就是认识的建构过程，它同时既包含着主体，又包含着客体，即此即彼。同化能将经验的内容化作主体的思想形式，它同时既包含主体，又包含客体，即此即彼。“心物交融说”合理之处也正在于意识到心与物双向建构的关系。对于作为中介环节的结构，虽然尚未明确，但已触及，这就是“缘心感物”说。刘勰《文心雕龙·明诗》云：

> 人禀七情，应物斯感；感物吟志，莫非自然。

感物的中介是“七情”。事实上中国传统文论更多的是强调“情志”。录几则文献材料如下：

> 诗言志，歌永言，声依永，律和声。八音克谐，无相夺伦，神人以和。(《尚书·虞书·舜典》)
>
> 诗，言其志也；歌，咏其声也；舞，动其容也：三者本于心，然后乐器从之。是故情深而文明，气盛而化神，和顺积中而英华发外，唯乐不可以为伪。(《礼记·乐记》)
>
> 诗者，志之所之也。在心为志，发言为诗。情动于中而形于言，言之不足故嗟叹之，嗟叹之不足故永歌之，永歌之不足，不知手之舞之，足之蹈之也。(《毛诗序》)

先人们认为诗是志的表现，志本于心，情志是一回事。自陆机提出“诗缘情”以来，有些人始注意情、志之间的异同。如邵雍《伊川击壤集·序》称：“怀其时则谓之志，感其物则谓之情。”大略言之，志偏重在对社会事件的反应，情则多个人情绪。

然而以情志为核心的情感结构是个开放的结构，其中情感既是个人的，又是与社会普遍情感相联系的。T.S. 艾略特在《传统与个人才能》一文中曾提出“非个性化”的著名论点，声称：

> 诗歌不是感情的放纵，而是感情的脱离；诗歌不是个性的表现，而是个性的脱离。

那么，诗还要不要有个人情感？回答是：

> 诗人的任务并不是去寻找新的感情，而是去运用普通的感情，去把它们综合加工成为诗歌，并且去表达那些并不存在于实际感情中的感受。①

艾略特要求诗人“脱离”的是一已的私情，而去“寻找”人皆有之的“普通的感情”。苏珊·朗格对此有更明确的看法。朗格也认为“纯粹的自我表现不需要艺术形式”②，虽然她将艺术视为情感的符号。她还进一步认为，人类普遍的情感是一种关于情感的概念，个人情感只是把握普遍情感的中介，可以通过对自身情感的体验去感悟普遍情感，借用具体真实的情感进行情感概念的抽象，抽象出的形式即为情感符号。“用这一形式表达的感情既非诗人的，或诗中主角的，又非我们的。它是符号的意义”。③

按西方的思维习惯，无论艾略特，无论苏珊·朗格，都一刀将“个人情感”与“普遍情感”划开。然而个人情感与普遍情感好比血与肉的关系，要从活体上只割一磅肉却不许带血是做不到的。在一种话语中不易表白的东西，有时在另一种话语中却可以得到较圆满的表述。让我们回到“情志”上来。

情志是有交叉的两个概念，因其有交叉，故有云：“情、志，一也”④，但儒者言志，是有其特定涵义的，一般是指与教化相关的思想，如《荀子·儒教》云：“圣人也者，道之管也。天下之道管是矣，百王之道一是矣，故《诗》《书》《礼》《乐》之道归是矣。《诗》言是其志也。”圣人之志代表着“道”。诗言志是指向政教目的。故

---

① 艾略特：《艾略特文学论文集》，李赋宁译，百花洲出版社 1994 年版，第 10—11 页。

② ［美］苏珊·朗格：《哲学新解》，1953 年版，英文第 3 版，第 216 页，转引自《情感与形式》译者前言。

③ ［美］苏珊·朗格：《情感与形式》，刘大基译，中国社会科学出版社 1986 年版，第 240 页。

④ 孔颖达：《左传·昭公二十五年》疏，《春秋左传正义》卷五十一。

而晋人陆机又提出“诗缘情”说，以适应日益自觉的文坛的需要。而传统的“诗言志”的内涵也不断扩大，如陆游《曾裘父诗集序》云：

古之说诗曰“言志”。夫得志而形于言，如皋陶、周公、召公、吉甫，固所谓志也。若遭变遇谗，流离困悴，自道其不得志，是亦志也。

得志是“志”，不得志也是“志”。至若儿女情思、心灵感荡，则归乎“情”。以“情志”来概括“凡斯种种”的感情世界，要比泛泛的“感情”二字更具体明确。事实上情感表现并非文艺的全部目的，孔子云“兴观群怨”，既表现人之感情，也表现人之意志、思想，“情志”不断互补，不断从政教指向中解放出来，正是其生命力之表现。问题的关键还在于：“志”有其明显的关心社会时事的倾向，故而“志”成为普遍情感与个人情感的连通器。宋人胡宗愈《成都草堂诗碑序》称杜甫诗云：“凡出处、动息劳佚、悲欢忧乐、忠愤感激、好贤恶恶，一见于诗，读之可以知世。”杜甫个人情志与时代普遍情感会通，由此我们可以进而议情志之普遍性与独特性。

与西方文艺理论强调形象的塑造不同，我国古文论强调的是情志的抒发，所以评诗论文都讲究内在的气、韵、意，而不是典型形象。最早提出“文以气为主”的是曹丕《典论·论文》。后来刘勰、钟嵘也以之评诗衡文。正因为诗、文都讲究“气”，彼此沟通，所以相当多的议论文（如贾谊《过秦论》、苏洵《六国论》）都被视为正宗的文学作品，与西方所谓“纯文学”实在是格格不入。究其原因，未必是今人所不屑的“蒙昧”，而是衡文以“情志”，能以“气胜”者，便入文学耳。何者为文中之气？刘永济《十四朝文学要略》称：

文帝所谓气，即彦和所谓风。风者，文中所述之情思，有运行流畅之力者也，亦即文家所谓意。意者，志也。志亦兼情思为言，故在人则为情思，为气质，为意志；在文则为气，为风，为力。①

议论而饱含情志，且“运行流畅”，有感发力，便入文学。叶燮《原诗》卷三外篇上曾指出：“作诗有性情，必有面目。”他还特别指出杜诗的面目：

> 如杜甫之诗，随举其一篇与其一句，无处不可见其忧国爱君，悯时伤乱，遭颠沛而不苟，处穷约而不滥，崎岖兵戈盗贼之地，而以山川景物、友朋杯酒抒愤陶情，此杜甫之面目也。我一读之，甫之面目，跃然于前。

所谓“甫之面目”，便是个性化。可见诗人要表现“普遍情感”并不一定非得“继续不断的个性消灭”不可。将一己的哀乐升华为悲天悯人的情志（即“一人心乃一国之心”，参看本书《道德文章》第一节），是个人情感通向普遍情感之坦途。如果无视情志的对象化是中国古典文学的一宗重要内容，而以西方“纯文学”尺度来排斥此类作品（如今人之不以陈子昂《感遇》为艺术作品者）那无疑是削足适履，不合乎中国文学史之实际。情志，应是我们重组传统文论的基础。

二

外部世界通过情志这一情感结构引起反应，还须用语言表达才能成为文学作品。然而先民对语言的局限性早有觉察，所以另立“象”以“尽意”。故《周易·系辞上》称：“圣人有以见天下之颐，而拟诸其形容，象其物宜，是故谓之象。”老子《道德经》亦云：

① 刘永济：《十四朝文学要略》，黑龙江人民出版社1984年版，第137页。

“道之为物，唯恍唯惚。惚兮恍兮，其中有象；恍兮惚兮，其中有物。”以象尽意，事实上就是对意义整体的追求，企图以“象”涵盖在场者与隐蔽者。王弼《周易略例·明象》云：

> 夫象者，出意者也。言者，明象者也。尽意莫若象，尽象莫若言。言生于象，故可寻言以观象；象生于意，故可寻象以观意。意以象尽，象以言著。

言、意、象三者关系明确，象是言与意之间的中介。言是通过“明象”来表意的，让“象”的整体直观性来达到意会的目的。而以象形性为根基的汉字，又促成了这种整体直观的意会思维。有人将汉字比作集成电路，含有最大的信息量，其“孤立语”的一词一义性质可灵活地组合，又强化了汉字的直观形象性，使汉语思维呈现出“卡通”式的图景跳跃，在思维过程中超越了语词。关键在于：王弼所指的“象”，是哲学之象，还不是文学之象。然而“言意之辨”一旦与“文学自觉”相结合，便开始将中国文论推上“情景论”为核心的诗学之路。

起于六朝的文笔之分是文学独立于经史的重要信号。六朝人开始要求文学要有文学独特的语言。萧统《文选序》述其去取标准，将经、子、史排除在外，又云：

> 至于记事之史，系年之书，所以褒贬是非，纪别异同，方之篇翰，亦已不同。若其“赞论”之综辑辞采，“序述”之错比文华，事出于沉思，义归乎翰藻。故与夫篇什，杂而集之。

对此有二解，或以为“沉思翰藻”应是昭明《文选》之总体标准；或以为“沉思”二句应指史传中的赞论、序述而言。但无论如何，两种说法都认为《文选》去取，颇重语言之文学性。更重要的还在于对文学语言与象之关系的认识。钟嵘《诗品》则倡“巧构形似之言”。如果与他的“文已尽而意有余，兴也”“观古今胜语，多非补假，皆由直寻”的主张合看，则所谓的“巧构形似之言”也就是能构建艺术之象的文学语言，不妨称之为“象言”。即以言明象，以象尽意，以艺术之象感发读者整体直观的意会思维，通过在场者（“直寻”出来的“象”）逗出隐蔽者（“意义整体”）。殷璠“兴象”说，王昌龄“意境”说，司空图“象外之象”说，王夫之“情景”说，无不循此以求。尽管诗论家极力强调言外之味，其实都看重“象言”本身，兴象并举。对此，钱钟书有点睛之笔焉。钱氏强调艺术之象与哲学之象的区别，在《管锥编》中称：“诗也者，有象之言，依象以成言；舍象忘言，是无诗矣，变象易言，是别为一诗甚且非诗矣。”又云：“是故《易》之象，义理寄宿之蘧庐也，乐饵以止过客之旅亭也；《诗》之喻，文情归宿之菟裘也，哭斯歌斯、聚骨肉之家室也。”（《管锥编》第一册）所以无论诗人将话说得多么绝：“不著一字，尽得风流”，但毕竟不是禅家棒喝，他们还要炼字、炼句，执着于“象言”本身。正是唐人对语言极其成功的诗化使用，催生了“兴象”说、“意境”说、“象外之象”说。

事实上，由哲学之象的暗示性到文学之象的韵味性，这一不断深化的认识、实践过程贯穿了整个中国古代文学史。《诗经》中早就有“兴”的手法。“兴”的产生是中国诗史上一次意义重大的飞跃，因为“情志”找到了一条物象化的出路。不过汉儒所谓比兴，只取物象与人事相对应的象征意义，至六朝人始取其感应的关系，如上引刘勰所称：“人禀七情，应物斯感；感物吟志，莫非自然。”物象由是取得了相对独立的美学意义。在六朝山水诗创作中，山水兴象不只是“引子”或“附着物”，而是“道”的显现：“目击道存”“以玄对山水”“山水以形媚道”。玄学孕育了山水，山水摆脱了玄学。至唐人更是隐去象征与理念，让兴象独立自在。如孟浩然《宿建德江》：

移舟泊烟渚，日暮客愁新。
野旷天低树，江清月近人。

诗中只孤立出几个画面，但“低”字“近”字轻轻一点，空间距离因主观而缩小了，人与自然更亲近了，诗人隐逸之情志便在其中。孟诗主体借助感受（“低”“近”皆主观感受耳，非客观如此）潜入客体之中，即情即景，在唐诗中有典型性与普遍意义，是所谓“情景交融”的境界。殷璠“兴象说”便是对这一创作实践的总结。殷璠《河岳英灵集》拈出“兴象”二字以评诗，是有见于“象”的自在性。盖兴与象并列，是两端确定，之间关系则不确定，从而留下很大的空间，有很大的容量。与前此的陈子昂“兴寄说”相比，子昂本为倡兴体而斥齐梁之用“比”，但“寄”字倾向太甚，易使人忽略形象独立的重要性，义理之宅遂误入“附理”之区。兴象说与后来的“神韵说”相比，则不致虚化太甚而魂不守舍。兴象并举，其中包涵着“天人合一”的思想，既不是由人向物的“移情”，也不是物成为人意念化的“象征”，人与物是互相感应的关系，物象具有了多重启发性与象外指向性的品格。这种自足性与指向性的品格在晚唐司空图“三外”说（“韵外之致”“象外之象”“味外之旨”）中获得突破性的超升。“三外”追求的不仅是“尽意莫若象”的信息传递，更是文学所特有的韵味，即情感联想。这一追求与西方符号论有其相通之处。苏珊·朗格在分析韦应物《赋得暮雨送李曹》诗时指出：

> 诗中的每一件事都有双重性格：既是全然可信的虚的事件的一个细节，又是情感方面的一个因素。（苏珊·朗格：《情感与形式》）

“象外之象”所表达的也是对诗歌意象双重性格的感悟。然而符号论者更强调的是“一切诗歌皆为虚构事件的创造”，中国古文论却更强调据实构虚、虚实相生的韵味。《二十四诗品》所谓“超以象外，得其环中”“返虚入浑，积健为雄”，都强调创作时据实构虚而欣赏时则当虚而返诸“实”，虚实是处于不即不离的关系。王夫之《唐诗评选》卷三称：“右丞（王维）之妙，在广摄四旁，环中自显。”诗人不说出的地方，正是要读者落入的“圈套”。与朗格“双重性格”的提法相比，中国文论似更重视欣赏者离而复返的参与。

“象外之象”，前象是诗人从客观世界“万取一收”而来的意象，后象则是欣赏者在前象启迪下通过情感联想而揉进自家经验与情感的诗人、读者共构之艺术幻象（参看拙作《象外之象的现代阐释》第三节，《文艺理论研究》1993年第3期）。“象外之象”的追求也是一种符号化的追求，但其表述要比现代符号论者在某种程度上更空灵、更圆融。以苏珊·朗格《情感与形式》为例，她的符号论突出感情因素，却难以覆盖文学艺术的各种功能，如认识功能、教化功能等；而中国古文论总是“情志”并举，“情理”连用，覆盖面要大得多。用古文论的话语评析中国文学史现象，显然要贴近些、亲切些。

三

现在我们可以步入创作的中心环节：作者的构图。按一般规律，作者先要通过其创作准确表现自己的感受，并将此感受形成情感意象，才能唤起读者的情感联想而完成鉴赏过程。关键在“情感意象”之形成。用克莱夫·贝尔的说法，就是：“当一个艺术家的头脑被一个真实的情感意象所占有，又有能力把它保留在那里和把它‘翻译’出来时，他就会创造出一个好的构图。”（克莱夫·贝尔：《艺术》）创作的全过程可用下式示意：

感受 → 情感意象 → 构图 → 审美情感。

由是，日人遍照金刚《文镜秘府论》南卷“论文意”所引盛唐诗人王昌龄一段话，引起我们的关注：

> 夫作文章但多立意。令左穿右穴，苦心竭智，必须忘身，不可拘束。思若不来，即须放情却宽之，令境生。然后以境照之，思则便来，来则作文。如其境思不来，不可作也。

境，是借用佛家语，指心灵空间，境生自心，是外物“内识”的结果。不过王氏沿用了传统的心与物之感应关系，故下文又云：“夫置意作诗，即须凝心，目击其物，便以心击之，深穿其境。”综观之，感物与作文之间有个中介：境。这是由心击物所生，是所谓“兴发”，相当于上文所谓“情感意象”。这是很重要的一环，它表明古文论已深入创作的核心问题。王昌龄认为，境之生不生关系到诗思之来不来。境生，则创作有了灵魂，当“以境照之”，统摄构图的过程。故上引文“深穿其境”后又紧接着说：

> 如登高山绝顶，下临万象，如在掌中。以此见象，心中了见。当此则用，如无有不似，乃以律调之定，然后书之于纸。

回顾上文我们对情志、兴象的论述，可否对上文作如是观：境是情感结构对外来刺激作出的反应，由此形成选择，即“所见景物与意惬者相兼道”。也就是“思与境偕”之意，是以心境“照”实景的结果。反之，“意”与“景”结合不紧，诗便“无味”。用图式表示，便是：

> 目击其物→心境生→以境照之→景与意惬。

不难看出此程式与本节开头的程式平行不悖，而更贴近中国抒情诗的创作实际。事实上“境”的提出是“比兴”历史的发展，是前人对诗意的整体性认识的加深。如果说早期“比兴”注重心与外部世界的对应关系，那么“境”的提出则标示了人们开始关注心与外部世界的整体性的感应关系。容以律诗为例稍加说明。

“捉对儿”表现事物的“对偶化”，本来就是天人感应的思维方式在诗歌形式中的反映。然而在成熟的唐人律诗中，一联之间的意象不但是对应关系，更是两镜相摄互相映衬的关系。如王维《山居秋暝》名句：

> 明月松间照，清泉石上流。

其中景物不是孤立的，而是汇为“一片境”：月、松、泉、石之间形成张力，共构一片澄明的氛围，整个儿蕴含着意味，一联便是一个自足回环的整体。这个整体便是“境”。中唐刘禹锡《董氏武陵集记》曾提出“境生于象外”，可谓一语中的，将象与境的关系表述得颇为清楚，惜未及详论。宋人严羽《沧浪诗话·诗辨》云：

盛唐诗人唯在兴趣，羚羊挂角，无迹可求。故其妙处透彻玲珑，不可凑泊，如空中之音，相中之色，水中之月，镜中之象，言有尽而意无穷。

“空中之音”云云，显然已不是心与物一一对应的关系，所强调的已经是各种形象的整体融一的感应关系。能将这种关系及作者、读者的双重感应在同一时空中体现出来，则有待今人王国维《人间词话》拈出“境界”二字。《人间词话》有云：

严沧浪《诗话》曰：“盛唐诸公，唯在兴趣，羚羊挂角，无迹可求。故其妙处，透彻玲珑不可凑泊。如空中之音、相中之色、水中之影、镜中之象，言有尽而意无穷。”余谓北宋以前之词亦复如是。但沧浪所谓“兴趣”、阮亭所谓“神韵”，犹不过道其面目，不若鄙人拈出“境界”二字为探其本也。（滕咸惠校注《人间词话新注》本，下同）

与严羽“兴趣”说、王士禛“神韵”说相比，“境界”的确更周密，更能提纲挈领地体现文学的特殊性。许多论者指出王国维与叔本华之渊源关系，这固然是事实，但更应看到王氏并不仅仅是撷取西方文论的枝枝节节来阐释中国的文学史现象，更重要的是他从西方学习了先进的方法论，与古文论家相比较，更善归纳，有分析。他不但能明分主体、客体，而且能注重二者之间的联系，追求本质性的东西并加以归纳，这才是王国维得力之处。所以他宣称：“言气质，言神韵，不如言境界。有境界，本也。气质、神韵，末也。有境界而二者随之矣。”

“境界”说的直接来源应是传为王昌龄作的《诗格》及皎然《诗式》。《诗格》有云：

> 诗有三境：一曰物境，欲为山水诗，则张泉石云峰之境，极丽绝秀者，神之于心，处身于境，视境于心，莹然掌中，然后用思，了然境象，故得形似；二曰情境，娱乐愁怨，皆张于意而处于身，然后驰思，深得其情；三曰意境，亦张之于意而思之于心，则得其真。（乾隆敦本堂本《诗学指南》卷三）

这里的“境”不但指泉石云峰之类的客观世界，也指情与意，正是《人间词话》所谓：“境非独谓景物也，感情亦人心中之境界。”只是王昌龄将情、意分说，大略是传统的情志并举意思，而王国维的“情”则统称“感情”而已。皎然《诗式》则曰：

> 夫诗人之思初发，取境偏高，则一首举体便高；取境偏逸，则一首举体便逸。

在《秋日遥和卢使君游何山寺宿敭上人房论涅槃经义》诗中又云：“诗情缘境发。”所云之“境”，既是外部世界的，又是经过情感反应后的，故曰：“取境偏高，则一首举体便高”云云。王国维仍袭其意，曰：“故能写真景物、真感情者，谓之有境界。否则谓无境界。”“词以境界为最上。有境界则自成高格，自有名句。”然而王国维高明之处还在于能以西方的方法论观照“境界说”，意识到境界已非纯客体之反映，而是诗人创构的艺术形象，故又曰：

> 一切境界无不为诗人设。世无诗人即无此种境界。夫境界之呈于吾心而见于外物者，皆须臾之物。唯诗人能以此须臾之物，镌诸不朽文字，使读者自得之。

这里相当精确而明晰地表述了诗人捕捉稍纵即逝的感受并形诸文字的过程，远迈古人。“使读者自得之”，又表明王国维对境界之形成必有读者之参与是有所悟的。

境界说的生命力还来自情景说。王国维在《文学小言》中宣称：“文学中有二原质焉：曰景，曰情。”事实上境界说的核心还是情景说，但强调的是情与景相乘而不是相加，注重其整体效应。自唐以来，情景关系一直是诗家讨论的热点。特别是清人王夫之，其论情景，可谓全面透彻，已达圆融的境界。王夫之的情景论至少有三点值得注意：一是强调情意的主导作用；一是强调真景真情；一是“现量”。前二者为学界所熟知，兹条例数则，读者与《人间词话》相参，自能别其源流：

烟云泉石，花鸟苔林，金铺锦帐，寓意则灵。若齐梁绮语，宋人抟合成句之出处，役心向彼掇索，而不恤己情之所处发，此之谓小家数，总在圈缋中求活计也。（《夕堂永日绪论》内编）

情景名为二，而实不可离。神于诗者，妙合无垠。巧者则有情中景，景中情。（同上）

关情者景，自与情相为珀芥也。情景虽有在心在物之分，而景生情，情生景，哀乐之触，荣悴之迎，互藏其宅。（《姜斋诗话》）

谢诗有极易入目者……言情则于往来动止缥缈有无之中，得灵蠁而执之有象；取景则于击目经心丝分缕合之际，貌固有而言之不欺。而且情不虚情，情皆可景；景非滞景，景总含情。（《古诗评选》卷五评谢灵运《登上戍石鼓山》）

后一节言意象之形成，与上引王国维“一切境界无不为诗人设”云云相较，尤觉圆机活转，不可替代。现在要说的是“现量”与王国维“不隔”之联系。王夫之《夕堂永日绪论》内编有云：

“僧敲月下门”，祇是妄想揣摩，如说他人梦，纵令形容酷似，何尝毫发关心？知然者，以其沉吟“推”“敲”二字，就他作想也。若即景会心，则或推或敲，必居其一，因景因情，自然灵妙，何劳拟议哉？“长河落日圆”，初无定景；“隔水问樵夫”，初非想得：则禅家所谓现量也。

现量，除了钟嵘《诗品·总论》所谓“观古今胜语，多非补假，皆由直寻”的传统意义外，还借助这一佛家语强调审美心理的直觉性，是王夫之《相宗络索》所云“现成一触即觉，不假思量计较”。这种直截手段来自对真景真情的追求，故其《夕堂永日绪论》内编又云：

> 禅家有三量，唯现量发光，为依佛性；比量稍有不审，便入非量。况直从非量中施朱而赤，施粉而白，勺水洗之，无盐之色败露无余，明眼人岂为所欺邪？

可见现量便是真情真景相触而成的艺术境界，正是《人间词话》所云："能写真景物、真感情者谓之有境界，否则谓之无境界。"王国维比"直寻""现量"更进一步提出"不隔"，要求作者将由真景真情相触而成的境界表达得澄明无碍，使读者易入其境而共创艺术幻境。"不隔"成为《人间词话》品评作品的一条具体标准，与真情、真景合为境界说以衡古今作者：

> 大家之作，其言情也必沁人心脾，其写景也必豁人耳目。其辞脱口而出无一矫揉装束之态。以其所见者真，所知者深也。持此以衡古今之作者，百不失一。

境界说由是继承了传统的情景论却又更明晰、更具可操作性，弥补其易流于说玄的不足。王国维的努力成功地表明了以现代方法观照古文论，拓宽其内涵，弥补其不足，是一件大有可为的工作。

我们从古文论中选取了情志、兴象、境界这一组范畴进行重组，由此得出如是的程序：

情志→兴象→境界

这一程序显示创作的过程，即作者通过情志这一情感结构去感受外部事物，触发为情感意象，并以诗化的语言去创构一种富有启发性的兴象，通过作品中各种因素的整体效应形成氛围感染读者，在读者参与下完成艺术幻象——境界。当然，与极其博大丰富的传统文论相比，这仅仅是造了一块"砖"，远不足构成自成系统的文学批评话语。苟抛此砖可引群玉，则幸何如之！

（原载《文学评论》2001年第2期）

从历史文化的视角看杨少衡的小说

一

我喜爱杨少衡的小说，首先在于他能感受到当代人心灵里历史文化的脉动，让现实蕴含着过去，指向未来，使所写的人物具有某种时空的立体感。须知中国传统文化对“现实”有其独到的看法。

历史寻求真相，这大概是人类的共识。不过中国人还有进一层的认识：历史在追寻真相中总结经验教训，植入现实，提供借鉴。司马光将他的编年史命名为《资治通鉴》便是明证。中国文化特重历史，或称“史官文化”，与中国人有强烈的忧患意识相关。中国古人意识中的“现实”往往是包含着站在现在、回顾过去、忧患未来三位一体的意涵，也因此现代人称为“现实主义诗人”的杜甫，古人却称之为“诗史”。“诗史”不是“史诗”，重点不在乎以诗写史，而在乎从具有历史连续性的现实生活中抉发出人性的诗意。在他们看来，“真性情”要比“真相”更要紧，因为“真”是从生命本源透出的美，是与“善”紧密关联的，是文学艺术所不可或缺的要素。我翻阅雷蒙·威廉斯《关键词》Realism（实在论、唯实论、现实主义）条发现[①]，这个词其实有着相当复杂甚至相互矛盾的内涵，是个不断演进的“变量”，不可望文生义。条目最后用了一个颇具包容性的定义：“就广义的物质主义而言，Realism 的历史意涵即在于它具有一个目标：使社会的、物质的现实（reality）变成文学、艺术与思想的基础。”注意！“现实主义”不停留在“现实”，更重要在于“使社会的、物质的现实（reality）变成文学、艺术与思想”，这也就是中国古人所说的“据实构虚”，是“有”生“无”，而不是“无中生有”。所谓的“典型”也只能是建立在现实内在的可能性当中，这才能构成“真性情”而不是“高大全”。就此而言，我认为传统文论对“诗史”独特的认知完全可以进入此条目而丰富之。

回到杨少衡的创作，我认为他正是用据实构虚的方法逼真地“再现”了包括内在情感与潜在历史文化动向的现实。以《蓝名单》[②]为例，故事写了市政协原副主席简增国因行贿入狱的过程。一开始作者就抛出一个“包袱”：简某涉案是因为向蓝副书记行贿十万元。办案人员已点醒他：作为行贿一方，只要坦白交代，就会从宽处理。可是号称“师长”（闽南语称有招数、善于处理难题的师傅）的简某明知“退一步天地宽”，却异乎寻常地死不认账，令人困惑。由此带出他与现任乡长的儿子简哲之间的矛盾与亲情。老简有的是办法，但不择手段，总认为“首先是办成事情，办成了就合适”，因此留下不少后遗症。小简偏不买父亲的账，厌恶官场潜规则，力主依法治国。父子俩扯不到一块，一路磕磕碰碰。然而中国人最过不去的坎就是父子亲情，尤其是那些巴望着儿子能传宗接代的父亲。老简不

---

① ［英］雷蒙·威廉斯：《关键词》，刘建基译，生活·读书·新知三联书店 2005 年版，第 391 页。

② 本文所引杨少衡小说，除另行注明者外，咸见于拙编《杨少衡新现实主义小说点评》，中国华侨出版社 2018 年版。下引只标页码。

能不用自己的方式一路关照着儿子，为了保住儿子的仕途，乃至不惜付出以身试法的沉重代价。故事是这么收尾的：

> 如果简增国承认下来，当年的“周转金”将被视为为简哲铺路买官，这将成为简哲一大污点，会给他的未来蒙上难以消除的阴影，甚至毁掉他的前途，这是简增国无法承受的。简增国认为简哲是个好孩子，作为年轻干部他也很优秀，未来他应当会强于自己的老爸，不该被早早毁坏。因此简增国死活不进“蓝名单”，宁可自己承担后果，这是他应该承担的。他的出事短期内对儿子上进会有影响，长远看可能反会让儿子在当地收获或明或暗的同情，有利于发展。（第 55 页）

“包袱”至此解开。简增国不愧是老谋深算的“师长”，不但以亲情最后赢得儿子理解的泪花，他那“长远看可能反会让儿子在当地收获或明或暗的同情，有利于发展”的预想也符合今日的现实。无论是简副主席还是简副乡长，作者都是从他们个人的“性情”的根本由里到外地说开来。杨少衡未必于古文论有兴趣，但无疑深于历史文化的感悟。我在点评中发了一通这样的议论：

> 这篇以反腐为题材的小故事，带出了一个千百年来让哲人们纠结不已的古老命题——情与理（法）的关系。人际之间的和谐需要情来加固，社会必要的秩序又需理（法）来维系，二者经常会出现矛盾，是所谓的“忠孝不能两全”。……时至今日，它仍然令人头痛。与各种企图以“绝对理性”来压垮人间情感的主张（如原罪、灭人欲等）不同，原始儒教将“理”置乎“情”的基础之上，融化在感性中：“道由情出”“道始于情”（郭店竹简）。儒家以亲子之情为根本，建立了“孝——仁”为体系的中国特色的伦理社会模式（“国/家”），让理渗入情，情理交融，“合情合理”并举。至今，一曲“常回家看看”仍能打动国人的心。在不同的情境中，“舐犊之情”与“大义灭亲”并存，情与理交互为体、用，形成伦常节奏，也出现了许多“挥

> 泪斩马谡”式的悲剧。情理交融在现实社会中如何成为可能，依然使人困惑。许多论者都指责中国的“人情世界”妨碍了“法治精神”，固然大体不错，但这是中国的历史与现实。是否还应考虑西来“法”与东土“情”也应当兼容，让情、理、法各司其用，让人人都能像了解交通规则一样了解三者之间的界限？这是一个不易解决却又必须解决的难题。当然，文学家要敏锐地发现并提出问题，却未必要、也未必能给出解决问题的办法。然而问题提出来了，就会引人思索，解决问题兴许有了希望。这就叫——意味深长。（第55—56页）

对文学创作，西方人或以镜喻之，取其摹仿、反映义；或以灯喻之，取其表现义。但引人思索、发人想象更是文学创作的一大功能（“诗可以兴”），似乎没有提起。好作品有时并没有给你具体的指示或答案，只提出某个问题，却成为引发你思考与想象的支点，这还不够吗？

二

现代人无论如何现代，历史文化总是会盘踞在你的心理结构的深处不时地探出头来。在《我不认识你》一篇中，作者另塑一个处于矛盾纠结中心的人物：安再厚。他是出身“草根”的私企老板，敢说敢闯，无疑是市场经济大潮中的弄潮儿，有其历史的作用。然而此类人身上有洗不掉的游民习气，不按规矩出牌，总想用金钱铺路，填平自身的“先天不足”，进而取得竞争优势；而安再厚身上那种天不怕地不怕、知恩“讲义气”、有仇必报的性格，又使人想起古代那些江湖汉子，叫人爱不得、弃不得、认不得。作者吸取悬疑小说一些手法，让安再厚与有“官二代”背景的林东华，以及变态人物郑涵之间互相撕咬，三股线索或明或暗绞在一起推进情节发展，颇有看头。“我不认识你”是夹缠在安、林之间的副市长孟奇的口头禅，暗示这位力求办事“公平”的官员面对这场斗争及安再厚这种复杂人物所产生的困惑。安再厚总是有自己的一套“道理”：欠人工钱，他说：“不怪我。”孟奇：“难道怪我？”“区长说得对。”新鲜！仔细一想，孟奇代表区政府，而区政府让安某垫资搞建设，欠下巨债至今未还，他将欠工钱的责任推给区政府的确也有他的理；招标时他又与林东华较上劲，明知后者有后台却不听“协调”，指控林东华使用不正当手段诱逼竞争对手，凭借权势压人，强烈要求区长主持公道，这也不能说他没理。然而安再厚“有恩必报”，为了感谢孟奇主持公道就行贿为之买官，为了保住安家“风水”不惜鼓动村民上访，等等。这些“奥步”真让孟奇犯难。

然而还有远比这些“暴发户”更难“剃头”的难题。“拔起萝卜带出泥”，无论是“官二代”还是“草根”，暴发户们身后往往有个“家”，如林东华“父亲是本省老领导，退休前为省人大常委会主任。林家兄弟姐妹个个能干，出了一个市长，一个厅长，还有一个大学书记”；安再厚身后则有“山间几个老坟头”为象征的安氏村世代的亲族。“国家”的“家”，中国古代指的是“家族”，既是王朝的支柱，也是割据的一方。氏族血缘在中国有其连绵不断的现实社会渊源，一直死而不僵，尤其是以此为基础扩而大之的“江湖义气”，战友、同学、哥们、兄弟，在“关公”麾下重新集结，借新时期经济大潮化身为形形色色利益集团的内核，不容小觑。作者的慧眼就在于能从这些“新问题”里洞见老病根，探针已深入历史文化的深处，触及贪腐的穴位。在中国古老的大地上，不管戏法怎么变，总可以找到它的“底本”。

三

当然，历史文化也不尽是负面。“真性情”的另一种相近的表述是“情志”。最能体现人之为人的特性应该不是吃饭睡觉之类的自然属性，而是人的社会属性。情志不是人性的全部，却是人性中社会性的浓缩表现。刘勰《文心雕龙·附会篇》曰：“必以情志为神明。”情志应是思想（在中国古代主要指道德理性）与情感互相渗透后的一种感性形态。将情志视为文艺创作的爆发点与灵魂，正是中国古人高明之处。

当代文学创作就不讲情志了吗？“一心想当官”如今不是一句好话，但“一心想当教授”“一心想当老板”就是好话？子曰：“亦各言其志也。”（《论语·先进》）从“情志”的视角我们也许比较容易看清个中原委。

连加峰，是另一篇小说《珠穆朗玛营地》的主人公。他“长在红旗下”，甚至闹不清楚“困难时期”“文革”为何物，从未有心灵与肉体的创伤，工作、生活平顺，更具当代青年干部“被幸福”的“一般性”。他独特之处还不在于自嘲在市府办是个“太监”，一口一个“喳”，只会“对对对，是是是”；而在于他高中时就在心中“安装”了一座山——珠穆朗玛峰，因为高中老师告诉他“人的心里应当有一座高山”。这山当时只是模糊的象征，待到参加工作后在庸庸碌碌的生活中泡久了，这才又记起这座高大的山——须知当代青年要的不仅是“活着”，还要“存在”。这山已经成了连加峰的一种向往，用唐人的话叫“兴象”。兴者，起也。珠峰巍峨的“象”唤起他向上的“兴”，他要改变当前平庸的环境。古时候说“不到长城非好汉”，如今是“不到珠峰非好汉”！于是他“开后门”到西藏工作，当了个县委副书记，从此一心扑到艰苦的工作中去。“仁者乐山，智者乐水。”为百姓谋福利的责任心与厚重高大的珠峰叠合了。是的，兴象不是象征，是感应，是心性与自然的沟通——异质同构，是具有感性的“神用象通”。在小说连加峰与陈戈“私奔”珠峰一节里，兴象化入境界，珠峰已不再是俩人心中缥缈的影像，而是身在其间的实景了。人在山中走，情在境中生。真，化而为美。

美可以启真，崇高的景物可以洗涤许多人的心灵，前提是那人也得有真性情。狂奔三千里，来回三昼夜，就为了看一眼“那座山”？没止于至善的情怀，谁玩这种极限运动？一边是：在海拔四五千米缺氧的高原上狂奔，陈戈因闹肚子昏过去，连加峰也体力透支，但他一改向来的“对对对，是是是”，将昏睡的陈戈扛上越野车继续走！另一边是“天蓝水净，五彩经幡猎猎翻飞于山巅，色彩鲜活”，“景色极好，喜马拉雅山坡起伏，蓝天贴着山尖，伸指可触，白云飘飞，山风强劲。公路缠绕山坡，漫长的上坡路上，只他们一辆车在行进，左盘右旋有如山鹰”，“夜幕四合，星空低垂，寒冷的原野极其空旷”。作者用散文的笔调紧拉慢唱地将喜马拉雅山美景穿插其间，颠簸的越野车使连加峰与陈戈靠得更紧了。当陈戈被抬进旅馆后有一段描写：

> 凌晨时分她醒过一次，发现自己和衣躺在床上，身上盖着厚厚的被子，还压着她的羽绒大衣。屋里静悄悄的，灯亮着，照着床边的连加峰。他把原摆墙角的沙发推到床边，斜靠在沙发上，身上裹着件军大衣。他没敢躺下，半坐半靠，守护放在陈戈床头的一支氧气钢瓶，一边打瞌睡。她看到他缩成一团，像是很冷。
>
> 然后她又昏睡，那一瞥有如梦境。（第 97 页）

情真意洁。这是有别于爱情的人性中的诗意，同样是美。次日，珠峰兀然现于眼前：

> 连加峰在路旁石砾上坐下，静静看着冰峰，极力回想。

……

他使尽气力，大喊了一句："是它！"

然后仰翻，后脑勺着地，连加峰猝然昏倒于珠穆朗玛营地（第 107 页）。

我的评点是：文学史表明，只要能将一个民族的历史文化的某种深刻的理念具体化为一个有意味的形象，便是佳作。中国人将人生的最高境界称为"天地境界"，将审美的最高境界称为"天人合一"；这种东西有点"不可知之，但可思之"，作者在这篇小说中竟然水灵灵地将它体现出来了。关键在作者成功地捕获了一个鲜明的意象——珠穆朗玛峰，并让它成为普通人心中的那座山！"那座山"不是别的，就是对人民负责的社会责任心。它是清流与浊流的分水岭。传统的"比德"至此已不是什么僵硬的教条。我不能不佩服作者巧妙的构思：他让主人公心中的那座山一路向珠穆朗玛峰靠拢。那条路、那棵树，那番苦心，那些折腾，让心中那座山愈来愈清晰，终于与晶莹透亮的珠峰叠合，涤尽官场一切庸人俗气，在那一瞬间实现了"天地境界"与"天人合一"。

这一旅程是连加峰心的历程。小说中没有大段独白，或意识流之类的心理描写，只用传统小说常见的白描手法，以事以物以情写心，同样实现了作者对连加峰的精神透视。

陈戈值得一提。据我所知，杨少衡编写的故事，其细节与人物多少都有可考的事实为依凭，唯独少校小姐陈戈是作者完全的虚构。她体现了作者忠厚的用心，相信"那座山"的感染力，相信新一代有自我完善的能力。这也许不是曾经的"现实主义"所能规范的了。

四

杨少衡小说中许多正面人物不幸都“一心想当官”，但“一心想”是各有其所想，“当官”也各有各的当法。《大畅岭》其实是从长篇小说《底层官员》[①] 中裁下的，欲知主人公刘克服为什么“一心想当官”，还得追踪到前文。原来刘克服的命是用母亲的命换来的：在洪水中，父亲为了救儿子，放弃了孩子他妈。所以刘克服发誓：“要让母亲值得！”如何才“值得”？在现实中他痛感人与人并不平等，他“一心想当官”就为求个公道求个平等。有如此想头的人绝不止刘克服一个。刘的爱人、后来的妻子苏心慧也是因为“出身”问题四处碰壁，但她“一心想当官”，百折不挠，终于走出困境。正是在她的鼓励与帮助下，刘克服弄到副乡长的位子。但同情弱者的性情使他不能不管“闲事”，也因此老是惹麻烦。何谓“性情”？简单说就是某种内化了的思想感情，它甚至能影响一个人的情绪与行为模式。当他看到被挂炮炸掉双手的小阿福“两只小臂光秃秃如两支小棍，在高高挽起的袖圈里晃荡”时，自己的伤臂就会发抖，“自行车在他手下嗦嗦晃动”。同情弱者就是刘克服的真性情，使他老是爱打抱不平。苏心慧劝导过他：“别招惹你管不了的”，你“必须能把握住自己，包括性情”。但性情还是把握了他。

性情能说改就改吗？当了副乡长他还是要不自量力地为移民村的百姓抱不平，也因此吃尽苦头受尽委屈，却赢得了移民村百姓的信任。但副乡长毕竟只是个不入流小到不能再小的干部，许多不平事他虽然看在眼里挂在心上，却无能为力。小说有一段心理描写：

---

① 杨少衡：《底层官员》，作家出版社 2010 年版。

> 他觉得自己很没用。现在他最盼望的就是手中能有权力。当年他在中学里当教员，有人说他到头来怕是老婆都找不到。那时满心盼望能有贵人相助，改变命运。那种处境的感觉很深刻。忽然有一天有人喊他“贵人”了，让他感慨不已。他帮得了他们吗？号称一官半职，其实就是小小副乡长，成什么事？他觉得自己非常低微非常无力。（第143页）

“一心想当官”就够要命了，还“最盼望的就是手中能有权力”，真是冒天下之大不韪！但是当他把当官掌权与自己的情志结合起来，这就使事情有了质的变化。在一次移民村与乡政府强烈的冲突中，刘克服“先斩后奏”提出移民村整体搬迁彻底解决历史遗留问题的主张。其实这一主张已是历任基层干部的共识，只是难办所以一直没人要办。县委方书记是个“功劳归自己，责任付他人”的狠角色，他一面大发雷霆要把刘克服“毙了”，一面又知道这一历史欠债终究得还，便将责任甩给刘克服，要小小副职提方案。在巨大的压力下刘克服的智慧发生了“井喷”，他不顾一切地奔走呼号，甚至不怕丢乌纱帽铤而走险直取港商吕金华，晓之以利害，动之以商情，让他为筹建移民新村出资。“不可能完成的任务”完成了！权力在这样的人手中就可能造福一方，维护这一方百姓的利益。这样的人“一心想当官”岂不是百姓的大幸？作者将最美的人性诗意赋予卑微的底层官员，这不能不引人深思。我在点评中这样写道：

> 这一次是直面权力问题。我们面对的不止是贪污受贿之类的腐败，还有另类的腐败——缺乏社会责任心与正义感，不讲科学决策的一言堂，滥用权力。……我们无权责备处于权力边缘的基层干部刘克服，他已经身心交瘁为百姓的利益尽力了。这种人在现实中已经是很难得了！再好的政策与法制也得有人去执行，所以我们常说人的因素第一。人，什么样的人？小平同志说得最精确：“人的因素重要，不是指普通的人，而是指认

> 识到人民自己的利益并为之奋斗的有坚定信念的人。”① 这个信念也就是连加峰“心中那座山”！在沧海横流的大变革时代，这种人才是中流砥柱。我们站在第一线的基层干部，最缺乏的还不是高学历高智商，而是有坚定信念与强烈的社会责任心。刘克服这个形象之所以成功，就在于他有血有肉有情有义有欲望有纠结有顾忌，真实可信。（第165页）

作者站在“有坚定信念与强烈社会责任心的人”一边，但是在杨少衡的“现实主义”里没有人为的“大团圆”。该来的还是要来。为了顾及方书记的“形象工程”，在没有彻底闹清地质状况之前，刘克服只在自己权力范围内悄悄调整了一下设计，让新村离南坡远一点。终于在一次大暴雨中，不给面子的泥石流毁了“幸福村”。为了自保，县委方书记不讲自己决策错误，只讲救灾事迹，将无视灾情的原乡党委书记林渠撤职查办，把救灾中周身是伤的刘克服提为村委书记，转移了视线也堵住刘克服的嘴。方某无恙。而“幸福村”却从此成了刘克服难以克服的心病。这就是现实。

五

现实，是发展着的时空连续的现实，一项似乎是“孤立”的“当下”事件，需要经过人们理性的反思，在一定长度的历史时空中俯瞰，才能弄明白。杨少衡正是一位深于反思、俯瞰的作家，综观其作品就能明白这一点。

即以杨少衡笔下一系列的“暴发户”形象为例，作品形象与作家的思考都有个由粗趋细的深化过程，与形势的发展同步。在发表

① 《邓小平文选》第3卷，人民出版社1993年版，第190页。

于1998年的《红布狮子》中，万源鞋业老板常东升是个地道的“痞子”，对工人极尽其压榨之能事，满脑子低俗的封建迷信思想，无一是处，这是改革开放初期一批处于原始积累阶段的暴发户的真实状况，也是作者对这些人的初步认识。然而随着形势发展，这些人也在蜕变。在发表于2005年的《林老板的枪》中，牛气哄哄的奉成集团董事长林老板已经在扩大生产，想并购县机械厂了。他不但懂得用“糖衣炮弹”，也懂得捐款扩大影响，甚至企图“帮”县长升官，以利将来，只是吃喝嫖赌的痞子属性没改。时至2013年，《我不认识你》中的私企老板安再厚，可以说是林奉成的2.0版，但其德性要比前者“厚”了许多。虽然还是吃喝嫖赌，依然有一个无耻的“小蜜”，同样以钱开路，但他有时也讲理，在经营时基本上守法，懂得要求“公平竞争”，知道这才是长远之计。对副市长孟奇的情感，除了难免的“功利主义”，更多的是对孟某主张“公正”的认同与感恩——虽然用的还是“江湖义气”。这是我们要面对的新情况。正是这一新情况促成了一批新型官员。

难能可贵的是，杨少衡把“暴发户”与“官员”捉对儿来思考。历史辩证法表明，“恶”推动了其对立面的发展，用《老子》的话叫：“反者道之动。”《林老板的枪》中，县长徐启维对付林老板是：一方面用“忍”，投其所好，给足面子；一方面瞅准时机捉住他私藏武器的要害，逼他就范在职工安置协议上签字。“妈的，扒得只剩一条裤衩!”林老板说。原县机械厂职工的权益于是得到保障。徐县长对付林老板的办法尚属战术性的小谋略，而在《我不认识你》中身处新历史时期的副市长孟奇，则不但善于解高等数学题，还善于对社会现象作理性的思考，注重长远、系统的策略，而不是眼下零碎的得失。面对新型的“暴发户”，他依仗的则是政策与法制，讲究的已经是大道理了。这个大道理就是公正、公道，对民营企业该扶持的扶持，该监督的监督，该承担的承担，使之走上公平竞争的路。行之以大道，处之以情理，还之以公道。在市政协换届时，他对安某有个基本看法，颇能体现他的“公道”：

孟奇告诉来人，安再厚对挨打迁坟至今耿耿于怀，在许多场合公开表示不满，迁怒市领导，怪罪孟奇偏袒对方，表现狭隘。但是也应看到安的企业具有相当规模，是纳税大户，经营尚能守法，在本市民营企业家中有一定代表性和影响。村民闹事要记安再厚一笔账，但也应念及情有可原，关键时刻安再厚虽极不情愿，还能听从劝告，抱伤含泪打电话，帮助平息了风波。安再厚嫖娼是既往问题，应当监督他改正错误。可以警告他，类似行为有损形象，日后一旦再出问题，除了受法律惩处，还将被公开罢免政协委员身份，让他颜面扫地。这或会促成他加强自我约束，更有积极效果。（第 212 页）

孟奇的视角颇能体现中国文化中实用理性的特征。有人说，能从泥洼中发现倒映的星星者，定是诗人。我说，能在贪腐甚嚣尘上的岁月里发现并写出心定气闲地考虑治国之道的官员者，必是优秀作家。是的，面对新情况要有新思维，我们不能老是以“老子是大老粗”自居，老是以“大跃进”的心态治国。时代需要一大批有理性、讲科学的新式官员。以 2008 年发表的《大畅岭》为标志，杨少衡开始陆续塑造了一批有血性、有理性的基层官员的形象，这正是他的小说与“谴责小说”截然不同的地方。《大畅岭》中的刘克服当过物理教师，他知道学过地质学的应局长说话的分量，所以颇挂心于“幸福村”新址的地质状况。可惜我们当前“官大一级压死人”的体制很不利于科学决策。他们的话就是圣旨，如何纠偏？而在考核干部时又侧重看表面“政绩”，促成“形象工程”的泛滥，火借风势，官官心急火燎要“快上”，“科学决策”便成了一句空话。这层意思在 2017 年出版的长篇小说《风口浪尖》中有集中的体现。

六

《风口浪尖》①这篇小说的结构颇奇特。全书可分为“海王”台风预警引起一场虚惊，以及“丝丽”台风真正袭来两部分。书中出场人物众多，各级官员与三教九流各色人等叠罗汉也似的各安其位，“安定团结”有惊无险。然而一阵大风，罗汉阵立即轰然倒塌，在危难面前人人本色尽显。其实呢，这阵风是风中有风：有台风也有反腐暴风，一经一纬将林林总总处在不同平面上的人、事、物卷入风眼相互碰撞，形成一个互为因果的整体结构。先说前半部大略：

市长李龙章原为东城区副区长，因抢建东城迎宾路，以及江滨路、江滨公园，形象亮丽，进“快车道”骤升为市长，但也因操之过急，下水系统原始，排水不畅，伏下东城内涝的危机。

副市长张子清胆大心细，高傲有决断，有理性，看不惯李龙章不负责任的行为，常嘲讽之。事出偶然，他发现小警察肖瑞溪的才能，遂一路提携为岭边县纪委书记。肖在办李梅案时觉察背后阴谋，由此又引出岭边县委书记陈凯的贪腐案，伏下后来杀身之祸。

副市长唐亚泰性格粗放，外刚内柔，但正直有余而认识不周，错误地认为“立足现实状况，出于做事需要”，只要自己不贪污，公家不妨多花钱。在处理工程项目时迎合“上头”李远航，挪用七姑堤拨款以保证“官二代”林寅的利益，伏下日后溃堤的灾难。又因七姑堤引来市水利局总工办主任童健“告大状”，唐欣赏童“有学历有能力”与不屈不挠的责任心，荐为市水利局副局长，后虽因省里不当决定免去其职务，但唐仍看重其品格，又伏下重新起用她的

① 杨少衡：《风口浪尖》，湖南文艺出版社 2016 年版。

机缘。

北岭县级市市长陈竞明，有官瘾，敢说敢干，勾结港商戴鹏飞，以工程项目收贿，并向市委副书记刘贤平行贿谋官，居然进入副市长人选考核程序，同时也招来举报，喜忧参半。

以上线多事繁，人情物理交错，危机四伏，悬念迭出，杂而有序，为高潮到来做了充分的铺垫。

以下讲丝丽台风真正袭来矛盾总爆发时的大略情状：

市长李龙章对自己在东城区排水系统建设中欠下的债心知肚明，急调张子清坐镇东区，意图让张背责任。当内涝告急时，又不顾一切调离张，命令梅岭三水库蓄水以减轻东城区负荷。他总是先考虑自己的利害关系。而张子清抗命放水保住梅 3 水库解除总崩溃的危机，反而使他侥幸躲过一劫。

副市长张子清以百姓的生命财产为重，明知有陷阱也往里跳。他死守梅岭三水库，理性地分析三水库险情，坚决拒绝蓄水，在梅 1、梅 2 水库相继崩塌后，终于保住梅 3 水库，避免了一场更大的灾难。

副市长唐亚泰在紧要关头起用被免职的童健，合力死守七姑堤，成功地转移了村民，其间还劝阻张子清不要离开梅 3 水库，体现了同志间的生死情，最后堤塌而壮烈牺牲。童健在越野车沉没时被唐亚泰蹬出车门获救。

岭边县纪委书记肖瑞溪被县委书记陈凯构陷受贿十万，不得已在将聋哑女儿安顿后潜逃，与证人丁其兴合力诱出陈凯派来的杀手县刑警副大队长石秋生，肖被杀后丁报案，陈凯贪腐败露跳楼自杀。

北岭县级市市长陈竞明贪腐败露，企图导演一出“民众自愿欢送”的闹剧，临阵怯场匆匆出逃被通缉。

后半部分错综其事，层层进逼，环环相扣，一时间天崩地塌写出太平世界的一场无硝烟的战争。这部书的结构一似暴风中海上起伏的巨浪，背上叠着小浪小浪溅着水花水花喷成雨雾在风中化为一阵阵烟，而浪中鱼龙混杂或抗争或潜逃或随波，有些则被抛入空中，终于天青雨霁波晏一碧万顷，煞是好看。

决定性的还在于如何写。据我所知，杨少衡虽然青少年时代读了一些旧小说，但后来他更着迷的是外国小说，尤其是法国小说，所以其小说结构与一些叙事方式以及幽默感，颇受西方小说的影响。话虽然这么说，他用的语言却是地道的平民语言，绝少当下流行的欧式语或“网络语”。你要知道，他就生长在闽南，闽南人好讲本地话，即便是本地官员们在闲聊时也是满口市井俚语，他不能不浸泡在闽南的“草根”语境中。而闽南话与中古时代的中原话语相近，尤其是至今仍在市井乡间流传的“讲古”，与宋以来的“平话”相通。这条“时间隧道”让他得益良多，潜移默化地在书写上采用了中国传统的“白描”。所谓“白描”，无非就是纯用笔墨勾画出人、事、物最具本质特征的外部形貌与动态，寥寥几笔就达到传神的效果。试看唐亚泰准备起用被免职的童健共抗洪水时与她的一段对活：

> 唐亚泰告诉她，上溪七姑堤遇险，此刻吃紧，他正在赶往溪童。他考虑那里木桩子不够，需要增加，因此给童健打这个电话。
>
> 她问：“我有资格吗?”
>
> “你可以不去。”
>
> 唐亚泰把电话挂断。
>
> 他在清晨时分赶到七姑堤，半小时后童健赶来报到。（第 164 页）

所谓“木桩子”，其实骨子里指的是他对张子清说的“堤决了口，只剩下连人带车填进去一招了”，人当木桩子死守堤岸！他认定童健跟他一条心，“挂断”正是唐亚泰的作风。而童的回答则表现她对免职心底里还有怨气，符合她执拗的性格。但她仍然心悬七姑堤，赶来报到。两人的心气相通做派相反不必著一字。再看一例：

> 张子清跟唐亚泰讲了近十分钟，通完电话后即下令：“停会车。”
>
> 司机把越野车停在路边。
>
> 张子清没有说话，他把手机丢在座位边，自己看着窗外，

窗外山岭上风呼呼叫，满山树木摇晃，雨还在下个不停。

他们等了近十分钟时间，张子清看了一眼座位边的手机。

“走吧。”他说。

司机发动车子。

“倒车。”张子清下令。

“倒?”

“咱们回梅三。”张子清说。（第 191 页）

唐是在七姑堤告急的情况下与张通话的，他力劝张以民为重，返梅三水库坚守上游。张被李市长逼下梅岭，客观上是免去他沉重的责任，是个解脱。然而唐提醒他要以民命为重又使他不能不沉思，尤其是他得知唐自己准备与七姑堤共存亡，不会不受到激励（“看了一眼座位边的手机”并非闲笔）。他陷入了两难：重返梅岭坚持放水保水库，则抗命罪加一等，只有蓄水而水库崩塌，才能证明自己是对的，却加大下游灾情，又何必当初？也许还有更多悖论。但我们只看到他停车十分钟，看着窗外风啸树摇。“倒车”两字重九鼎——他终于选择了对自己最不利的一项决定。这寂寂的十分钟写尽张子清内心的搏斗，无声胜有声。

看过杨少衡小说的人对他亦庄亦谐充满调侃自嘲的语言无不印象深刻，不必我来多嘴。这种密集的调侃固然有时让人“审美疲劳”，但总体上却收到反讽之功，使他的西式幽默带上东方朔式的诙谐。总之，杨少衡的小说既得力于西方，也得力于传统。

杨少衡是一位有十几部小说集至今仍活跃在一线的作家，其丰富性与当代性不是历史文化一个视角所能尽窥。然而尝海一勺已经使我品尝到杨少衡小说中本土文化之至味。我很清楚一个优秀作家、一部好小说，可以从许多角度去观照。不过我敢说，杨少衡作品的某些“落角”，需要用本土历史文化的“夜视镜”才能看清。当然，“镜”本身还得拂拭甚至打磨。真正能用现代观念重新审视、阐释“国故”，借他山之石攻玉，激活我们的传统，让传统文论以新面目融入当代现实重新获取话语权，尚有俟来哲。

学术简表

专　著

《中晚唐小品文选》（注译本）　福建教育出版社 1991 年版

《文化建构文学史纲（中唐—北宋）》　海峡文艺出版社 1993 年版

《杜诗赵次公先后解辑校》（全二册）　上海古籍出版社 1994 年版

《唐诗与庄园文化》　漓江出版社 1996 年版

《诗国观潮》　福建教育出版社 1997 年版

《栖息在诗意中——王维小传》　河北大学出版社 2000 年版

《文学史新视野》　北京大学出版社 2000 年版

《唐诗：日丽中天》　广西师范大学出版社 2000 年版

《杜诗选评》　三秦出版社 2004 年版

《文化建构文学史纲（魏晋—北宋）》　北京大学出版社 2005 年版

《激活传统——寻求中国古代文论的生长点》　上海古籍出版社 2007 年版

《杜甫研究续貂》　〔台〕天空数位图书有限公司 2010 年版

《杜诗赵次公先后解辑校》（全三册，修订本）　上海古籍出版社 2012 年版

《杜诗学论薮》　上海古籍出版社 2015 年版

《杜诗菁华》（全二册）　〔台〕三民书局 2015 年版

《中国佛教名山胜地寺志》（释译）　　东方出版社 2016 年版

《文本内外——文化诗学实验报告》　　中国社会科学出版社 2016 年版

《林继中文艺随笔选》　　中国华侨出版社 2018 年版

《王维——生命在寂静里跃动》

福建师范大学文学院历年学术论丛第 6 辑第 3 册

〔台〕万卷楼图书股份有限公司 2020 年版

后　记

大半辈子搞中国古代文学，所以当编者要我检出些旧稿出书，我便想出《检点汉唐旧梦》这么个夸张其辞的题目。不过梦也的确是记忆的思绪与想象自由交织而成的妙境："惚兮恍兮其中有象，恍兮惚兮其中有物"。已成情感之陈酿的古代优秀文学作品也颇具这一特性，能使我们在超脱中重新品尝现实人生与人性深刻的意味；当然，也可能使人沉醉其中不能自拔。回顾自己治学之路，足迹歪歪扭扭，大概是因为徘徊于两间。1994年我为拙著《诗国观潮》一书写后记道："我赞成鲁迅的研究魏晋乱世与明清专制，从中找出国民性的病灶来；我也欣赏马斯洛的研究人类不断发展的那一部分的主张，我于是想在唐文化研究中描画出我民族肌体曾有过的健美；但我反对以任何影射的方式去处理历史上发生过的任何事件与现象，因为它并不有趣而近乎无聊；可我却又喜欢用现代人的眼光来观照古人古事，企盼能在今古之间发现一条时间的隧道。"至今我依然这么想，也这么做。是耶？非耶？抄出来再请读者诸君赐教。

本书对所收文章做了些修订，故某些文字或与原载有所不同。编写过程中，得吴子林、吕贤平诸君之助力，谨谢。

林继中2019年重阳后二日
于面壁斋